천일야화

천일야화 4
Les mille et une nuits

앙투안 갈랑 엮음 임호경 옮김

LES MILLE ET UNE NUITS
by ANTOINE GALLAND (1704~1717)

일러두기

1. 이 책은 앙투안 갈랑의 『천일야화 *Les mille et une nuits*』를 대본으로 하여 번역하였습니다. 이는 갈랑이 14세기의 아랍어로 쓰인 사본을 토대로 작업한 여덟 권(1704~1709)과 알레포 출신의 마론파 교도인 한나가 들려준 이야기에 기초해 추가된 네 권(1712, 1717)이 합쳐진, 총 열두 권으로 구성되어 있습니다.
2. 『천일야화』는 아랍의 설화로 구성되어 있으나 앙투안 갈랑의 번안을 존중하여 인명, 지명 등의 고유명사는 프랑스어 발음을 따랐고, 관행적으로 굳어진 일부 용어(예: 알라딘←알라뎅Aladdin)의 경우에만 한글 맞춤법에 준하여 표기하였습니다.
3. 프랑스어판에서 갈랑과 편집자의 각주가 구분되지 않았으므로, 이 책에서도 구분 없이 모두 〈원주〉로 표기하였습니다. 그 외의 각주는 모두 옮긴이가 단 것입니다.
4. 본문 일러스트는 조판공 달지엘Dalziel 형제가 1864년 발행한 *Dalziel's Illustrated Arabian nights' entertainments*에 수록되어 있던 것으로, 이는 J. Millais(1829~1896), A. Houghton(1836~1875), T. Dalziel(1823~1906), J. Watson(1832~1892), J. Tenniel(1820~1914), G. Pinwell(1842~1875) 등 여섯 삽화가의 공동 작업입니다.

이 책은 실로 페매어 제본하는 정통적인 사철 방식으로 만들어졌습니다.
사철 방식으로 제본된 책은 오랫동안 보관해도 손상되지 않습니다.

누레딘과 페르시아 미녀 이야기
1017

페르시아 왕자 베데르와
사만달 왕국의 공주 자우하르 이야기
1099

사랑의 노예 가넴 이야기
1201

눈 뜬 채 꿈꾼 남자 이야기
1277

알려 드리는 말[75]

 이 작품의 제1권과 제2권을 읽으신 독자들이 디나르자드로 인해 이야기가 자주 중단되곤 하는 것이 몹시 피곤하다고 하소연하신 이후로, 저는 후속 권들에서 이러한 결점을 개선해 보려고 노력해 왔습니다. 그리고 이번 권부터는 독자들이 더욱 만족하시리라고 확신하는바, 그것은 이제부터는 밤마다 이야기가 중단되는 일 자체가 아예 없을 것이기 때문입니다. 독자 여러분은 단지 한 가지 사실만 알고 계시면 될 것입니다. 즉 앞으로도 많은 이야기들이 소개될 터인데, 아랍 작가의 의도는 이 다양한 이야기들을 한데 묶어 하나의 선집을 꾸미는 것이었으며, 이를 위해 디나르자르가 등장하는 그 지루한 부분을 끊임없이 도입했다는 사실 말입니다.

 사실 아랍 현지에서 전하는 이 이야기들에는 셰에라자드도, 술탄 샤리아도, 디나르자드도 나오지 않으며, 심지어 각

---

75 갈랑의 원본에서 이 〈알려 드리는 말〉은 제7권의 첫머리에 놓여 있다.

밤의 구분조차 없습니다. 이 사실은 아랍 작가가 택한 이 형태가 모든 아랍인들의 호응을 받은 것은 아니며, 오히려 진실로 불필요한 것이라 할 수 있는 이러한 반복적인 형태에 지루함을 느끼는 독자가 태반이라는 사실을 반증해 주고 있습니다. 처음에 우리는 이 번역본을 통해 아랍 작가가 택한 형태를 따르려 했습니다. 하지만 이런 식으로 이야기를 진행해 가면서 너무나도 많은 난점들에 봉착하였고, 결국 이러한 형태를 포기하지 않을 수 없게 된 것입니다.

하지만 독자 여러분께서는 여기서 계속 이야기하고 있는 사람은 여전히 셰에라자드라는 사실을 유념해 주시기 바랍니다.

누레딘과 페르시아 미녀 이야기
Histoire de Noureddin

오랫동안 발소라 시는 칼리프에 복속된 조공국(朝貢國)의 수도였습니다. 칼리프 하룬알라시드 시대에 이 나라를 다스린 사람은 칼리프의 사촌인 지네비라는 왕이었습니다. 지네비는 나라의 행정을 단 한 명의 재상에게 맡기는 것이 좋지 않다고 생각하고는 두 재상에게 나누어 맡겼는데, 카칸과 사우이가 바로 그들이었습니다.

카칸은 온화하고 상냥하고 너그러운 성품이었습니다. 그는 직무상 관계를 맺는 사람들을 도와주는 것을 큰 기쁨으로 여겼으며, 판결을 내려야 할 일이 있으면 누구에게도 피해를 주지 않으려 노력했습니다. 그래서 발소라의 궁정에서, 아니 온 도성에서 그는 만인의 존경과 칭송의 대상이었죠.

사우이는 이와는 정반대의 성격이었습니다. 그는 항상 침울했으며, 신분 고하를 막론하고 모든 사람을 불쾌하게 만들었습니다. 거기에다 큰 재산을 소유하고 있었음에도 불구하고 지독히 인색했을 뿐 아니라, 스스로를 위해서도 쓰지 않는 소문난 자린고비였습니다. 그를 견뎌 내는 사람은 아무도 없었으며, 그에 관해 들리는 소리는 모두가 악담뿐이었습니다. 그의 가장 가증스러운 점은 동료인 카칸에 대한 증오였습니다. 그는 이 나무랄 데 없는 재상이 베푸는 선행을 항상 삐딱하게 해석했으며, 끊임없이 왕에게 그를 참소하느라 바빴습니다.

어느 날 발소라 왕은 어전 회의를 끝낸 후, 복잡한 머리를 식히기 위해 두 재상과 다른 각료들과 더불어 한담을 나누었습니다. 이런저런 얘기를 나눈 끝에 대화의 주제는 여자 노예, 그중에서도 특히 본처와 거의 같은 대우를 받는 여종에 대한 것으로 옮겨 왔습니다. 어떤 사람들은 여종은 그저 얼굴 예쁘고 몸매만 늘씬하면 그만이라고 주장했습니다. 다른 가문과의 결연이나 가족의 이해를 위해 결혼하지만 항상 천하절색인 아내를 가질 수만은 없는 남자들은 이러한 예쁜 여종들로 위안을 삼을 수 있다는 이유에서였죠.

하지만 카칸을 비롯한 몇몇은 다른 의견이었습니다. 그들은 여종들에게서 뛰어난 미모나 아름다운 몸매 같은 것만을 찾아서는 안 된다면서, 그녀들에게 필요한 것은 기지와 지혜와 겸손함과 상냥함이며 가능하다면 풍부한 교양도 갖추고 있어야 한다고 주장했습니다. 매일 국가 중대사를 다뤄야 하는 사람들에게는, 힘든 업무를 처리하며 하루를 보낸 후 귀가하여 유익하고 유쾌하며 재미있는 대화를 나눌 수 있는 상대가 있다는 것만큼 좋은 것이 없다는 이유에서였습니다. 그들은 이렇게 덧붙였습니다.

「왜냐하면 단지 여종을 눈으로 보기만 하고 육체적인 정열을 만족시키는 것에만 그친다면, 그건 짐승들과 다를 바 없는 까닭입니다.」

왕도 이들과 같은 생각이어서, 카칸에게 한 가지 부탁을 했습니다. 자신을 위한 여자 노예를 한 명 사오는데, 그녀는 완벽한 미모와 방금 말한 모든 미덕을 갖추고 있어야 함은 물론, 무엇보다도 교양이 풍부해야 한다는 것이었습니다.

그러자 이들과는 생각이 정반대였을 뿐 아니라, 왕이 카칸에게 특별히 부탁하는 모습에 불같은 질투에 휩싸인 사우이가 말했습니다.

「폐하! 폐하께서 요구하시는 그렇게 완벽한 여자 노예를 찾아낸다는 것은 결코 쉽지 않을 것이옵니다. 또 만에 하나 찾아낸다 한들, 아주 싸게 사도 족히 금화 만 냥은 지불해야 할 것입니다.」

「사우이!」 왕이 대꾸했습니다. 「금화 만 냥이 너무 큰 돈이라고 생각하는 모양이군! 그대에게는 엄청난 액수인지 모르나 내게는 그렇지 않네.」

그리고 나서 왕은 함께 있던 재무관에게 금화 만 냥을 카칸의 집에 보내 주라고 분부했습니다.

카칸은 집에 돌아오자마자 여자 노예의 매매를 취급하는 거간들을 모두 불러오게 했습니다. 그들이 도착하자 자신이 원하는 여자 노예의 조건을 상세히 일러 준 다음, 이런 노예를 발견하는 즉시 알려 달라고 부탁했습니다. 거간들은 자신들의 이익도 이익이었지만 무엇보다도 존경하는 재상에게 잘해 드리고 싶은 마음뿐이었던지라, 최선을 다하여 그런 여자 노예를 찾아내겠노라고 약속했습니다. 과연 그들은 하루도 빠짐없이 누군가를 데리고 왔습니다만, 아쉽게도 어딘가 결점이 있는 여자들뿐이었습니다.

그러던 어느 날이었습니다. 카칸이 이른 아침에 집을 나와서 왕궁으로 향하고 있는데, 한 거간이 급히 말을 몰고 오더니 그를 불러 세웠습니다. 한 페르시아 상인이 전날 아주 늦은 시간에 도착했는데, 그가 여태껏 본 적이 없는 뛰어난 자색을 지닌 여자 노예 한 명을 데려왔다는 것이었습니다. 그는 이렇게 덧붙였습니다.

「재치와 교양에 있어서도 그녀는 이 세상 최고의 석학들과 겨룰 수 있을 정도라고 상인이 장담하더군요.」

카칸은 왕을 만족시킬 수 있으리라는 희망을 주는 이 소식에 몹시 기뻤습니다. 그는 자신이 궁에 다녀오면 노예를 데려오라고 거간에게 이르고는, 다시 길을 갔습니다.

거간은 재상이 정해 준 시각에 맞춰 그의 집에 나타났습니다. 그가 데려온 여자 노예는 예상한 것보다도 훨씬 아름다워서, 재상은 그녀에게 〈페르시아 미녀〉라는 이름을 붙여 주었습니다. 지극히 총명하고 학식이 깊었던 재상은 그녀와 잠시 대화를 나누어 보고는, 왕이 요구한 조건을 만족시키기 위해 더 이상 다른 노예를 찾을 필요가 없다는 결론을 내렸습니다. 그는 페르시아 상인이 이 노예를 얼마에 내놓았느냐고 거간에게 물었습니다.

「대감!」 거간이 대답했습니다. 「그는 여러 말 하지 않고, 금화 만 냥 이하로는 절대 팔 수 없다고 못 박았습니다. 그녀를 양육하는 데 쏟은 시간과 정성과 노력은 차치하고라도, 그녀의 몸을 다듬는 데 들인 돈, 지식과 정신을 함양시키기 위해 교사들에게 지불한 돈, 또 먹이고 입히는 데 들어간 돈만 따져도 그 액수를 초과한다는 것이었습니다. 아주 어릴 적 노예로 데려왔을 때부터 그녀를 일국의 왕에게 바칠 만한 재목이라 생각하고는, 모든 면을 그 수준으로 끌어올리기 위해 돈을 아끼지 않았다고 합니다. 그녀는 어떤 종류의 악기든지 연주할 줄 알며, 노래하고 춤출 줄도 압니다. 가장 능란한 서기보다도 글씨를 잘 쓰며, 시도 지으며, 읽지 않은 책이 없을 정도입니다. 저 역시 이 아이처럼 많은 것을 갖춘 노예는 아직껏 본 적이 없습니다.」

페르시아 상인의 말을 그대로 전했을 뿐인 거간보다는 재상 자신이 그녀의 가치에 대해 훨씬 잘 알고 있었습니다. 더

이상 거래를 미루고 싶지 않았던 그는 당장에 사람을 보내 상인을 불러오게 했습니다.

페르시아 상인이 도착하자 카칸 재상이 말했습니다.

「이 노예는 내가 아니라 국왕 폐하를 위한 것이오. 그러니 그대가 제시한 가격에서 좀 깎아 주셔야겠소.」

「대감!」 상인이 대답했습니다. 「이 아이를 국왕 폐하께 그냥 선사할 수 있다면 얼마나 큰 영광이겠습니까? 하지만 저도 먹고살아야 하는 장사꾼인지라 그럴 수 없음이 심히 유감이옵니다. 제가 요구하는 액수는 이 애를 키우고 교육시키는 데 들어간 비용에 지나지 않습니다. 제가 말씀드릴 수 있는 것은, 이 아이를 사시면 폐하께서 아주 만족하시리라는 사실입니다.」

카칸 재상은 더 이상 흥정하려 들지 않고, 그 액수를 상인에게 지불했습니다. 상인은 물러가기 전에 덧붙였습니다.

「대감! 이 아이를 폐하께 올리신다 하니 제가 한 말씀 올리겠습니다. 지금 이 아이는 긴 여행으로 인해 몹시 지쳐 있습니다. 물론 지금도 비할 데 없는 미인이긴 하지만, 한 보름 정도만 집에 데리고 계시면서 보살피고 가꾸어 주시면 완전히 다른 모습이 될 것이옵니다. 그 후에 폐하께 데려가십시오! 폐하께서는 대감을 크게 칭찬하고 대감의 선택에 보답할 것이며, 대감께서는 분명 제게 고마워하실 것입니다. 보십시오! 지금은 햇볕에 그을어 피부가 상해 있습니다. 하지만 목욕을 몇 번 다녀오게 한 다음, 이 아이에게 어울리는 옷을 입혀 놓으면 지금보다 수십 배는 더 예뻐질 것이옵니다.」

카칸은 상인의 충고를 옳다 여기고, 그대로 따르리라 마음먹었습니다. 그는 아내의 방 옆에 따로 방을 마련하고, 아내에게는 왕에게 바칠 귀부인이니 같은 식구처럼 잘 보살펴 주라고 부탁했습니다. 또 가장 화려하면서도 그녀에게 어울리는 옷을 여러 벌 지어 주라고 분부했습니다. 마지막으로 그는 페르시아 미녀를 떠나며 이렇게 당부했습니다.

「지금 내가 네게 얼마나 큰 복을 주었는지 잘 알아야 하느니라. 너 스스로 잘 생각해 봐라! 내가 너를 산 것은 다름 아닌 국왕 폐하께 바치려 함이야. 그리고 임무를 훌륭하게 완수한 나의 기쁨 이상으로, 너를 소유하게 되는 폐하의 흡족함이 크리라 믿는다. 그런데, 네게 한 가지 일러줘야 할 게 있다. 내게 아들놈이 하나 있는데 말이다, 머리는 제법 총명하지만 아직 어리고 철이 없어서 세상모르고 나대는 놈이니, 혹시 그 녀석이 네게 접근하면 조심해야 하느니라.」

페르시아 미녀는 재상의 자상한 충고에 감사하고, 말씀대로 따르겠노라고 약속했습니다.

카칸 재상의 아들 누레딘은 어머니의 방을 자유롭게 드나들며 식사도 함께하곤 했습니다. 용모와 체격이 매우 준수했고, 서글서글하면서도 대담한 성격의 젊은이였죠. 게다가 비상한 머리에 언변까지 뛰어나, 마음만 먹으면 어떤 사람이든 쉽사리 설득하는 재주가 있었습니다. 이런 그가 페르시아 미녀를 보게 되었습니다. 비록 그녀가 왕에게 예정된 여인이라는 사실을 알고 있었고 더욱이 이 사실은 그의 부친이 직접 말해 준 것임에도 불구하고, 그녀를 처음 본 순간부터 그의 마음은 걷잡을 수 없이 그녀에게 빠져들고 말았습니다. 먼저 그녀의 눈부신 미모에 반했고, 그녀와 대화를 나누어 본 다음에는 더욱 매혹되어, 무슨 수를 써서라도 그녀를 왕에게서 빼앗아야겠다고 결심하게 된 것입니다.

페르시아 미녀 역시 누레딘에게 큰 호감을 느꼈습니다. 그녀는 생각했습니다.

〈재상님께서 발소라 왕에게 바치려고 나를 사신 것은 나로서는 비할 데 없이 큰 영광이야. 하지만 나를 그냥 도련님에게

주신다면 얼마나 좋을까! 그러면 난 너무 행복할 텐데……〉

누레딘은 어머니의 거처를 자유롭게 출입할 수 있는 자신의 특권을 십분 이용하여, 사랑하는 그녀와 마음껏 웃고 떠들고 농담을 나누었습니다. 어머니에 의해 쫓겨나기 전까지는 좀처럼 그녀에게서 떨어지려 하지 않았죠. 보다 못한 어머니는 이렇게 타일렀습니다.

「애야! 너 같은 젊은 남자가 노상 여인들의 거처에 붙어 있는 것은 점잖은 행동이 못 된다. 자, 이젠 물러가거라! 그리고 언젠가는 네 아버님의 직위를 이어받을 수 있도록 학문에 힘써야지!」

페르시아 미녀는 그동안의 긴 여행으로 인하여 오랫동안 목욕을 하지 못한 터였으므로, 카칸 재상의 부인은 그녀를 목욕시키기 위해 특별히 그들 집에 있는 목욕탕의 물을 데우라고 지시했습니다. 그리고 여러 명의 여종들을 그녀에게 딸려 보내면서, 자신에게 하듯 그녀의 목욕 시중을 들어 주고, 목욕을 마치면 준비해 둔 지극히 호사스러운 옷을 입혀 주라고 분부했습니다. 그녀가 이렇게 페르시아 미녀를 정성껏 보살피는 데는 다 이유가 있었습니다. 남편을 기쁘게 하는 일이라면 무엇이든 발 벗고 나서는 모습을 보여 줌으로써 자신이 얼마나 현숙한 아내인지 증명하고 싶었던 것입니다.

목욕탕에서 나온 페르시아 미녀는 카칸이 그녀를 처음 샀을 때보다 천배는 더 아름다웠습니다. 그녀의 씻고 단장한 모습에 부인조차 그녀를 거의 알아보지 못할 정도였죠.

페르시아 미녀는 우아한 동작으로 부인의 손에 입을 맞추고 말했습니다.

「부인! 부인께서 수고스럽게도 저를 위해 마련해 주신 이 옷, 어디서 구하신 거죠? 시녀들은 옷이 내게 너무 잘 어울려 사람을 못 알아볼 정도라고 말하지만, 아마도 입에 발린 칭찬이겠지요? 그래서 부인께서 직접 봐주십사 하고 왔답니다. 또한 설사 그네가 하는 말이 진실이라 할지라도, 이 모든 것은 결국 부인의 은혜입니다.」

재상의 아내는 몹시 기뻐하며 말했습니다.

「애야! 시녀들의 말은 결코 아첨이 아니야. 보는 눈은 그 애들보다 내가 더 낫지만, 내가 봐도 마찬가지다. 지금 입고 있는 옷은 네게 너무나 잘 어울리는구나! 또 이렇게 목욕을 하고 오니까 이전보다도 훨씬 예뻐서 나도 알아볼 수 없을 지경이다. 목욕물이 아직 괜찮니? 그렇다면 나도 좀 가봐야겠구나. 사실 나도 이젠 이따금 목욕탕에 다니며 가꾸어 줘야 할 나이 아니니?」

「부인!」 페르시아 미녀가 대답했습니다. 「부족한 저에게 이렇게 친절히 대해 주시니 정말 어떻게 감사해야 할지 모르겠어요. 그리고 지금 목욕물은 기가 막혀요. 의향이 있으시다면 빨리 가보세요! 목욕하시고 나면 시녀들은 제게 한 것과 똑같은 말을 부인께도 해드릴 거예요.」

재상의 아내는 자신도 이참에 목욕이나 해야겠다고 생각했습니다. 그녀가 자신의 뜻을 시녀들에게 알리자, 그들은 즉시 필요한 것들을 준비했습니다. 재상의 아내는 목욕탕에 가기 전 어린 계집종 둘을 불러 페르시아 미녀와 함께 있으라고 분부하면서, 만일 누레딘이 오면 절대로 들어가지 못하게 하라고 단단히 일러두었습니다.

이렇게 재상의 아내가 목욕을 하는 동안, 혼자 있던 페르시아 미녀에게 누레딘이 왔습니다. 그는 어머니가 없는 것을 보고 곧장 페르시아 미녀의 방으로 찾아갔습니다. 그가 곁방에 앉아 있는 계집종 아이들에게 어머니가 어디 있는지 묻자, 계집종들은 지금 목욕 중이시라고 대답했습니다. 그러자 누레딘이 다시 물었습니다.

「그럼 페르시아 미녀는? 그녀도 목욕 중이냐?」

「그분은 이미 다녀오셔서 지금 방 안에 계세요. 하지만 마님께서는 도련님이 들어오면 절대 안 된다고 하셨어요.」

페르시아 미녀가 있는 방의 입구는 한 장의 휘장으로 막혀 있을 뿐이었습니다. 누레딘이 다짜고짜 들어가려 하자 두 계집종은 그의 앞을 막아섰습니다. 하지만 그는 그들의 팔을 한꺼번에 붙잡아 곁방에서 끌어낸 후, 안에서 문을 잠가 버렸습니다. 두 여종은 비명을 지르며 목욕탕으로 뛰어갔습니다. 그리고 목욕 중인 여주인에게 울며불며 모든 사실을 고했습니다. 누레딘이 와서 페르시아 미녀의 방에 들어갔다고, 자신들이 막아 보려 했지만 아랑곳 않고 오히려 완력을 사용하여 자신들을 쫓아냈다고 말입니다.

아들이 이처럼 대담한 행동을 했다는 소식에, 그녀는 하늘이 무너지는 것 같았습니다. 즉시 목욕을 중단한 그녀는 황급히 옷을 걸치고 페르시아 미녀의 방으로 뛰어갔습니다. 하지만 그녀가 막 당도한 순간, 방에서 누레딘이 후다닥 뛰어나오더니 잽싸게 줄행랑을 쳐버리는 것이 아닙니까!

페르시아 미녀는 재상의 아내가 눈물에 젖어 정신없이 뛰어 들어오는 것을 보고는 크게 놀라 물었습니다.

「부인! 무슨 일로 그렇게 괴로워하세요? 목욕탕에서 이렇게 일찍 나오시다니, 무슨 좋지 않은 일이라도 있었나요?」

「뭐라고? 지금 내 아들 누레딘이 네 방에 들어가서 한참 동안 함께 있었는데도 넌 태연히 그런 말을 하고 있는 거냐? 그 녀석과 네게 이보다 더 큰 불행이 있을 수 있단 말이냐?」

「제발요, 부인! 왜 누레딘 도련님이 한 일이 저와 그에게 불행이 된단 말이죠?」

「뭐라고? 그럼 넌 내 남편이 국왕 폐하께 바치기 위해 너를 샀다는 사실을 모른단 말이냐? 누레딘이 네게 접근하는 것을 조심하라고 그분께서 경고하시지 않았더냐?」

「물론 저는 잊지 않고 있어요. 하지만 도련님이 와서는, 아버님께서 저를 폐하께 바치려는 생각을 바꾸시고 자기에게 선물로 주었다고 말했어요. 전 도련님의 말을 곧이들었지요. 또한 어렸을 때부터 노예의 법도에 익숙한 저로서는 도련님의 뜻에 맞설 수도 없었고, 또 맞서서도 안 되었어요. 고백드리는데, 저로서는 이런 일이 그다지 싫게 느껴지지도 않았어요. 도련님과 스스럼없이 지내다 보니까 저도 그분께 몹시 마음이 끌렸거든요. 그래서 폐하의 여인이 된다는 희망을 잃게 되었지만 아무런 후회가 없었어요. 아니, 누레딘 도련님과 평생 같이 지낼 수 있다고 생각하니 너무도 행복했던 걸요.」

「네가 말한 것이 사실이라면 얼마나 좋겠냐! 하지만 아니다! 누레딘 그놈이 사기를 친 거란다. 그 애 아버지가 그런 선물을 할 리가 없다. 애고, 이 불쌍한 놈아! 애고, 불쌍한 내 팔자야! 아니, 이로 인해 닥칠 일을 생각하면 그놈 부친이 더 불쌍해 죽겠네! 이젠 내가 아무리 울며불며 사정해도 그의 노여움을 누그러뜨리기 힘들 거야. 그 녀석이 너를 범했다는 사실을 알면 진노하여 그 애를 죽이려 들 거다.」

재상의 아내는 비통하게 울기 시작했습니다. 시녀들 역시 누레딘의 목숨을 염려하여, 여주인을 따라 울었습니다.

잠시 후에 도착한 카칸 재상은 아내와 시녀들이 울고 있는데다, 페르시아 미녀도 침울한 얼굴을 하고 있는 것을 보고 크게 놀랐습니다. 이유를 물어보았지만 아내와 시녀들은 대답 대신 더욱 크게 울기만 했습니다. 그들의 침묵에 또다시 놀란 그는 정색을 하고 아내에게 말했습니다.

「자, 대체 무슨 일로 우는 건지 말하시오! 어서 진실을 밝히란 말이오!」

결국 아내는 그의 말을 따르지 않을 수 없었습니다.

「대감! 내 말을 듣고 나한테 화내지 않겠다고 약속해 줘요! 사실 이 일에 난 아무 잘못도 없어요.」 그녀는 남편의 대답을 기다리지 않고 계속 말했습니다. 「내가 시녀들하고 목욕을 하고 있을 때였어요. 당신 아들이 찾아와서는 당신이 폐하께 바치려 하는 페르시아 미녀를 속인 거예요. 글쎄 당신이 그 애를 자기에게 선물로 주었다고 말이죠. 그다음에 무슨 일이 일어났는지는 차마 내 입으로 말할 수 없으니, 당신이 직접 판단하세요! 자, 이러해서 난 그 녀석과 당신 때문에 울고 있는 거였어요. 그리고 녀석을 용서해 달라고 당신께 감히 애원할 용기도 없고요.」

자신의 아들 누레딘이 얼마나 뻔뻔스러운 짓을 저질렀는지 알게 된 카칸 재상은 하늘이 무너지는 것 같았습니다. 그는 자신의 얼굴을 때리고 손을 물어뜯고 수염을 쥐어뜯으면서 소리쳤습니다.

「아, 세상에 태어날 자격도 없는 불효막심한 놈 같으니! 그래, 네 아비가 행복한 것이 그렇게 눈꼴시었더냐? 이제 나를 벼랑 아래로 밀어 파멸시켜 버리는구나! 네놈 또한 파멸한 거야! 네가 폐하를 욕보였으니, 이제 그분은 단지 나와 네놈의 피로만 만족하시지 않을 거야!」

그의 아내가 그를 위로하려 했습니다.

「대감! 너무 상심하지 마세요! 금화 만 냥 정도면 내 보석 일부를 처분하여 쉽게 마련할 수 있답니다. 그 돈으로 더 예쁘고 폐하께 합당한 노예를 사면 되잖아요?」

「아니, 당신은 내가 그깟 금화 만 냥 때문에 이렇게 괴로워한다고 생각한단 말이오? 내가 걱정하는 건 그 돈 때문이 아니오. 아니, 내 전 재산을 잃는다 해도 이렇게 걱정하지 않을 것이오. 중요한 것은 이 세상의 모든 재물보다도 귀중한 내 명예요.」

「하지만 대감! 돈으로 해결할 수 있는 일인데 뭐가 그리 중요하겠어요?」

「뭐라고? 당신은 내게 사우이라는 고약한 적이 있다는 사실을 모른단 말이오? 이 사건에 대해 알게 되는 즉시 그는 의기양양하게 폐하께 달려가 이렇게 고할 것이오.

〈폐하께서는 카칸이 폐하를 섬기는 데 있어 얼마나 충직하며 열심인지 항상 칭찬해 오셨습니다. 하지만 그가 최근에 한 행동을 보면, 폐하께서 그렇게 존중해 주시는 것은 그에게 과분한 듯 보입니다. 얼마 전 폐하께서 여자 노예를 사 오라고 금화 만 냥을 그에게 맡기시지 않았습니까? 그는 이 명예로운 임무를 아주 훌륭하게 처리했답니다. 세상에 다시없는 아름다운 노예를 샀으니까요. 하지만 그다음에 어떻게 한 줄 아십니까? 그녀를 폐하께 데려오는 것보다, 자기 아들에게 선물하는 게 더 낫겠다고 판단한 거지요. 그는 아들에게 이렇게 말했답니다.《얘야! 이 여종은 네 것이니, 네가 가져라! 이 여자는 왕보다는 네게 더 어울린다.》그래서 그의 아들은 매일 그녀와 실컷 즐기고 있답니다. 소신이 아뢴 것에는 한 점 거짓이 없사오니, 폐하께서 친히 확인해 보시기 바랍니다!〉

그러면 폐하는 당장에 사람들을 여기 보내어 여종을 데리고 갈 것이오! 그런 뒤에는 어떤 불행들이 몰아닥칠지 생각만 해도 두렵소!」

재상의 말을 들은 아내가 대답했습니다.

「대감! 저 역시 사우이가 지극히 흉악한 자이며, 우리에게 일어난 일을 알게 되면 당신이 말씀하신 그 못된 짓을 능히 하리라는 걸 알고 있어요. 하지만 우리 집 안 깊숙한 곳에서 일어난 일은 그가 아니라 이 세상 누구라 할지라도 알 수 없을 거예요. 만일 누군가 의심하여 국왕께 고하고, 그리하여 왕께서 당신에게 물어 오신다고 가정합시다. 그러면 당신은 여종을 잘 관찰해 본 결과 처음 인상과는 달리 폐하께 바치기에는 합당하지 않다고 판단했다고 대답하면 되지 않겠어요? 노예 상인이 떠벌린 만큼 실제로 아름답긴 했지만, 머리는 그다지 총명하지 않고 별다른 재주도 없었다고 말이에요. 그러면 폐하께서는 당신의 말을 믿으실 것이고, 당신을 파멸시키려 드는 사우이의 사악한 계획은, 지금껏 수없이 그래왔듯이 이번에도 수포로 돌아갈 거예요. 그러니 안심하시고 거간들에게 다시 사람을 보내어, 페르시아 미녀에게 만족하지 못했으니 다른 노예를 찾아 달라고 하세요.」

아내의 충고가 매우 합리적이라 생각한 카칸 재상의 마음은 조금 가라앉았습니다. 하지만 아들에 대한 노여움은 조금도 수그러들지 않은 채였지요.

누레딘은 그날 종일 모습을 보이지 않았습니다. 심지어 부친이 알고 잡으러 올까 무서워서, 평소 자주 가는 친구들 집에도 숨지 못했습니다. 그는 도성 밖으로 나가 한 번도 와본 적 없는 어떤 농원에 숨어 있었습니다. 그리고 아주 늦은 시각이 되어서야 집에 돌아왔습니다. 부친이 잠자리에 들었다는 것을 확인하고 시녀들에게 문을 열어 달라고 부탁하여 슬그머니 들어왔던 것입니다. 그는 다음 날 아침에도 부친이 일어나기 전에 집을 빠져나갔고, 이렇게 한 달 동안이나 풀이 죽어 조심조심 살았습니다. 시녀들도 그에게 사실을 있는 그대로 말해 주었습니다. 재상이 아직도 화를 풀지 않았으며, 그를 잡기만 하면 죽여 버리겠노라고 벼르고 있다고 말입니다.

재상의 아내는 시녀들을 통해 누레딘이 밤마다 집에 들어온다는 사실을 알고 있었지만, 감히 남편에게 그를 용서해 달라고 부탁할 수는 없었죠. 하지만 결국 그녀는 용기를 냈습니다.

「대감!」 어느 날 그녀가 재상에게 말했습니다. 「지금까지는 당신 아들에 대해 감히 입을 열지 못했어요. 그런데, 여보! 대체 그 애를 어떻게 할 건가요? 그래요! 누레딘 그놈처럼 불효막심한 자식은 없을 거예요. 그 녀석 때문에 당신이 폐하께 페르시아 미녀처럼 완벽한 여종을 바칠 수 있는 영예를 잃게 됐다는 사실은 저도 인정해요. 하지만 그래서요? 그래서 이제 어떡할 셈이죠? 그 애를 완전히 파멸시킬 작정인가요? 지금 당신은 그 애가 저지른 잘못만을 생각하고 있지만, 그러다가는 이보다 훨씬 더 큰 불행을 당할 수도 있다는 걸 몰라요? 지금 당신 아들이 저렇게 당신을 피해 다니는 것을 사람들이 알게 되면 뭐라고 하겠어요? 당신이 뭔가 비밀을 숨기고 있음을 눈치채지 않겠어요? 그러면 당신은 당신이 피하려 하는 바로 그 불행으로 떨어지게 된다고요.」

「부인! 당신의 말이 옳소. 하지만 누레딘 그놈을 크게 혼내 주기 전에는 용서하지 못할 것 같소.」

「녀석을 정신이 번쩍 들게 혼내 줄 방법이 방금 생각났어요. 당신 아들은 매일 저녁 당신이 잠자리에 들면 들어온답니다. 그렇게 어디 숨어서 자고 있다가 당신이 일어나기 전에 다시 빠져나가곤 해요. 오늘 밤 당신은 자지 말고 기다리고 있다가 들어오는 녀석을 붙잡고서는, 금방이라도 죽여 버릴 듯이 하세요. 그럼 내가 끼어들어 말리겠어요. 그러면 당신은 못 이기는 체 놔준 다음, 당신이 원하는 조건을 걸고 페르시아 미녀를 아내로 취하게 하세요. 그 애는 그녀를 좋아해요. 그녀 또한 그 애를 싫어하는 것 같지 않더군요.」

카칸은 이 의견을 따르기로 했습니다. 그는 누레딘이 들어오기 전에 대문 뒤에 숨어 있다가, 시녀가 문을 열어 주자 득달같이 달려들어 아들을 땅바닥에 쓰러뜨렸습니다. 누레딘은 너무나 놀랐습니다. 고개를 돌려 보니 부친이 자기를 금방이라도 죽일 듯한 기세로 단검을 들고 다가오고 있었던 까닭이지요.

바로 이 순간 누레딘의 어머니가 뛰쳐나와 재상의 팔을 붙들고 외쳤습니다.

「여보! 이게 무슨 짓이에요!」

「이거 놓으시오! 이 불효막심한 놈을 내 손으로 죽여 버리겠소.」

「아이고, 대감! 차라리 나를 죽이세요! 내 눈앞에서 당신 손을 아들의 피로 적시는 모습을 보여 주겠단 말이에요?」

누레딘은 이 틈을 놓치지 않았습니다. 그는 눈물을 주룩주룩 흘리며 외쳤습니다.

「아버님! 제발 소자에게 관용과 긍휼을 베풀어 주세요! 우리 모두가 언젠가 그 앞에 서게 될 그분의 이름으로 애원합니다! 제발 저를 용서해 주세요!」

카칸은 손에 쥔 단검을 힘없이 떨어뜨리고 말았습니다. 그러자 누레딘은 그의 발밑에 엎드려 아버지의 발에 입을 맞추었습니다. 지금 자신이 얼마나 깊이 반성하고 있는지 보여 주려 함이었습니다. 재상이 한숨을 내쉬고는 말했습니다.

「누레딘, 이놈아! 네 어머니한테 고맙다고 해라! 그녀의 얼굴을 봐서 용서해 주는 것이다. 그리고 난 네게 페르시아 미녀도 주겠다. 단, 한 가지 조건이 있다. 그 애를 여종이 아니라 네 아내로 여기겠다고 맹세해야 한다. 다시 말해서, 절대로 그 애를 팔거나 쫓아내서는 안 된다. 내가 보니 그 애는 너보다도 훨씬 더 현명하고 총명할 뿐 아니라 행실 또한 바르니, 젊은 혈기로 날뛰는 너를 잘 보살펴 줄 것이다.」

이렇게 너그럽게 용서받으리라고는 전혀 예상하지 못했던 누레딘은, 눈물을 흘리며 아버지께 감사하고 진심으로 맹세를 했습니다. 사실 그와 페르시아 미녀로서는 더 이상 바랄 것이 없는 결말이었죠. 재상 자신도 그들의 결합에 내심 흡족해했습니다.

카칸 재상은 자신에게 부여한 임무에 대해 왕이 먼저 묻기를 기다리고 있지 않았습니다. 틈틈이 일의 진척 상황을 알리는 한편, 폐하를 만족시킬 만한 노예를 찾는 것이 참으로 힘들다는 식으로 어려움을 하소연하면서 교묘히 시간을 끌었고, 결국 왕은 더 이상 그 일을 생각하지 않게 되었습니다. 한편 사우이는 카칸의 집에서 무슨 일인가 일어났음을 눈치채고 있었지만, 워낙에 카칸이 왕의 큰 신망을 얻고 있는 터라 함부로 입을 열 수 없었지요.

이렇게 하여 이 어려운 문제는 재상이 처음 생각했던 것보다 훨씬 원만하게 무마되었습니다. 그런데 그 후로 한 해가 지난 어느 날이었습니다. 카칸은 목욕을 하다가 갑자기 급한 용무가 생겨 뜨겁게 달궈진 몸으로 밖에 나왔습니다. 그런 상태로 차가운 공기를 쐰 그는 그만 폐렴에 걸려 버렸고, 펄펄 끓는 몸으로 병석에 눕게 되었습니다. 병세는 갈수록 심각해졌습니다. 마침내 생의 마지막 순간이 머지않았음을 느낀 재상은 줄곧 병상을 지키고 있던 누레딘에게 말했습니다.

「애야! 하느님께서 내게 주신 그 큰 재산을 내가 과연 제대로 사용해 왔는지 잘 알 수가 없구나. 너도 보다시피, 재산이 아무리 많아도 그것이 우리를 죽음에서 구해 주지는 못하는 법인데……. 죽기 전에 네게 부탁할 것은 단 한 가지다. 페르시아 미녀에 대해 네가 맹세한 바를 꼭 지키도록 해라. 네가 그 약속을 결코 잊지 않으리라 확신하며 편안한 마음으로 눈을 감겠다.」

이것이 카칸 재상이 남긴 마지막 말이었습니다. 잠시 후 그가 운명하자, 그의 집안은 물론 조정과 도성의 백성까지 말할 수 없는 슬픔에 잠겼습니다. 왕은 현명하고 충성스러운 신하였던 그를 애도했고, 온 도성 사람들은 항상 그들을 보호해 주고 선행을 베풀던 어진 정승의 죽음을 애곡했습니다. 그의 장례식은 여태껏 발소라에서 있었던 모든 장례식 중 가장 아름답고 영예로운 것이었습니다. 재상들과 왕족들 그리고 조정의 모든 대신들이 서로 그의 관을 메려 했기 때문에 결국에는 모두가 교대로 운구하면서 그의 묘소로 향했지요. 도성의 백성들은 빈부귀천을 막론하고 울면서 관의 뒤를 따랐습니다.

졸지에 부친을 여읜 누레딘은 지극한 슬픔에 사로잡혀 한동안 모든 이와의 접촉을 끊고 두문불출하며 지냈습니다. 그러던 어느 날, 그는 마침내 한 친한 친구의 방문을 허락했습니다. 이 친구는 누레딘을 위로해 주다가 그가 귀를 기울이는 기미를 보이자, 정작 하고 싶었던 말을 꺼냈습니다. 이제 고인에 대한 추모는 할 만큼 하지 않았느냐, 그 정도면 누가 봐도 충분히 예절을 다한 것이다. 그러니 이제는 다시 세상에 나와 친구들도 보고 신분과 재능에 걸맞은 삶을 누려야 하지 않겠느냐……. 그리고 이렇게 덧붙였습니다.

「만일 우리가 돌아가신 분에게 마땅히 해야 할 의무를 다하지 않는다면 그건 하늘의 뜻에 반하는 것이오, 사회의 법도에도 어긋나는 일일세. 무정한 불효자라고 손가락질을 당해도 싸단 말일세. 하지만 일단 더 이상 세상 사람들이 뭐라 하지 못할 정도로 의무를 다하고 나면, 그다음에는 이전의 생활로 돌아와 다른 사람들처럼 살아야 하는 걸세. 자, 그러니 이제는 눈물을 닦도록 하게! 가는 곳마다 사람들에게 즐거움을 불어넣어 주던 과거의 명랑함을 되찾도록 하게나!」

사실 이 충고는 매우 사리에 맞는 것이었죠. 만일 누레딘이 올바른 방법으로 이에 따랐다면, 이후 닥치게 될 그 모든 불행들을 피할 수 있었을 것입니다.

누레딘은 친구의 말에 마음이 움직였고, 즉시 한 상 차리게 하여 그를 대접해 주기까지 했습니다. 친구가 떠나려 하자, 누레딘은 다음 날에는 다른 친구 두세 명과 함께 다시 오라고 청했습니다. 이렇게 하여 그는 비슷한 연배의 청년 열 명을 모아 무리를 이루었고, 늘 이들과 모여 연회나 파티를 벌이면서 흥청망청 놀아 댔습니다. 그리고 그들이 돌아갈 때면 언제나 선물을 한 보따리씩 들려 보냈습니다.

때때로 그는 친구들의 흥을 돋워 주기 위해 페르시아 미녀도 불러 앉혔습니다. 그녀는 남편을 기쁘게 하기 위해 그의 말에 순종했지만, 이런 지나친 낭비를 못마땅하게 생각했습니다. 그녀는 자신의 생각을 솔직히 말해 주기도 했습니다.

「돌아가신 아버님께서 분명히 당신에게 많은 재산을 물려주셨으리라고 생각해요. 그런데 일개 여종 주제에 이런 말씀을 드려 죄송하지만, 그 재산이 아무리 많다 한들 당신이 계속 이런 식으로 생활하면 거기엔 끝이 있을 거예요. 이따금 친구들을 불러 잔치를 하고 즐길 수는 있어요. 하지만 이것이 매일의 습관이 된다면, 그건 알거지가 되는 지름길이에요. 이제부터라도 당신의 영예와 명성을 위해, 돌아가신 아버님이 가신 길을 좇아 그분에게 그 많은 영광을 안겨 준 직위에 오를 수 있게끔 준비해야 하지 않겠어요?」

페르시아 미녀가 간곡히 타일렀지만 누레딘은 그저 실실 웃기만 했습니다. 그리고 그녀가 말을 마치자 계속 웃으면서 말했습니다.

「하하, 우리 귀염둥이! 잔소리는 집어치우고 우리 같이 즐길 계획이나 짭시다! 사실 아버님이 살아 계셨을 땐 얼마나 답답했는지 모르오. 그분이 돌아가셔서 난 그토록 오랫동안 꿈꾸던 자유를 얻게 된 거라고! 우리가 원하든 원하지 않든, 언젠가는 당신이 말하는 그 꽉 짜인 생활을 해야 할 것이오. 하지만 내 나이 때는 젊음의 즐거움을 맛봐야 하는 거라고.」

이러한 누레딘의 흐트러진 삶을 유지시키는 요인은 또 한 가지 있었습니다. 그는 집안 재정에 대해 얘기하는 것을 죽기보다 싫어했던 것입니다. 집사가 장부책을 들고 나타나면 그는 손을 내저으며 말하곤 했습니다.

「가보게! 난 자네를 믿으니까 그냥 가게! 상 위에 맛있는 것만 올려놓으면 난 다른 건 신경 안 쓰네.」

「나리! 소인이 나리께 속담 하나를 상기시켜 드려도 되겠습니까? 〈펑펑 쓰기만 하고 셈하지 않는 자는 모르는 사이에 알거지가 된다〉라는 속담이 있습니다. 지금 주인님께서는 매일같이 산해진미를 차리시느라 엄청난 돈을 쓰는 것에 그치

지 않으시고, 이 사람 저 사람에게까지 마구 퍼주고 계십니다. 지금이야 재산이 산같이 있지만, 그래도 계속 이러시면 어찌 감당이 되겠습니까?」

「어허, 그냥 가보라니까! 난 자네 설교 따윈 듣고 싶지 않네. 먹을 거나 잘 차려 오고, 나머지 일은 신경 쓰지 말게나.」

한편 누레딘의 친구들은 그의 연회에 뻔질나게 참석했으며, 씀씀이 헤픈 그의 성격을 최대한 이용했습니다. 그들은 아첨하고 찬양했으며, 그가 하는 행동이라면 지극히 사소한 것까지 마구 띄워 주었습니다. 특히 그의 소유물들을 칭찬하느라 입에 침을 튀겼는데, 거기에는 다 이유가 있었죠. 예를 들어 어떤 자는 이렇게 말했습니다.

「선생! 지난번에 모처를 지나가다가 거기 있는 선생의 땅을 봤는데 말이오, 와! 그 집 참으로 멋지게 꾸며져 있습디다! 또 거기 딸린 정원은 그야말로 낙원 같은데요.」

그러면 누레딘은 이렇게 대답하는 것이었습니다.

「그 집이 당신 마음에 들었다니 참으로 기쁘오! 좋소! 그걸 당신에게 주겠소. 여봐라! 여기 펜과 잉크와 종이를 가져오너라! 자, 여기 증서가 있으니 앞으로 그 집 얘기는 그만 들었으면 좋겠소.」

다른 자들이 그에게 속한 가옥이나 목욕탕, 혹은 여관 같은 것을 칭찬하기만 해도 그는 이 모든 것들을 서슴없이 주어 버렸습니다. 페르시아 미녀가 그의 잘못을 지적해 주었지만, 그는 들으려 하지 않았고 남은 재산을 계속 물 쓰듯 뿌려 댔죠.

이렇게 누레딘은 하루도 빠짐없이 산해진미를 차려 놓고 친구들과 잔치판을 벌였고, 조상들과 선친이 피땀 흘려 모아 놓은 큰 재산을 흥청망청 낭비하며 세월을 보냈습니다.

그렇게 한 해를 보낸 어느 날이었습니다. 누레딘이 좀 더 신나게 놀기 위해 시중드는 종들까지 모두 내보내고서 친구들과 부어라 마셔라 놀고 있는데 누군가가 문을 두드렸습니다.

친구 중 하나가 일어나려 했지만, 누레딘이 먼저 일어나 문을 열러 갔습니다. 문을 두드린 사람은 집사였습니다. 누레딘은 무슨 용건인지 들어 보려고 홀 밖으로 한 걸음 나와 문을 반쯤 닫아 놓았습니다.

아까 일어나려 했던 친구는 집사가 무슨 일로 이처럼 갑자기 찾아왔는지 궁금해졌습니다. 그래서 문과 문 사이의 휘장에 몸을 숨기고 둘의 대화를 엿들었죠. 집사는 누레딘에게 말했습니다.

「나리! 한창 즐기고 계신데 이렇게 방해해서 정말 죄송합니다. 하지만 제가 나리께 말씀드릴 것이 아주 중대한 일이라, 이렇게라도 하지 않으면 안 되었습니다. 조금 전, 저는 마지막으로 셈을 해봤습니다. 그리고 제가 오래전부터 우려해 왔으며, 또 나리께 수차례 경고해 왔던 일이 드디어 일어났음을 확인하게 되었습니다. 다시 말해, 주인님께서 제게 맡기신 돈이 현재 땡전 한 푼 남아 있지 않다는 뜻입니다. 제게 위탁하신 다른 재산 역시 바닥났습니다. 소작인이나 나리께 임대료를 물어야 할 사람들을 찾아가 보았지만, 그들은 이구동성으로 나리의 모든 재산은 이미 다른 사람에게 넘어가 버린 터라 나리에게는 한 푼도 낼 게 없다고 대답했습니다. 자, 이게 제가 계산한 내용이니 한번 검토해 보십시오! 그리고 만일 계속 저의 봉사를 원하신다면 제게 다른 재산을 맡겨 주십시오! 아니면 저는 사임하는 수밖에 없습니다.」

이 말을 들은 누레딘은 입만 딱 벌릴 뿐 아무 말도 하지 못했습니다.

문 뒤에서 모든 것을 엿들은 친구는 홀로 들어가 나머지 친구들에게 그가 들은 것을 알려 주었습니다. 그러고서 이렇게 덧붙였죠.

「자, 사정이 이러하니 여러분들은 알아서 하게나! 나는 오늘부터 다시는 여기 오지 않을 생각이네.」

「그렇다면 우리도 여기 볼일이 없지. 우리 역시 더 이상 그를 보지 않을 걸세.」

이때 누레딘이 들어왔습니다. 그는 분위기가 가라앉은 것을 보고 애써 밝은 표정을 지으려 했지만 감정을 완전히 감추기는 어려운 일이어서, 친구들은 아까 들은 말이 사실임을 확인할 수 있었습니다. 누레딘이 자리에 앉자마자 한 친구가 자리에서 일어나 말했습니다.

「선생! 죄송하지만 나는 이제 가봐야겠소이다.」

「아니, 무슨 일이 있기에 그렇게 빨리 일어난단 말이오?」

「오늘은 아내의 출산일입니다. 선생도 알다시피 이런 때엔 남편이 곁에 있어 주어야지요.」

그는 정중하게 인사를 하고는 총총히 떠나갔습니다. 그러자 잠시 후에 또 다른 사람이 또 다른 핑계를 대고 물러갔습니다. 다른 사람들도 하나하나 그들의 뒤를 따랐고, 결국 열 친구 중 남아 있는 자는 한 명도 없게 되었습니다.

친구들이 어떤 결정을 내렸는지 모르고 있던 누레딘으로서는 어리둥절할 따름이었죠. 그는 풀이 죽어 페르시아 미녀의 방으로 건너갔습니다. 그러고는 그녀에게 방금 집사에게 들은 이야기를 밝힌 뒤, 어떻게 이런 사태가 벌어졌는지 모르겠다고 푸념했습니다. 이에 페르시아 미녀가 대답했습니다.

「여보! 지금까지 당신은 다른 사람의 말에 귀 기울이지 않고 모든 걸 당신 뜻대로만 해오셨어요. 자, 이제 무슨 일이 일어났는지 분명히 보셨을 거예요. 전에 제가 말씀드렸죠? 그렇게 살면 처량한 결말을 맞게 되실 거라고요. 제 말이 틀렸나요? 하지만 지금 제 마음을 아프게 하는 것은, 아직도 당신은 제가 했던 말의 의미를 제대로 이해하지 못하고 있다는 사실이에요. 제 생각을 얘기하려 하면 당신은 이렇게 말하곤 했죠.〈즐깁시다! 행운의 여신이 우리에게 미소 짓고 있는 이 좋은 때를 그냥 즐기자는 말이오. 행운의 여신의 기분이 언제 바뀔지 모르지 않소?〉 그러면 제가 뭐라고 했던가요? 우리 역시 올바른 행실을 통하여 스스로 행운을 만들어 갈 수 있는 존재들이라 하지 않았던가요? 하지만 당신은 제 말을 귀담아들으려 하지 않았어요. 어쩔 수 없이 저로서는 당신이 하는 대로 내버려 두는 수밖에 없었죠.」

「그래, 인정하오! 당신이 현명하고도 유익한 충고를 할 때마다 듣지 않았던 것은 분명 내 잘못이오. 하지만 당신은 한 가지 잊은 게 있소. 여태 재산은 다 까먹었지만, 그건 내가 오랫동안 사귀어 온 알짜배기 친구들과 함께였다는 사실을 말이오. 그들은 정직하고 은혜를 아는 사람들이오. 나는 그들이 결코 날 저버리지 않으리라 확신하오.」

페르시아 미녀가 안타까운 목소리로 대답했습니다.

「여보! 지금 당신이 믿고 있는 게 그 은혜를 아는 친구들밖에 없다면, 진심으로 말씀드리는데 당신의 희망은 부질없는 거예요. 시간이 좀 지나면 당신 자신이 내게 다 알려 줄 테지만요.」

이 말에 누레딘은 빙그레 미소 지으며 대꾸했습니다.

「나의 사랑스러운 페르시아 공주! 그 친구들에 대해선 내가 더 잘 알고 있다오. 당장 내일 아침, 평소처럼 그들이 우리 집에 오기 전에 내가 먼저 그들 집으로 달려가겠소. 두고 보시오! 그들이 십시일반으로 빌려 주는 돈을 잔뜩 들고 올 테니까. 그리고 나는 이제부터 생활 방식을 바꾸겠소. 빌린 돈으로 사업을 하면서 성실하게 살아가겠소.」

과연 다음 날 누레딘은 같은 동네에 살고 있는 열 친구를 찾아갔습니다. 그는 먼저 가장 부유한 축에 속하는 한 친구 집 문을 두드렸습니다. 여종이 하나 나오더니 문을 열기 전에 누구인지 물었습니다.

「너희 주인에게 가서 전해라! 돌아가신 카칸 재상의 아들 누레딘이 찾아왔다고.」

여종은 문을 열어 그를 홀로 인도한 후, 주인이 있는 방으로 들어가 누레딘이 찾아왔다고 알렸습니다.

「흥, 누레딘이라고?」

주인은 경멸 섞인 음성으로 대꾸했습니다. 밖에 다 들릴 정도로 큰 그 소리에 누레딘은 놀라지 않을 수 없었죠.

「가서 내가 없다고 일러라! 앞으로는 그자가 올 때마다 그렇게 말해!」

다시 돌아온 여종은 누레딘에게, 주인이 있는 줄 알았는데 잘못 안 같다고 설명했습니다. 누레딘은 당혹스러운 심정으로 밖으로 나왔습니다. 잠시 후 겨우 정신이 들자 그는 외쳤습니다.

「배은망덕한 놈! 못된 놈! 어제는 나의 제일 좋은 친구라고 주장하더니만, 오늘은 나를 이렇게 대해?」

그는 또 다른 친구 집의 문을 두드렸지만, 그 역시 앞의 친구와 똑같이 행동했습니다. 세 번째 친구도 마찬가지였죠. 열 친구가 모두 집에 있었지만, 그를 대하는 태도는 모두 똑같았습니다. 그제야 누레딘은 정신이 번쩍 들었습니다. 자신이 진수성찬을 차려 주고 아낌없이 선물을 뿌려 줄 수 있을 때만 부지런히 찾아오고 우정을 외치는 자들을 믿었던 것이 얼마나 큰 잘못이었는지 분명히 깨닫게 된 것입니다. 누레딘은 눈물을 글썽이면서 생각했습니다.

〈그렇다! 과거의 내가 그랬듯, 행복한 사람이란 결국 과실 열린 나무와도 같은 것. 나무에 과실이 달려 있을 때는 사람

들이 몰려들어 과실을 따지만, 과실이 다 없어지고 나면 모두가 떠나가고 홀로 남게 되는 법······.〉

고통과 슬픔으로 가슴이 터지는 듯했지만, 그래도 거리에서는 애써 태연한 척했습니다. 하지만 집 안에 발을 들여놓는 순간 그대로 허물어져 버린 그는 지척지척 페르시아 미녀를 찾아갔습니다.

페르시아 미녀는 어두운 누레딘의 얼굴을 보자마자 그가 친구들에게서 아무 도움도 얻어 오지 못했음을 알아챘습니다.

「자, 여보! 제가 말한 것이 틀리지 않았음을 이제 분명히 깨달으셨겠죠?」

「아, 나의 착한 사람이여! 그렇소! 당신이 말한 것은 너무나도 진실이었소! 단 한 놈도 나를 보려 하지도, 나와 말하려 하지도 않았소! 아니, 아예 모르는 척했소! 내게 그렇게나 신세를 진 놈들이, 또 내 재산을 다 빨아먹은 놈들이 나에게 그렇게 대할 줄은 꿈에도 생각 못했소! 지금 나는 제정신이 아니오! 이 한심한 신세가 너무도 절망스러워 나 자신이 무슨 짓이라도 저지르지 않을까 두려울 지경이오! 당신이 현명한 충고로써 도와주어야 하겠소.」

「여보! 지금 상황에서 할 수 있는 일은 딱 하나예요. 일단 노예들과 가구들을 모두 파세요! 그러고서 하늘이 이 비참한 상태에서 벗어날 수 있는 다른 길을 보여 주실 때까지 버텨 보는 거예요.」

누레딘에게는 가혹한 해결책이었습니다. 하지만 당장 생계가 막막한 상황에서 다른 방법이 없었습니다. 우선 노예들을 팔았습니다. 사실 지금 형편으로는 제대로 먹일 수조차 없는 불필요한 존재들이었으니까요. 그들을 판 돈으로 얼마 동안은 살 수 있었습니다. 그다음에는 가구를 광장에 내다 팔았습니다. 엄청난 값을 치르고 산 귀한 가구들이었지만 모두 형편없는 가격에 팔렸습니다. 여하튼 가구를 판 돈으로 또 한동안은 살아갈 수 있었습니다. 하지만 결국 그 돈마저 떨어졌고, 이제는 더 이상 팔 만한 것도 남아 있지 않았습니다. 누레딘은 다시금 괴로움을 호소하러 페르시아 미녀에게로 갔습니다.

그런데 이 현명한 여인의 입에서는 정말 뜻밖의 대답이 흘러나왔습니다.

「여보! 저는 당신의 노예예요. 당신도 아시다시피 돌아가신 재상님께서 저를 금화 만 냥에 사셨죠. 그 이후로 제 값어치가 많이 떨어졌다는 것은 저도 잘 알고 있어요. 하지만 지금도 금화 만 냥에서 크게 벗어나지 않는 가격에 저를 파실 수 있을 거예요. 자, 지체하지 마시고 저를 시장에 데려다 파세요! 그러면 상당한 금액을 손에 쥘 수 있을 것이니, 그 돈을 가지고 낯선 도시로 가서 장사를 하세요. 그러면 큰 호사는 못 누리더라도, 행복하고 편안한 마음으로 살아가실 수 있을 거예요.」

「오, 나의 사랑하는 페르시아 여인이여!」 누레딘은 소리치지 않을 수 없었습니다. 「어떻게 당신이 그런 생각을 할 수 있소? 내가 그런 비겁한 짓을 할 수 있으리라 생각했다니, 그동안의 내 사랑이 부족했단 말이오? 설혹 내가 그렇게 비겁한 자라 할지라도, 결코 당신을 팔지 않겠노라 선친에게 한 맹세가 있는데 그걸 어떻게 깨뜨릴 수 있단 말이오? 그 맹세를 깨고 나 자신만큼, 아니 그 이상으로 사랑하는 당신과 헤어지느니 차라리 죽음을 택하겠소. 그런 말도 안 되는 제안을 하는 걸 보니, 당신은 내가 당신을 사랑하는 것만큼 나를 사랑하지 않는 것 같구려.」

「여보! 저를 사랑한다는 당신의 말이 결코 거짓이 아님을 잘 알고 있어요. 하느님께서도 아실 거예요. 당신에 대한 저의 열정 또한 결코 당신의 사랑보다 덜하지 않다는 사실을요.

또 당신은 제가 야속하다고 하지만, 그런 제안을 하는 것이 제게 얼마나 힘든 일인지도 하느님은 아시겠죠. 하지만 여보! 목구멍이 포도청이란 말도 있잖아요? 필요 앞에서는 어쩔 수 없는 법이랍니다. 저는 당신이 생각하는 것보다도 훨씬 더 당신을 사랑하고 있어요. 앞으로 어떤 주인에게 속하든, 계속 당신을 사랑할 거예요. 만일 제 소망대로 언젠가 당신의 일이 잘되어 저를 다시 사게 되실 수만 있다면, 전 세상에서 가장 큰 기쁨을 느낄 거예요. 자, 여보! 이것이 당신과 내 앞에 놓여 있는 잔인한 현실이랍니다. 결국 당신과 저를 이 비참한 상태에서 꺼내 줄 수 있는 건 이 방법뿐인 것 같아요.」

누레딘 역시 페르시아 미녀의 말이 너무나도 진실이라는 사실을 잘 알고 있었습니다. 또 현재의 치욕스러운 가난에서 헤어날 수 있는 다른 방법이 없었으므로, 그는 결국 그녀의 뜻에 따르기로 결심했죠.

그는 말할 수 없는 회한을 가슴에 안고 여자 노예들을 매매하는 시장으로 그녀를 데려갔습니다. 그는 하지 하산이라는 이름의 거간에게 말을 붙였습니다.

「여보게, 하지 하산! 내가 여자 노예 하나를 데려왔으니 값이 얼마나 될지 한번 봐주게!」

하지 하산은 누레딘과 페르시아 미녀를 어느 방으로 데리고 들어갔습니다. 페르시아 미녀가 얼굴을 가린 너울을 걷어 올리자, 그는 탄성을 질렀습니다.

「아니, 선생님! 이거 제가 제대로 본 겁니까? 이 여인은 과거 돌아가신 선친께서 금화 만 냥에 사셨던 그 노예가 아닙니까?」

누레딘은 그렇다고 대답했습니다. 하지 하산은 그녀라면 큰돈을 받을 수 있다고 장담하고, 있는 수단을 다 발휘하여 최고가로 팔 수 있도록 힘쓰겠다고 약속했습니다.

하지 하산은 페르시아 미녀를 방에다 남겨 놓고, 누레딘과 함께 상인들을 찾아갔습니다. 하지만 모두가 그리스, 갈리아, 아프리카, 타타르 출신의 노예들을 사느라 정신이 없었으므로 모든 매매가 끝날 때까지 기다려야만 했죠. 마침내 그들이 매매를 끝내고 모두 한자리에 모이자, 하지 하산은 만면에 쾌활한 미소를 띠고 입을 열었습니다.

「자, 자, 여러분! 둥글다고 해서 모두 개암은 아니며, 길다고 해서 모두 무화과도 아니요, 붉다고 해서 모두가 살코기인 것도 아닙니다! 또 모든 계란이 다 신선한 것은 아니며, 반짝인다고 하여 모두가 금인 것은 아니죠! 여러분들은 지금까지 살아오시면서 수많은 노예들을 보고 사셨을 것입니다. 하지만 장담하건대 지금 제가 보여 드리려는 이 노예와 비교할 만한 노예는 결코 보지 못하셨을 겁니다. 그야말로 진주와도 같은 노예입니다! 자, 모두들 저를 따라오십시오! 일단 보시고 여러분이 직접 경매 시작 가격을 정하십시오!」

상인들이 하지 하산의 뒤를 따라오자, 하지 하산은 페르시아 미녀가 있는 방의 문을 열어 주었습니다. 그녀의 모습을 본 상인들은 크게 놀라며, 시작 가격은 최소한 금화 사천 냥은 돼야 할 것이라고 입을 모았습니다. 그들이 방에서 나오자 함께 나온 하지 하산은 문을 닫은 다음, 큰 소리로 외쳤습니다.

「자, 경매 시작합니다! 페르시아 여자 노예, 금화 사천 냥!」

그런데 상인들이 부를 가격을 계산하느라 잠시 뜸을 들이고 있을 때, 재상 사우이가 나타났습니다. 그는 시장에서 누레딘의 모습을 보고는 생각했습니다.

〈저 누레딘 녀석이 가구를 팔아 만든 돈으로 노예를 사러 온 모양이군.〉

그때 하지 하산이 다시 한 번 소리쳤습니다.

「페르시아 여자 노예, 금화 사천 냥!」

사우이는 이렇게 높은 가격으로 팔릴 정도라면 특별히 아름다운 노예일 거라고 생각하고는, 몹시 보고 싶은 마음이 들었습니다. 그는 곧장 말을 몰아 상인들에게 둘러싸인 하지 하산 앞으로 간 다음, 그에게 명했습니다.

「문을 열어 내게 그 노예를 보여 주어라!」

원래 노예 시장 관습에 따르면, 일단 상인들이 노예를 보고 나서 흥정을 시작하면 다른 사람에게는 노예를 보여 주지 못하게 되어 있었습니다. 하지만 상인들은 재상의 권세가 두려워 감히 자신들의 권리를 주장할 수 없었죠. 어쩔 수 없이 하지 하산은 문을 연 다음, 아직 말을 탄 채 버티고 있는 사우이가 볼 수 있도록 페르시아 미녀를 문가로 나오게 했습니다.

눈부시게 아름다운 여자 노예를 본 사우이의 입에서는 감탄이 절로 흘러나왔습니다. 그는 거간에게 말했습니다.

「하지 하산! 조금 아까 자네가 부른 가격이 금화 사천 냥이었던가?」

「그렇습니다, 대감! 여기 있는 상인들이 조금 전에 시작 가격으로 정한 것이죠. 하지만 그들은 가격을 높여 갈 것입니다.」

「그래? 만일 더 높게 부르는 자가 없으면 내가 돈을 내겠다.」

이렇게 말하고 나서 사우이는 상인들을 쭉 둘러보았습니다. 한데 그 눈빛이 어찌나 살벌한지, 상인들은 입을 열어 가격을 올릴 수도, 그들의 권리를 침해한 것을 불평할 수도 없었지요. 잠시 기다리는 동안 아무도 가격을 높여 부르지 않자 사우이는 하지 하산에게 말했습니다.

「자, 뭐하나? 전 주인을 불러서 금화 사천 냥에 매매 계약을 체결하게! 그가 원하는 게 뭔지도 알아보고!」

사우이는 아직 노예의 주인이 누레딘이라는 사실을 모르고 있었던 것입니다. 하지 하산은 문을 닫고 누레딘과 얘기하러 들어갔습니다.

「선생님! 아주 골치 아픈 일이 생겼습니다. 선생님의 노예가 헐값에 팔리게 되었어요.」

「무엇 때문이오?」

「처음에는 일이 아주 순조롭게 진행되었습니다. 상인들은 선생의 노예를 보자마자 여러 말 하지 않고 금화 사천 냥부터 시작하자고 했습니다. 상인들은 최소한 선생의 선친께서 사셨던 가격으로까지 올릴 준비를 하고 있었죠. 그런데 제가 금화 사천 냥을 외치기 시작할 때, 글쎄 사우이 재상이 나타났지 뭡니까? 사우이가 상인들의 입을 막아 버리고는 자신이 그 노예를 사천 냥에 사겠다고 하는지라, 저는 그 터무니없는 가격을 받아들일 수밖에 없었습니다. 노예는 선생님 소유이니 제가 뭐라 강요할 수 없습니다만, 이 가격에는 절대로 팔지 않는 게 좋을 것 같습니다. 사우이가 어떤 인간인지는 저도 알고 선생님도 알고, 모든 사람이 다 아는 바가 아닙니까? 가격 자체가 말도 안 될뿐더러, 그 고약한 인간이 그 값이나마 제대로 치르겠습니까? 무슨 수를 써서라도 떼어먹겠지요.」

「그대의 충고, 진정 고맙소. 나 역시 내 노예가 우리 집안의 원수에게 팔려 가는 꼴을 보고 있을 수는 없소. 지금 돈이 몹시 필요한 건 사실이지만, 그녀를 그자에게 넘겨주느니 차라리 거지로 굶어 죽겠소. 그대는 이 시장과 관련한 모든 관례와 책략들을 알고 있으니, 사우이가 그녀를 사지 못하게 막을 방법이 있으면 좀 알려 주시오.」

「그건 아주 쉽습니다. 사람들에게 이렇게 말하는 겁니다. 〈여종이 나를 화나게 하면 그녀를 혼내기 위해 노예 시장에 끌고 오겠노라고 맹세했었다. 그리고 오늘 그녀를 여기 데려온 것은 그 맹세를 지키기 위함이지 정말로 팔려고 한 것은 아니었다〉라는 식으로 말입니다. 그러면 모든 사람이 수긍할 것이고, 사우이도 할 말이 없을 것입니다. 자, 갑시다! 내가 마치 선생의 동의를 받고 계약이 체결된 듯 사우이에게 그녀를 넘겨주려 하면, 선생께서 나타나셔서 그녀를 몇 대 때리고 집으로 데려가십시오.」

「정말로 고맙소! 그대의 충고대로 하리다.」

하지 하산은 다시 페르시아 미녀가 있는 곳으로 돌아가, 방문을 열고 들어갔습니다. 그는 그녀에게 앞으로 무슨 일이 일어나더라도 놀라지 말라고 간단히 일러둔 다음, 그녀의 팔을 잡아 방문 앞에서 기다리고 있는 사우이에게 데려갔습니다.

「대감! 이제 이 노예는 대감의 것입니다. 자, 어서 데려가십시오!」

그때였습니다. 어디선가 누레딘이 뛰어나와 페르시아 미녀의 팔을 낚아채 자기 쪽으로 잡아당기더니, 따귀를 한 대 갈겼습니다.

「이리 와! 이 건방진 년 같으니라고!」 그는 모든 사람에게 들리게끔 큰 소리로 말했습니다. 「자, 이제 집에 돌아가자! 네년의 성질이 하도 못되어, 나는 언젠가 너를 노예 시장에 끌고 와서 혼내 주겠다고 맹세했었지. 하지만 아직은 네가 필요하니 팔지는 않겠다. 더 이상 내게 아무것도 남지 않게 되었을 때 팔아도 되니까.」

사우이 재상은 누레딘의 이러한 행동에 부아가 치밀어 올랐습니다.

「이런 형편없는 난봉꾼 같으니라고! 그래, 아직 그 여종 말고 팔 것이 남았다는 말을 내가 믿을 것 같으냐?」

사우이는 곧장 누레딘 쪽으로 말을 몰고 가 페르시아 미녀를 빼앗으려 들었습니다. 이러한 재상의 모욕적인 행동에 불같이 화가 치민 누레딘은, 페르시아 미녀의 손을 놓고 잠깐 한쪽에서 기다리라고 말했습니다. 그러고는 사우이가 탄 말의 고삐를 낚아채 서너 걸음 뒤쪽으로 끌고 가서는 호통쳤습니다.

「못된 영감탱이 같으니! 지금 여기 모여 있는 사람들만 아니었다면, 당장에 널 죽여 버렸을 거다!」

거기 모여 있는 사람들 모두는 사우이를 증오하고 있었으므로, 그가 누레딘에게 당하는 꼴을 보고 몹시 좋아했습니다. 그들은 싸움에 끼어들지 않을 테니 마음껏 복수하라고 누레딘에게 눈짓했습니다.

사우이는 누레딘으로 하여금 고삐를 놓게 하려고 애를 써 보았습니다. 하지만 건장하고 억센 청년이었던 누레딘은 구경꾼들의 응원에 한층 대담해져서 재상을 아예 말에서 끌어

내렸습니다. 그러고는 개천 한가운데로 끌고 가 늘씬하게 패 준 다음, 피투성이가 된 그의 얼굴을 땅바닥에 처박아 버렸죠. 이에 사우이가 데려온 열 명의 종들이 칼을 뽑아 들고 누레딘에게 달려들었습니다. 하지만 상인들이 그들을 가로막았습니다.

「무얼 하려고 그러시오? 한 사람이 재상이라면, 다른 한 사람은 재상의 아들이오. 그들 간의 싸움은 그들끼리 끝내도록 놔둡시다! 이렇게 싸워도 며칠 후면 다시 화해하게 될 거요. 그리고 만일 당신들이 누레딘을 죽이기라도 한다면, 사우이 재상이 아무리 권세가 있다 한들 당신들을 법으로부터 보호해 줄 수 있을 것 같소?」

양팔에 힘이 다 빠질 때까지 사우이를 실컷 두들겨 패 준 누레딘은 그를 개천 한가운데 던져 놓고는 페르시아 미녀를 데리고 집으로 돌아갔습니다. 그의 행동에 속이 다 후련해진 구경꾼들의 박수갈채를 받으며 말입니다.

한편 온몸에 멍이 든 사우이는 종들의 도움을 받아 간신히 몸을 일으켰습니다. 그는 온통 피와 진흙으로 더럽혀진 자신의 꼴이 눈물이 핑 돌 정도로 원통했습니다. 그는 두 종의 어깨에 몸을 의지하고는 곧바로 왕궁으로 향했습니다. 시민들은 그런 그를 보고도 아무도 동정해 주지 않았죠. 그래서 더욱 처량하고 창피스러웠습니다. 마침내 왕의 거처에 이른 그는 꺼이꺼이 울기 시작하며, 듣기에도 불쌍한 목소리로 왕께서 정의를 구현해 달라고 외쳤습니다. 왕은 그를 들어오게 하여, 이런 상태로 만들어 놓은 자가 누구인지 물었습니다. 사우이는 외쳤습니다.

「폐하! 소신이 이처럼 억울하게 폭행을 당한 것은 단지 소신이 폐하의 성총을 받았다는 것, 또 폐하께서 주재하시는 신성한 어전 회의의 일원이라는 것, 오로지 그 이유 때문이

옵니다!」

「어허, 그따위 사설은 집어치우고, 단지 있었던 사실과 폭행자가 누구인지만 말하시오! 만일 그자에게 잘못이 있다면 벌을 줄 것이니.」

이에 사우이는 모든 일을 자기에게 유리하게 꾸며서 진술하기 시작했습니다.

「폐하! 소신이 요리사를 한 명 구하러 여자 노예를 매매하는 시장에 갔사옵니다. 거기 도착하니 거간이 한 여자 노예를 내놓고 금화 사천 냥을 외치고 있었습니다. 소신이 그녀를 데려오게 하여 보니, 좀처럼 보기 힘든 절세미인이었습니다. 저는 대단히 흡족한 마음으로 그녀를 살펴본 후에 주인이 누구냐고 물었습니다. 그런데 대답인즉슨, 다름 아닌 죽은 카칸 재상의 아들인 누레딘이라는 것이었습니다.

폐하도 기억하시겠지요? 지금으로부터 두세 해 전에 그에게 금화 만 냥을 주면서 그 돈으로 여자 노예를 사오라고 분부하신 일 말입니다. 그렇습니다. 그는 그 돈으로 이 노예를 샀던 것입니다. 하지만 그는 그녀가 폐하에게 과분하다 생각하고는 자기 아들에게 주어 버렸던 것입니다. 그런데 재상이 죽은 후에, 그 아들놈은 주색에 빠져 재산을 탕진했습니다. 그리하여 수중에 그 노예만 남게 되자, 그것마저 팔아 버리리라 결심하고 시장에 나왔던 것입니다. 소신은 그놈을 불렀습니다. 하지만 그 아비가 범한 배임 행위, 아니 배역 행위에 대해서는 언급하지 않고 아주 점잖게 말했습니다.

〈누레딘! 상인들의 말로는 자네의 노예의 경매 가격을 금화 사천 냥부터 시작하기로 했다더군. 물론 그 노예는 훨씬 높은 가격에 낙찰되겠지. 하지만 그냥 내게 사천 냥에 줄 수 있겠나? 내가 그녀를 사는 것은 우리들의 주군이신 국왕 폐하께 선사하려 함이네. 그리고 나는 이 일을 기회로 자네를 궁중에 들 수 있게끔 천거할 것이네. 그리되면 자네는 상인들에게서 받을 돈보다도 훨씬 더 귀중한 복을 얻게 될 것일세.〉

그런데 소신이 점잖게 한 말에, 그 건방진 놈은 오만방자한 눈으로 저를 노려보더니 이렇게 대꾸했습니다.

〈못된 늙은이 같으니! 네게 내 여종을 파느니 차라리 유대인에게 공짜로 줘버리겠다!〉

이 심한 모욕에도 저는 흥분하지 않고 다시 그를 타일렀습니다.

〈누레딘! 자네의 그 말은 바로 국왕 폐하에 대한 모독이라는 사실을 모르는가? 자네 선친과 나를 재상으로 만들어 주신 그분 말일세!〉

소신이 이렇게 훈계했지만, 놈은 수그러들기는커녕 도리어 더욱 성을 내더니 급기야는 미친놈처럼 제게 달려들었습니다. 나이나 지위 같은 것은 안중에도 없었지요. 소신을 말에서 끌어내리더니 분이 풀릴 때까지 때려 폐하께서 보시다시피 이런 꼴로 만들어 놓았습니다. 폐하! 소신이 이 심한 모욕을 받은 것은 모두가 폐하를 위해서였음을 통촉해 주시옵소서!」

말을 마친 사우이는 푹 숙인 고개를 옆으로 돌리더니, 닭똥 같은 눈물을 주룩주룩 흘렸습니다.

사우이의 교활한 말에 속아 넘어간 왕의 얼굴에는 격렬한 분노의 빛이 떠올랐습니다. 그는 옆에 시립한 호위대장에게 몸을 돌리고 말했습니다.

「당장 호위병 마흔 명을 데리고 가서 누레딘의 집을 약탈한 뒤 완전히 파괴해 버려라! 그런 다음 여종과 함께 놈을 끌고 오너라!」

왕명을 받은 호위대장이 막 왕의 거처를 나서려 할 때, 어전에 있다가 왕이 명을 내리는 것을 본 한 관리가 선수를 쳤습니다. 그는 산지아르라는 사람으로, 과거에는 카칸 재상의 종이었으나 재상의 추천으로 왕실에 들어와 조금씩 진급하여 현재의 위치에 오른 사람이었습니다.

그는 아직 옛 주인에 대해 감사하는 마음이 있었고, 태어나는 모습부터 보아 온 누레딘에 대한 애정도 간직하고 있었습니다. 게다가 오래전부터 사우이가 카칸 가문을 얼마나 증오하는지 익히 알고 있었던지라, 왕의 명령을 듣고 몸을 떨지 않을 수 없었죠. 그는 생각했습니다.

〈누레딘 님의 행동이 사우이가 일러바친 것만큼 고약하지는 않았을 거야. 폐하께서는 사우이의 이야기에 그대로 넘어가, 변명할 기회도 주지 않고 누레딘 님을 죽이려 하고 있어.〉

그는 지체 없이 누레딘의 집으로 뛰어갔습니다. 방금 왕궁에서 무슨 일이 있었는지 알려 주고, 빨리 페르시아 미녀와 함께 피신하라고 권하고자 함이었습니다. 누레딘의 집에 도착하여 문을 세차게 두드리자, 이미 오래전부터 시종 없이 살고 있던 누레딘이 직접 나와 문을 열어 주었습니다. 그를 보자마자 산지아르는 다급하게 말했습니다.

「나리! 이 발소라는 더 이상 나리에게 안전한 장소가 아닙니다! 목숨을 구하시려거든 한시도 지체하지 마시고 당장 이곳을 떠나십시오!」

「왜 그러시오? 대체 무슨 큰일이 있기에 내가 떠나야 한단 말이오?」

「떠나십시오! 그리고 여종도 함께 데려가십시오! 간단히 말씀드리면, 사우이가 나리와 있었던 일을 자기에게 유리하게 꾸며 폐하께 고했습니다. 조금 있으면 호위대장이 마흔 명의 병사와 함께 나리와 여종을 잡으러 옵니다. 자, 여기 금화 마흔 냥이 있으니 피신처를 구하는 데 사용하십시오. 더 드리고 싶지만, 그게 제가 가진 전부입니다. 자, 저는 더 이상 여기 있을 수 없으니 용서해 주십시오! 제가 온 것을 호위대장이 알아서는 안 됩니다.」

누레딘이 미처 감사할 틈도 없이, 산지아르는 총총히 떠났습니다.

누레딘은 페르시아 미녀에게 달려가 다급한 상황을 설명했습니다. 그녀는 너울로 얼굴만 간신히 가린 채 뛰어나왔고, 둘은 집을 빠져나왔습니다. 그들은 아무에게도 들키지 않고 무사히 도성을 빠져나올 수 있었습니다. 다행스럽게도, 성에서 멀리 떨어지지 않은 유프라테스 강의 하구[76]에 이르니 마침 닻을 올리고 있는 배 한 척이 있어 즉시 승선할 수 있었습니다.

두 사람이 배에 도착했을 때, 선장은 갑판에 승객들을 모아 놓고 있던 중이었습니다.

「자, 모두들 승선했나요? 도성 안에 볼일이나 잊으신 물건은 없습니까?」

이 질문에 승객들은 언제고 돛을 올려도 좋다고 대답했습니다. 배에 오르자마자 목적지를 물은 누레딘은, 바그다드로 간다는 선장의 대답에 기쁨을 금치 못했습니다. 선장이 곧 닻을 올리고 돛을 펼치자, 배는 순풍을 받아 발소라에서 멀어지기 시작했습니다.

이렇게 누레딘이 왕의 진노를 피해 페르시아 미녀와 함께 도망가고 있을 때, 발소라에서는 무슨 일이 벌어지고 있었을까요?

호위대장은 누레딘의 집에 도착하여 문을 두드렸습니다.

---

[76] 이라크 남부의 항구 도시 발소라에서 멀지 않은 곳에 티그리스 강과 유프라테스 강이 만나는 지점이 있으며, 티그리스 강을 통해 바그다드에 이를 수 있다.

하지만 아무도 문을 열지 않자 문을 부수게 했고, 병사들은 벌떼처럼 집안으로 몰려 들어갔습니다. 집안을 샅샅이 뒤져 보았지만 그들은 누레딘도 페르시아 미녀도 찾을 수 없었죠. 호위대장은 이웃 사람들을 불러 두 남녀를 보지 못했느냐고 물었습니다. 하지만 설사 그들을 본 사람이 있었을지라도, 누레딘을 좋아하고 있던 그들 가운데 그에게 해가 될 말을 할 사람은 하나도 없었을 것입니다. 부하들이 집을 약탈하고 파괴하는 동안, 호위대장은 왕에게 돌아와 결과를 보고했습니다. 왕은 다시 명했습니다.

「그놈이 어디에 숨어 있더라도 반드시 찾아내야 한다!」

호위대장이 수색을 위해 다시 떠나자, 왕은 사우이에게 말했습니다.

「자, 이젠 댁으로 돌아가시오! 그리고 누레딘을 벌주는 일에 대해서는 걱정 마시오! 놈의 그 무엄한 행동은 내가 복수해 주겠소.」

누레딘을 잡기 위해 모든 수단을 다 동원하리라 마음먹은 왕은, 왕명을 외쳐 전하는 광고꾼들로 하여금 그와 여종을 잡아오는 자에게는 금화 천 냥을 상으로 줄 것이며, 반대로 그들을 감춰 주는 자는 엄벌에 처할 것임을 도성 전체에 알리게 했습니다. 하지만 이처럼 신속하게 모든 조처를 취했음에도 그들에 대한 소식은 얻을 수 없었습니다. 사우이에게 한 가지 위안이 있었다면, 이제야 왕을 자기편으로 만들 수 있었다는 점이었습니다.

한편 누레딘과 페르시아 미녀는 순조롭게 항해를 계속하여 마침내 바그다드에 이르렀습니다. 바그다드가 눈에 들어오자 선장은 항해를 무사히 마쳤다는 기쁨으로 외쳤습니다.

「여러분, 기뻐하시오! 전 세계 모든 장소에서 끊임없이 사람들이 모여드는 위대하고도 놀라운 도시가 저기 있소! 각양

각색의 사람들이 들끓는 곳, 겨울에도 혹독한 추위가 없고 여름에도 지나친 더위가 없는 곳이오! 백화만발한 봄 날씨가 일 년 내내 계속되고, 가을의 감미로운 과실들을 마음껏 누릴 수 있는 곳이라오!」

배가 도성의 약간 아래쪽에 정박하자, 승객들은 각자 유숙할 곳을 찾아 떠났습니다. 누레딘도 뱃삯으로 금화 다섯 냥을 주고는 페르시아 미녀와 함께 내렸습니다. 하지만 바그다드는 처음이라 어디에 거처를 잡아야 할지 막막하기만 했습니다. 두 사람은 한동안 티그리스 강변에 펼쳐진 정원들을 따라 걸었습니다. 특히 길고도 멋진 담벼락으로 에워싸인 정원이 있었는데, 그들이 담을 따라 끝까지 걸어가니 길이 옆으로 굽으며 말끔하게 포장된 긴 길이 나왔고, 그 끝에는 예쁜 분수대와 그 너머의 정원 대문이 보였습니다.

장려한 대문은 굳게 닫혀 있었지만 그 앞의 공간은 일종의 현관방처럼 꾸며져 있었고 양편에는 좌단도 한 개씩 놓여 있었습니다. 누레딘은 페르시아 미녀에게 말했습니다.

「아주 적당한 장소요! 밥은 배에서 이미 먹었으니, 여기서 밤을 보내는 게 어떻겠소? 그리고 내일 아침부터 본격적으로 지낼 곳을 찾아봅시다. 내 의견이 어떻소?」

「여보! 당신이 좋으면 저는 무조건 좋다는 걸 아시잖아요? 당신이 원하시면 여기서 머물러요.」

그들은 분수대의 물로 목을 축인 후, 함께 좌단에 몸을 누였습니다. 그렇게 두 사람은 잠시 이런저런 얘기들을 나누다가 감미로운 물소리를 자장가 삼아 잠들었습니다.

그런데 사실 이 정원은 칼리프의 소유로, 그 중앙에는 〈그림 누각〉이라고 불리는 큰 누각이 한 채 서 있었습니다. 건물에 이러한 이름이 붙은 것은, 칼리프가 특별히 초빙해 온 여러 화가들이 그린 페르시아식(式) 그림들로 건물을 장식했기 때문입니다. 누각 내부에 있는 크고 멋진 홀에는 여든 개의 창이 나 있었고, 각 창에는 샹들리에가 하나씩 걸려 있었습니다. 이 여든 개의 샹들리에는 바람 한 점 없이 잔잔한 날, 칼리프가 방문할 때만 불이 켜졌습니다. 그럴 때면 누각 전체가 환하게 밝아져, 그 휘황찬란한 모습은 인근의 전원뿐 아니라 도성의 대부분 지역에서도 보일 정도였지요.

이 정원에는 수위 한 사람이 살고 있었습니다. 이브라힘 영감이라는 아주 늙은 관리로, 칼리프가 그에게 수위 자리를 은전(恩典)으로 내려 이곳에 상주하면서 정원을 지키고 관리하도록 했던 것입니다. 칼리프는 그에게 어떤 사람도 정원에 발을 들여놓지 못하게 할 것이며, 특히 대문 앞에 있는 두 좌단에는 아무도 앉지 못하게 하여 항상 깨끗이 유지해 놓으라고 분부한 바 있었습니다.

누레딘과 페르시아 미녀가 정원에 도착했을 때, 이브라힘 영감은 볼일이 있어 외출 중이었습니다. 해질 무렵에 돌아와 대문 앞에 이른 그는, 좌단 위에 두 사람이 나란히 누워 각다귀를 피하려는 듯 터번을 풀어 얼굴을 가린 채 자는 모습을 보며 생각했습니다.

〈오호라! 감히 칼리프의 금지령을 위반하다니! 내 이 녀석들의 버릇을 단단히 고쳐 주리라!〉

그는 살그머니 대문을 열고 정원으로 들어가더니, 잠시 후 소매를 걷어붙이고 손에는 굵직한 작대기를 든 채 다시 나타났습니다. 그는 두 사람을 있는 힘껏 후려치기 위해 작대기를 높이 쳐들다가, 갑자기 동작을 멈추고 다시 생각했습니다.

〈이브라힘아! 넌 지금 이 사람들을 치려 하고 있다. 하지만 어쩌면 이들은 갈 곳을 몰라 이곳에 오게 된, 칼리프의 금지령을 모르는 순진한 이방인들일지도 모른다. 그래! 먼저 이 사람들이 누구인지 알아보는 게 좋겠다.〉

그는 두 사람의 얼굴을 가리고 있는 천을 살짝 들춰 보았습니다. 그리고 너무도 준수한 청년과 아름다운 처녀의 얼굴을 보고는 그만 넋을 잃고 말았죠. 그는 누레딘의 발을 살짝 잡아당겨 그를 깨웠습니다.

누레딘은 즉시 머리를 들어 올렸습니다. 그는 허연 수염을 땅에까지 기른 어떤 노인네가 서 있는 것을 보고는 벌떡 일어나 그의 발밑에 무릎을 꿇었습니다. 그러고는 노인의 손을 잡아 입을 맞추고는 이렇게 말했습니다.

「영감님! 하느님의 축복으로 만수무강하시길 빕니다! 저희에게 뭔가 볼일이라도 있으십니까?」

「자넨 누구이며, 어디서 왔는가?」

「우리는 막 이곳에 도착한 이방인들입니다. 여기서는 내일 아침까지만 지내려고 합니다.」

「여기는 불편할 걸세. 자, 나를 따라 들어가세! 자네들에게 좀 더 편한 잠자리를 마련해 줌세. 그리고 아직 날이 완전히 저물지 않았으니, 멋진 정원도 좀 구경하면 좋지 않겠나?」

「이 정원은 영감님 것인가요?」

「아무렴, 물론이지! 내 것이라네.」 이브라힘 영감은 미소를 지으며 대답했습니다. 「선친에게서 물려받은 것이지. 자, 들어오라고 하지 않나! 정원을 보면 과히 실망하지 않을 걸세.」

누레딘은 몸을 일으켰습니다. 그는 이브라힘 영감에게 이렇게 친절하게 맞아 주어 얼마나 고마운지 모르겠다고 인사하고는, 페르시아 미녀와 함께 정원 안으로 들어갔습니다. 이브라힘 영감은 대문을 닫고, 정원의 구조와 규모와 아름다움을 한눈에 감상할 수 있는 장소로 그들을 데려갔습니다.

누레딘도 발소라에서 멋있다고 소문난 정원들을 여럿 본 바 있었지만, 지금 이 정원에 비교할 만한 것은 여태껏 본 적이 없었습니다. 이 모든 것을 구경하고 몇 개의 산책로도 걸어 본 누레딘은 따라오는 수위에게 고개를 돌려 그의 이름을 물었습니다. 노인이 이브라힘이라고 대답하자 누레딘은 다시 말했습니다.

「이브라힘 영감님! 정말이지 기가 막힌 정원이군요! 여기서 만수무강하시기 바랍니다! 이렇게 훌륭한 장소를 구경시켜 주시니 저희로서는 뭐라고 감사해야 할지 모르겠습니다. 어떻게든 저희의 마음을 표현하고 싶군요. 자, 여기에 금화 두 냥이 있습니다. 이걸 드릴 터이니, 무언가 먹을 것을 장만해 주시겠습니까? 오늘 저녁, 우리와 함께 즐깁시다!」

평소 돈깨나 밝히던 이브라힘 영감이었기에, 누레딘이 내민 금화 두 냥을 본 그의 입은 수염 속에서 헤벌어졌습니다. 돈을 받아 든 그는 장을 보러 달려가면서 기쁨에 넘쳐 생각했습니다.

〈흠, 괜찮은 사람들이군그래! 경솔하게 그들을 혼내주고 쫓아냈다면 큰 손해를 볼 뻔했군. 이 돈의 십 분의 일이면 두 사람에게 진수성찬을 차려 줄 수 있겠지. 나머지는 내 거야……〉

이렇게 이브라힘 영감이 손님들과 자신을 위해 저녁거리를 사러 가고 있을 때, 누레딘과 페르시아 미녀는 산책을 계속하다가 정원 중앙의 〈그림 누각〉에 이르렀습니다. 그들은 우선 멈춰 서서 건물의 아름다운 구조며 입이 떡 벌어지는 규모와 높이를 감상한 후에, 건물 주위를 한 바퀴 돌면서 여러 방향에서 바라보았습니다. 그런 다음에는 흰 대리석 계단을 통해 홀의 문 앞까지 올라가 보았는데, 그 문은 닫혀 있었습니다.

이브라힘 영감이 장 본 것을 잔뜩 들고서 들어온 것은 두 사람이 막 계단에서 내려온 참이었습니다. 누레딘은 놀란 얼굴로 그에게 물었습니다.

「이브라힘 영감님! 이 정원이 분명히 영감님 것이라고 하셨죠?」

「그랬지! 그런데 왜 그걸 묻지?」

「그렇다면 저 멋진 누각도 영감님 것인가요?」

예상하지 못했던 질문에 이브라힘 영감은 약간 머뭇거리며 속으로 머리를 굴렸습니다.

〈누각이 내 것이 아니라고 대답하면, 정원은 내 것인데 어째서 누각은 그렇지 않은지 묻겠지?〉

이제 와서 정원이 자기 것이 아니라고 고백하기 창피했던지라, 그는 끝까지 밀고 나가기로 마음먹었습니다.

「여보게! 정원이 내 것인데 그 가운데 박혀 있는 누각이 내 것이 아니라는 게 말이 되나? 두 개 다 내 것일세.」

「그렇다면 우리들은 오늘 밤 영감님 손님이니 누각 안을 구경시켜 주세요! 그 겉모습만 봐도 내부가 얼마나 굉장할지 상상이 가는군요.」

지금까지 해놓은 말이 있는데 여기서 거절하는 것은 말도 안 되는 일이었습니다. 더욱이 오늘은 아무런 연락도 없었으므로, 칼리프는 이곳에 오지 않을 것이 분명했습니다. 평소 칼리프는 방문하기 전에 사람을 보내어 알리곤 했던 것입니다. 그래서 이브라힘 영감은 두 사람을 누각 안에 데려가고, 내친 김에 그 안에서 함께 식사까지 해버리자 마음먹었습니다. 그는 가져온 먹을거리를 층계의 첫 번째 계단 위에 내려놓고는, 열쇠를 가지러 숙소로 갔습니다. 그러고는 잠시 후 등불을 들고 와 누각의 문을 열었습니다.

홀 안에 들어간 누레딘과 페르시아 미녀는 놀라울 정도로 화려하고 아름다운 내부를 둘러보면서 감탄을 거듭했습니다. 벽과 천장을 장식하고 있는 그림들뿐 아니라, 좌단들 역시 굉장했습니다. 각각의 십자 유리창 앞에는 샹들리에가 걸려 있었고, 그 옆 벽면에는 양초가 꽂힌 은 촛대가 하나씩 붙어 있었습니다. 이 모든 것들에 누레딘은 한때 자신이 누렸던 화려한 삶을 떠올리며 한숨지었습니다.

한편 이브라힘 영감은 먹을거리를 가져와 좌단 위에 펼쳐 놓았습니다. 모든 것이 준비되자 세 사람은 둘러앉아 함께 식사를 했습니다. 식사가 끝나 손까지 씻고 나자, 누레딘은 창문 하나를 활짝 열고 페르시아 미녀를 불렀습니다.

「이리 와서 달빛에 비친 정원의 풍경을 한번 보시오! 아, 정말 기가 막히는군!」

이렇게 두 사람은 이브라힘 영감이 상을 치우고 있는 동안 바깥 풍경을 마음껏 즐겼습니다.

이브라힘 영감이 상을 정리하고 그들 곁으로 오자, 누레딘은 의미심장한 미소를 지으며 혹시 자신들에게 대접할 만한 음료가 없는지 물었습니다. 그러자 이브라힘 영감이 되물었습니다.

「어떤 음료를 원하는가? 빙수인가? 맛이 절묘한 것이 있긴 하지. 하지만 여보게! 원래 저녁 식사 후에는 빙수를 먹지 않는 법 아닌가?」

「에이, 알고 있습니다. 하지만 우리가 원하는 건 빙수가 아니지요. 다른 음료 있잖습니까? 내 말을 이해하지 못하시다니 이상하군요.」

「지금 자네, 술을 말하는 건가?」

「바로 맞히셨습니다! 술 좀 있으면 제발 한 병만 가져다주세요! 저녁 식사를 마치고 잠자리에 들기 전에는 술 한잔 하는 것처럼 좋은 게 없다는 것을 잘 아시잖아요?」

「내 집에 술 따위는 없네!」 이브라힘 영감이 빽 하고 소리쳤습니다. 「심지어 나는 술 냄새 풍기는 장소는 근처도 안 간다네! 난 이래 봬도 메카에 네 차례나 순례를 다녀온 사람이야! 술 같은 건 평생 멀리하기로 맹세했다고!」

「그렇다 해도 우리에게 좀 갖다 주실 수는 있지 않습니까? 그렇게 해주시면 우리는 너무 좋겠는데요. 하지만 직접 사오는 게 내키지 않으시다면, 제가 한 가지 방법을 알려 드리죠. 영감님이 선술집에 들어갈 필요도, 술에 손을 댈 필요도 없이 살 수 있는 아주 기막힌 방법입니다.」

「그런 조건이라면 사오겠네. 자, 어떻게 하는 건지 말해 보라고!」

「아까 정원 입구를 지나다 보니 거기 나귀 한 마리가 매여 있더군요. 아마 영감님이 필요할 때 사용하시는 거겠죠. 자, 여기 또 금화 두 냥이 있습니다. 나귀 등에 바구니 두 개를 얹고 아무 선술집에나 가세요! 그 안에 들어가지는 말고 멀찌감치 떨어져 서 있다가 누구든 지나가는 사람에게 부탁하세요. 돈을 줄 테니 나귀를 선술집에 끌고 가 술 두 항아리를 사서 바구니 속에 넣은 다음, 술값을 치르고 다시 나귀를 데려다 달라고요. 그다음에 영감님은 그냥 나귀를 슬슬 몰아 집으로 돌아오시기만 하면 됩니다. 이런 방법을 사용하면 영감님은 혐오스러운 일은 조금도 하지 않아도 됩니다.」

이브라힘 영감의 손에 놓인 금화 두 냥은 강력한 효과를 발휘했습니다. 그는 누레딘이 말을 마치자마자 소리쳤습니다.

「아하, 여보게! 정말이지 자넨 모르는 게 없구먼! 자네가 아니었으면, 아무런 죄의식을 느끼지 않고도 술을 대접할 수 있는 이런 좋은 방법이 있다는 걸 절대로 몰랐을 거야.」

그는 즉시 심부름을 하러 떠나더니, 금세 술을 사서 돌아왔습니다. 누레딘은 누각 아래로 내려가 바구니에서 항아리를 꺼내 홀로 가져갔지요.

이브라힘 영감이 나귀를 제자리에 데려다 놓고 홀에 돌아오자, 누레딘이 다시 말했습니다.

「이브라힘 영감님! 이렇게 수고해 주셔서 정말로 고맙습니다. 하지만 또 한 가지 부족한 게 있네요.」
「그게 뭔가?」
「술잔이 없네요. 또 안주가 될 만한 과일이 좀 있을까요?」
「뭐든 말만 하게! 자네들이 원하는 건 다 가져다줄 테니.」
이브라힘 영감은 아래로 내려가더니, 잠시 후에는 각종 과일이 가득 담긴 훌륭한 자기들이며 금잔과 은잔 등으로 차린 술상을 내왔습니다. 그러고는 또 필요한 게 있는지 물은 후에, 두 사람들이 같이 있자고 간곡히 청했음에도 불구하고 밖으로 나가 버렸습니다.
누레딘과 페르시아 미녀는 술상에 앉아 각기 한 잔씩 들이켰습니다. 술맛은 기가 막혔죠. 이에 누레딘이 말했습니다.

「어떻소? 운명이 우리를 이렇게 멋지고도 유쾌한 장소로 이끌어 주었으니, 우리 두 사람은 세상에서 가장 행복한 사람들이 아니겠소? 자, 우리 즐기면서 힘든 여행의 시름을 싹 잊어버리도록 합시다! 한 손에는 당신이 있고 다른 한 손에는 술잔이 있으니, 이 세상 그 무엇이 내 행복보다 크다 하겠소!」

그들은 다시 여러 잔을 더 마시면서 도란도란 정겨운 얘기를 나누고 번갈아 가며 노래를 부르기도 하였습니다.

두 사람 모두 좋은 목소리를 가지고 있었는데, 페르시아 미녀의 목소리는 특별히 아름다웠습니다. 그들의 아름다운 노랫소리에 바깥 계단에 서서 엿듣고 있던 이브라힘 영감은 넋을 잃을 정도였죠. 한동안 모습을 드러내지 않고 엿듣기만 하던 늙은 수위는 더 이상 참지 못하고 문틈으로 머리를 내밀며 소리쳤습니다.

「브라보! 그렇게 즐거워하는 모습을 보니 나도 기쁘군!」

「아, 이브라힘 영감님!」 누레딘이 고개를 돌리며 외쳤습니다. 「영감님은 참으로 고맙고도 좋은 분이십니다! 자, 술을 권하지는 못하겠지만, 그래도 좀 들어오세요! 이리 오세요! 그냥 자리만 같이하시면 되잖아요?」

「아니, 그냥 두 분끼리 즐기게나! 나는 그저 두 분의 노래만 듣고 있어도 좋네.」

이렇게 말하고 나서 그는 다시 모습을 감췄습니다.

페르시아 미녀는 이브라힘 영감이 멀리 가지 않고 바깥 계단에 있다는 것을 알아채고는, 이를 누레딘에게 알려 주며 말했습니다.

「여보! 저 영감님이 지금 술을 끔찍이도 싫어하는 것처럼 행동하고 계시죠? 하지만 제 말대로만 하면 저분에게 술을 들게 할 수 있어요.」

「어떻게 그럴 수 있을까? 말해 보시오! 당신이 시키는 대로 하리다.」

「저분에게 그냥 들어오셔서 우리와 함께 있어 달라고만 하세요. 그러고서 조금 있다가 술을 한 잔 따라서 권해 보세요. 싫다고 하면 그냥 당신이 마시세요. 그러다가 잠이 든 척 하세요. 나머지는 제가 알아서 할게요.」

누레딘은 페르시아 미녀의 생각이 무엇인지 눈치챘습니다. 그는 이브라힘 영감을 부르고, 그가 다시 문에 나타나자 말했습니다.

「이브라힘 영감님! 우린 영감님의 손님이고, 영감님은 우리를 세상에서 가장 친절하게 맞아 주셨어요. 그런데 그냥 여기 앉으셔서 이 자리를 빛내 달라는 부탁도 거절하실 참인가요? 술을 권하지는 않겠어요. 그냥 얼굴만이라도 마주 보고 있으면 너무 좋겠는걸요.」

결국 이브라힘 영감은 고집을 꺾었습니다. 그는 들어가서 문과 가까운 쪽에 있는 좌단에 궁둥이를 붙이고 앉았습니다. 그러자 누레딘이 다시 말했습니다.

「왜 그렇게 불편하게 계십니까? 거기 계시면 얼굴을 잘 뵐 수 없잖아요? 자, 제발 좀 이쪽으로 오셔서 집사람 옆에 앉으십시오! 그녀도 그러길 바란답니다.」

「뭐, 그렇게 원한다면야 어쩔 수 없지.」

이브라힘 영감은 다가가서 페르시아 미녀 가까운 곳에 자리를 잡고 앉았습니다. 이처럼 매력적인 여인과 가까이 있게 된 기쁨에 입가에는 흐뭇한 미소가 떠올랐죠. 누레딘은 페르시아 미녀에게 이브라힘 영감을 위해 노래를 한 곡조 해달라고 청했고, 그녀가 노래를 부르기 시작하자 늙은 수위는 황홀하여 넋이 나갈 정도였습니다.

페르시아 미녀가 노래를 마치자, 누레딘은 잔에 술을 따라 이브라힘 영감에게 권했습니다.

「이브라힘 영감님! 우리를 위해 건배해 주십시오!」

「에구머니!」 노인은 마치 뱀이라도 본 양 몸을 뒤로 빼면서 외쳤습니다. 「나는 정말 사양하겠네! 아까도 말했지만 술을 끊은 지 이미 오래라네.」

「그렇다면 저라도 영감님을 위해 한 잔 건배할 테니 허락해 주십시오.」

이렇게 누레딘이 술을 마시고 있을 때, 페르시아 미녀는 사과를 반으로 잘라 한쪽을 이브라힘 영감에게 주면서 말했습니다.

「술은 드시지 않으시더라도, 이 사과는 거절하지 않으시겠죠? 드세요! 아주 맛있어요.」

그렇게 아름다운 손이 권하는 것을 거절할 수는 없는 노릇이었습니다. 이브라힘 영감은 고개를 숙여 답례하고는 사과를 입에 가져갔습니다. 이렇게 페르시아 미녀가 노인에게 갖은 애교를 부리고 있을 때, 누레딘은 좌단에 엎어져 잠이 든 시늉을 했습니다. 그녀는 노인에게 말했습니다.

「저 사람 보셨죠? 같이 놀면 항상 저런다니까요! 두 잔만 마시면 나만 남겨 두고는 혼자 잠들어 버리죠. 하지만 그가 잠자는 동안 영감님이 말벗이 되어 주실 거죠?」

페르시아 미녀는 잔에 술을 가득 부어 이브라힘 영감에게 권했습니다.

「자, 저를 위해 건배해 주세요! 그럼 저도 답배(答盃)해 드리겠어요.」

이브라힘 영감은 극구 사양하며 제발 좀 살려 달라고 애원했습니다. 하지만 그녀가 더욱 강하게 권하자, 결국 미녀의 매력과 간청에 굴복한 노인은 잔을 받아 들어 한 방울도 남기지 않고 쭉 들이켰습니다.

사실 이 사람 좋은 노인네는 가끔 혼자서 술을 조금씩 즐기곤 했습니다. 그러나 처음 보는 사람 앞에서 마시는 것은 창피스럽게 생각했던 것입니다. 그는 많은 다른 사람들처럼 은밀히 선술집에 드나들었지만, 누레딘이 가르쳐 준 방법 따위는 사용하지 않았습니다. 단골로 다니는 술집이 있는 데다, 남의 눈에 띄지 않는 밤 시간을 이용했던 까닭입니다. 구태여 남에게 부탁하여 심부름 값으로 아까운 돈을 줄 필요는 없었던 것이죠.

이브라힘 영감이 안주로 남은 사과를 먹고 있을 때, 페르시아 미녀는 다시 한 잔을 따라 주었습니다. 노인은 이번에는 좀 더 순순히 잔을 받았고, 세 번째에는 아예 전혀 사양하지 않고 한입에 털어 넣었습니다. 그렇게 네 번째 잔을 들고 있을 때, 그때까지 자는 척하고 있던 누레딘이 몸을 벌떡 일으키고는 노인을 쳐다보며 폭소를 터뜨렸습니다.

「하하하! 이브라힘 영감님! 뭐, 술을 끊었다고요? 그런데 왜 그렇게 잘 드십니까?」

불시에 당한 이브라힘 영감의 얼굴은 새빨갛게 물들었습니다. 하지만 그는 마시던 잔을 끝까지 다 비운 다음, 멋쩍게 웃으면서 대꾸했습니다.

「여보게! 방금 내가 죄를 범했다면, 그 벌을 받아야 할 사람은 내가 아니라 자네 부인일세! 이처럼 아름다운 분에게 어떻게 저항할 수 있겠나?」

페르시아 미녀도 이브라힘 영감의 편을 들어 주었습니다.

「저 사람이 뭐라고 하든 상관하지 마세요! 자, 계속 드시고 마음껏 즐기세요!」

잠시 후 누레딘도 한 잔 따라 마시고, 페르시아 미녀에게도 따라 주었습니다. 그러자 이브라힘 영감은 스스로 잔을 들어 누레딘에게 내밀며 말했습니다.

「나는 안 따라 주나? 그래, 내가 자네들보다 술을 못할 것 같은가?」

이 말에 누레딘과 페르시아 미녀는 크게 웃음을 터뜨렸습니다. 물론 누레딘은 노인에게도 술을 따라 주었고, 그렇게 그들은 자정이 다가올 때까지 웃고 떠들면서 계속 술을 마셨습니다. 자정 무렵이 되자 페르시아 미녀는 가물거리는 촛불을 보고는 사람 좋은 수위 노인에게 말했습니다.

「이브라힘 영감님! 영감님은 촛대를 한 개만 가져오셨는데, 이제 보니 이 방에는 멋진 초들이 잔뜩 있었네요! 저것들을 전부 켜주세요! 그러면 훨씬 더 잘 보일 거예요.」

이때 이브라힘 영감은 누레딘과의 대화에 한참 열을 올리고 있던 데다가, 술기운이 올라 거리낄 게 없었던 터였죠.

「부인이 직접 켜시오! 이런 일을 하기엔 나보다 당신처럼 젊은 사람이 낫지 않겠소? 하지만 대여섯 개만 켜도록 하시오! 그 정도만 해도 충분할 테니까.」

페르시아 미녀는 몸을 일으켰습니다. 그녀는 초 하나를 가져다 상 위에 놓인 촛불에 대어 불을 붙인 후, 이브라힘 영감이 시킨 대로 하지 않고 여든 개의 초에 전부 불을 붙였습니다.

얼마 후 이브라힘 영감이 페르시아 미녀와 다른 주제로 대화에 열을 올리고 있을 때, 이번에는 누레딘이 샹들리에 몇 개를 켜고 싶어 했습니다. 이브라힘 영감은 촛불이 전부 다 켜져 있다는 것도 알지 못한 채 누레딘에게 말했습니다.

「아니, 젊은 사람이 나보다 힘이 없는 것도 아닌데 게으르기 짝이 없군그래! 자네가 직접 켜도록 하게! 하지만 단 세 개만 켜야 하네!」

누레딘 역시 세 개로 만족하지 않고 전부 다 켜버렸고, 거기에 여든 개의 창문도 모두 열어 놓았습니다. 하지만 이브라힘 영감은 여전히 페르시아 미녀와의 이야기에 열중해 있었던지라 조금도 눈치채지 못했죠.

이때 칼리프 하룬알라시드는 아직 잠자리에 들지 않고 있었습니다. 그가 있던 왕궁의 객실은 티그리스 강에 면해 있었는데, 한쪽 창문을 통해서 멀리 〈그림 누각〉과 정원을 볼 수 있는 곳이었습니다. 칼리프는 우연히 그 창문을 열었다가 누각에 불이 켜져 있는 것을 보고는 깜짝 놀랐습니다. 하도 밝아서 처음에는 도성에 불이 났나 싶을 정도였던 것입니다. 마침 옆에는 대재상 자파르가 있었습니다. 그는 빨리 퇴청하고 싶은 마음에 칼리프가 침전에 들기만을 기다리고 있던 참이었죠. 칼리프는 크게 화가 나 그를 소리쳐 불렀습니다.

「재상! 당신 뭐하는 사람이오? 자, 이리 와서 저기 〈그림 누각〉 좀 보시오! 내가 여기 있는데 대체 왜 이 시각에 저렇듯 대낮처럼 불이 켜져 있단 말이오?」

이 말을 들은 대재상은 온몸이 떨렸습니다. 칼리프의 말이 사실이라면 큰일이기 때문입니다. 곧 창가에 서서 밖을 내다본 그의 몸은 더욱 심하게 떨렸습니다. 과연 칼리프의 말이 사실이었던 것입니다. 하지만 우선은 어떤 구실을 대서라도 칼리프를 진정시켜야 했습니다.

「신자들의 사령관이시여! 지금 제 머릿속에 떠오르는 설명은 단 한 가지이옵니다. 나흘 전쯤에 이브라힘 영감이 저를 찾아왔습니다. 자기가 다니는 모스크 승려들의 모임을 주최할 계획이 있다고 말하더군요. 모여서 폐하의 태평성대를 기리는 어떤 의식을 거행하고 싶다나요? 저는 그 모임을 위해 제가 도울 일이라도 있는지 물었습니다. 이에 그는 저더러 폐하께 말씀드려서, 이 모임과 의식을 누각에서 가질 수 있도록 해달라는 것이었습니다. 저는 가능할 것이라 하고 꼭 폐하께 말씀드리겠노라 약속한 후, 그를 돌려보냈습니다. 하지만 제가 깜빡하여 지금까지 폐하께 말씀드리지 못했음을 너그러이 용서해 주옵소서! 이브라힘 영감이 말한 그 모임이 바로 오늘이었던 것 같습니다. 지금 모스크의 승려들을 특별히 대접하려고 불을 환하게 밝힌 모양입니다.」

「자파르 경!」 칼리프의 음성은 약간 누그러져 있었습니다. 「경의 말을 듣자 하니, 그대는 세 가지 용서할 수 없는 잘못을 저질렀군그래. 첫 번째 잘못은 이브라힘 영감에게 내 누각 안에서 모임을 갖도록 허락해 준 것이오. 일개 수위는 그런 영예를 가질 자격이 없지 않소! 두 번째 잘못은 이에 대해 아무런 보고도 하지 않았던 것이오. 그리고 세 번째 잘못은 노인의 진정한 의도를 간파하지 못했다는 점이오. 아마 그 노인네는 이 모임을 경에게 보고하면서 뭔가 보조금 같은 것을 기대했을 것이오. 하지만 경은 눈치가 없었던 거요. 그래서 그는 앙심을 품고 누각의 등불을 있는 대로 다 켜버린 것이지. 나는 그 심정을 조금은 이해하오.」

대재상 자파르는 칼리프가 이렇게 부드럽게 나오자 너무나 기뻐 그가 지적한 세 가지 잘못을 기꺼이 인정하며, 그러고 보니 이브라힘 영감에게 한 푼도 주지 않았다고 아뢰었습니다. 그러자 칼리프는 미소를 지으며 덧붙였습니다.

「그렇다면 경은 이 세 가지 잘못에 대해 벌을 받아야 할 것이오! 하지만 무서운 벌은 아니니 너무 걱정 마시오! 그대는 오늘 밤 나와 함께 지내야 하오. 나는 지금 누각에 모여 있을 그 선량한 사람들을 보고 싶소. 평범한 백성의 옷으로 갈아입으려 하니, 그대와 메스루르도 마찬가지로 옷을 갈아 입고 오시오!」

자파르는 지금은 시간이 너무 늦었고, 또 누각에 가보았자 그때쯤이면 모임이 파해 있을 거라고 말하고 싶었습니다. 하지만 정작 입에서 튀어나온 대답은 〈소신도 너무나 가보고 싶사옵니다!〉였죠. 속마음은 정반대였으니, 재상의 마음은 괴롭기 이를 데 없었습니다. 하지만 지엄한 칼리프 앞에서는 다만 복종만이 있을 뿐, 말대꾸란 감히 생각할 수조차 없었지요.

그리하여 평민으로 변장한 칼리프는 대재상 자파르와 호위대장 메스루르와 함께 궁을 빠져나와 바그다드의 거리를 지나 정원에 이르렀습니다. 한데 이게 웬일입니까? 정원 대문이 활짝 열려 있는 게 아니겠습니까! 아까 이브라힘 영감이 술을 사오면서 닫는 것을 깜빡 잊어버렸던 것입니다. 칼리프는 분개하여 재상에게 말했습니다.

「자파르 경! 지금 몇 신데 문이 이렇게 열려 있는 거요? 평소에도 이브라힘 영감은 이렇게 문을 열어 놓는 거요? 나로서는 노인네가 파티를 준비하느라 정신이 없어서 한 실수라 이해하고 싶군.」

일행은 정원으로 들어가 누각 앞에 이르렀습니다. 칼리프는 누각에 들어가기 전에 먼저 안에서 무슨 일이 일어나고 있는지 알고 싶다며, 근처의 나무 위로 올라 홀 안을 들여다보자고 대재상에게 제안했습니다. 하지만 대재상은 홀의 문이 조금 열려 있는 것을 보고 이 사실을 칼리프에게 알려 주었습니다. 아까 이브라힘 영감이 두 사람의 간청에 못 이겨 들어갈 때 열어 놓았던 것입니다.

이에 칼리프는 살금살금 홀 문 앞까지 갔습니다. 문은 아주 조금만 열려 있어서, 그들은 들키지 않고 안을 엿볼 수 있었습니다. 안을 들여다 본 칼리프는 비할 데 없는 절세미인과 보기 드문 미남이 이브라힘 영감과 마주하고 있는 것을 보고 크게 놀랐습니다. 마침 술잔을 든 이브라힘 영감이 미녀에게 말하고 있었습니다.

「아름다우신 부인! 원래 술꾼은 술 마시기 전에 노래를 한 곡조 뽑는 법이라오. 자, 멋진 노래를 한 곡 들려 드릴 테니, 한번 들어 보시오!」

이브라힘 영감은 구성진 목소리로 노래하기 시작했습니다. 그때까지 이브라힘 영감을 그저 선량하고 점잖은 노인네로만 알고 있던 칼리프로서는 그야말로 기절초풍할 노릇이었죠. 그는 다가갈 때처럼 살금살금 문에서 떨어져, 몇 계단 아래 서 있는 대재상에게 와 말했습니다.

「올라가서 한번 보시오! 과연 저 안에 있는 자들이 모스크의 승려들인지!」

칼리프의 험악한 어조에 재상은 무언가 일이 크게 잘못되고 있음을 직감했습니다. 올라가서 문틈으로 안을 들여다본 재상은 세 남녀가 놀고 있는 것을 보고는 두려움에 전신을 부르르 떨었습니다. 크게 당황하여 무슨 말을 해야 할지 몰랐지요. 칼리프는 대재사장에게 말했습니다.

「대체 이게 무슨 난장판이오? 저 사람들은 누구이기에 내 정원과 누각에 함부로 들어와서 놀고 있는 것이오? 그리고 이브라힘 영감은 왜 저 사람들을 들어오게 놔두었으며, 그것도 모자라 같이 놀고 있는 거요? 하지만 두 남녀 모두 보기 드문 절세의 미남 미녀라는 사실은 인정하지 않을 수 없군! 좋소! 몹시 화가 나기는 하지만, 일단 저들의 자세한 사정이나 알아봐야겠소. 최소한 저들이 누구이며 왜 여기 들어와 있는지 알아본 후에, 화를 내든지 말든지 해야겠지.」

칼리프가 다시 문 앞으로 가자, 대재상도 따라가서 칼리프의 어깨너머로 안을 들여다보았습니다. 두 사람은 이브라힘 영감이 페르시아 미녀에게 말하는 소리를 들었습니다.

「사랑스러운 부인! 오늘 밤 우리의 즐거움을 완전한 것으로 만들기 위해 부인이 더 원하는 것이라도 있소? 내게 말만 하시오!」

「제가 연주할 만한 악기라도 있다면 금상첨화겠는걸요! 좀 가져다주실 수 있으세요?」

「부인! 류트를 연주할 줄 아시오?」

「가져와 보세요! 그럼 알게 되실 거예요.」

이브라힘 영감은 류트를 가지러 멀리 갈 필요가 없었습니다. 홀 안에 있는 장에서 꺼내기만 하면 됐으니까요. 노인이 건넨 류트를 받아 든 페르시아 미녀는 줄을 고르기 시작했습니다. 칼리프는 자파르에게 고개를 돌려 소곤거렸습니다.

「저 젊은 여인이 류트를 연주하려 하고 있소. 홈…… 좋소! 만일 그녀의 솜씨가 뛰어나다면, 그녀는 물론 옆에 있는 청년까지 용서해 주겠소. 하지만 어쨌거나 경은 교수형에 처해 버릴 거요!」

「신자들의 사령관이시여!」 대재상이 대꾸했습니다. 「그렇다면 소신은 저 여인의 연주가 형편없기만을 하느님께 빌어야겠군요.」

「그건 또 왜 그렇소?」

「이 힘한 세상, 못된 사람들과 부대끼며 살아왔으니, 저승길이라도 아름답고 착한 사람들과 같이 가야 하지 않겠습니까?」

평소 재치 있는 농담을 즐겨 하는 칼리프는 재상의 대꾸에 킥킥거리며 웃음을 터뜨렸습니다. 그러고는 다시 문 쪽으로 몸을 돌려 안에 있는 미녀의 연주에 귀를 기울였습니다.

페르시아 미녀는 벌써 전주를 시작하고 있었는데, 칼리프는 전주만 듣고도 그녀의 솜씨가 보통이 아니라는 것을 알 수 있었습니다. 곧이어 그녀는 류트 반주에 맞추어 청아한 목소리로 노래를 부르기 시작했습니다. 그녀의 연주와 노래는 너무도 완벽한 것이어서 칼리프마저 넋을 잃을 정도였습니다.

페르시아 미녀가 노래를 마치자 칼리프는 계단 아래로 내려왔고, 대재상도 그 뒤를 좇았습니다. 아래에 내려온 칼리프가 자파르에게 말했습니다.

「내 생전 이렇게 아름다운 목소리와 이렇게 훌륭한 류트 연주는 들어 본 적이 없소. 지금까지 나는 이삭[77]이 세계 최고의 류트 연주자라고 생각해 왔지만 그도 그녀에게는 미치지 못하오. 이제는 직접 내 앞에서 하는 연주를 좀 들어 봤으면 하오. 한데 그러려면 어찌해야 좋을지 고민이오.」

「신자들의 사령관이시여! 지금 폐하께서 들어가시면 이브라힘 영감은 폐하를 알아보고는 무서워서 심장 마비로 죽어 버릴지도 모릅니다.」

「허허, 나도 그게 고민이오. 그토록 오랫동안 나를 섬겨 온 저 노인네가 나로 인해 죽는다면 그처럼 섭섭한 일은 또 없겠지. 자, 내게 한 가지 좋은 생각이 떠올랐소. 경은 저기 보이는 산책로에서 메스루르와 함께 기다리시오! 내 곧 돌아오리다!」

이 정원에는 매우 아름다운 인공 연못이 하나 있었습니다. 근방에 있는 티그리스 강의 물을 지하 수로로 끌어와 만든 것으로, 강의 씨알 굵은 물고기들이 와서 숨어 지내는 곳이었죠. 이 사실을 잘 알고 있는 어부들은 여기서 고기를 잡고 싶어 했지만, 칼리프는 누구도 들어와서 고기를 잡는 일이 없도록 이브라힘 영감에게 단단히 주의를 주고 있었습니다. 그런데 이날 밤은 달랐습니다. 칼리프가 정원에 들어간 후에 어부 한 사람이 정원 대문 앞을 지나다가 문이 열려 있는 것을 보고는, 이 절호의 기회를 이용하려 슬그머니 인공 연못까지 잠입한 것입니다.

어부가 연못에 던진 그물을 막 끌어당기려 할 때, 칼리프가 나타났습니다. 그는 이브라힘 영감의 경비가 소홀한 틈에

---

77 Isaac. 칼리프 하룬알라시드 시대에 바그다드에 살던 탁월한 류트 연주자 — 원주.

이런 일이 일어날 줄 알고서, 어부를 이용해 자신의 계획을 이루려고 온 것이었습니다. 비록 변복을 하고 있었지만 어부는 한눈에 칼리프를 알아보았습니다. 그는 즉시 칼리프의 발밑에 몸을 던지고는, 찢어지게 가난하여 그런 것이니 한 번만 용서해 달라고 애원했습니다. 칼리프가 대답했습니다.

「자, 일어나라! 조금도 무서워할 것 없다. 다만 물고기가 좀 잡혔나 보게 그물을 당겨 보아라!」

안심한 어부가 재빨리 그물을 당기자, 큼직한 물고기 대여섯 마리가 펄떡였습니다. 칼리프는 그중에서도 가장 굵직한 놈 둘을 골라, 가는 나뭇가지로 대가리를 한데 꿰었습니다. 그러고 나서 어부에게 말했습니다.

「네 옷을 내게 주고, 대신 내 옷을 입어라!」

두 사람은 금방 옷을 교환했고, 이제 터번에서부터 신발까지 어부의 옷으로 갈아입은 칼리프가 다시 말했습니다.

「자, 이제는 그물을 집어 들고 가서 자네 볼일을 보도록!」

뜻밖의 행운에 어부가 입이 턱밑에 걸려 떠나자, 칼리프는 물고기 두 마리를 들고 다시 자파르와 메스루르에게 돌아왔습니다. 칼리프가 대재상 앞으로 가 설 때까지, 대재상은 그를 전혀 알아보지 못하고 말했습니다.

「자네, 뭘 원하는 건가? 어서 가던 길이나 가게!」

이 말에 칼리프는 웃기 시작했고, 비로소 자파르는 그를 알아보고 외쳤습니다.

「신자들의 사령관이시여! 정말 폐하가 맞는지요? 전혀 못 알아보았습니다. 저의 무례한 행동을 용서해 주십시오! 그렇게 들어가시면 이브라힘 영감도 폐하를 전혀 알아보지 못할 겁니다.」

「자, 그럼 두 사람은 여기에 있으시오! 나는 어부를 연기하고 오겠소.」

칼리프는 계단을 올라 문을 두드렸습니다. 그 소리를 들은 누레딘이 이브라힘 영감에게 알리자 그는 앉은 채로 누구냐고 소리쳤습니다. 칼리프는 문을 열고 한 걸음 들어서서 모습을 드러내며 대답했습니다.

「이브라힘 영감님! 저는 어부 케림입니다! 지나다 보니 손님 두 분을 대접하고 계시는 것 같아서요. 조금 전에 큼직한 물고기 두 마리를 잡았는데 혹시 필요하시지 않을까 해서 가져와 봤습니다만.」

누레딘과 페르시아 미녀는 물고기라는 말에 반색을 했습니다. 페르시아 미녀가 얼른 말했습니다.

「이브라힘 영감님! 저 사람을 들어오게 해주세요! 그가 가져온 물고기를 보고 싶어요.」

이때 이브라힘 영감에게는 오직 아름다운 아가씨의 환심을 사고 싶다는 생각뿐이어서, 자칭 어부라는 자가 이곳까지 어떻게 들어왔는지에 대해서는 관심도 없었습니다. 술에 잔뜩 취해 문 쪽으로 간신히 고개를 돌리고는 혀 꼬부라진 소리로 말했습니다.

「이런 도둑고양이 같으니라고! 들어와! 물고기 좀 보게 들어오라고!」

칼리프는 완벽하게 어부의 흉내를 내면서 들어와 물고기 두 마리를 내밀었습니다.

「아주 좋은 물고기군요! 잘 구워서 요리해 온다면 기꺼이 먹겠어요.」 페르시아 미녀가 감탄했습니다.

「이 부인 말씀 들었지!」 이브라힘 영감이 소리쳤습니다. 「요리도 안 되어 있는 물고기를 가지고 와서 우리더러 뭐하란 말이냐? 네가 가서 요리해 와! 부엌에 가면 요리에 필요한 게 다 있을 거다.」

칼리프는 다시 대재상 자파르에게 돌아왔습니다.

「자파르 경! 성공했소! 그들이 내게 물고기를 요리해 달라고 했소.」

「제가 요리하겠습니다! 잠깐이면 됩니다.」

「아니오! 내가 세운 계획이니 끝까지 내 손으로 해보고 싶소! 지금까지 어부 역할도 잘 해냈는데, 요리사 역이라고 못할 이유가 없지. 사실 나는 젊었을 때 요리도 해본 적이 있다오. 꽤 괜찮은 솜씨였다고!」

그는 이브라힘 영감의 숙소로 향했고, 대재상과 메스루르는 그 뒤를 쫓았습니다.

세 남자는 팔을 걷어붙이고 요리를 시작했습니다. 이브라힘 영감의 부엌은 그리 크진 않았지만 필요한 것은 다 갖춰져 있어서 그들은 요리를 금방 끝낼 수 있었습니다. 칼리프는 완성된 요리를 홀에 가져다주고 각 사람 앞에는 레몬도 한 개씩 놓았습니다. 세 사람, 특히 누레딘과 페르시아 미녀가 아주 맛나게 먹는 모습을 칼리프는 두 손을 공손히 모은 채 서서 지켜보았습니다.

누레딘은 칼리프를 올려다보면서 말했습니다.

「어부 양반! 이렇게 맛있는 생선 요리는 처음이오! 우리를 이렇게 즐겁게 해준 데 대해 어떻게 감사해야 할지 모르겠소.」 그는 품에 손을 넣어 돈주머니를 꺼냈습니다. 그러고는 발소라 왕의 신하인 산지아르가 준 금화 중 남은 서른 냥이 들어 있는 주머니 전체를 칼리프에게 내밀며 말했습니다.

「자, 받으시오! 내게 돈이 있었다면 좀 더 주었을 것이오. 만일 내가 재산을 탕진하기 전에 그대를 만났더라면 그대를 가난에서 벗어나게 해줄 수 있었을 텐데 말이오! 하지만 이거라도 흔쾌히 받아 주시오!」

칼리프는 감사하며 주머니를 받아 들었습니다. 들어 보니 꽤 묵직한 것이 속에 금이 들어 있는 것 같아, 칼리프는 누레딘에게 말했습니다.

「선생님! 이렇게 후히 베풀어 주시니 어떻게 감사드려야 할지 모르겠습니다. 선생님처럼 좋은 분을 만나게 되다니 정말 행운입니다. 하지만 돌아가기 전에 한 가지 부탁이 있습니다. 여기에 류트가 있는 걸 보니 아마도 부인께서 연주하시는 모양이군요. 저를 위해 한 곡 연주해 달라고 부인께 부탁드려도 될까요? 그러면 저는 이 세상에서 가장 행복한 기분으로 돌아갈 수 있을 텐데요. 류트는 제가 엄청나게 좋아하는 악기랍니다.」

누레딘이 즉시 그녀에게 말했습니다. 「페르시아 미녀여! 그렇게 해줄 수 있겠소? 거절하지 않으리라 믿소.」

그녀는 류트를 들었습니다. 그리고 잠시 음을 고른 후에 반주에 맞추어 노래를 부르기 시작했습니다. 노래를 마치고 나서도 한동안 류트 연주를 계속했는데, 그 정열적이고도 능란한 솜씨에 칼리프는 황홀해졌습니다.

페르시아 미녀가 연주를 마치자 칼리프는 외치지 않을 수 없었습니다.

「아! 정말이지 기막힌 음성과 기막힌 손놀림에 기막힌 연주였습니다! 지금까지 이 세상에 이런 노래, 이런 류트 연주가 또 있었을까요? 이런 것은 본 적도 들은 적도 없습니다!」

그러자 칭찬하는 사람에게는 입고 있던 옷이라도 벗어 주는 누레딘의 버릇이 발동했습니다.

「어부 양반! 음악에 꽤 조예가 깊은 것 같소이다! 보아하니 이 여자를 몹시 마음에 들어 하는 것 같은데, 까짓것 내가 선물로 주겠소!」

그러고는 즉시 몸을 일으켜 아까 벗어 놓은 통옷을 걸치더니 그대로 홀을 나가 떠나려 했습니다. 자신의 여자는 어부에게, 아니 칼리프에게 줘버린 채 말입니다.

페르시아 미녀는 이 어이없을 정도로 후한 행동에 기절초풍하여 누레딘을 붙잡았습니다. 그러고는 애절한 눈으로 누레딘을 바라보며 말했습니다.

「주인님! 어디 가시는 거예요? 자리에 앉으세요! 제가 다시 한 곡 부를 테니 들어 보세요!」

누레딘은 그녀의 말대로 했습니다. 그녀는 다시 류트를 들어, 눈에 눈물을 가득 담고서 즉석에서 지은 노래를 부르기 시작했습니다. 이처럼 자신을 다른 사람에게, 그것도 케림과 같은 하찮은 어부에게 물건 내던지듯 줘버리는 누레딘의 야속한 태도를 탓하고 원망하는 내용이었습니다. 노래를 마친 그녀는 류트를 옆에다 내려놓고, 더 이상 억제할 수 없는 눈물을 감추려 손수건으로 얼굴을 덮었습니다.

여종의 질책에 누레딘은 아무 대답도 하지 않았습니다. 그 침묵은 그녀를 줘버린 것에 대해 아무런 후회도 없음을 보여 주고 있었지요. 하지만 그녀의 말을 듣고 새로운 사실을 알게 된 칼리프는 깜짝 놀랐습니다.

「선생님! 보아하니, 선생님께서 너그럽게도 소인께 선사하신 이 아름다운 부인은 선생의 노예인 모양이군요?」 칼리프는 여전히 어부 역할을 완벽하게 해내며 누레딘에게 말했습니다.

「그렇소, 케림! 그리고 지금까지 그녀와 관계되어 일어났던 불행한 일들을 듣는다면 지금보다 훨씬 더 놀랄 것이오.」

「오, 그렇다면 선생님! 제게 그 이야기를 들려주실 수 있겠습니까?」

일개 어부에 불과한 케림에게 이미 너무도 큰 선물들을 아낌없이 준 누레딘은 이번 부탁도 흔쾌히 들어주었습니다. 자신의 사연을 모두 들려준 거죠. 부친인 재상이 발소라 왕을 위해 페르시아 미녀를 산 이야기부터 시작해서 바그다드에 도착한 지금 이 순간까지, 그동안 일어난 일들을 하나도 빠짐없이 들려주었습니다.

누레딘이 이야기를 마치자 칼리프가 다시 물었습니다.

「이제 어디로 가시는 겁니까?」

「어디로? 하느님이 이끄는 대로.」

「그럼 제 말을 들으십시오! 더 이상 다른 곳에 가지 말고 발소라로 돌아가십시오! 제가 편지를 한 장 써드릴 테니, 그걸 발소라 왕에게 보여 주세요. 그걸 읽고 나면 발소라 왕은 선생님을 아주 극진히 대접할 것이고, 다른 사람들은 끽소리도 못하게 될 겁니다.」

「케림! 정말 이상한 말을 하는구려! 당신 같은 어부가 왕하고 교류한다는 말은 생전 처음 듣소.」

「그렇게 놀라실 것 없습니다. 우리 둘은 동문수학한 사이이며, 세상에 둘도 없는 친구입니다. 물론 두 사람의 운명이 달라 그는 왕이 되었고 저는 어부가 되었습니다만, 이러한 신분의 차이도 우리의 우정을 퇴색시키지는 못했습니다. 사실 그는 저를 이 비참한 신세에서 꺼내 주겠다며 도움도 여러 차례 제의해 왔습니다. 하지만 저는 그가 제 친구를 위한 부탁만 들어준다면 그걸로 만족하려 합니다. 그러니 제게 맡기십시오! 일이 아주 잘 풀릴 겁니다.」

누레딘은 칼리프의 뜻에 동의했습니다. 홀 안에는 글 쓰는 데 필요한 모든 것이 갖춰져 있었으므로, 칼리프는 즉시 발소라 왕에게 보내는 편지를 쓰기 시작했습니다. 편지의 맨 윗부분에는 아주 조그만 글씨로 〈지극히 궁휼하신 하느님의 이름으로〉라는 표현을 적었는데, 이는 이 편지를 쓴 사람의 뜻에 무조건 복종해야 함을 의미하는 칼리프 고유의 표서였습니다.

칼리프 하룬알라시드가 발소라 왕에게 보내는 편지
마디의 아들 하룬알라시드가 사촌 모하메드 지네비에게 이 편지를 보내오! 카칸 재상의 아들 누레딘이 그대에게 전해 주는 이 편지를 읽는 즉시 왕의 망토를 벗어 그의 어깨 위에 걸쳐 주고, 그대 대신 옥좌에 앉히시오. 내 말을 반드시 실행하기 바라며, 잘 있으시오.

칼리프는 편지를 접어 봉한 다음, 그 내용에 대해서는 아무 말 없이 누레딘에게 건넸습니다.

「자, 받으십시오! 그리고 즉시 가서 배를 타십시오! 매일 같은 시간에 출발하는 배가 곧 출발한답니다. 잠이 오더라도 배에 타서 주무십시오.」

누레딘은 편지를 받아 들고는 산지아르가 주머니를 주기 전부터 지니고 있던 자기 돈 약간만을 가지고 떠났습니다. 그가 떠나자 페르시아 미녀는 견딜 수 없는 슬픔에 사로잡혀 좌단 한쪽에 웅크리고 앉아 울음을 터뜨렸습니다.

이렇게 누레딘이 방에서 나가자마자 그때까지 침묵을 지키고 있던 이브라힘 영감은 아직도 칼리프를 어부로 착각하고는 그를 노려보며 말했습니다.

「이봐, 케림! 자네는 동전 스무 닢도 안 되는 물고기 두 마리를 들고 여기 들어와 돈주머니 하나와 노예 한 사람을 받았어. 자, 이 모든 게 자네 거라고 생각하나? 나도 저 노예의 반을 가져야겠어! 그리고 돈주머니를 열어서 속에 무엇이 있는지 보여 줘! 그 안에 은화가 있으면 자네에게 한 닢을 주겠어. 만일 금화라면 내가 다 갖고, 자네에게는 내 주머니에 남아 있는 동전 몇 개를 줄 거야.」

여기서 잠시, 다음에 일어날 일을 이해하기 위해서는 손수 요리한 생선을 홀에 가져가기 전에 칼리프가 한 일을 알 필요가 있습니다. 그는 대재상 자파르를 시켜 빨리 왕궁에 가서 시종 네 사람에게 자신의 어의(御衣)를 가져오게 하라고 명했습니다. 또 자신이 손뼉을 쳐서 신호할 때까지 그 시종들과 함께 누각 아래에서 기다리고 있으라고 했습니다. 자파르는 칼리프의 분부를 신속히 이행했고, 메스루르와 네 시종과 함께 손뼉 치는 소리가 들리기만을 기다리고 있었지요.

자, 그럼 다시 우리의 이야기로 돌아와 봅시다. 칼리프는 여전히 어부 행세를 하면서 이브라힘 영감에게 말했습니다.

「이브라힘 영감! 주머니에 무엇이 들어 있는지는 모르겠소! 하지만 그것이 금이든 은이든 간에 기꺼이 당신과 반반씩 나눌 용의가 있소이다. 하지만 이 여자 노예만큼은 나 혼자 갖겠소! 만일 이 조건이 마음에 들지 않는다면 하는 수 없소. 당신에겐 아무것도 없을 것이오.」

이브라힘 영감은 일개 어부가 갑자기 이처럼 건방지게 나오자 화가 머리끝까지 치밀어, 상 위에 있던 도자기 하나를 집어 들어 그의 머리를 노리고 던졌습니다. 하지만 술 취한 사람이 던진 그릇 피하는 정도야 식은 죽 먹기였죠. 그릇은 벽에 맞아 산산조각이 나버렸습니다. 제대로 맞히지 못한 이브라힘 영감은 더욱 분통이 터져 비틀거리며 일어나서는, 상 위에 있는 촛대 하나를 집어 들고 홀 한구석에 난 비밀 계단으로 내려갔습니다. 지하실에서 몽둥이를 가져오기 위함이었습니다.

칼리프는 이 틈을 타서 창문가로 다가가 손뼉을 쳤습니다. 이에 기다리고 있던 여섯 사람이 뛰어 올라와, 즉시 칼리프가 입고 있는 어부 옷을 벗기고 어의를 입혀 주었습니다. 이렇게 칼리프가 홀 안에 마련되어 있던 옥좌에 앉고 주변에서는 그의 옷매무새를 가다듬어 주고 있을 때, 이브라힘 영감이 손에 굵은 몽둥이를 들고서 다시 나타났습니다. 욕심을 채우지 못한 그는 분에 씩씩대면서 어부 놈을 늘씬하게 패주리라 벼르고 있었던 것입니다. 한데 이게 웬일입니까? 옷은 방 한복판에 떨어져 있는데 패주려는 사람은 보이지 않고 대재상과 메스루르가 좌우에 시립한 보좌 위에는 칼리프가 앉아 있는 게 아닙니까! 이를 본 늙은 수위는 딱 멈춰 서서 이게 꿈인가 생시인가 하며 눈을 비볐습니다. 칼리프는 그가 놀라는 모습을 보며 너털웃음을 터뜨렸습니다.

「이브라힘 영감! 원하는 게 뭔가? 뭘 찾고 있는 건가?」

이제야 그 어부가 칼리프라는 사실을 확실히 알게 된 이브라힘 영감은 즉시 그의 발밑에 엎드렸습니다. 그러고서는 얼굴과 긴 수염을 땅에 부비며 외쳤습니다.

「오, 신자들의 사령관이시여! 미천한 종이 감히 폐하를 능멸했사옵니다. 제발 용서해 주십시오!」

 시종들의 도움을 받아 어의를 다 입은 칼리프는 옥좌에서 내려오며 그에게 말했습니다.

「자, 일어나라! 용서해 주겠노라.」

 그다음에 칼리프는 페르시아 미녀에게로 몸을 돌렸습니다. 그녀는 정원과 누각의 주인이 이브라힘 영감이 아닌 이 군주이며, 그가 아까의 어부로 변장했었다는 사실을 알고는 순간적으로 이별의 슬픔마저 잊고 있었습니다. 칼리프는 그녀에게 말했습니다.

「아름다운 페르시아 여인이여! 일어나 나를 따라오시오! 그대는 이제 내가 누구인지 알았을 것이오. 나는 유례없이 너그러운 마음의 소유자 누레딘으로부터 당신을 선사받았다고 하여 그 행운을 악용하기에는 너무도 고귀한 신분이오. 내가 누레딘을 발소라에 보낸 것은 그곳의 왕위를 물려받게 하려 함이오. 또한 추가로 급보(急報)를 보내어 그를 온전히 왕으로 세워 주고 난 다음에는 그대도 보내어 왕비가 되게 하겠소. 그때까지는 내 왕궁에 그대의 거처를 마련해 주고 그대의 가치에 걸맞은 대우를 해줄 것이오.」

 이 말에 페르시아 미녀는 안심했을 뿐 아니라 그녀에게 있어서 가장 민감한 부분, 즉 누레딘과 관련한 문제에 있어서도 위로를 얻을 수 있었습니다. 뜨겁게 사랑하는 누레딘이 그렇게 높은 지위에 오르게 되었다는 기쁨이 그동안의 모든 고통을 충분히 보상해 주었던 것입니다. 칼리프는 그녀와의 약속을 어기지 않았습니다. 왕비 조베이드에게 가서 자신이 누레딘이라는 인물을 얼마나 높이 평가하는지 설명한 후, 그녀에게 페르시아 미녀를 맡긴 것입니다.

 이제는 모든 것이 누레딘에게 미소 짓고 있는 듯 그는 아무 사고 없이, 그리고 예상보다도 며칠 더 빨리 발소라에 도착할 수 있었습니다. 고향에 돌아온 그는 친구도 친척도 찾아가지 않았습니다. 곧장 왕궁으로 갔고, 왕은 그에게 알현을 허락했습니다. 누레딘이 편지를 든 손을 높이 치켜들고 모여 선 신하들을 헤치고 옥좌 앞으로 나아가자 사람들은 물러서서 길을 터주었습니다. 그가 편지를 왕에게 바치자, 그것을 받아 펼친 왕은 편지를 읽어 가면서 점차 얼굴빛이 바뀌었습니다. 다 읽고 난 그는 편지에 세 번 입을 맞춘 후 칼리프의 명을 이행하려 했습니다. 하지만 그 순간, 그는 이 편지를 누레딘의 불구대천의 원수인 사우이에게 한번 보여 주는 것이 좋겠다는 생각이 들었습니다.

사우이는 누레딘이 들어올 때부터 도대체 그가 무슨 속셈으로 돌아왔는지 알 수 없어 심히 불안한 마음으로 있다가, 편지에 적혀 있는 칼리프의 명을 보고는 기절할 듯 놀랐습니다. 하지만 왕 못지않게 자신의 안위도 걸려 있는 일이었으므로, 궁지에서 벗어날 방법을 퍼뜩 생각해 냈습니다. 그는 어두워서 편지가 잘 보이지 않는 듯한 시늉을 하면서, 좀 더 밝은 빛에 비춰 보려는 듯이 몸을 옆으로 돌렸습니다. 그러고는 아무에게도 보이지 않는 틈을 타서, 〈이는 칼리프의 명이니 무조건 복종해야 한다〉라는 뜻을 담고 있는 그 특별한 표서가 적힌 편지 윗부분을 슬그머니 찢어 내 꿀꺽 삼켜 버렸습니다.

이렇게 고약한 짓을 한 다음, 사우이는 왕에게 몸을 돌려 편지를 내밀면서 나직하게 물었습니다.

「자, 폐하께선 어떻게 하시렵니까?」

「칼리프의 분부대로 해야지, 어쩌겠나?」

「잘 생각하십시오, 폐하! 분명 이것은 칼리프의 필적입니다만 칼리프 고유의 표서는 보이지 않는군요.」

아까 발소라 왕은 그 표서를 분명히 확인했습니다. 하지만 그 역시 몹시 흥분한 상태였으므로 사우이의 말을 듣고는 아마도 자기가 착각했나 보다 하고 생각했습니다.

「폐하!」 사우이는 계속 말했습니다. 「분명 칼리프는 이 편지를 쓰셨습니다. 하지만 그것은 누레딘이란 놈이 그분을 찾아가 폐하와 저를 참소하며 귀찮게 굴어서 놈을 떼어 버리기 위해 마지못해 쓰신 것임이 분명합니다. 물론 폐하께서 여기 써진 대로 하시리라곤 생각하지 않으셨겠죠. 더욱이 칼리프의 칙서를 전하는 특사도 오지 않았습니다. 칙서도 없는 이따위 편지가 무슨 효력이 있겠습니까? 그런 절차 없이 폐하 같은 일국의 왕을 퇴위시킨다는 것이 말이나 됩니까? 만일 그렇다면 어떤 작자가 가짜 편지를 가져와 왕위를 요구해도 내줘야 하게요? 아닙니다! 일은 절대로 이런 식으로 하는 게 아닙니다. 폐하! 소신의 말을 믿으십시오! 만일 무슨 일이 생기면 그때는 제가 책임지겠습니다.」

결국 사우이의 말에 설득된 지네비 왕은 누레딘을 그에게 넘겨주었습니다. 누레딘을 자기 집으로 끌고 온 사우이는 무자비한 태형을 가하여 그를 거반 죽여 놓았습니다. 그러고 나서는 가장 어둡고 깊숙한 지하 뇌옥에 처넣은 후, 빵과 물만을 주라고 옥지기에게 분부했습니다.

만신창이가 된 몸으로 겨우 정신을 차린 누레딘은 자신이 뇌옥에 갇힌 것을 알고 불행한 운명을 한탄하며 흐느끼기 시작했습니다.

「아, 어부 이놈아! 네놈이 나를 속였구나! 아니, 네놈 말을 그렇게 쉽사리 믿은 내가 바보지! 네놈에게 그리 잘해 주었는데, 이런 가혹한 운명이 기다리고 있을 줄은 꿈에도 몰랐다! 하지만 그대에게 하느님의 축복이 있기를! 그대가 나쁜 의도로 그랬던 것은 아닐 테니 말이다. 나는 다만 인내하며 이 모든 불행이 끝나기를 기다리는 수밖에!」

가련한 누레딘이 이런 상태로 꼬박 열흘을 지내는 동안, 사우이는 한시도 그를 잊지 않고 있었습니다. 그는 누레딘을 아주 치욕스럽게 죽이려고 마음먹고 있었지만, 그가 가진 권한으로는 감히 그럴 수 없었죠. 마침내 그는 사악한 계획을 실행에 옮기고자 종들에게 갖가지 선물을 잔뜩 짊어지게 한 다음, 그들을 이끌고 왕에게로 갔습니다. 그러고는 매우 음흉한 미소를 지으며 말했습니다.

「폐하! 이것은 새 왕이 자신의 즉위 기념으로 폐하께 보내는 선물이옵니다.」

왕은 사우이의 말뜻을 알아차리고는 대꾸했습니다.

「뭐요? 그 망할 놈이 아직도 살아 있단 말이오?」

「폐하! 제 권한으로는 그 누구의 목숨도 빼앗을 수 없지 않습니까? 그건 폐하만의 권한이옵니다.」

「당장 가서 놈의 목을 베시오! 경에게 허하겠소.」

「폐하! 이렇게 정의를 베풀어 주시니 무한히 감사드리옵니다. 그런데 폐하께서도 기억하시겠지만, 누레딘은 사람들이 보는 앞에서 저를 모욕한 자입니다. 소신은 만인 앞에서 받은 모욕을 씻고 싶사옵니다. 그러니 왕궁 앞에서 처형할 수 있게 해주시고, 또한 광고꾼들로 하여금 온 도성을 돌며 이 사실을 외쳐 알리게 해주시옵소서!」

왕은 그의 모든 요구를 허락해 주었습니다. 그리하여 광고꾼들은 그들의 의무를 다하기 위해 이 슬픈 소식을 온 도성에 퍼뜨릴 수밖에 없었습니다. 현덕한 누레딘의 선친에 대한 기억이 아직도 생생한 백성들은 그의 아들이 사우이의 사악한 간언으로 치욕스럽게 죽게 되었다는 소식에 크게 분개했습니다.

사우이는 그의 잔인함을 집행하는 앞잡이인 종 스무 명을 거느리고 직접 뇌옥으로 갔습니다. 그들은 누레딘을 끌어내어 안장도 없는 비루먹은 말 등에 태웠습니다. 누레딘은 자신이 원수의 손아귀에 떨어지게 된 것을 깨닫고는 사우이에게 말했습니다.

「그래, 네놈은 지금 이겼다고 신이 나 있구나! 하지만 난 성스러운 책에 적혀 있는 말씀을 신뢰하고 있다. 〈그대는 정의롭지 못하게 심판하지만, 얼마 후에는 그대 역시 심판을 받으리라!〉」

이에 속으로 터질 듯한 기쁨을 억누르고 있던 사우이가 맞받았습니다.

「뭐라고? 이 건방진 놈! 아직도 입이 살았다고 쫑알대는구나! 좋다! 마음대로 지껄여라! 조금 있으면 만인이 보는 앞에서 네 목이 떨어질 것이니 무슨 말을 해도 상관없다. 그리고 우리 성서에는 이런 구절도 있다는 사실을 알아야지! 〈원수가 죽는 꼴을 볼 수만 있다면, 그다음 날 죽는다 한들 무슨 상관이 있으랴!〉」

증오와 복수심에 불타는 이 대신은 종들에게 둘러싸인 누레딘을 앞세우고, 그 자신은 무장한 다른 종들의 호위를 받으며 왕궁으로 향했습니다. 운집한 백성들은 만일 누구라도 먼저 시작하기만 하면 당장에 돌을 던져 쳐 죽일 듯 험악한 기세로 사우이를 노려보았습니다. 누레딘을 왕궁 앞 광장까지 끌고 간 사우이는 그를 망나니에게 넘긴 다음, 자신은 왕 옆으로 갔습니다. 왕은 광장이 내려다보이는 집무실 창가에 서서 곧 시작될 피비린내 나는 광경을 즐길 준비를 하고 있었던 것입니다.

왕의 호위병들과 사우이의 종들은 누레딘 주위를 둥글게 둘러싸고는, 자신들을 뚫고 형장으로 뛰어들어 누레딘을 구하려 아우성치는 군중들을 막느라 진땀을 흘리고 있었습니다. 망나니가 누레딘에게 다가와 말했습니다.

「공자! 공자님을 죽일 수밖에 없는 저를 용서해 주십시오! 저는 일개 노예에 불과하기 때문에 위에서 시키는 대로 할 수밖에 없습니다. 뭔가 필요한 게 없으시다면 이제 자세를 취해 주십시오! 곧 폐하께서 치라는 명을 내리실 겁니다.」

이 잔혹한 순간, 누레딘은 좌우로 고개를 돌리며 외쳤습니다.

「너무 목마르오. 누군가 물 좀 줄 수 있소?」

그러자 즉시 한 사람이 물병 하나를 가져왔고, 군중들은 손에서 손으로 그것을 전달했습니다. 이렇게 처형이 지체되자 참다 못한 사우이가 집무실 창밖으로 몸을 내밀고 망나니에게 소리쳤습니다.

「뭘 꾸물대고 있느냐? 어서 쳐라!」

이 잔인하고도 무자비한 명령에 광장 전체는 백성들이 퍼붓는 욕설로 진동했습니다. 발소라 왕 역시 가만히 있지 않았습니다. 사우이가 자신의 권위를 무시한 채 제멋대로 명령을 내리는 것을 용납하지 못하고, 망나니를 향해 잠깐 기다리라고 소리친 것입니다. 왕이 이렇게 한 데에는 또 다른 이유가 있었습니다. 그 순간 눈을 들어 앞쪽을 바라보니 광장으로 통하는 대로로 한 무리의 기사들이 전속력으로 달려오고 있었던 까닭이지요. 왕은 즉시 사우이에게 물었습니다.

「재상! 저기를 좀 보시오! 저게 뭐요?」

사우이는 낌새를 채고는 빨리 망나니에게 명을 내리라고 왕에게 재촉했습니다. 하지만 왕은 꿈쩍도 않았습니다.

「아니오! 먼저 저 기사들이 누구인지 알아봐야겠소.」

그들은 칼리프의 명을 받고 바그다드에서 달려오는 대재상 자파르와 수행원들이었습니다.

그러면 이들은 왜 이처럼 발소라에 오게 되었을까요? 누레딘에게 편지를 주어 떠나보낸 후, 칼리프는 칙서를 지닌 특사를 발소라에 파견하는 것을 며칠 동안 깜빡 잊고 있었습니다. 그러던 어느 날, 내전의 어느 방 앞을 지나는데 몹시 아름다운 목소리가 흘러나오는 것이었습니다. 걸음을 멈추고 귀 기울여 보니, 노래 가사는 이별의 슬픔을 표현하고 있었습니다. 칼리프가 뒤따르던 내관에게 이 방에 있는 여인이 누구냐고 묻자, 내시는 며칠 전 폐하께서 모하메드 지네비를 대신하여 발소라의 왕으로 삼으려고 보낸 젊은 귀족 분의 여자 노예라고 대답했습니다. 그 말에 칼리프는 자신의 이마를 치면서 외쳤습니다.

「아! 카칸 재상의 아들인 그 불쌍한 누레딘 말이지? 아이고, 내가 깜빡 잊고 있었구나! 자, 빨리 가서 자파르 재상을 불러오너라!」

재상이 도착하자 칼리프는 다시 말했습니다.

「자파르! 생각해 보니 누레딘을 발소라 왕으로 인정하는 칙령을 보내지 않은 것 같소! 자, 지금은 칙서를 작성할 시간이 없으니, 경이 몇 사람과 함께 파발마를 타고 직접 발소라로 달려가시오! 만일 이미 누레딘이 살해되었으면 사우이 재상을 교수형에 처하시오! 만일 그가 죽지 않았으면 그와 함께 발소라 왕과 사우이도 데려오시오!」

대재상 자파르는 지체 없이 말에 올라타 자기 집 하인 여러 명을 거느리고 출발했습니다. 그리하여 그 시간에 그런 모습으로 발소라에 도착했던 것입니다. 그가 광장에 들어서자 군중들은 물러서서 길을 터주며 누레딘을 사면해 달라고 외쳤습니다. 대재상은 속도를 늦추지 않고 왕궁의 계단 앞까지 이르러 말에서 뛰어내렸습니다.

발소라 왕은 칼리프의 재상을 알아보고는 황급히 달려 나가 어전 입구에서 그를 영접했습니다. 대재상은 대뜸 누레딘이 아직 살아 있는지부터 물은 다음, 그를 데려오라고 말했습니다. 곧이어 누레딘이 온몸이 결박된 채 나타났습니다.

대재상은 그를 풀어 주고 그를 묶은 줄로 사우이를 잡아 결박하라고 명했습니다.

대재상 자파르는 발소라에서 하룻밤만을 머물렀습니다. 그리고 다음 날, 칼리프의 명에 따라 사우이와 발소라 왕과 누레딘을 데리고 다시 출발했지요. 바그다드에 도착한 그는 세 사람을 칼리프에게 데려가 여행 결과를 보고했습니다. 특히 그가 갔을 때 누레딘이 어떤 상태로 있었으며, 그가 사우이의 적의와 흉계에 의해 어떤 취급을 받았는지 상세히 아뢰었습니다. 모든 내용을 들은 칼리프는 누레딘에게 사우이의 목을 직접 베지 않겠느냐고 물었습니다. 하지만 누레딘은 이렇게 대답했습니다.

「신자들의 사령관이시여! 이 사악한 자가 제게 온갖 못된 짓을 하고, 또 제 선친도 해치려 했던 것은 사실입니다. 그러나 만일 제 손에 그의 피를 묻힌다면 저는 세상에서 가장 부끄러운 인간일 것입니다.」

칼리프는 그의 관대함을 가상히 여기고, 대신 망나니로 하여금 사우이를 처형하게 했습니다.

또한 칼리프는 누레딘을 발소라에 보내어 그곳을 다스리게 하려 했지만 누레딘은 극구 사양했습니다.

「신자들의 사령관이시여! 발소라에서 그 모든 일들을 겪은 저로서는 그곳이 너무도 싫사옵니다. 감히 폐하께 부탁드리거니와, 평생 다시는 그곳에 발을 딛지 않으리라 결심한 저의 맹세를 지킬 수 있게 해주십시오! 만일 폐하께서 허락해 주신다면, 저는 폐하 곁에 남아 폐하를 섬기는 것을 최고의 영광으로 여기고 싶습니다.」

칼리프는 그를 자신의 가장 가까운 총신으로 삼았습니다. 그리고 페르시아 미녀도 다시 돌려주었음은 물론 큰 재산도 하사하여, 두 사람은 죽는 날까지 더없는 행복을 누리며 살았다고 합니다.

 한편 발소라의 왕은 어떻게 됐을까요? 칼리프는 그에게 재상을 고를 때에는 얼마나 조심해야 하는지 크게 주의를 주고는, 그냥 그의 왕국으로 돌려보냈다고 합니다.

페르시아 왕자 베데르와 사만달 왕국의 공주 자우하르 이야기

Histoire de Beder

페르시아는 어마어마하게 광대한 면적에 펼쳐진 지역이라, 옛날부터 이곳의 왕들이 〈왕 중 왕〉이라는 영광스러운 칭호를 지녔던 것은 조금도 이상한 일이 아닙니다. 거기에는 많은 지방과 역대의 페르시아 왕들이 정복한 수많은 왕국들이 포함되어 있었고, 이 모든 지방들과 왕국들의 수만큼 많은 소왕(小王)들이 있었습니다. 이 소왕들은 페르시아 왕에게 조공을 바쳤으며, 다른 왕국의 지방 총독들이 왕에게 복속되어 있듯이 페르시아 왕에게 복속되어 있었습니다.

　지금으로부터 아주 오래전에, 한 페르시아 왕이 있었습니다. 성공리에 이루어진 위대한 정복들로 점철된 젊은 시절을 뒤로하고 이제는 조용하고 평화롭게 나라를 다스리고 있는, 이 세상에서 가장 행복한 군주 중 하나였습니다. 그런데 이 왕에게도 스스로 불행하다고 느끼는 부분이 하나 있었습니다. 이미 나이가 꽤 들었음에도 불구하고, 그가 거느린 수많은 처첩 중의 그 어떤 여인도 왕위를 계승할 후계자를 낳지 못했던 것입니다. 그에게는 백 명이 넘는 처첩이 있었으며, 그들 모두는 각자의 화려한 궁에서 여종들과 내시들을 거느리며 살고 있었습니다. 왕은 그네의 모든 요구를 들어주고 그네가 조금도 부족함을 느끼지 않도록 정성을 다했지만, 그의 기대를 채워 주는 여인은 한 명도 없었습니다.

처첩 중에는 멀리 떨어진 이방에서 온 여인도 여럿 있었습니다. 왕은 일단 어떤 여인이 마음에 들면 값을 따지지 않고 샀고, 노예 상인에게도 갖가지 영예와 은전을 하사하여 또 다른 여인들을 데려오도록 격려했습니다. 물론 이 모든 것은 마침내는 어떤 여인으로부터 그토록 갈망하는 아들을 얻을 수 있지 않을까 하는 기대 때문이었죠. 또한 왕은 하늘의 노여움을 풀기 위해 갖가지 선행을 베풀었습니다. 빈민들에게는 막대한 구호금을 풀었으며, 그가 믿는 종교의 성직자들에게는 엄청난 헌금은 물론 새 사원이며 수도원도 지어 주었습니다. 이는 물론 성직자들의 기도를 통해 자신이 그토록 갈망하는 것을 얻기 위함이었습니다.

그러던 어느 날이었습니다. 왕은 대대로 이어져 내려온 매일의 관례에 따라 신하들과 궁에 체류하고 있는 각국 대사들이며 고귀한 신분의 외국인들을 모아 놓고 담소를 나누고 있었습니다. 이런 종류의 모임에서 항상 있는 일이지만, 이날도 대화의 주제는 국정 현안이 아니라 각종 학문, 역사, 문학, 시 등 인간 정신을 유쾌한 방식으로 일깨워 줄 수 있는 것들로 흘렀습니다. 그런데 내시 한 명이 들어오더니, 아주 멀리 떨어진 나라에서 한 상인이 여자 노예를 데려와 알현을 요청하고 있다고 아뢰었습니다. 왕은 대답했습니다.

「어전에 들여 잠시 기다리게 하라! 모임이 끝나면 그를 보겠다.」

내시는 상인을 어전에 들이고 한쪽에 서 있게 했습니다. 거기서 상인은 왕이 근신(近臣)들과 더불어 친밀하게 대화를 나누는 모습을 보고 들을 수 있었습니다.

왕은 외국인과 처음 만나 대화할 일이 있으면 일부러 이런 식으로 행하곤 했습니다. 사실 어전에 처음 들어오는 외국인은 그곳의 웅장함과 화려함에 바짝 얼어서 제대로 입도 열지 못했습니다. 하지만 왕이 인자하고도 친밀한 태도로 사람들과 이야기를 나누는 모습을 보게 되면, 자신도 그런 식으로 왕에게 말할 수 있다는 자신감을 얻을 수 있었던 것입니다. 왕은 외국의 대사들에게도 비슷한 방법을 사용했습니다. 그는 먼저 그들과 식사하면서 건강은 어떠하며 여행은 어떠했는지, 특히 그들 나라에는 어떤 특별한 것들이 있는지 등을 물어보는 시간을 가졌습니다. 왕은 이렇게 대사들로 하여금 자신을 보다 친밀하게 느낄 수 있는 시간을 갖게 한 다음에 공식적인 알현을 받았던 것입니다.

모임이 파하여 사람들이 모두 물러가고 혼자만 남게 되자 상인은 왕좌 앞에 엎드려 머리를 땅에 대고 절하면서, 왕의 모든 소망이 이루어지길 기원한다고 인사했습니다. 다시 몸을 일으키자 왕은 그에게 여자 노예를 데려온 것이 사실인지, 그리고 그녀가 아름다운지 물었습니다. 이에 상인이 대답했습니다.

「폐하! 지금껏 사람들이 폐하를 위해 온 세상을 뒤져 여인들을 찾아 왔을 터이니, 분명 폐하께서는 뛰어난 절세미인들을 소유하고 계실 것입니다. 하지만 이번에 소인이 데려온 여인을 보시고 그녀의 고운 용모와 늘씬한 몸매, 또한 그 매력과 각 부분의 완벽함을 확인하신다면, 그녀와 견줄 만한 여인은 여태껏 본 적이 없다고 생각하실 것입니다. 이 말은 결코 제 상품의 가격을 높이려는 수작이 아닙니다.」

「그래, 그녀는 어디 있는가? 어서 데려오너라!」

「어전에 들어오면서 내시에게 맡겼습니다. 그녀를 들이라고 분부하시옵소서!」

내시가 데리고 들어오는 그녀를 본 순간, 단지 날씬하고 고운 몸매만으로도 왕은 대번에 반해 버렸습니다. 그는 즉시 곁방으로 들어갔고, 상인과 내시 몇 사람도 뒤따라 들어갔습니다. 여자 노예의 얼굴은 금빛 줄무늬가 쳐진 붉은 공단 너울로 가려 있었습니다. 상인이 그 너울을 벗기자, 왕의 눈앞에는 그가 지금껏 본 모든 여인을 능가하는 절세미녀가 나타났습니다. 대번에 정열적인 사랑에 사로잡힌 왕은 상인에게 그녀를 얼마에 팔겠느냐고 물었습니다.

「폐하! 소인은 이 여인을 금화 천 냥을 지불하고 샀습니다. 그리고 이곳 폐하의 궁전으로 오기까지 삼 년이라는 긴 여행 기간 동안 거의 같은 액수의 돈을 썼습니다. 하지만 제가 어찌 폐하 같은 위대하신 군주께 그런 큰돈을 요구할 수 있겠습니까? 그냥 선물로 드리고 싶으니 받아 주시옵소서!」

「허허, 참으로 고마운 일이로다! 하지만 나를 기쁘게 해주려고 그 먼 길을 온 상인을 그런 식으로 대접하는 것은 내 방식이 아니니라. 내 그대에게 금화 만 냥을 주겠노라! 어디, 그 정도면 만족하겠느냐?」

「폐하! 폐하께서 제 선물을 받아 주신 것만으로도 제 마음은 한없이 기뻤을 것입니다. 하지만 이토록 관대하게 베푸시는 성은 또한 감히 거절하기 어렵사옵니다. 앞으로 저의 고국은 물론 제가 가는 모든 곳에서 폐하의 하해와도 같은 너그러움을 소리 높여 알리고 다닐 것이옵니다.」

그 액수는 정확하게 지불되었습니다. 또한 왕은 떠나는 상인에게 황금으로 수놓은 비단옷도 입혀 주었습니다.

왕은 여자 노예를 궁 전체에서 자신의 거처 다음으로 훌륭한 곳에 거하게 했습니다. 그리고 앞으로 그녀를 섬길 나이든 상궁과 여종 여럿을 골라서는, 그녀를 목욕시키고 가장 좋은 옷으로 입히라고 분부했습니다. 또한 최상급의 진주 목걸이며 다이아몬드, 그리고 각종 값비싼 보석 등을 가져와 그녀가 직접 고를 수 있게 하라고 분부했습니다.

상궁들은 어떻게 하면 왕의 마음을 기쁘게 할 수 있을지 항상 노심초사하는 충성스러운 신하들이어서, 왕이 맡긴 여인을 성심껏 섬기려고 마음먹고 있었습니다. 또한 그녀들 자신도 그녀의 눈부신 아름다움에 감탄하지 않을 수 없었습니다. 이런 일에는 전문가들이었던 상궁들은 왕에게 장담했습니다.

「폐하! 저희에게 사흘만 기한을 주시옵소서! 마님을 지금보다도 훨씬 더 아름답게, 심지어 폐하께서 알아보지도 못하실 정도로 꾸며 드리겠사옵니다.」

그녀를 완전히 소유하는 기쁨을 맛보기까지 그토록 오래 기다려야 한다니 참으로 괴로웠지만, 왕은 짐짓 이렇게 대답했습니다.

「좋다! 하지만 약속은 반드시 지켜야 하느니라!」

페르시아 왕이 거하는 수도는 어떤 섬에 위치해 있었고, 그의 웅장한 궁전은 바닷가에 세워져 있었습니다. 그의 궁실에서는 바다가 내려다보였는데, 거기서 얼마 떨어지지 않은 아름다운 노예의 궁실에서도 같은 경치를 볼 수 있었지요. 창밖으로 보이는 바다의 모습은 파도가 성벽 밑부분에까지 철썩이고 있어 더욱 아름다웠습니다.

사흘 후, 마침내 아름다운 노예를 볼 수 있게 되었다는 소식을 들은 왕이 한걸음에 달려왔을 때, 그녀는 곱게 단장한 몸으로 홀로 좌단에 앉아 창에 몸을 기대어 바다를 내려다보고 있었습니다. 노예는 지금까지 시중을 들었던 여인들의 그것이 아닌 다른 사람의 발소리가 들려오자 누구인지 보려고 고개를 돌렸습니다. 그녀는 들어온 사람이 왕임을 알고서도 조금도 놀라지 않았습니다. 심지어는 몸을 일으켜 공손히 영

접하려는 기미조차 보이지 않았습니다. 마치 세상에서 가장 흥미 없는 사람을 보기라도 한 듯, 다시금 고개를 창밖으로 돌려 바다를 바라보는 것이었습니다.

페르시아 왕으로서는 크게 놀라지 않을 수 없었습니다. 이처럼 아름다운 노예가 이처럼 무지하다는 사실을 믿을 수 없었던 것입니다. 하지만 그는 곧 그녀를 양육한 사람이 교육을 게을리 하여 기본적인 예절을 가르치지 않은 탓이라 생각했습니다. 왕은 창가로 걸어가 그녀 곁에 앉았습니다. 그녀는 비록 냉담한 태도로 왕을 맞긴 했지만, 그가 자신을 경탄에 찬 눈으로 응시하고 심지어는 마음껏 애무하고 껴안아도 가만히 있었습니다.

이렇게 애무하고 포옹하는 사이사이, 왕은 동작을 멈추고 그녀를 보았습니다. 아니, 눈으로 그녀를 삼키고 있었다고 해야 더 정확한 표현이겠지요. 왕은 외쳤습니다.

「아름다운 여인이여! 사랑스러운 여인이여! 황홀한 여인이여! 제발 말해 주시오! 그대는 어디서 왔소? 그대처럼 놀라운 대자연의 걸작을 이 세상에 내놓은 축복받은 아버지와 어머니는 대체 누구요? 오, 그대를 사랑하오! 그리고 앞으로도 사랑할 것이오! 그대에게 느끼는 이런 감정은 여태껏 그 어떤 여인에게서도 느껴 본 적이 없소. 나는 숱한 여인들을 보아 왔고, 지금도 매일 수많은 여인들을 보고 있소. 하지만 이렇듯 내 넋을 온통 빼앗아 버리는 강한 매력을 지닌 사람은 본 적이 없소……. 오, 하지만 나의 사랑하는 이여! 왜 아무 대답도 없는 것이오? 이렇게 내가 지극한 사랑을 호소하고 있건만 그대는 듣는지 안 듣는지 아무 반응도 없구려! 눈을 돌려 내 눈과 마주치려 하지도 않는구려! 그렇게만 해준다면 내 마음이 얼마나 기쁘겠소! 그리하면 이 세상에 나만큼 그대를 뜨겁게 사랑하는 사람은 없다는 사실을 분명히 알게 될 텐데! 왜 그대는 사람을 얼어붙게 하는 그런 침묵을 지키고 있는 거요? 그 심각한 태도, 아니 내 마음을 아프게 하는 그 슬픔은 대체 무엇 때문이오? 그대의 고국과 부모와 친구들이 그리운 것이오? 그대를 사랑하는, 아니 열모하는 이 페르시아 대왕은 그대를 위로해 줄 수 없단 말이오? 내가 그 모든 것들을 대신할 수 없는 사람으로 보이는 것이오?」

이렇게 페르시아 왕이 애타게 사랑을 호소하고 그녀의 입을 열어 보려 온갖 말을 해보아도, 노예는 여전히 냉담한 태도를 잃지 않았습니다. 눈을 들어 그를 보려 하지도, 입을 열어 말하려 하지도 않았습니다.

하지만 이처럼 기막힌 여인을 얻게 되었다는 사실만으로도 너무 기뻤던 왕은 더 이상 그녀를 다그치지 않았습니다. 〈계속 따뜻하게 대해 주면 언젠가는 변하겠지〉 하는 희망에서였습니다. 그는 손뼉을 쳤고, 시녀들이 들어오자 저녁상을 내오라고 분부했습니다. 그리고 상이 차려지자 노예에게 말했습니다.

「나의 사랑! 이리 와서 함께 저녁을 듭시다!」

그녀는 자리에서 일어났습니다. 그녀가 식탁 맞은편에 앉자, 왕은 자신은 먹으려 하지도 않고 손수 그녀에게 음식을 덜어 주었습니다. 또 식사가 계속되는 내내 모든 요리를 한 가지 한 가지 덜어 주면서 권했습니다. 노예는 왕과 함께 음식을 먹었지만 여전히 두 눈을 아래로 내리깔고 있었습니다. 또 음식이 입맛에 맞는지 몇 번이나 물어보아도 아무런 대답도 하지 않았습니다.

왕은 화제를 바꾸어, 이번에는 그녀의 이름이 무엇인지, 지금 그녀가 걸치고 있는 옷이며 장신구가 마음에 드는지, 거처와 가구에 대해서는 어떻게 생각하는지, 또 바다의 풍경을 보니 마음이 즐거운지, 이것저것을 물어보았습니다. 하지만 그 어떤 질문을 해도 그녀는 역시 침묵으로 일관했습니다. 왕으로서는 도대체 이를 어떻게 받아들여야 할지 알 수 없었습니다. 그는 어쩌면 그녀가 귀머거리일지도 모른다고 생각했습니다.

〈하지만, 하느님께서 빚으신 이토록 아름답고 완벽한 피조물이 그런 큰 결함을 갖고 있다는 게 말이나 되는가? 만일 그렇다면 너무나 애석한 일이로다! 하지만 그렇다 할지라도 나는 여전히 그녀를 사랑하지 않을 수 없다!〉

식사가 끝나자 왕은 자리에서 일어나 방 한쪽에 가 손을 씻었고, 노예 역시 다른 쪽에서 손을 씻었습니다. 왕은 이 틈을 이용하여 대야와 수건을 가져온 시녀들에게 그녀가 그들에게 말을 한 적이 있는지 물어보았습니다. 그러자 한 시녀가 대답했습니다.

「저희 역시 마님께서 말씀하시는 것을 본 적도 들은 적도 없사옵니다. 저희는 마님의 목욕을 도와 드렸으며, 방에 돌아와서는 머리를 빗겨 드리고 옷을 입혀 드렸습니다. 하지만 마님께서는 입을 열어 〈좋아! 마음에 든다!〉 같은 말씀을 하신 적이 한 번도 없습니다. 저희는 이렇게 여쭈어 보았지요. 〈마님, 혹시 필요하신 게 없나요? 뭔가를 원하시나요? 있다면 저희에게 말씀만 하세요!〉 하지만 마님은 대답이 없었습니다. 마님의 이런 태도가 저희에 대한 경멸 때문인지, 무언가에 대한 고민 때문인지, 우둔함 때문인지, 아니면 단순히 귀가 먹어서인지, 저희로서는 그 이유를 알 수 없습니다. 저희 역시 마님의 입에서 한 마디도 끌어낼 수 없었다는 것, 이것이 폐하께 드릴 수 있는 대답이옵니다.」

이 말을 들은 페르시아 왕은 더욱 놀랐습니다. 그는 필시 노예에게 어떤 사연이 있어 이렇게 괴로워하고 있는 것이겠거니 생각하고는, 그녀를 즐겁게 해줘야겠다고 마음먹었습니다. 왕은 이를 위하여 왕궁의 여인들을 모두 불러 모았습니다. 여인들은 모두 모여, 악기를 연주할 줄 아는 이들은 악기를 연주했으며 다른 이들은 노래를 부르거나 춤을 추었습니다. 또 갖가지 재미난 곡예와 놀이로 왕의 마음을 즐겁게 해주었습니다. 하지만 노예만은 이 모든 여흥에 아무런 흥미도 없다는 듯, 여전히 두 눈을 내리깔고 아무 말도 하지 않았습니다. 왕은 물론이요 그 자리에 있던 다른 여인들까지 놀라지 않을 수 없는 실로 냉랭한 태도였습니다. 이윽고 여인들은 모두 물러갔고, 혼자 남은 왕은 아름다운 노예와 잠자리에 들었습니다.

다음 날 아침, 왕은 그 어떤 여인과 동침했을 때보다도 훨씬 큰 만족감을 느끼며 자리에서 일어났습니다. 그녀에 대한 사랑은 전날보다도 한층 뜨거워져 있었습니다. 그는 이 사랑을 숨기지 않았습니다. 앞으로는 이 여인에게만 자신의 온 마음을 바치리라 마음먹고는 그 결심을 실행했던 것입니다. 바로 그날, 왕은 그가 사랑하는 노예만을 남기고 다른 후궁들은 모두 궁 밖으로 내보냈습니다. 물론 그녀들이 평소 사용하던 값비싼 옷이며 보석은 물론 각기 막대한 액수의 돈을 들려 보냈으며, 누구든지 좋은 사람을 만나면 결혼해도 좋다고도 했습니다. 궁에 남겨 둔 여인이라고는 아름다운 노예를 섬기는 데 필요한 상궁과 나이 든 시녀 몇 명만이 전부였죠. 하지만 그녀는 이후 일 년이 지나도록 왕에게 아무런 말을 하지 않았고, 그럼에도 불구하고 왕은 여전히 그녀의 마음을 기쁘게 하며 자신의 열렬한 애정을 표현하기 위해 최선을 다했습니다.

이렇게 일 년이 지난 어느 날, 왕은 그의 애희(愛姬) 옆에 앉아, 세월이 흘러도 자신의 사랑이 약해지기는커녕 오히려 매일매일 더욱 뜨거워지고 있다고 고백했습니다.

「왕비! 난 그대가 무슨 생각을 하고 있는지 알지 못하오. 하지만 내 진심을 말하자면, 그대를 처음 소유하게 된 그날 이후, 난 더 이상 바라는 것이 없게 되었소. 이렇게 그대를 쳐다보면서 그대를 사랑한다고 수없이 되뇌고 있자면, 이토록 큰 내 왕국도 티끌보다 하찮게 느껴지오. 무조건 내 말을 믿으라는 건 아니오. 하지만 내가 오직 그대 한 사람을 위하여 다른 모든 여인을 희생시킨 것만 보더라도 내 진심을 의심할 수 없을 것이오. 그대도 기억하지 않소? 내가 여인들을 모두 내보낸 지도 벌써 일 년이오. 그들을 더 이상 보지 못하게 된 그때도 그러했듯 그대에게 말하고 있는 지금 이 순간에도 나는 아무런 후회가 없으며, 또 앞으로도 결코 후회하지 않을 것이오. 아, 그대가 입을 열어 내게 고맙다는 한 마디만 해준다면, 그때는 나의 만족과 뿌듯함과 기쁨에 더 이상의 부족함이 없을 텐데 말이오! 하지만 고맙다는 그 말 한 마디조차, 만일 그대가 벙어리라면 어떻게 해줄 수 있겠소? 아아, 이것이 사실일까 봐 난 너무도 두렵소! 하지만 지난 일 년간 하루도 빠짐없이 입을 열어 달라고 수없이 애원해도 그대는 날 너무도 고통스럽게 하는 그 침묵만을 지키고 있으니, 내가 어찌 달리 생각할 수 있겠소? 만일 내가 그대에게서 이런 위안을 얻는 것이 불가능하다면, 최소한 그대가 내 뒤를 이을 아들이라도 하나 낳아 준다면 얼마나 좋겠소? 요즘 나는 하루가 다르게 늙어 가는 것을 느끼오. 이제는 내 곁에서 이 무거운 왕위를 보좌해 줄 아들이 필요하오……. 자, 아까의 얘기로 돌아가 봅시다. 나는 단 한 번만이라도 그대가 말하는 것을 듣고 싶소. 왠지는 모르겠지만, 그대가 벙어리는 아니라는 느낌이 드오. 부인, 제발 부탁이오! 그 기나긴 고집을 이제는 꺾고 내게 한 마디만 해주시오! 그러면 나는 죽어도 여한이 없겠소!」

지금까지 이런 말을 들을 때면 아름다운 노예는 항상 두 눈을 아래로 내리깔고, 혹시 귀머거리가 아닌가 하는 생각이 들 정도로 아무런 표정도 보여 주지 않았습니다. 그러나 이 날 왕이 말을 끝내자 그녀의 얼굴에는 미소가 떠올랐습니다. 왕은 크게 놀라며 기쁨의 탄성을 질렀습니다. 이제 그녀가 무언가 말하리라는 것을 의심할 수 없었기에, 그는 그토록 고대해 오던 그 순간을 기다리며 그녀의 입을 뚫어지게 쳐다보았습니다. 마침내 아름다운 노예는 그동안의 긴 침묵을 깨면서 말했습니다.

「폐하! 이렇게 입을 열게 되니 드릴 말씀이 하도 많아 무슨 말부터 시작해야 할지 모르겠습니다. 하지만 먼저 이것부터 말씀드리고 싶사옵니다. 그동안 폐하께서 소첩에게 베풀어 주신 그 모든 성총과 영예에 대해 감사드립니다. 또한 폐하께서 계속 번영하도록 해주시고, 적들의 사악한 흉계를 물리치도록 해주실 것이며, 앞으로도 계속 장수를 누리시게 해달라고 하늘에 빌겠습니다. 그리고 폐하! 폐하께서 아주 기뻐하실 소식이 있사옵니다. 다름이 아니옵고 소첩이 수태를 했사옵니다. 소첩 또한 아기가 아들이길 바라고 있습니다. 사실 소첩은 임신을 하지 못한다면 — 그렇다고 하여 결코 폐하께 나쁜 마음이 있었던 것은 아니오나 — 폐하를 사랑하지 않을 것이며, 또 계속 입을 다물고 있으리라 마음먹고 있었습니다. 하지만 지금은 폐하께 드려 마땅한 애정을 지니고 있답니다.」

페르시아 왕의 기쁨은 말로 표현할 수 없을 정도였습니다. 아름다운 노예가 입을 열어 말했을 뿐 아니라, 너무나도 기쁜 소식까지 전해 주었던 것입니다. 그는 노예를 다정하게 포옹하면서 말했습니다.

「내 눈을 비추는 밝은 빛이여! 내게는 더 이상 기쁠 수 없는 소식이구려! 그대가 입을 열어 말할 뿐 아니라, 임신 소식까지 알려 주다니! 이 예상도 못했던 겹경사에 난 지금 정신을 잃을 지경이오!」

페르시아 왕은 너무나 기뻐 더 이상 말을 잇지 못하고, 곧 돌아오겠다고 말한 다음 방을 나갔습니다. 이 기쁜 소식을 모든 사람에게 알리고 싶었던 것입니다. 왕은 먼저 신하들에게 이 사실을 알린 후, 대재상을 불러오게 했습니다. 대재상이 도착하자 그는 청빈함을 신조로 하는 성직자들, 그리고 구호소의 사람들과 빈민들에게 금화 십만 냥을 기부하여 하느님께 감사드리고 싶다는 뜻을 밝혔고, 재상은 즉시 그의 분부를 집행했습니다.

그런 다음 페르시아 왕은 아름다운 노예에게로 돌아왔습니다.

「부인! 불쑥 나갔다 와서 미안하오! 하지만 내가 그렇게 하도록 만든 것은 바로 그대라오. 내가 무얼 하고 왔는지는 나중에 얘기하기로 하고, 우선은 그대로부터 훨씬 더 중요한 것들에 대해 듣고 싶소. 소중한 이여! 제발 설명해 주시오! 지난 일 년 동안 하루도 빠짐없이 나와 함께 먹고 자고, 또 내가 말하는 것을 뻔히 보고 들으면서도 어찌 그렇게 요지부동일 수 있었단 말이오? 그대가 내게 아무 말도 없었던 것을 말함이 아니오. 내가 하는 말을 잘 알아듣고 있었으면서도 어떻게 그처럼 아무것도 이해하지 못한 척하고 있었느냔 말이오. 왜 그렇게 자신을 억제하고 있어야 했는지, 나로서는 도저히 이해가 안 되오. 아마도 무언가 특별한 사연이 있었겠지?」

아름다운 노예는 페르시아 왕의 궁금함을 풀어 주었습니다.

「폐하! 소첩은 살아생전 고국에 돌아갈 희망이 없는 처량한 노예 신세입니다. 또 어머님, 오라버니, 친척 등 제가 아는 모든 이들과 영원히 떨어져 살아야만 하는 가슴 아픈 처지입니다. 이 모든 것이 침묵의 이유로 충분하지 않은가요? 고국에 대한 그리움은 혈육의 정만큼이나 자연스러운 것이며, 자유의 상실은 자유의 가치를 아는 사람에겐 견딜 수 없는 것으로 느껴집니다. 우리의 몸은 힘과 권력을 쥐고 있는 주인의 권위 아래 복속될 수 있습니다. 하지만 그 무엇도 우리의 의지만큼은 완전히 굴복시킬 수 없습니다. 의지는 우리의 것이니까요. 제가 바로 그 좋은 예였습니다. 세상에는 자유를 사랑하기에, 빼앗기지 아니한 자유 의지를 발휘하여 스스로 목숨을 끊는 사람들이 무수히 있습니다. 제가 지금껏 그들의 뒤를 따르지 않았다는 사실은 스스로 생각해도 놀라울 따름입니다.」

「부인! 그대의 말은 충분히 수긍이 가오. 하지만 나는 지금껏 이렇게 생각해 왔소. 아름답고, 양식 있고, 총명한 그대가 어쩌다 고약한 운명으로 노예가 되긴 했지만, 나 같은 왕을 주인으로 맞게 되어 스스로를 행복하다 여기고 있으리라고 말이오.」

「폐하! 방금 전에 폐하께 말씀드렸듯이, 일국의 왕이라 한들 그 어떤 노예의 의지도 굴복시킬 수 없답니다. 물론 어떤 미천한 태생의 여자 노예가 군주의 마음에 들어 그의 사랑을 받게 된다면, 그녀는 불행한 처지에서도 스스로를 행복하다 여길 수 있을 것입니다. 하지만 그 행복이란 과연 어떤 것일까요? 결국은 부모님의 품에서, 또는 평생 그리워해야 할 연인의 품에서 찢기듯 끌려온 가련한 노예 신세가 아닌가요? 하물며 왕 못지않게 고귀한 출신의 여인이 노예가 되었을 때, 그녀에게 그 운명이 얼마나 가혹한 것일지, 그녀가 얼마나 스스로를 비참하고 서럽게 느낄 것인지, 폐하께서 한번 헤아려 보세요!」

이 말을 들은 페르시아 왕은 크게 놀라며 외쳤습니다.

「뭐라고? 그렇다면 그대 역시 왕가 출신이란 말이오? 더 이상 나를 답답하게 하지 말고 자세히 설명해 보시오! 그대처럼 경이로운 미인을 낳은 그 행복한 부모와 그대의 형제, 자매, 친척이 누구인지 말해 보시오! 무엇보다도 그대의 이름은 무엇이오?」

「폐하! 제 이름은 바다의 굴나르[78]라 하옵니다. 바다의 가장 강력한 왕 가운데 한 분이셨던 선친께서는 돌아가시면서 살레[79]라고 하는 제 오라비와 제 어머니인 왕비에게 그분의 왕국을 물려주셨답니다. 어머니 역시 왕녀 출신으로, 또 다른 매우 강력한 바다의 왕의 따님이셨답니다. 이렇게 저희 가족은 행복하고 평화롭게 살고 있었습니다. 그런데 어느 날, 저희의 행복을 시기한 한 적국의 왕이 강력한 군대를 이끌고 우리 나라에 쳐들어와 수도를 점령해 버렸습니다. 하도 별안간에 일어난 일이라 저희는 몇몇 충성스러운 신하들과 함께 어느 난공불락의 장소로 간신히 피신할 시간밖에 없었습니다.

이 피신처에서 오라버니의 생각은 오직 하나뿐이었습니다. 어떻게 하면 부당하게 우리 나라를 탈취한 자를 쫓아 버릴 수 있을까 하는 궁리뿐이었죠. 그러던 어느 날, 그분이 저를 불러 말씀하셨습니다.

〈애야! 난 지금 지극히 위험한 일을 계획하고 있단다. 우리 나라를 되찾으려 하는데, 그 과정에서 죽을 수도 있다. 하지만 내가 걱정하는 것은 나보다도 너에게 무슨 일이 닥치지 않을까 하는 거란다. 이를 미연에 방지하고 너를 지켜 주기 위해 난 우선 너를 결혼시키고 싶다. 하지만 지금 우리의 처지

---

78 페르시아어로 〈장미〉 또는 〈석류꽃〉을 의미한다 — 원주.
79 아랍어로 〈좋은 것〉을 의미한다 — 원주.

가 한심한지라, 바다의 왕자들 가운데서는 마땅한 혼처를 구하기 쉽지 않을 것 같다. 그래서 하는 말인데, 결혼 상대를 육지의 왕자 중에서 구해 보면 어떻겠니? 내가 이를 위해 노력해 보겠다. 너는 뛰어난 미인이니, 아무리 강력한 군주라도 한번 보면 넋이 빠져 기꺼이 너를 왕비로 맞으려 들 거다.〉

하지만 저는 오라버니의 말씀에 몹시 화가 나서 대꾸했습니다.

〈오라버니! 오라버니와 마찬가지로 저도 지금껏 육지의 왕가와는 결연을 맺은 적이 없는 영광스러운 바다의 왕들과 여왕들의 후손입니다! 조상님들이 그리하셨듯, 저 역시 육지 사람들과 결혼하여 품격을 떨어뜨리고 싶지 않아요. 저는 우리 가문이 얼마나 유서 깊고 고귀한지 처음 알았을 때 이미 그렇게 맹세했답니다. 지금 우리 처지가 이렇게 어렵다고 제 결심을 바꿀 수는 없어요. 만일 오라버니가 나라를 되찾기 위해 싸우다 돌아가신다면 저도 오라버니의 뒤를 따르겠어요. 사실 저는 오라버니의 입에서 그런 제안이 나오리라곤 상상조차 못했답니다!〉

하지만 오라버니는 당치 않은 주장을 계속하면서, 육지에도 바다의 왕들 못지않은 훌륭한 왕들이 있다고 설명했습니다. 저는 이처럼 고집을 부리는 오라버니에게 발끈하여 대들었고, 그 역시 저를 엄하게 꾸짖었습니다. 결국 저희는 피차 화를 내며 헤어졌습니다. 일은 거기서 끝나지 않았습니다. 분을 삭이지 못한 저는 바다 밑바닥에서 솟구쳐 나와 〈달의 섬〉에 올라와 버렸어요.

비록 화가 나서 무턱대고 올라온 섬이긴 했지만, 거기서 저는 매우 행복하게 지낼 수 있었습니다. 인적이 드문 장소들을 전전하며 혼자서 편안하게 살았어요. 이렇게 사람들을 피하려고 조심하던 어느 날, 어떤 귀족이 하인들과 함께 와서 자고 있는 저를 납치해 자기 집으로 끌고 갔습니다. 그는 사랑을 고백하면서 저를 설득하려 애썼지만 이런 부드러운 방법이 통하지 않는다는 것을 알게 되자 강제로 범하려 했습니다. 전 그가 그따위 무례한 방법을 사용한 걸 후회하게 만들어 주었지요. 결국 그는 포기하고 저를 어떤 상인에게 팔아넘겼습니다. 저를 여기까지 데려와서 폐하에게 판 바로 그 상인이었지요. 그분은 현명하고 부드럽고 인자한 사람이었습니다. 이곳까지로의 긴 여행 동안, 그분이 제게 한 행동들은 모두 칭송받을 만한 것들뿐이었습니다.

폐하에 대해서는 어떻게 생각하느냐고요? 만일 폐하께서 저를 이처럼 소중하게 대해 주시지 않았더라면, 주저 없이 다른 여인들을 모두 내보낼 정도로 진실한 사랑을 보여 주시지 않았더라면, 솔직히 말씀드려서 전 폐하 곁에 남아 있지 않았을 것입니다. 폐하께서 처음 이 방에 들어오셨을 때 제가 이 창가에 앉아 있었죠? 그때 저는 바다에 몸을 던져 오라버니와 어머님과 친척들에게로 돌아가 버릴 생각이었어요. 만일 얼마간의 시간이 흐른 후에도 임신의 기미가 보이지 않았더라면 그 계획을 실행해 버렸을 거예요. 그러나 이제 이런 몸이 된 이상 그럴 수는 없겠지요. 사실 제가 지금 고국에 돌아가 어머님과 오라버니에게 설명을 드린다 한들, 그분들이 제가 폐하 같은 위대한 대왕의 노예였다는 사실을 인정하려 하시겠습니까? 가문의 명예에 먹칠한 몸으로 돌아왔다고 펄펄 뛰시겠죠. 그리고 폐하! 태어날 아기가 왕자인지 공주인지는 모르겠지만, 그 아이는 저를 결코 폐하로부터 떨어지게 할 수 없는 담보가 되어 줄 거예요. 그러니 폐하! 이제부터는 저를 일개 노예가 아닌, 폐하의 반려자로서, 부끄럽지 않은 왕녀로서 대해 주세요!」

이렇게 굴나르 공주가 정체를 밝히고 자신의 과거를 이야기해 주자 페르시아 왕은 외쳤습니다.

「너무나도 사랑스러운 나의 공주여! 참으로 놀라운 이야기구려! 호기심으로 가득한 나는 이 지극히 경이로운 것들에 대해 그대에게 끝없이 질문하고 싶구려! 하지만 우선 성급히 달아나지 않고 나의 진실하고도 한결같은 사랑을 확인해 준 착하고 인내심 있는 그대에게 감사하고 싶소. 지금까지 나는 그대를 더없이 사랑해 왔다오. 하지만 그대가 너무도 고귀한 공주라는 사실을 알게 된 이상, 그대를 이전보다도 수천 배 더 사랑하지 않을 수 없소. 아니, 공주라니, 지금 내가 무슨 말을 하고 있는 것이오? 부인, 그대는 더 이상 공주가 아니오. 그대는 나의 여왕이오. 내가 페르시아 왕이듯 그대는 페르시아의 여왕이며, 그대의 이 칭호는 내 왕국 전체에 울려 퍼질 것이오. 내일 당장, 나는 전례 없는 큰 축제를 벌이고 그대가 페르시아 왕비, 즉 나의 정식 아내임을 선포할 것이오! 만일 그대가 내 잘못을 좀 더 일찍 깨우쳐 주었더라면, 이는 벌써 오래전에 했을 일이오. 왜냐하면 그대를 처음 본 바로 그 순간, 이미 나는 직감했기 때문이오. 영원히 그대를, 오직 그대만을 사랑할 것이라는 사실을 말이오. 자, 그대의 고귀한 머리 위에 왕관이 오르고, 또 우리의 아들이 태어나게 되면 나의 기쁨은 완전해질 것이오! 그 행복한 순간을 기다리며, 우선은 그대에게 한 가지 부탁을 하겠소. 나로서는 미지의 세계인 바닷속 나라들과 그곳 주민들에 대해 좀 알려 주시오! 나는 지금까지 사람들이 〈바다 인간〉들에 대해 말하는 것을 들을 때마다, 순전히 허무맹랑한 얘기라고 생각해 왔다오. 하지만 그대의 이야기를 들으니 그것은 분명한 사실이었던 모양이오. 그 엄연한 증거가 바로 당신 아니겠소? 바다 인간임에도 내 아내가 되기로 결심하여, 이 몸을 육지의 인간 가운데 가장 행복한 사내로 만들어 준 바로 그대 말이오! 그런데 내게는 좀처럼 이해되지 않는 점이 한 가지 있는데 그대가 좀 설명해 주지 않으려오? 바다 사람들은 어떻게 물속에서 살고, 움직이고, 활동하면서도 익사하지 않을 수 있는 것이오? 물론 우리 육지 인간들 중에도 물속에 오래 머무르는 기술을 지닌 사람들이 있긴 하지만, 각자의 능란함과 체력에 따라 얼마간은 버틸 수 있어도 일정 시간 후에 물 밖으로 나오지 않으면 결국 그들도 죽어 버린다오.」

「폐하! 기꺼이 폐하의 궁금증을 풀어 드리겠습니다. 우리는 이곳 사람들이 땅 위를 걸어다니듯 바다 밑바닥을 걸어다니며, 이곳 사람들이 공기를 호흡하듯 물속에서 호흡한답니다. 육지 사람들이 물을 들이마시면 질식해 죽겠지만, 우리는 물을 통해 생명을 얻는답니다. 더욱 놀라운 사실은, 우리의 의복은 물에 젖지 않기 때문에 육지에 올라와서도 옷을 말릴 필요가 없다는 점입니다.

또 우리는 바닷물 속에서도 잘 볼 수 있답니다. 우리는 물속에서 눈을 뜨고 있어도 조금도 불편하지 않지요. 우리는 매우 뛰어난 시력 덕분에 아무리 깊은 바닷속이라 할지라도 땅 위에 있는 것처럼 사물을 또렷이 본답니다. 밤에도 마찬가지지요. 거기에는 달빛이 비치고, 행성들과 별들 또한 가리지 않는답니다. 아까 제가 바닷속 왕국들에 대해서 잠시 말씀드렸지요? 바다는 육지보다도 훨씬 더 광활하기 때문에 왕국도 육지보다 훨씬 많으며, 면적 또한 넓답니다. 이들은 여러 지방으로 나뉘어 있고, 각 지방에는 수많은 주민들이 살고 있답니다. 또 육지와 마찬가지로 거기에는 다양한 풍습과 관습을 가진 무수한 민족들이 존재하지요. 우리가 평소 사용하는 언어는 다윗의 아들이요 위대한 예언자이신 솔로몬의 인장에 새겨진 성스러운 문자의 그것과 동일하답니다.

왕들과 왕자들이 사는 궁전들은 화려하고도 웅장하답니다. 그것들은 바닷속에 지천으로 깔려 있는 색색의 대리석, 수정, 자개, 산호와 기타 진귀한 재료들로 지어져 있지요. 바닷속에는 금과 은 그리고 각종 보석들이 육지보다 훨씬 더 풍부합니다. 지금 저는 진주 정도를 말하고 있는 게 아닙니다. 육지에서는 가장 큰 진주가 될 만한 것을 그곳 사람들은 쳐다보지도 않습니다. 가장 가난한 시민들조차 그런 것으로 몸을 치장할 정도니까요.

우리 바닷속 사람들은 놀라울 정도로 동작이 민첩하여, 순식간에 원하는 곳으로 이동할 수 있습니다. 우리에겐 병거(兵車)나 탈 짐승 같은 것들이 필요하지 않지요. 하지만 바다 말을 키우는 종마 사육장이나 마사를 소유하는 왕들도 없지는 않답니다. 이것들은 보통 축제나 국가적 경축 행사 때의 여흥을 위한 것들이지요. 어떤 왕들은 이 바다 말들을 충분히 훈련시킨 후에 경주에서 자신의 솜씨를 뽐낸답니다. 또 다른 왕들은 이 말들을 수천 개의 형형색색의 조가비로 장식한 나전 병거에 맨답니다. 이 전차들 위에는 옥좌가 놓여 있는데, 왕들은 그 위에 앉아 행차하여 백성들에게 모습을 보이곤 하지요. 그 밖에도 바닷속 세상에는 폐하께서 들으시면 아주 즐거워하실 만한 신기한 것들이 무수히 많답니다.

하지만 이것들은 나중에 한가할 때 얘기해 드리기로 하고, 지금은 우리 부부와 관련한 한 가지 중요한 차이점에 대해 말씀드리겠습니다. 다름이 아니라 바닷속 세상의 산파들은 육지 산파들과는 다르다는 것입니다. 그래서 저는 이 나라의 산파들이 제 출산을 제대로 도울 수 있을지 염려가 됩니다. 이는 폐하 자신의 중대한 이해가 걸려 있는 사안이오니, 저의 안전한 출산을 위해 고향에 있는 어머니와 제 사촌 언니들을 불러왔으면 합니다. 또 오라버니도 오셔서 저와 화해하면 좋겠어요. 제가 강력한 페르시아 왕의 아내가 되었다는 사실을 아시면 그분들은 몹시 기뻐하실 거예요. 또 기꺼이 폐하께 경의를 표할 것이며, 폐하께서도 그분들을 보시면 분명 만족하실 것이옵니다. 그러니 허락해 주시기 바랍니다.」

「부인! 그대가 이곳의 안주인이니 하고 싶은 대로 하시오! 나는 최대한 합당한 예를 갖춰 부인의 가족을 영접할 것이오. 하지만 먼저 내가 알고 싶은 것은 그대가 언제 그들에게 기별할지, 또 그들이 어떤 방식으로 여기 도착할지에 대해서요. 이를 알아야 신하들에게 분부하여 영접 준비를 할 수 있지 않겠소? 또한 나도 그들을 맞으러 나가야 할 터이니…….」

「폐하! 그런 복잡한 의식은 필요치 않사옵니다. 그분들은 당장 이곳에 오실 수 있으며, 폐하께서는 그들이 어떤 식으로 오는지 보게 되실 것이옵니다. 자, 폐하께서는 저쪽의 골방으로 들어가셔서 제가 어떻게 하는지, 문에 쳐진 발을 통해 지켜보세요!」

페르시아 왕이 골방에 들어가자 굴나르 왕비는 시녀를 시켜 불을 지핀 향로를 가져오게 한 후, 문을 닫고 나가라고 분부했습니다. 혼자가 된 그녀는 상자에서 나뭇조각을 집더니 그것을 향로에 넣었습니다. 향로에서 연기가 피어오르자, 그녀는 페르시아 왕이 이해할 수 없는 어떤 말을 중얼거렸습니다. 그러자 — 그녀의 주문이 채 끝나지도 않았을 때 — 왕궁 앞의 바닷물이 심하게 요동치기 시작했습니다. 페르시아 왕은 이 모든 광경을 발을 통하여, 바다 쪽으로 열려 있는 창문 너머로 볼 수 있었습니다.

마침내 육지에서 조금 떨어진 지점에서 바다가 벌어지더니, 준수한 얼굴과 건장한 체격에 바다 빛이 감도는 초록색 콧수염을 기른 한 젊은 남자가 솟구쳐 올랐습니다. 그리고 뒤이어 위엄 있는 풍모를 지닌 중년의 귀부인이 굴나르 왕비에게 조금도 뒤지지 않는 미모의 다섯 아가씨와 함께 솟아올랐습니다.

즉시 창가로 달려간 굴나르 왕비는 바다에서 솟아오른 사람들이 다름 아닌 자신의 오라버니인 왕과 어머니인 대비, 그리고 사촌 자매들임을 알아보았고, 그네 역시 그녀를 알아보았습니다. 그들은 걷지 않고서 마치 수면 위를 미끄러지듯이 나아왔습니다. 마침내 해변에 이르러서는 한 사람씩 가볍게 몸을 솟구어 굴나르 왕비가 서 있는 창으로 날아올랐고, 왕비는 그들이 내려설 수 있도록 뒤로 물러서 주었습니다. 이렇게 한 사람씩 방안에 들어온 살레 왕과 대비와 친척들은 눈물을 흘리며 굴나르를 따뜻하게 포옹했습니다.

굴나르 왕비가 이들을 정중하게 영접하고 모두를 좌단에 자리 잡게 하자, 어머니 대비가 먼저 입을 열었습니다.

「얘야! 오랫동안 헤어져 있다가 이렇게 다시 보게 되니 내 마음 기쁘기 그지없구나. 네 오라비와 사촌 언니들도 나와 같으리라 생각한다. 그런데 어떻게 그렇게 한마디 말도 없이 불쑥 떠날 수가 있니? 우리가 얼마나 상심했는지, 또 얼마나 많은 눈물을 흘렸는지 아니? 네가 왜 그런 식으로 떠나야 했는지 우리로서는 정말로 알 수가 없더구나. 단지 너와 네 오라버니 사이의 그 대화가 원인이 되었다고만 짐작했을 뿐이다. 오빠가 네게 그런 충고를 한 것은, 당시 우리의 상황에선 그 길이 네 장래에 가장 유리한 것이라고 판단했기 때문이야. 그런데 아무리 그 충고가 마음에 들지 않았기로서니, 그렇게까지 행동할 필요가 있었니? 그때 네가 취한 행동은 크게 잘못되었던 것 같다. 하지만 이제 그 얘기는 그만두자꾸나! 그래 봐야 지나간 슬픔과 고통을 새롭게 할 뿐이니 말이다. 그보다는 우리가 서로 헤어진 후 네게 무슨 일이 있었는지, 그리고 지금은 어떻게 지내고 있는지 이야기해 보렴! 특히, 지금 네가 행복한지 알고 싶구나!」

굴나르 왕비는 즉시 어머니 대비의 발밑에 몸을 던졌습니다. 그러고는 그녀의 손등에 입을 맞춘 후 다시 일어나서 말했습니다.

「어머니! 제가 정말 큰 잘못을 저질렀어요! 이 불효 여식을 너그럽게 용서해 주세요! 자, 제가 집을 나간 까닭을 설명해 드릴게요. 그건 물론 육지 남자와 결혼하는 것이 너무도 싫어서였어요. 그러나 인생이란 참 묘한 것이지요! 사람들은 싫어하는 것을 피하려 애쓰지만 결국에는 그것으로 돌아오게 되니 말예요. 저의 운명도 제가 가장 싫어했던 바로 그 길로 저를 이끌었답니다.」

그녀는 오라버니의 말에 화가 나서 바다를 뛰쳐나와 육지에 올라온 이후 어떤 일들을 겪었는지 들려주었습니다. 그러고 나서 페르시아 왕에게 노예로 팔려 와, 지금은 그의 집에 있다고 말하자 그녀의 오빠가 말했습니다.

「애야! 네가 노예라니 그게 무슨 당치 않은 소리냐! 하지만 그건 너 자신의 잘못이다. 마음만 먹으면 언제든지 빠져 나올 수 있었던 것 아니냐? 이렇게 오랫동안 노예 생활을 참고 견뎌 냈다니 정말 놀랍구나! 자, 일어나서 함께 우리의 왕국으로 돌아가자꾸나! 나는 그 건방진 원수 놈을 내쫓고 다시 왕국을 되찾았단다.」

옆방에 숨어 엿듣고 있던 페르시아 왕은 바다 왕의 말에 가슴이 철렁했습니다. 그는 생각했습니다.

〈아! 이제 망했구나! 만일 나의 왕비, 나의 굴나르가 이 충고를 따른다면 난 죽은 목숨이나 다름없어! 더 이상 그녀 없이는 살 수 없는 내게서 그녀를 빼앗아 가려 하고 있구나!〉

「오라버니!」 굴나르는 미소를 지으며 대답했습니다. 「오라버니의 얘기를 들으니 저에 대한 오라버니의 정이 얼마나 진실한지 새삼 느껴져요. 과거 저는 육지 왕자와 결혼하라는 오라버니의 충고를 견디기 힘들었답니다. 그리고 지금 이 세상에서 가장 강력하고 고명한 왕과의 관계를 끝내라고 충고하시니 또다시 화가 날 뻔했어요. 물론 오라버니의 진심을 알기 때문에 결코 그럴 수는 없지만요……. 하지만 오라버니! 지금 제가 말한 〈관계〉란 주인과 노예 사이의 그것이 아니에요. 그런 관계라면 금화 만 냥을 내주고 쉽게 끝내 버릴 수도 있겠죠. 우리의 관계는 남편과 아내, 그것도 남편에게 아무런 불만이 없는 아내의 그것입니다. 그분은 독실하고 현명하고 온건하면서도, 제게 지극한 사랑의 증거를 보여 주신 군주랍니다. 한 가지 예를 들어 볼까요? 저를 소유한 지 얼마 되지 않았을 때, 그분은 오로지 저만을 사랑하기 위해 수많은 여인들을 궁에서 내보내셨답니다. 저는 그분의 정식 아내입니다. 또 방금 전에는 저를 어전 회의에 참석할 자격이 있는 페르시아 왕비로 삼아 주셨답니다. 더구나 지금 저는 임신한 몸입니다. 만일 하늘의 은혜로 그분께 옥동자를 낳아 줄 수 있다면, 그 아이는 저와 그분을 더욱 강하게 매어 놓을 또 다른 선한 끈이 될 것입니다. 그러니 저는 오라버니의 충고를 따를 수 없어요. 아니, 방금 말씀드린 이 모든 이유로 저는 페르시아 왕을 그분이 저를 사랑하시는 것만큼 사랑해야 할 뿐 아니라, 평생을 그분 곁에서 보내야 해요. 이런 결심은 의무가 아닌 감사의 마음에서 우러나온 것이에요. 그러니 오라버니, 어머니, 그리고 사촌 언니들! 모든 분들이 제 결심을 받아들여 주셨으면 해요. 비록 뜻밖의 결혼이긴 하지만, 우리의 결혼을 인정해 주세요! 사실 이 결혼은 바다나 육지 양쪽 군주들에게 영예로운 일이니까요. 이런 말씀을 드리려고 바다 깊은 곳에서부터 수고스럽게 올라오시게 해서 죄송해요. 하지만 이렇게라도 오랫만에 뵙게 되니 너무 좋네요.」

「얘야!」 살레 왕이 다시 말했습니다. 「조금 전에 내가 그런 충고를 한 것은 그동안 네가 겪은 일을 듣고 몹시 마음이 아파서였단다. 또 우리가 너를 얼마나 사랑하며 귀하게 생각하는지, 우리가 얼마나 너의 행복만을 바라고 있는지 보여 주고자 함이었단다. 너와 같은 이유로, 이 오라버니는 현명하고도 너다운 그 결정에 찬성하지 않을 수 없구나. 그래 맞다! 네 말대로라면 네 남편 페르시아 왕은 참으로 훌륭한 사람이며, 너는 그에게 큰 은혜를 입고 있는 셈이다. 그리고 어머니의 생각도 나와 다르지 않으리라 믿는다.」

그러자 대비 역시 자신도 같은 생각이라고 밝히면서, 굴나르 왕비에게 말했습니다.

「얘야! 네가 행복하다고 하니 나 역시 기쁘기 이를 데 없구나! 너의 오라비가 말한 것에 조금도 덧붙일 것이 없다. 너를 그토록 사랑하며 네게 너무도 많은 것을 해주신 군주께 감사하는 마음을 품지 않는다면, 내가 먼저 너를 혼냈을 것이다.」

옆방에 숨어 있던 페르시아 왕은 아까 굴나르 왕비를 잃을지도 모른다는 생각으로 괴로웠던 만큼 자신을 떠나지 않으려는 그녀의 결심을 알고는 아주 기뻤습니다. 그녀의 진실한 고백을 듣고 더 이상 그녀의 사랑을 의심할 수 없게 되자 그녀가 더욱 사랑스럽게 느껴졌지요. 왕은 모든 방법을 다하여 그녀에 대한 감사의 마음을 표현해야겠다고 마음먹었습니다.

이렇게 페르시아 왕이 말할 수 없는 기쁨에 잠겨 있을 때, 굴나르 왕비는 손뼉을 쳐서 시녀들을 불러 간식을 준비하라고 분부했습니다. 상이 차려지자 그녀는 대비와 바다 왕과 사촌 언니들에게 자리에 앉아 음식을 들라고 권했습니다. 하지만 이때 그들은 똑같은 감정을 느꼈습니다. 지금껏 한 번도 본 적 없고 알지도 못하는 어느 대왕의 궁전에 이처럼 허락도 받지 않고 들어와서는, 그도 없는데 식탁에 앉아 음식을 먹는다는 것이 크나큰 결례라고 생각한 것입니다. 이러한 감정은 그들의 겉모습으로 드러났습니다. 얼굴은 새빨개졌고 눈은 불붙는 듯했으며 콧구멍과 입에서는 화염이 뿜어져 나왔던 것입니다.

이 예상치 못한 광경에 페르시아 왕은 말할 수 없는 두려움에 사로잡혔습니다. 하지만 가족들이 왜 이러는지를 간파한 굴나르 왕비는 다시 돌아올 테니 잠시 기다리라고 하고 자리에서 일어났습니다. 그러고는 곁방으로 건너와 왕을 안심시켜 주었습니다.

「폐하! 방금 전 제 말을 들으시고 만족하셨겠지요? 폐하의 큰 은혜에 대해 나름대로 보답하고자 한 말이었습니다. 사실 가족들의 소원대로 집에 돌아가고 안 가고는 제 뜻에 달려 있습니다. 하지만 폐하께 배은망덕한 짓을 할 수는 없지요.」

「오, 나의 왕비여! 내게 무슨 빚이 있다는 말일랑 마시오! 그대는 아무런 빚도 없소. 오히려 내가 그대에게 큰 빚을 지고 있는 셈이어서 어떻게 감사해야 할지 모를 지경이오. 당신이 나를 그렇게까지 사랑하고 있는 줄 몰랐소. 그대는 가장 감동적인 방식으로 그 사실을 알려 주었소!」

「오, 폐하! 제가 어떻게 달리 행동할 수 있었겠습니까? 제가 받은 그 많은 영예, 폐하께서 이 몸에 채워 주신 그 많은 은혜, 그리고 인간이라면 도저히 무심할 수 없는 그 큰 사랑의 표시에 비하면 제가 해드린 것은 부족할 뿐입니다……. 하지만, 폐하! 이런 얘기는 나중에 하기로 해요. 제가 여기 온 것은 저의 어머님과 오라버니께서 폐하께 전하는 충심 어린 우의를 전달하기 위해서예요. 지금 그분들은 폐하를 직접 뵙고 인사 드리고 싶어 몸이 달아 계세요. 그러니 폐하! 저 방으로 건너가 저분들을 만나 주세요!」

「당신의 혈육들과 인사를 나누는 것은 나로서는 더없이 기쁜 일이오. 하지만 조금 전에 그분들의 콧구멍과 입에서 불길이 뿜어져 나오는 것을 보니 조금은 무섭구려.」

「폐하!」 왕비는 웃으면서 대답했습니다. 「조금도 염려하지 마세요! 오빠의 그 불길은 폐하도 안 계신데 폐하의 궁전에서 폐하의 음식을 먹는 것이 꺼림칙하다는 감정의 표시일 뿐이니까요.」

이에 안도한 페르시아 왕은 자리에서 일어나 굴나르 왕비와 함께 옆방으로 건너갔습니다. 왕비가 그를 자신의 어머니와 오라버니와 사촌들에게 소개하자 그들은 즉시 머리를 땅에 대고 절했습니다. 페르시아 왕은 황급히 그들에게로 달려가 일으켜 세운 후, 한 사람씩 차례로 껴안아 주었습니다. 다시 모두가 자리에 앉자 살레 왕이 입을 열어 페르시아 왕에게 말했습니다.

「폐하! 내 누이 굴나르 왕비가 어려운 상황에 빠졌다가 다행히 폐하 같은 강력한 군주의 보호를 받게 되었다니, 제 기쁨은 말로 표현할 수가 없습니다. 우리가 분명히 말씀드릴 수 있는 것은, 제 누이는 폐하께서 올려 주신 그 영예로운 위치에 조금도 부끄러움이 없는 아이라는 사실입니다. 사실 저 애가 어렸을 때부터 많은 바다 왕들이 혼담을 청해 왔습니다. 하지만 저 애를 너무도 아끼고 사랑했던 저희는 그 누구도 마음에 들지 않았지요. 하늘이 저 애를 폐하의 아내로 점지해 놓으셨던 모양입니다. 하늘의 그 큰 은혜에 어찌 다 감사할 수 있겠습니까? 다만 폐하께서 번영과 행복 가운데 저 애와 함께 만수무강을 누리시길 축원할 뿐입니다.」

「과연 귀공의 말씀대로 하늘이 그녀를 내게 예비해 주신 모양이오. 그녀를 열렬히 사랑하다 보니, 그녀를 만나기 전에는 내가 그 누구도 사랑하지 않았음을 깨달을 수 있었소. 또 나로서는 매우 영광스러운 이 결혼을 이렇듯 너그러이 인정해 주신 귀공과 대비, 그리고 다른 친척 분들에게 어떻게 감사해야 할지 모르겠소.」

이어 그는 모두에게 식탁에 앉으라고 청한 후, 자신도 굴나르 왕비와 함께 자리에 앉았습니다. 간식이 끝난 후에도 페르시아 왕은 그들과 함께 밤이 늦도록 담소를 나누었고, 잠자리에 들 시간이 되자 각자를 위해 마련해 놓은 침실에 한 사람 한 사람 친히 데려다 주었습니다.

페르시아 왕은 귀빈들을 대접하기 위해 연일 잔치를 벌이고, 자신의 위대함과 관후함을 드러낼 수 있는 모든 일을 행했습니다. 이런 식으로 슬그머니 손님들을 왕비의 해산일까지 붙잡아 놓을 수 있었지요. 해산의 시간이 가까워 왔음을 느끼자, 왕은 명을 내려 만반의 준비를 갖추도록 했습니다.

드디어 왕비는 옥동자를 낳았습니다. 그녀의 출산을 도운 대비는 크게 기뻐하며, 아기에게 지극히 화려한 배내옷을 입혀 페르시아 왕에게 보여 주었습니다. 소중한 선물을 받은 페르시아 왕의 기쁨, 그것은 제가 말로 표현하는 것보다 상상해 보는 편이 훨씬 알기 쉬울 것입니다. 어린 왕자의 얼굴이 토실토실하니 너무도 예뻐, 왕은 〈베데르〉[80]야말로 아기에게 가장 어울리는 이름이라고 생각했습니다. 그는 하늘의 은혜에 감사하기 위해 빈민들에게 구호금을 풀고 죄수들을 석방하고 자신의 남녀 노예들을 해방해 주었으며 성직자들에게는 막대한 액수의 헌금을 했습니다. 또 신하들과 백성들에게도 아낌없이 베풀었으며, 여러 날 동안 온 도성에 큰 축연을 열었습니다.

굴나르 왕비가 회복되어 자리에서 일어난 지 며칠이 지난 어느 날이었습니다. 페르시아 왕과 굴나르 왕비, 그녀의 어머니와 살레 왕, 그리고 그들의 친척인 왕녀들까지 왕비의 방에 함께 둘러앉아서 담소를 나누고 있는데, 유모가 어린 베데르 왕자를 품에 안고 들어왔습니다. 이를 본 살레 왕은 즉시 일어나 달려가더니, 유모에게서 아기를 받아 품에 안고는 아기가 너무도 사랑스러운 듯 연신 입을 맞추고 어루만졌습니다. 그런데 그렇게 아기를 공중에 번쩍 들어 올리기도 하고 어르기도 하면서 방 안을 몇 바퀴 돌던 그가 갑자기 넘쳐흐르는 기쁨을 억제하지 못한 듯, 열려 있던 창밖으로 몸을 솟구어 빠져나가더니 아기와 함께 바닷속으로 뛰어드는 것이 아닙니까!

이 뜻밖의 광경에 페르시아 왕은 처절한 비명을 질렀습니다. 이제 사랑하는 왕자를 다시는 못 보게 되었구나, 설사 다시 보게 된다더라도 익사체로나 보게 되겠구나 하는 생각

---

[80] 아랍어로 〈보름달〉을 의미한다 — 원주.

이 스쳤던 것입니다. 그는 비통하게 몸부림치며 울어 댔습니다. 저러다가 숨을 거두지나 않을까 옆에 있는 사람들이 걱정할 정도였지요. 그러자 굴나르 왕비가 미소 띤 얼굴로 안심시켜 주었습니다.

「폐하! 조금도 걱정하지 마세요! 왕자는 폐하의 아들이지만 제 아들이기도 하며, 폐하만큼이나 저도 아기를 사랑한답니다. 그런데 보시다시피 저는 조금도 놀라지 않고 있잖아요? 왜냐하면 아기는 조금도 위험하지 않기 때문입니다. 조금만 기다려 보세요! 아기는 삼촌과 함께 무사히 돌아올 테니까요. 아기는 폐하의 혈통을 타고났지만, 그의 몸 안에는 우리 가문의 피도 흐르고 있답니다. 우리가 가진 장점을 그도 지니고 있지요. 왕자는 땅 위에서뿐 아니라 바닷속에서도 살 수 있다는 말입니다.」

대비와 사촌 왕녀들도 같은 말로 안심시켜 주었지만 왕의 두려움은 완전히 사라지지 않았습니다. 베데르 왕자가 무사히 돌아오기 전까지는 불안감을 떨쳐 버릴 수 없었던 것이지요.

이윽고 바닷물이 흔들리기 시작하더니, 곧 살레 왕이 어린 왕자를 품에 안고 솟구쳐 오르는 모습이 보였습니다. 그는 바다 위로 두둥실 떠오르더니, 아까 나갔던 창문을 통해 다시 들어왔습니다. 페르시아 왕은 기뻐 어쩔 줄 몰랐습니다. 또한 왕자가 나갈 때와 다름없이 평화로운 표정을 짓고 있는 것을 보고는 감탄을 금치 못했습니다. 살레 왕이 그에게 물었습니다.

「폐하! 내가 왕자와 함께 바닷속에 뛰어드는 것을 보고 몹시 놀라셨겠죠?」

「아이고, 말도 마시오! 난 그 순간 왕자가 죽는 줄 알았다오. 이렇게 왕자를 다시 데려오니 마치 새 생명을 얻은 것 같소이다.」

「폐하께서 그러실 줄 알았습니다. 하지만 조금도 걱정하실 필요가 없었습니다. 물속에 뛰어들기 전, 제가 왕자에게 다윗의 아들 솔로몬 대왕의 인장에 새겨진 신비한 주문을 외어 주었거든요. 우리 바다 인간들은 아이가 태어나면 언제나 이렇게 한답니다. 이 주문의 효력에 의해 우리 아이들은 육지인들에게는 없는 능력을 부여받게 되는 거지요. 자, 베데르 왕자가 내 누이 굴나르 왕비 쪽의 혈통을 통해 어떤 이점을 얻게 되었는지 폐하께서도 직접 확인하셨으리라 믿습니다. 이제 왕자는 평생, 원할 때면 언제고 바닷속에 들어가서 그 안에 있는 모든 광대한 영역들을 마음껏 돌아다닐 수 있을 것입니다.」

이렇게 말한 살레 왕은 — 그는 이미 어린 베데르 왕자를 유모의 손에 넘겨주었습니다 — 아까 사라졌던 짧은 시간 동안 자신의 궁에 가서 가져온 궤짝을 열었습니다. 그 안에는 비둘기 알만큼이나 큼직한 다이아몬드 삼백 개, 엄청난 크기의 루비 삼백 개, 길이가 반 자나 되는 에메랄드 막대 삼백 개, 그리고 진주를 열 개씩 꿰어 놓은 목걸이 서른 개 등 갖가지 진귀한 보석들이 그득 담겨 있었습니다. 살레 왕은 이 궤짝을 페르시아 왕에게 선물하며 말했습니다.

「폐하! 내 누이 왕비가 우리를 불렀을 때, 우리는 그녀가 육지의 어느 곳에 있는지 몰랐고, 또 폐하 같은 위대한 군주의 아내가 되어 있는지도 모르고 있었습니다. 그래서 빈손으로 달려올 수밖에 없었지요. 폐하께서는 누이에게 특별한 은혜를 베풀어 주셨고, 이는 그녀뿐 아니라 우리에게도 지극한 영광이 아닐 수 없습니다. 그리하여 이제라도 폐하에 대한 감사의 뜻으로 이 보잘것없는 선물을 드리오니 부디 받아 주시기 바랍니다.」

과히 크지도 않은 궤짝 속에 엄청난 가치의 보화가 담겨 있는 것을 본 페르시아 왕은 그만 입이 딱 벌어지고 말았습니다.

「값을 따질 수도 없는 이 엄청난 보물이 〈보잘것없는 선물〉이란 말이오? 다시 한 번 말씀드리거니와 귀공이나 대비께서는 이 몸에게 은혜 입은 것이 아무것도 없소. 아니, 은혜를 입은 사람은 오히려 나요. 나는 나와 귀공 가문 간의 혼인을 인정해 주신 것만으로도 너무나 기쁘다오.」 그는 옆에 있는 굴나르 왕비에게 고개를 돌리며 계속 말했습니다. 「부인의 오라버니이신 바다 왕께서 나를 너무도 송구스럽게 하시는구려! 직접 말하고 싶지만, 행여 저분의 기분을 거스를까 두려우니 대신 말씀해 주시오. 이 선물을 사양하고 싶다고 말이오.」

「폐하!」 살레 왕이 다시 말했습니다. 「폐하께서 이 선물을 굉장한 것으로 여기시는 것도 무리는 아닙니다. 이렇게 높은 품질의 보석들이 가득 쌓여 있는 것을 보는 것이 육지에선 쉬운 일이 아닐 테니까요. 하지만 폐하! 저는 이 보석들이 생산되는 광산이 어디 있는지 알고 있습니다. 또 거기서 캐낸 보석들로 가득한 제 보물 창고는 육지 왕들의 보물 창고들을 전부 합친 것보다도 크답니다. 만일 폐하께서 이러한 사실을 아신다면 오히려 제가 오늘 가져온 선물이 얼마나 보잘것없는 것인지 깨닫고 놀라실 것입니다. 하지만 선물의 경중을 따지시기보다는, 그냥 우리의 깊은 성의가 담긴 것이라 생각하고 흔쾌히 받아 주신다면 저희 마음은 서운치 않을 것입니다.」

살레 왕이 정중히 간청하니 페르시아 왕으로서도 더 이상 거절할 도리가 없었습니다. 그는 선물을 받고, 바다 왕과 그의 어머니인 대비에게 크게 감사했습니다.

며칠 후, 살레 왕은 페르시아 왕을 찾아와 이제 그와 굴나르 왕비에게 작별을 고하고 싶다는 뜻을 밝혔습니다. 이 궁전에서 평생 살 수만 있다면 자기들로서는 더 이상 바랄 게 없겠지만, 그들의 왕국을 비운 지도 오래이고, 또 그곳에서 그들의 존재를 필요로 한다는 이유였습니다. 이에 페르시아 왕은 그들이 육지를 방문해 준 것처럼 자신도 그들의 나라를 답방해야 예의겠지만 자신으로서는 그럴 수 없으니 답답할 뿐이라고 말하며 이렇게 덧붙였습니다.

「하지만 여러분께서는 굴나르 왕비를 잊지 않고 이따금 보러 와주시겠지요? 그때 여러분들을 다시 뵐 수 있으리라 희망합니다.」

이별의 순간이 왔습니다. 떠나는 사람이나 보내는 사람이나 많은 눈물을 흘렸습니다. 마침내 살레 왕이 먼저 걸음을 떼자 대비와 친척 왕녀들이 그 뒤를 따랐습니다. 하지만 차마 그들을 떠나보내지 못하고 붙잡으려는 굴나르 왕비를 뿌리치며 걸음을 옮긴다는 것은 그리 쉬운 일이 아니었지요……. 바다 왕 가문의 사람들이 모두 사라지고 나자, 페르시아 왕은 굴나르 왕비에게 고백하지 않을 수 없었습니다.

「부인! 당신의 고명한 가족이 영광스럽게도 내 궁전을 방문해 준 이후 일어난 그 모든 기이한 일들이 내가 누군가로부터 들은 이야기였다면 나는 허무맹랑하다고 생각했을 것이오. 하지만 이제 이 두 눈으로 직접 본 이상, 나로서도 부인할 수가 없구려. 이 모든 일들은 평생 잊을 수 없을 것이오. 그리고 이 세상 모든 왕자들을 놔두고 이 몸에게 아름다운 당신을 보내 주신 하늘에게도 항상 감사할 것이오.」

어린 베데르 왕자는 궁내에서 양육되었고, 페르시아 왕과 왕비는 아기가 예쁘고 귀엽게 자라나는 모습을 흐뭇한 마음으로 지켜보았습니다. 그리고 왕자가 장성해 감에 따라 두 사람의 기쁨은 커져만 갔습니다. 그는 언제나 쾌활함을 잃지 않았고, 무슨 일을 하든지 보는 사람을 즐겁게 했으며, 하는 말마다 바르고 총명한 정신을 드러냈던 것입니다. 왕자의 삼촌인 살레 왕, 할머니인 대비, 이모들인 공주들도 이따금 방문하여 아이를 보고 기쁨을 함께해 주니 부모의 즐거움은 더욱 클 수밖에 없었습니다. 왕자는 아무런 어려움 없이 읽기와 쓰기를 익혔으며, 그와 같이 지체 높은 왕자에게 필요한 학문들도 쉽게 배워 나갔습니다.

페르시아 왕자가 열다섯 살이 되었을 때, 그가 익힌 각종 기예의 경지는 스승들조차 능가했고 성품은 감탄스러울 정도로 현명하고 신중했습니다. 페르시아 왕은 이미 왕자가 태어났을 때부터 그가 일국의 군주에게 필요한 모든 미덕을 갖추고 있음을 알아보았고, 또 장성해 감에 따라 그 장점들이 갈수록 뚜렷해짐을 확인할 수 있었습니다. 반면 왕 자신은 나날이 노쇠해 감을 느끼고, 죽기 전에 왕자에게 왕위를 물려주어야겠다고 결심했습니다. 이를 위해 대신들의 동의를 얻는 것은 어렵지 않았으며, 백성들 역시 왕의 결정을 환영했습니다. 사실 왕자는 이미 오래전부터 도성에 모습을 드러냈던 터라, 왕자를 충분히 관찰해 왔던 백성들 역시 그에게 한 나라를 다스릴 자격이 충분함을 알고 있었던 것입니다. 대다수의 왕자들은 아랫사람들을 대할 때 거만하고도 경멸적인 태도로 보는 이로 하여금 반감을 일으키곤 하지만, 베데르 왕자에게는 이런 모습이 전혀 없었습니다. 오히려 그는 모든 사람을 선하고 너그럽게 대했고, 누가 말하든지 진지하게 경청하고 따뜻하게 답변해 주었습니다. 또한 누가 어떤 청을 해오든지 그것이 잘못된 것이 아닌 한 거절하는 법이 없었지요.

마침내 왕위 양위식 날이 되었습니다. 페르시아 왕은 만조백관이 시립한 가운데 옥좌에서 내려와 왕관을 벗어 베데르 왕자의 머리에 씌워 주었습니다. 그러고는 왕자를 이끌어 옥좌에 앉힌 후, 자신의 모든 권위와 권력을 양도한다는 의미로 그의 손에 입을 맞추고는 재상들과 왕족들이 서 있는 자리로 내려왔습니다.

그러자 재상, 왕족, 고위 관리 등 모든 신하들은 새 왕의 발밑에 엎드려 충성을 서약했습니다. 대재상은 중요한 국정 현안을 차례로 보고했으며, 그때마다 젊은 왕은 지극히 현명한 결정을 내려 만조백관의 탄성을 자아냈습니다. 그런 다음 왕은 공금 횡령의 혐의가 있는 총독 여러 명을 해임하고 다른 사람들을 임명했는데, 처리하는 일마다 너무도 공정하고 정확하여 모든 사람은 아첨이 아닌 충심에서 우러나온 갈채를 보냈습니다. 마침내 그는 부왕과 함께 어전에서 나와 굴나르 왕비가 있는 내전으로 갔습니다. 아들이 머리에 왕관을 쓰고 나타나자 왕비는 달려 나와서 그를 따뜻하게 껴안아 주며 긴 치세를 기원해 주었습니다.

즉위 첫 한 해 동안, 베데르 왕은 국왕으로서의 직무를 성실하게 수행했습니다. 모든 일을 처리함에 있어 사안을 정확히 파악하려 애썼으며, 신민들의 행복에 기여하기 위해 최선을 다했습니다. 이듬해에는 사냥을 즐기고 싶다는 구실로 국정을 중신들에게 맡기고 수도를 나왔습니다. 하지만 이는 왕국의 각 지방을 순회하면서 탐관오리를 색출하고 질서와 규율을 바로잡는 한편 국경 지방에도 모습을 드러냄으로써 국가의 안녕을 위협하는 이웃 군주들의 야욕을 사전에 꺾어 버리기 위함이었죠.

진정 그다운 이 계획을 수행하는 데는 꼬박 일 년이 걸렸습니다. 그러고 나서 다시 도성에 돌아온 지 얼마 되지 않았을 때, 연로한 부왕이 병석에 누웠습니다. 병세가 극히 위중하여 노왕은 자신이 다시는 자리에서 일어나지 못하리라는 것을 예감했습니다. 하지만 그는 평온한 마음으로 생의 마지막 순간을 기다렸으며, 다만 궁정의 대신들과 귀족들을 불러 그들이 했던 젊은 왕에 대한 충성 서약을 지켜 달라고 당부했습니다. 이에 신하들은 한 사람도 빠짐없이 지난번과 마찬가지로 충심 어린 서약을 반복했지요. 마침내 노왕은 숨을 거두었고, 베데르 왕과 굴나르 왕비는 크게 애통해하며 그의 위엄에 걸맞은 웅장한 묘당에 시신을 안치했습니다.

베데르 왕은 장례식이 끝난 후에도 한 달 동안 상을 치르는 페르시아의 풍습에 따라 두문불출, 아무도 만나지 않았습니다. 만일 이 젊은 왕이 그의 지극한 효심에만 귀를 기울였다면, 그리고 위대한 왕에게 이러한 행동이 허락되었다면, 그는 이처럼 돌아가신 부친을 애도하며 평생을 보냈을 것입니다. 한편 굴나르 왕비의 어머니와 살레 왕, 그리고 친척 공주들도 도착하여 모자와 슬픔을 같이해 주었습니다.

그렇게 한 달이 지나자 왕은 더 이상 대재상과 궁중 귀족들의 방문을 막을 수 없게 되었습니다. 그들은 왕에게 이제는 상복을 벗어 버리고 백성들에게 모습을 보일 것이며, 이전처럼 국사를 돌봐 달라고 간청했습니다. 하지만 왕이 여전히 우울한 얼굴을 하고 있자 참다 못한 대재상이 나섰습니다.

「폐하! 누가 죽었다고 하여 계속 슬픔만을 곱씹겠다고 고집부리는 것은 여인네들이나 하는 행위라는 것, 소신이 굳이 말씀드릴 필요가 있을까요? 분명 폐하께서도 잘 알고 계실 터이고, 또 그러실 의향도 없으리라 믿습니다. 우리가 평생 운다고 하여 우리의 눈물이 무덤에 계신 분을 다시 살려 낼 수는 없는 법입니다. 사람은 언젠가 죽어야 한다는 것, 이 만인 공통의 법칙에 따라 그분은 가신 것입니다. 하지만 우리는 그분이 완전히 죽었다고 말할 수는 없는바, 바로 폐하의 옥체 안에 그분이 살아 계시기 때문입니다. 그분은 분명 숨을 거두시면서 폐하를 통해 다시 살게 되리라는 사실을 의심하시지 않았을 겁니다. 그분의 생각이 틀리지 않았음을 폐하께서 보여 주시옵소서!」

베데르 왕은 대재상의 간언을 더 이상 외면할 수 없었습니다. 즉시 상복을 벗어 버리고 어의로 갈아입은 다음, 이전처럼 정성을 다하여 왕국과 백성들의 필요를 돌보기 시작했습니다. 그는 국사를 너무도 잘 처리하여 모든 이로 하여금 고개를 끄덕이게 만들었습니다. 또 선대의 왕들로부터 내려오는 법규와 질서를 정확히 준수하도록 했기 때문에 백성들은 임금이 바뀌었다는 사실조차 느끼지 못할 정도였습니다.

베데르 왕이 다시 국정을 돌보기 시작하자 살레 왕은 대비와 공주들과 함께 자신의 바다 왕국으로 돌아갔습니다. 그리고 한 해가 지나자 다시 방문하여 베데르 왕과 굴나르 왕비를 몹시 기쁘게 해주었죠. 어느 날 저녁 식사 후에 시녀들이 상을 치우고 물러가자, 왕의 가족은 그들끼리만 남아 이런저런 대화를 나누었습니다.

화제는 어느덧 베데르 왕에 대한 칭찬으로 옮겨 왔습니다. 살레 왕은 젊은 왕이 나라를 현명하게 다스리고 있어 마음이 얼마나 흡족한지 모르겠다며, 그의 명성이 이웃 나라 왕들에게뿐 아니라 아주 멀리 떨어진 나라들에까지 미치고 있다고 누이 굴나르 왕비에게 떠들어 댔습니다. 베데르 왕은 자신에 대한 찬사를 듣고 있기 몹시 민망했지만 숙부의 말을 가로막을 수도 없는 노릇이어서, 그냥 옆으로 몸을 돌려 뒤에 있는 쿠션에 엎드려 잠든 시늉을 했습니다.

살레 왕의 칭찬은 모든 일에 대한 베데르 왕의 감탄스러운 처신과 뛰어난 재치에서부터 그의 신체에 대한 것으로 옮겨 갔습니다. 그는 땅과 바닷속의 왕국들을 다 뒤져 보아도 베데르 왕 같은 놀라운 미남자는 찾아볼 수 없을 것이라고 단언했습니다. 그러더니 갑자기 이렇게 외쳤습니다.

「그런데 말이다, 누이! 저렇게 뛰어난 아이를 결혼시킬 생각을 하지 않다니 참으로 이상하구나! 내가 아는 게 맞다면 베데르도 벌써 스무 살 아니냐! 일국의 국왕으로서 저 나이가 되도록 아직껏 아내가 없다는 것이 말이 되느냐? 네가 신경 쓰지 않으니 이제 내가 나서야겠다. 베데르에게 어울릴 만한 신붓감을 우리 바다 세계 공주들 가운데 찾아봐야겠어.」

「그렇군요, 오라버니! 저는 생각도 못하고 있었네요! 글쎄 저 애가 도통 결혼에 관심을 보이지 않으니, 저 역시 전혀 생각하지 않고 있었어요. 그런데 오라버니께서 이렇게 깨우쳐 주시니 너무 고마워요. 신붓감을 바다 세계의 공주 가운데서 고르는 건 저도 찬성이에요. 그러니 좋은 규수가 있으면 한번 말씀해 보세요! 하지만 내 아들 국왕이 결혼하고 싶어 못

배길 정도로 아름답고 완벽한 아가씨여야 합니다.」

「내가 한 사람 알고 있지!」 살레 왕이 나직한 목소리로 대답했습니다. 「하지만 그녀가 누구인지 말하기에 앞서 우선 베데르가 자고 있는지 확인해 보아라! 왜 이렇게 조심해야 되는지는 이따가 설명해 줄 테니.」

이에 굴나르 왕비는 몸을 돌려 옆을 보았습니다. 말씀드린 대로 베데르는 엎드려 잠든 시늉을 하고 있었기 때문에 왕비는 그가 깊이 잠들어 있음을 조금도 의심하지 않았습니다. 하지만 그는 대체 어떤 비밀이기에 숙부가 저렇게 조심할까 궁금하여 귀를 쫑긋 세우고 있었지요. 왕비는 그녀의 오라버니에게 말했습니다.

「자, 그렇게 조심하실 필요는 없어요. 크게 말씀하셔도 저 애는 듣지 못해요.」

「내가 말해 줄 내용을 저 애가 너무 빨리 알게 되면 좋지 않기 때문이야. 때로 사랑은 귀를 통해 들어오기도 하는데, 내가 말하려 하는 그 공주를 그런 식으로 사랑해서는 좋지 않아. 왜냐하면 그 공주에게는 별 문제가 없을 테지만, 그녀의 부친을 설득하는 데는 난관이 예상되거든. 나는 지금 자우하르[81] 공주와 사만달 왕을 말하고 있는 거란다.」

「오라버니, 지금 뭐라고 하셨나요?」 굴나르 왕비가 깜짝 놀라 외쳤습니다. 「자우하르 공주가 아직도 결혼하지 않았다고요? 오라버니와 헤어지기 전, 저도 그녀를 본 기억이 있어요. 당시 태어난 지 열여덟 달밖에 안 되었지만 놀라울 정도로 예쁜 아기였죠. 그 이후 더욱 아름다워졌다면 지금쯤은 세상에 둘도 없는 미인이 되어 있겠죠. 베데르보다 약간 나이가 많다는 것쯤은 문제도 아니에요. 그렇게 훌륭한 혼처를

---

81 아랍어로 〈보석〉을 뜻한다 — 원주.

놓칠 수는 없지요! 그런데 오라버니가 말씀하시는 난관이란 게 대체 뭔가요?」

「애야! 그 사만달 왕이라는 사람은 허영이 말도 못하게 심하단다. 이 세상 모든 왕들을 자기 발톱의 때만도 못하게 여기는 사람이지. 그러니 공주와의 혼사를 그와 협의하는 것이 그리 녹록치 않을 것 같다. 그래도 나는 그에게 가서 딸을 달라고 말해 볼 작정이야. 만일 그가 거절한다면 다른 혼처를 찾아보는 수밖에 없겠지. 바로 이런 이유 때문에 베데르가 우리 계획을 알아서는 안 된다는 거야. 사만달 왕이 동의할지도 확실하지 않은 마당에 그 애가 미리감치 자우하르 공주를 사랑하게 되었다가 일이 틀어지면 낭패 아니냐?」

그들은 이 문제에 대해 얼마간 더 대화를 나누었고, 살레 왕은 곧장 그의 궁으로 돌아가 사만달 왕에게 사신을 보내어 자우하르 공주를 페르시아 왕의 신부로 달라고 요청하기로 결정했습니다.

베데르 왕이 정말로 잠들었다고 믿고 있던 두 사람은 방을 나가기 전에 그를 깨웠습니다. 베데르 왕은 깊은 잠에서 깨어나는 시늉을 감쪽같이 해냈죠. 하지만 이미 그는 두 사람이 하는 말을 한마디도 놓치지 않았고, 자우하르 공주에 대한 묘사는 그의 마음속에 생전 느껴 보지 못한 사랑의 불길을 일게 했습니다. 그의 눈앞에는 너무나도 어여쁜 자우하르 공주의 모습이 어른거렸고, 그녀를 갖고 싶은 욕망에 몸이 달아오른 젊은 왕은 밤새도록 잠을 이룰 수 없었습니다.

다음 날, 살레 왕은 굴나르 왕비와 조카 왕에게 바다 왕국으로 돌아가고 싶다는 뜻을 밝혔습니다. 삼촌이 오자마자 급히 떠나려 하는 까닭을 젊은 페르시아 왕은 잘 알고 있었습니다. 자신의 행복을 위해 즉시 일을 착수하려 함이 아니겠습니까? 하지만 삼촌의 말을 들은 페르시아 왕은 오히려 안색이 나빠졌습니다. 이미 그의 사랑은 너무도 뜨거워져 있어서, 삼촌이 혼사를 처리하는 기간이 아무리 짧다 해도 사랑의 대상을 보지 못한 채 무작정 기다려야 한다는 사실이 견딜 수 없었던 까닭입니다. 그는 삼촌에게 자신도 데려가 달라고 부탁하기로 마음먹었습니다. 이런 결심을 어머니 모르게 삼촌에게만 말하고 싶었던 그는, 다음 날 사냥 놀이가 있으니 그날은 떠나지 마시라고 만류했습니다. 물론 사냥 놀이 중에 기회를 잡아 자신의 뜻을 밝힐 속셈이었죠.

다음 날 사냥 놀이가 시작되었습니다. 베데르는 살레 왕과 단둘이 있을 기회가 여러 차례 있었지만, 품고 있는 생각을 말하려니 선뜻 입이 떨어지지 않았습니다. 사냥 놀이가 절정에 달했을 때, 신하들은 물론 살레 왕과도 헤어져 혼자가 된 그는 어떤 시내 옆에 이르러 말에서 내렸습니다. 시냇가에는 나무가 여러 그루 늘어서서 시원한 그늘을 드리우고 있었습니다. 왕은 그중 한 나무에 말을 매어 놓은 다음 잔디밭에 몸을 비스듬히 눕혔습니다. 그러고 있으려니 자신도 모르게 눈물이 솟구쳐 올랐고 입에서는 한숨과 울음이 터져 나왔습니다. 그는 오랫동안 이런 상태로 있었습니다. 정신은 깊은 상념에 빠져들어, 입에서 말 한마디 나오지 않았습니다.

이때 살레 왕은 크게 걱정하고 있었습니다. 조카 베데르 왕이 보이지 않아 신하들에게 그의 행방을 물어보았지만 아무도 아는 이가 없었던 것입니다. 결국 홀로 왕을 찾아 나선 그는 마침내 먼 곳에서 그를 발견할 수 있었습니다. 사실 살레 왕은 전날부터 조카의 행동이 변한 것을 느끼고 있었습니다. 평소의 명랑한 기색은 사라지고 멍하니 무언가를 생각하고 있는 듯했으며 사람들이 질문해도 얼른 대답하지 않는 데다, 한다 하더라도 엉뚱한 대답을 하기 일쑤였던 것입니다. 살레 왕으로서는 조카의 이러한 변화의 원인이 무엇인지 도

무지 짐작할 수 없었습니다. 그러나 젊은 페르시아 왕이 청승맞게 혼자서 나무 밑에 누워 있는 모습을 보니, 이제는 더 이상 의심할 수 없었습니다. 조카는 자신과 굴나르 왕비가 나눈 대화를 엿듣고 사랑에 빠진 게 분명했습니다! 살레 왕은 조카가 눈치채지 못하게끔 꽤 멀리 떨어진 곳에서 말에서 내렸습니다. 그러고는 말을 나무에다 매어 놓고 크게 우회하여 살금살금 조카에게로 다가갔습니다. 가까운 곳에 이르자 이렇게 중얼거리는 소리가 들려왔습니다.

「사만달 왕국의 사랑스러운 공주여!」베데르 왕은 혼자서 외치고 있었습니다. 「나는 사람들이 그대의 비할 바 없는 아름다움을 묘사하는 소리를 들었소. 하지만 그건 그대의 진정한 아름다움의 십 분의 일도 표현하지 못한 것이겠지. 나는 그대가 이 세상의 그 어떤 공주보다 아름다우리라 생각하오. 밤하늘의 달과 별들을 모두 모아 놓은 것보다 더욱 밝게 빛나는 태양처럼 말이오. 아, 지금 그대가 어디 있는지 알 수만 있다면 당장에라도 달려가 내 마음을 바칠 텐데! 내 마음의 주인은 오직 그대뿐, 그대를 제외한 그 어떤 공주도 내 마음을 가질 수는 없을 것이오.」

살레 왕은 더 이상 듣고 있을 수 없어서 모습을 드러내고 그에게 말했습니다.

「조카! 자네 말을 듣자 하니, 아마도 엊그제 나와 자네 모친이 자우하르 공주에 대해 얘기하는 것을 엿들은 모양이군. 우리는 자네가 자고 있는 줄로만 알았다네. 자네가 내 말을 듣지 않기를 바랐었는데……」

「숙부님! 과연 저는 한 마디도 빼놓지 않고 다 들었답니다. 그 결과, 숙부님께서 예상하신 감정을 느끼게 되었지요. 사실 떠나시려는 숙부님을 붙잡은 것도 제 사랑에 대해 말씀드리려 함이었습니다. 하지만 저의 나약함을 고백하는 것이 부끄러워 차마 입을 열 수 없었지요. 그렇게 사랑받아 마땅한 공주를 사랑하는 것을 나약함이라고 불러야 한다면 말입니다. 숙부님! 우리는 숙질간이기도 하지만 뗄 수 없는 혈맹이기도 하잖아요? 혈맹 간의 우의를 생각해서라도 이 불쌍한 왕을 도와주세요! 어서 빨리 공주의 부친에게서 결혼 허락을 받아 내어, 저로 하여금 그 지극히 아름다운 공주를 볼 수 있도록 해주세요! 안 그러면 저는 그녀를 애타게 그리다가 죽고 말 겁니다.」

페르시아 왕의 말에 살레 왕은 크게 당황하여 그의 소원을 들어주는 것이 얼마나 어려운 일인지 설명해 주었습니다. 공주를 보여 주기 위해서는 베데르 왕을 데려가야 할 터인데, 왕국에서 꼭 필요한 존재인 그가 자리를 비우게 되면 무슨 일이 벌어질지 모른다고 말입니다. 그러니 조금만 진정하고 기다리고 있으면 자신이 가서 그가 만족할 수 있게끔 모든 일을 처리하겠다고 장담했습니다. 뿐만 아니라 일을 가급적 빨리 처리하여, 며칠 후에는 돌아와 결과를 알려 주겠다고 약속했습니다. 하지만 페르시아 왕은 이러한 분별 있는 충고를 들으려 하지 않았습니다.

「잔인한 숙부님! 이제 보니 숙부님은 제가 생각하는 것만큼 저를 사랑하시지 않는군요. 저는 태어나서 처음으로 숙부님께 부탁을 드렸는데 숙부님은 들은 척도 안 하시니, 마치 제가 죽기를 바라시는 것 같아요!」

「너를 기쁘게 해줄 수만 있다면 난 무슨 일이라도 할 준비가 되어 있단다. 하지만 먼저 네 모친에게 알리지 않는 한 너를 데려갈 수 없다. 아무 말 없이 우리끼리 훌쩍 떠나 버리면 그녀가 뭐라고 하겠느냐? 물론 나도 네가 나와 함께 가도록 그녀가 승낙해 줬으면 한다. 네가 모친에게 보내 달라고 말하면 나도 가서 부탁하겠다.」

「하지만 숙부님도 잘 아시잖아요! 어머니께서는 결코 저를 보내 주시지 않을 거예요. 숙부님의 변명을 들으니 숙부님께서 얼마나 무정하신 분인지 잘 알겠어요. 정말로 저를 사랑하신다면 지금 당장 숙부님의 왕국으로 저를 데려가실 거라고요.」

살레 왕으로서는 더 이상 어찌해 볼 도리가 없었습니다. 그는 손가락에 끼고 있던 반지 하나를 뺐습니다. 그것은 솔로몬 대왕의 도장과 마찬가지로 하느님의 신비로운 이름들이 새겨져 있으며, 그 이름들이 지닌 능력으로 무수한 기적을 행했던 반지였습니다. 그는 이 반지를 페르시아 왕에게 주면서 말했습니다.

「자, 이 반지를 네 손가락에 껴라. 그러면 바다의 물이나 그 깊음을 더 이상 두려워하지 않아도 될 것이다.」

페르시아 왕은 반지를 받아 손가락에 꼈습니다. 그러자 살레 왕이 다시 말했습니다.

「자, 나를 따라와라!」

동시에 두 사람의 몸은 공중에 두둥실 떠올랐습니다. 그들은 거기서 얼마 떨어지지 않은 바다로 날아가더니 물속 깊은 곳으로 첨벙하고 들어갔습니다.

오래지 않아 그들은 바다 왕의 궁전에 도착했습니다. 바다 왕은 우선 조카 페르시아 왕을 대비가 거처하는 궁실로 데려가 인사를 시켰습니다. 페르시아 왕이 할머니인 대비의 손에 입을 맞추자 그녀는 크게 기뻐하며 손자를 껴안았습니다.

「그래, 네 건강이 어떤지 물어볼 필요도 없겠구나! 얼굴만 봐도 아주 좋아 보이니 이 할미의 마음이 기쁘기 그지없다. 네 어머니 굴나르 왕비의 건강은 어떠니?」

페르시아 왕은 어머니에게 작별 인사 없이 떠나왔다는 사실을 밝히지 않았습니다. 오히려 어머니는 지금 매우 건강하며 할머님께 안부를 전해 달라 했다고 둘러댔습니다. 대비는 다른 공주들도 불러서 인사를 시켜 주고는 그들이 담소를 나눌 시간을 주기 위해 살레 왕과 함께 옆방으로 갔습니다. 두 사람만 있게 되자 살레 왕은 대비에게 그간 있었던 일을 밝혔습니다. 페르시아 왕이 어떻게 자우하르 공주의 아름다움에 대한 말을 엿듣고 사랑에 빠지게 되었는지, 또 왜 그를 여기로 데려올 수밖에 없었는지 설명한 다음, 자신은 공주를 신부로 데려올 방법을 찾아볼 생각이라고 말했습니다.

엄밀히 말하자면, 페르시아 왕이 불같은 정열에 사로잡힌 것은 살레 왕의 잘못이 아니었습니다. 하지만 대비는 그가 조심성 없게도 페르시아 왕 옆에서 자우하르 공주에 대해 이야기한 것에 대해 몹시 못마땅해했습니다. 그녀는 바다 왕을 책망했습니다.

「너의 신중하지 못했던 행동은 결코 용서받을 수 없는 것이다. 너도 사만달 왕의 성격을 잘 알지 않느냐! 지금까지 숱한 왕들이 청혼하러 갔지만, 그때마다 그는 노골적으로 그들을 멸시하며 거절해 왔다. 너라고 해서 특별히 대접해 줄 것 같으냐?」

「어머니! 다시 말씀드리지만, 저와 굴나르 왕비가 자우하르 공주에 대해 얘기하고 있을 때 조카가 엿듣게 된 것은 제 본뜻과 상관없는 일이었습니다. 하지만 이미 엎지른 물을 어쩌겠습니까? 지금 조카는 자우하르 공주를 열렬히 사랑하고 있습니다. 우리가 무슨 수를 써서라도 공주를 얻어 주지 못한다면 슬픔과 괴로움에 죽어 버릴지도 몰라요. 비록 이 모든 일이 제 잘못이라고는 할 수 없지만, 저는 최선을 다해 해결책을 찾아볼 작정입니다. 지금 저는 값비싼 보석을 선물로 들고서 사만달 왕을 직접 찾아가 그의 딸 공주를 어머님의 손자인 페르시아 왕의 아내로 달라고 요청해 보려고 합니다.

사만달 왕으로서도 육지에서 가장 강력한 군주 가운데 하나와 사돈을 맺는 일이니, 거절할 이유가 없다고 생각해요. 그러니 어머니께서도 허락해 주세요!」

「사만달 왕에게 이런 구차한 부탁을 할 필요가 없었으면 좋았을 걸 그랬다. 일이 우리의 바람대로 될지도 확실치 않은데 말이다……. 하지만 내 손자 페르시아 왕의 행복이 걸려 있는 일이니 나도 동의하지 않을 수 없구나. 그런데 무엇보다도 조심해야 하느니라. 사만달 왕의 성격을 잘 알고 있지 않느냐? 제발 부탁이니, 그의 성질을 건들지 않게끔 예의를 다하여 최대한 공손하게 말하도록 해라!」

선물은 대비가 손수 장만했습니다. 그녀는 다이아몬드, 루비, 에메랄드, 실에 꿴 진주 등 값비싼 보석들을 골라 화려하면서도 정갈한 상자에 넣었습니다. 다음 날 살레 왕은 대비와 페르시아 왕에게 작별을 고한 후, 그다지 많지 않은 수의 신하들과 하인들을 수행원으로 거느리고 길을 떠났습니다. 그는 곧 사만달 왕의 왕궁에 도착할 수 있었습니다. 그가 도착했다는 소식을 들은 사만달 왕은 곧 접견을 허락하고 어전으로 들였습니다. 살레 왕은 그의 발밑에 부복하며, 그가 바라는 모든 것이 온전히 이루어지길 기원한다고 말했습니다. 왕의 신분에 어울리지 않는 이런 행동은 여기 온 목적을 이루기 위해서라면 적어도 얼마간은 무슨 짓이라도 하리라는 각오로 인한 것이었습니다. 사만달 왕은 즉시 몸을 굽혀 그를 일으켜 세워 자기 옆자리에 앉히고 환영 인사를 한 다음, 자신이 그를 위해 뭔가 해줄 일이라도 있는지 물었습니다.

「폐하!」 살레 왕이 대답했습니다. 「폐하께서는 전 세계의 모든 왕 중 가장 강력하시며, 그 지혜와 용맹함으로 말할 것 같으면 가장 뛰어나신 분입니다. 이런 위대한 군주를 찾아온 이유에 다른 것이 있겠습니까? 다만 저의 지극한 존경의 뜻을 표하고자 함입니다. 만일 폐하께서 저의 마음 깊은 곳을 들여다볼 수 있으시다면, 제가 폐하를 얼마나 깊이 존경하는지, 또 얼마나 폐하에 대한 저의 충정을 표현하고 싶어 하는지 알 것입니다.」

그러면서 그는 신하로부터 선물로 가져온 상자를 건네받아 뚜껑을 연 다음 사만달 왕에게 바치며 부디 흔쾌히 받아 달라고 간청했습니다.

「공! 공이 이렇게 큰 선물을 하시는 데에는 무언가 거기에 상응하는 요구가 있을 것이오. 내가 해줄 수 있는 것이라면 기꺼이 들어 드리리다. 자, 말씀하시오! 내가 공에게 무엇을 해줄 수 있는지, 어려워 말고 말해 보시오!」

「그렇습니다, 폐하! 사실 폐하께 드릴 청이 하나 있습니다. 만일 이 일이 제 힘만으로 될 일 같았으면 이렇듯 폐하께 부탁드리지도 않았을 것입니다. 하지만 이 일은 절대적으로 폐하의 뜻에 달린 것이어서 다른 사람에게는 부탁할 수 없습니다. 이처럼 간절히 부탁하러 찾아왔으니 제발 거절하지 말아 주시옵소서!」

「그렇다면 무슨 일인지 말씀하시면 될 것 아니오! 만일 내 능력 안의 일이라면 내 도와 드릴 테고!」

「폐하! 이렇게 선의를 표현해 주시니 저도 용기가 납니다. 더 이상 숨기지 않고 솔직히 말씀드리겠습니다. 제가 폐하를 찾아온 목적은 폐하의 영애이신 자우하르 공주에게 청혼하고자 함입니다. 부디 허락하시어 우리 가문을 영예롭게 해주시고, 이를 통해 오래전부터 두 왕국이 맺어 온 우의를 공고히 해주시옵소서!」

이 말을 들은 사만달 왕은 그때까지 등에 대고 있던 쿠션 위로 벌렁 나자빠지면서 크게 웃음을 터뜨렸습니다. 실로 살레 왕을 완전히 무시하는 모욕적인 행동이 아닐 수 없었죠.

그는 얼굴에 경멸을 가득 담고 말했습니다.

「살레 왕! 나는 당신이 현명하고 상식 있는 왕이라 생각하고 있었소. 한데 당신의 말을 듣고 나니 내 생각이 얼마나 틀린 것이었는지 알겠군. 여보시오! 방금 내게 말한 것, 진심이오? 그런 터무니없는 망상을 품고 있다니 당신 제정신이오? 아니, 어찌 감히 나같이 위대하고도 강력한 왕의 딸과 결혼하기를 꿈꿀 수 있었단 말이오? 여기 오기에 앞서 당신과 나 사이에 얼마나 큰 차이가 있는지 한번 생각해 보는 게 좋았을 것이오. 그랬다면 그나마 내가 당신에게 품고 있었던 호감을 한순간에 박살내 버리는 일은 없었을 것 아니오?」

이처럼 모욕적인 말을 듣게 된 살레 왕은 당장이라도 터질 듯 부아가 치밀어 올랐습니다. 하지만 노여움을 꾹 참고 최대한 겸손한 태도를 유지하면서 다시 말했습니다.

「폐하 위에 하느님의 축복이 임하시길 바랍니다! 제가 폐하께 말씀드리고 싶은 것은, 지금 저는 저 자신을 위해 청혼하고 있는 게 아니라는 사실입니다. 그리고 설사 그랬다 한들 폐하나 공주님께서 분개하실 하등의 이유가 없으며, 오히려 두 분 모두에게 영예로운 일이라고 생각합니다. 폐하께서도 잘 아시겠지만, 저 역시 폐하와 같은 바다의 왕 중 하나입니다. 저의 선대 왕들은 그 어떤 왕가에 견주어도 부족함이 없는 유서 깊은 가문에 속해 있으며, 제가 그분들로부터 이어받은 왕국은 과거나 지금이나 눈부신 번영을 구가하고 있는 강국입니다. 여하튼 아까 폐하께서 제 말을 끊지 않으셨더라면, 청혼하는 당사자는 제가 아니요 페르시아의 젊은 왕인 저의 조카라는 사실을 곧 알게 되셨을 것입니다. 그의 나라가 얼마나 크고 강력한지, 그리고 그가 개인적으로 얼마나 많은 장점을 지니고 있는지에 대해서는 폐하께서도 모르시지 않겠지요. 그렇습니다! 모든 사람이 자우하르 공주를 하

늘 아래 가장 아름다운 여인이라 인정합니다. 하지만 젊은 페르시아 왕 역시 육지 세계와 바다 세계를 통틀어 가장 준수하고 완벽한 청년이라는 것, 이 또한 만인이 동의하는 사실입니다. 이 결혼은 폐하나 공주님께 큰 영광이 될 것이며, 폐하께서 이처럼 양측의 균형이 맞는 결혼에 동의해 주신다면 만인이 기뻐할 것입니다. 공주님은 페르시아 왕에게 어울리며 페르시아 왕 또한 공주님의 짝이 되기에 조금도 부족함이 없습니다. 이 점에 대해서는 세상의 그 어떤 왕, 그 어떤 왕자도 페르시아 왕에게 견줄 수 없을 것입니다.」

사만달 왕이 살레 왕으로 하여금 그토록 오래 말을 계속하도록 놔두었던 것은, 화가 머리끝까지 치밀어 입도 제대로 열 수 없는 상태였던 까닭입니다. 그는 살레 왕이 말을 마친 다음에도 씩씩대기만 할 뿐 한동안 아무 말도 하지 못했습니다. 마침내 그는 입을 열어, 일국의 왕으로서는 도저히 입에 담을 수 없는 끔찍한 욕설을 쏟아부었습니다.

「이 개놈아! 네가 감히 내 면전에서 그따위 말을 지껄여? 아니, 감히 내 딸의 이름을 입에 담아? 그래, 네 누이 굴나르의 아들놈이 내 딸하고 비교될 수 있다고 생각하는 거냐? 네 놈이 누구냐? 네 아비가 누구였냐? 대체 네 누이가 누구며, 네 조카가 누구란 말이냐? 네 아비는 개가 아니었더냐? 너처럼 개의 자식이 아니었더냐? 여봐라! 이 건방진 자를 당장에 잡아서 목을 베어 버려라!」

사만달 왕 주위에 있던 몇 명의 신하들은 즉시 왕명을 집행하려 했습니다. 하지만 살레 왕은 한창나이인 데다가 몸이 민첩한 사람이었습니다. 그는 사만달 왕의 신하들이 미처 칼을 뽑기도 전에 날쌔게 어전을 뛰쳐나와 왕궁 정문을 향해 내달렸습니다. 마침 천우신조로 살레 왕의 척신들도 수천 명의 군사를 거느리고 막 정문 앞에 당도하고 있었습니다.

사실 대비는 아들 살레 왕을 보낸 후 그가 몇 안 되는 신하만을 거느리고 떠난 것이 몹시 마음에 걸렸습니다. 사만달 왕이 고약하게 나올지도 모를 일이었기 때문입니다. 그래서 그녀는 척신들을 불러 급히 왕을 따라가라고 분부했던 것입니다. 군대의 선두에 있던 척신들은 왕이 신하들을 이끌고 허둥지둥 도망쳐 나오는 것과 그 뒤로 사람들이 쫓아오는 것을 보고, 자신들이 너무도 적시에 도착했음을 기뻐했습니다. 그들은 왕이 가까이 오자 소리쳤습니다.

「폐하! 무슨 일이십니까? 저희가 복수를 해드리겠으니, 명령만 내려 주십시오!」

살레 왕은 있었던 일을 간단히 이야기해 주었습니다. 그러고는 왕궁 정문에 군사의 일부를 남겨 놓은 채, 수많은 병력을 거느리고 오던 길로 되돌아갔습니다. 쫓아오던 사만달 왕의 몇 안 되는 신하들은 혼비백산하여 뿔뿔이 흩어져 버렸지요. 한걸음에 어전에 이르니 신하들이며 호위병들도 모두 도망쳐 버리고 사만달 왕만 혼자 남아 있었습니다. 살레 왕은 그를 붙잡아 신하들로 하여금 감시하도록 한 다음, 자신은 자우하르 공주를 찾아 왕궁 전체를 뒤졌습니다. 하지만 이 공주는 밖에서 소동이 일어났음을 알고 즉시 시녀들과 함께 수면 위로 솟구쳐 올라 어느 무인도로 피신한 뒤였습니다.

그렇다면 사만달 왕의 궁전에서 이 모든 일이 일어나고 있을 때, 살레 왕의 궁에서는 어떤 일이 벌어지고 있었을까요? 사만달 왕이 살레 왕을 잡아 죽이겠다고 위협하고 있을 때, 살레 왕의 신하 중 몇 사람은 고국으로 도망쳐 돌아가서 대비에게 지금 왕이 위험에 처해 있다는 사실을 알렸습니다. 물론 대비도 크게 놀랐지만, 그 자리에 함께 있던 젊은 베데르 왕의 충격은 더욱 컸습니다. 결국 이 모든 불행이 자신으로 인해 일어났다고 생각했기 때문입니다. 자신이 숙부를 위험에 빠뜨렸다고 생각하니 도저히 할머니를 마주 볼 용기가 나지 않았습니다. 그는 대비가 신하들에게 필요한 일들을 분부하는 틈을 타, 바다 밑바닥에서 위로 솟구쳐 올라갔습니다. 그리고 우연히도 자우하르 공주가 피신해 있던 바로 그 섬으로 가게 되었습니다.

갑자기 뭍에 올라와서인지 잠시 정신이 멍해진 베데르 왕은 여러 그루의 나무들이 모여 있는 것을 발견하고는, 그 가운데 있는 큰 나무 아래로 가 앉았습니다. 잠시 후 정신이 들기 시작하자 근처에서 누군가가 말하는 소리가 들려왔습니다. 그는 즉시 귀를 기울였습니다. 하지만 말소리는 약간 먼 곳에서 들려오고 있었기 때문에 무슨 말을 하는지는 정확히 알 수 없었습니다. 그는 살그머니 몸을 일으켜 말소리가 들리는 쪽으로 다가갔고, 마침내 수풀 사이로 말소리의 주인공을 발견할 수 있었습니다. 그것은 눈부시게 아름다운 미녀였습니다. 베데르 왕은 걸음을 멈추고 경탄 어린 눈으로 그녀를 바라보며 생각했습니다.

〈어쩌면 자우하르 공주일지도 몰라. 무서워서 부왕의 왕궁을 도망쳐 나온 것인지도 모르지. 설사 자우하르 공주가 아니라 해도, 저 아가씨는 내 온 영혼을 바쳐 사랑할 만한 사람이군.〉

베데르 왕은 더 이상 수풀 뒤에 숨어 있을 수 없었습니다. 그는 공주에게 다가가 정중히 인사한 후 말했습니다.

「아가씨! 진정 하늘에 감사를 드리지 않을 수 없군요. 오늘 이 세상에서 가장 아름다운 존재를 제게 보여 주셨으니 말입니다. 지금 제 마음이 지극히 행복한 것은, 대단히 미력하나마 아가씨에게 봉사할 수 있는 기회를 얻게 된 까닭입니다. 아가씨, 제가 아가씨를 도와 드리겠으니 허락해 주십시오! 아가씨 같은 분이 이런 험한 곳에 혼자 계셔서야 되겠습니까? 반드시 누군가의 도움이 필요할 것입니다.」

「맞아요, 선생님!」 자우하르 공주는 몹시 슬픈 표정을 지으며 대답했습니다. 「사실 저처럼 고귀한 숙녀가 이런 처지에 놓이게 된 것이 예삿일은 아니지요. 저는 사만달 왕의 공주이며, 이름은 자우하르라고 합니다. 저는 부왕의 궁전에 있는 제 궁실에서 평화롭게 지내고 있었어요. 그런데 갑자기 어디선가 끔찍한 소리가 들려왔어요. 즉시 사람이 달려와 고하기를, 살레 왕이라는 자가 저로서는 알 수 없는 이유로 성 안에 쳐들어와서 저항하는 호위대 병사들을 모두 죽인 후 아버님을 사로잡았다는 거예요. 그의 폭력이 두려웠던 저는 간신히 궁을 빠져나와 이곳에 숨어 있게 되었답니다.」

공주의 말을 들은 베데르 왕은 얼굴이 붉어졌습니다. 숙부가 위험에 처해 있다는 소식만 전해 듣고 그다음에 어떻게 되었는지는 제대로 알아보려 하지도 않은 채, 할머니만 궁에 남겨 놓고 무턱대고 도망쳐 나온 자신이 부끄러웠던 것입니다. 하지만 다른 한편으로는 기쁘기도 했습니다. 숙부가 사만달 왕을 생포했다는 말 때문이었죠. 이제 사만달 왕은 자유의 몸이 되기 위해서라도 자신과 공주의 결혼을 허락해 주지 않겠습니까? 베데르 왕은 공주에게 말했습니다.

「사랑스러운 공주여! 당신의 고통스러운 마음은 충분히 이해할 수 있습니다. 하지만 사로잡혀 있는 당신의 부친을 해방해 주는 것이나 당신의 고통을 멈추게 하는 것은 그다지 어렵지 않은 일입니다. 자, 제 얘기를 들어 보면 왜 그런지 이해하실 겁니다. 제 이름은 베데르, 페르시아의 왕이며 살레 왕은 저의 숙부입니다. 분명히 말씀드리거니와, 숙부에게는 부친의 왕국을 빼앗으려는 의도가 전혀 없습니다. 그분에게는 다른 목적이 없습니다. 부친의 허락을 받아 내어, 저로 하여금 부친의 사위가 되는 영예와 행복을 누리게 해주시려는 마음뿐이지요. 사실 저는 당신을 보지도 못한 상태에서 다만 당신의 아름다움과 매력에 대한 이야기만 듣고는 온 마음을 당신께 바치게 되었답니다. 하지만 그런 행동을 후회하지 않습니다. 오히려 지금 당신에게 간청하고 싶군요. 제 온 마음을 받아 주시고 이 마음이 영원히 당신만을 위해 불타오를 것이라는 사실을 믿어 달라고요. 아가씨께서 제 간청을 거절하지 않으시리라 믿습니다. 저도 일국의 왕이며, 오직 당신께 마음을 바치겠다는 일념으로 국사를 팽개치고 나온 것이니까요. 그러니 아름다운 공주여, 저로 하여금 당신을 데려가 숙부께 소개하게 해주십시오! 우리의 결혼에 동의하시는 즉시, 부친께서는 이전처럼 왕국의 주인으로 돌아가실 수 있을 것입니다.」

하지만 베데르 왕의 고백은 그가 기대하는 결과를 가져오지 못했습니다. 사실 공주가 그를 보고 느낀 첫인상은 과히 나쁘지 않았습니다. 호감 가는 용모와 거동, 그리고 자신에게 접근할 때 보여 주었던 예의 바른 태도 등 모든 것이 나무랄 데 없었으니까요. 하지만 그의 말을 통해 정체를 알게 되고서는 생각이 달라졌습니다. 부왕이 졸지에 변을 당하게 된 것도, 자신이 두려움에 떨게 된 것도, 그리고 지금 이렇게 정처 없이 도망 다니는 신세가 된 것도 다 이 사람 탓이었던 것입니다. 그녀의 눈에 그는 이제 절대로 상종할 수 없는 철천지원수로 보였습니다. 설령 그녀에게 결혼에 동의할 마음이 있었다 해도 사정은 마찬가지였을 것입니다. 부왕이 이 결혼을 거절한 것은 베데르 왕이 육지 출신이기 때문일 것이고, 따라서 자신은 이 문제에 대해서 전적으로 아버지의 뜻을 따라야겠다고 마음먹었던 것입니다. 하지만 그녀는 겉으로는 이런 반감을 드러내지 않았습니다. 대신 그녀는 베데르 왕의 손아귀에서 교묘하게 빠져나갈 방법을 생각해 내고는, 마치 그를 만나게 되어 너무도 기쁜 듯한 표정을 지어 보였습니다.

「어머나!」 그녀는 자못 수줍은 어조로 대꾸했습니다. 「그러니까 당신이 아름답기로 소문난 그 굴나르 왕비의 아들이시군요? 아, 너무도 기뻐요! 당신도 그분의 아드님답게 멋진 왕자님이시군요! 아버님께서 우리 둘이 부부로 맺어지는 것을 반대하셨다고요? 그건 너무도 큰 잘못이었어요! 하지만 그분께서 당신을 직접 보신다면 주저 없이 우리 둘을 행복하게 해주실 거예요.」

이렇게 말하면서 그녀는 애정의 표시로 한쪽 손을 그에게 내밀었습니다.

베데르 왕으로서는 더 이상 바랄 것이 없었습니다. 공주가 내민 손을 덥석 붙잡았죠. 그러고는 경의의 표시로 그녀의

손등에 입을 맞추려고 고개를 숙였습니다. 하지만 공주는 그럴 틈을 주지 않았습니다.

「무엄한 놈!」 그녀는 그를 세차게 밀치는 동시에, 그의 얼굴에 침을 뱉으면서 소리쳤습니다. 「인간의 형상을 벗고, 붉은 부리와 다리를 지닌 흰 새의 형상을 입어라!」

그녀가 주문을 외치자마자, 베데르 왕은 자신의 몸이 새의 모습으로 변해 버린 것을 보았습니다. 참으로 놀랍고도 통탄스러운 일이 아닐 수 없었죠. 공주는 즉시 시녀 가운데 하나에게 명했습니다.

「이놈을 잡아서 〈메마른 섬〉에다 갖다 놓아라!」

이 섬은 말이 섬이지, 사실은 물 한 방울 나지 않는 험악한 바윗덩어리에 지나지 않았죠. 시녀는 새를 잡아 들였습니다. 하지만 막상 자우하르 공주의 명을 따르려 하니 베데르 왕에 대한 동정심이 일었습니다.

「이처럼 고귀한 왕공이 기아와 갈증으로 죽어야 한다니 정말로 안됐어! 착하고 마음 따뜻하신 우리 공주님께서도 나중에는 이런 잔인한 명을 내린 걸 후회하시게 될 거야. 그래! 그가 행복한 죽음을 맞이할 수 있을 만한 장소에 데려다 주는 게 좋겠어.」

그녀는 새가 된 왕자를 사람들이 많이 사는 어느 섬에 데려가, 각종 과실수들이 있고 여기저기 흐르는 시냇물들로 적셔진 몹시 쾌적한 전원에다 풀어 주었습니다.

자, 다시 살레 왕의 이야기로 돌아와 봅시다. 그는 직접 자우하르 공주를 찾아보고, 부하들을 시켜 궁 전체를 샅샅이 뒤지게 했지만 헛수고였습니다. 그러자 그는 사만달 왕을 왕궁에 가두어 엄중히 감시하라고 분부했습니다. 또 자신이 없을 동안 왕국을 다스리는 데 문제가 없게끔 필요한 명들을 내린 후에, 어머니 대비에게 그동안의 일을 알려 드리기 위해 고국으로 돌아왔습니다. 궁에 도착하자마자 조카가 어디 있는지 물은 살레 왕이 그가 사라졌다는 말에 크게 놀라고 슬퍼하자, 대비는 이렇게 설명해 주었습니다.

「신하가 달려와서 네가 위험에 처해 있다는 소식을 전해 주었단다. 그래서 나는 너를 구할 원군을 보내려고 신하들에게 명령을 내리고 있었지. 그 와중에 그 아이가 사라져 버린 거야. 아마 우리와 함께 있다가는 자신도 안전하지 못하리라 생각한 거겠지.」

이 말을 들은 살레 왕은 너무도 가슴이 아팠습니다. 굴나르 왕비에게 알리지도 않은 채 베데르 왕의 소원을 너무 쉽게 들어준 자신이 원망스러웠습니다. 그는 실종된 조카를 찾으려 사방으로 사람들을 보냈습니다. 그러나 갖은 애를 다 썼음에도 불구하고 그의 행방은 묘연하기만 했습니다. 자기 힘으로 이 혼사를 상당히 진척시켰다는 기쁨이 컸던 만큼, 예상치 못한 사건으로 인한 괴로움 역시 컸습니다. 살레 왕은 국정을 어머니 대비에게 맡기고 다시 사만달의 왕국으로 돌아갔습니다. 좋은 소식이든 나쁜 소식이든, 조카의 행방을 알게 될 때까지는 이 왕국을 직접 다스리고 있어야 했던 까닭입니다. 사만달 왕은 계속 엄중한 감시 속에 감금해 놓았습니다. 물론 그의 신분에 합당한 정중한 대우를 해주는 것은 잊지 않았죠.

살레 왕이 사만달의 왕국으로 돌아간 바로 그날, 베데르 왕의 어머니인 굴나르 왕비는 어머니인 대비를 찾아왔습니다. 사냥을 떠난 아들 베데르 왕이 돌아오지 않았을 때, 이 왕녀는 그다지 놀라지 않았습니다. 전에도 가끔 그랬던 것처럼, 사냥의 재미에 빠져든 아들이 애초 계획보다 먼 곳으로 가게 되었거니 생각했던 것입니다. 하지만 다음 날도, 그다음 날도 돌아오지 않자 그녀는 극도의 불안감에 사로잡혔습니다. 그 누구보다도 아들을 사랑하는 어머니로서 지극히 당연한 반응이었죠. 이 불안감은 아들과 동행했던 신하들의 보고를 듣고는 더욱 커졌습니다. 그들이 아뢰기를, 베데르 왕과 살레 왕을 한참 찾아보았지만 허사여서 그들끼리만 돌아오는 수밖에 없었다고 했던 까닭입니다. 두 왕에게 무언가 불행한 일이 닥쳤든지, 아니면 신하들로서는 알 수 없는 어떤 장소에 함께 있는 것 같다는 것이었습니다. 또 두 왕이 타던 말들도 찾아보았지만, 사방을 뒤져도 모습이 보이지 않는다는 말도 덧붙였습니다. 이 보고를 들은 왕비는 슬픔을 겉으로 드러내지 않았습니다. 대신 신하들을 다시 보내 실종자들을 백방으로 찾아보라고 분부했죠. 그러고 나서 그녀는 자신의 계획을 사람들에게 알리지 않고, 시녀들에게는 단지 혼자 있고 싶다고만 말한 다음 바닷속에 몸을 던졌습니다. 살레 왕이 페르시아 왕을 데려갔으리라고 짐작한 그녀는 바다 왕국에 직접 찾아가 사실을 확인하고 싶었던 것입니다.

바다 왕국의 대비는 딸이 온 것을 보고도 그리 기뻐하지 않았습니다. 그녀가 왜 여기까지 오게 되었는지 짐작했던 까닭입니다.

「얘야! 나를 보려고 온 건 아닌 것 같구나. 네 아들 페르시아 왕의 소식을 들으러 왔겠지? 하지만 내가 들려줄 소식은 단지 네 고통을 더욱 크게 할 뿐이다. 그 애가 삼촌과 함께 오는 걸 보고 나는 기뻐서 어쩔 줄 몰랐단다. 하지만 그가 네게 알리지도 않고 떠나왔다는 말을 들었을 땐, 네가 느꼈을 고통을 나 또한 느끼지 않을 수 없었다.」

이어 대비는 살레 왕이 조카를 위해 자우하르 공주에게 청혼하러 갔던 일이며 그 뒤에 일어난 일들, 그리고 베데르 왕이 실종된 것까지 모두 들려주었습니다. 그러고는 이렇게 덧붙였습니다.

「나는 사람들을 풀어 그를 찾고 있는 중이다. 또 사만달 왕국을 다스리기 위해 다시 떠난 살레 왕도 나름대로 애를 쓰고 있어. 지금까지는 아무 소득이 없구나. 하지만 모든 사람이 포기했을 때 기적은 일어나는 법이다. 언젠가 우리 모두 그 아이를 다시 보게 되리라는 희망을 놓지 말자꾸나.」

하지만 비탄에 잠긴 굴나르는 그런 희망을 가질 수 없었습니다. 사랑하는 아들이 죽었다고 믿은 그녀는 비통하게 흐느끼며 모든 잘못을 오빠에게 돌렸습니다. 그녀의 어머니 대비는 지금은 이렇게 슬픔에 빠져 울고만 있을 때가 아니라며 그녀를 설득했습니다.

「그래 맞다! 네 오라버니가 신중하지 못하게도 이 결혼에 대해 말한 것이라든지, 또 네게 알리지도 않고 베데르를 데리고 온 것은 분명 잘못한 일이다. 하지만 베데르가 죽었는지는 아직 확실히 모르는 일 아니냐? 그러니 너는 가서 그 애의 왕국을 잘 간수하고 있어야 하지 않겠니? 자, 지체하지 말고 너희 도성으로 돌아가거라! 너는 거기 있어야 해! 가서 지금 페르시아 왕이 외가 사람들을 방문하러 여기 와 있다고 발표해라! 그러면 모든 것이 지금 상태 그대로 조용히 흘러갈 것이다.」

굴나르 왕비를 도성으로 돌려보내기에 이보다 더 강력한 이유가 없었습니다. 그녀는 어머니에게 작별을 고한 후, 그녀가 외출했었다는 사실을 아무도 눈치채지 못하게끔 살그머니 페르시아 도성의 왕궁으로 돌아왔습니다. 그녀는 즉시 사람들을 보내어 베데르 왕을 찾으러 간 신하들을 불러오게 한 다음, 자신은 그가 지금 어디 있는지 알고 있으며 그는 곧 돌아올 것이라고 밝혔습니다. 또 그녀는 이 소문을 도성 전체에 퍼뜨리게 한 후, 자신이 직접 수상과 각료들과의 협의 하에 국사를 처리해 나갔습니다. 그리하여 왕국은 마치 베데르 왕이 있는 것처럼 평온해졌습니다.

자, 다시 베데르 왕에게로 돌아와 봅시다. 자우하르 공주의 시녀가 데려다 놓은 섬에 새의 형상을 입고 홀로 떨어진 신세가 된 이 군주의 황망한 심정은 말로 표현할 수 없었습니다. 더욱이 지금 자신이 어디에 있는 것인지, 대체 어디로 가야 페르시아 왕국에 돌아갈 수 있는 것인지 전혀 알 수 없어, 자신이 더욱 불행하게만 느껴졌습니다. 하지만 그것을 알았다 한들, 또 자신의 날개의 힘을 충분히 사용할 수 있게 되어 수많은 바다를 건너 고국에 돌아간다 한들 무슨 소용이 있었겠습니까? 이런 새의 꼴을 하고 있어서야 왕은커녕 인간으로조차 여겨지지 않을 것이니, 이곳에서와 똑같은 고난과 어려움을 겪게 되지 않겠습니까? 그냥 그곳에서 살아가는 수밖에 없었지요. 같은 종의 다른 새들이 먹는 먹이로 연명하고, 밤 시간은 나무 위에서 보내면서 말입니다.

그렇게 며칠이 지났을 때였습니다. 그물로 새를 잡는 솜씨가 매우 뛰어난 농부 하나가 베데르 왕이 있는 곳에 왔습니다. 그는 베데르 왕, 아니 새를 발견하고 몹시 기뻐했습니다. 오랜 세월 동안 새 사냥을 해온 그로서도 한 번도 본 적이 없는, 매우 멋진 새였던 까닭입니다. 농부는 그가 지닌 모든 기술과 재주를 동원하여 마침내 새를 잡을 수 있었습니다. 농부는 뛸 듯이 기뻐했습니다. 극히 희귀한 종이어서 평소에 잡는 다른 새들 전부를 합친 것보다도 많은 돈을 받고 팔 수 있을 것이 분명했기 때문이죠. 그는 새를 조롱에 넣어 시내로 가져갔습니다. 시장에 들어서자마자 한 부유한 시민이 그를 멈춰 세우더니, 새를 얼마에 팔 거냐고 물었습니다.

농부가 대답 대신 새를 사서 무엇을 할 작정이냐고 되묻자 시민이 대답했습니다.

「여보쇼! 당신은 내가 그 새로 무얼 하리라고 생각하오?

당연히 구워 먹지 않겠소?」

「그럴 생각이라면 당신은 동전 한 푼만 줘도 이 새를 살 수 있다고 생각하겠지. 하지만 내 생각은 다르오. 당신이 금화 한 냥을 준다 해도 난 팔지 않을 거다. 보다시피 난 아주 늙은 사람이오. 하지만 내 평생 이런 새는 본 일이 없지. 나는 이 새를 왕에게 바칠 거요. 최소한 그분은 이 새의 정당한 가격을 잘 아실 테니까.」

농부는 더 이상 시장에 머무르지 않고 곧장 왕궁으로 가서 왕이 거처하는 건물 앞에 섰습니다. 마침 왕은 창가에 서서 광장에서 일어나는 일들을 구경하던 중이었습니다. 그러다 멋진 새에 눈길이 머문 그는 내시를 불러 그 새를 사오라고 분부했습니다. 내시가 농부에게 가서 새를 얼마에 팔 것인지 묻자, 농부가 대답했습니다.

「국왕 폐하께서 원하신다면 그냥 드리겠으니 흔쾌히 받아 주시길 바랄 뿐입니다. 자, 폐하께 갖다 드리십시오!」

내시가 왕에게 가져가자, 왕은 그 새가 매우 특이한 데 감탄하여 내관으로 하여금 농부에게 금화 열 냥을 지불하도록 했습니다. 농부가 더없이 만족하여 돌아간 것은 말할 것도 없죠. 왕은 새를 아주 멋진 조롱에 넣고, 귀한 항아리에 곡식과 물도 가득 담아 주었습니다.

그때 왕은 사냥이 계획되어 있어서 새를 제대로 보지도 못한 채 말에 올라야만 했습니다. 하지만 사냥 중에도 새 생각뿐이었던 그는 돌아오자마자 녀석을 찾았고, 내시는 급히 달려가 조롱을 가져왔습니다. 왕은 좀 더 자세히 살펴보기 위해 조롱 문을 열고 새를 자기 손 위에 올려놓았습니다. 그러고는 감탄 어린 눈으로 감상하면서, 녀석이 무엇을 좀 먹었는지 내관에게 물었습니다.

「폐하! 보시다시피 모이통은 아직 가득 차 있습니다. 녀석은 도통 먹이에 입을 대려 하지 않았사옵니다.」

이에 왕은 녀석이 입맛에 맞는 것을 고를 수 있게끔 여러 종류의 곡물을 주라고 명했습니다. 그런데 마침 그때는 왕 자신의 식사 상도 차려지고 있었습니다. 상 위에 요리들이 놓이자, 새는 날개를 퍼덕여 왕의 손에서 빠져나가 상 위에 앉았습니다. 그러더니 이 접시 저 접시를 옮겨 다니며 빵이며 고기 같은 것을 쪼아 먹는 것이었습니다. 놀란 왕은 내시에게 즉시 왕비에게 달려가 이 신기한 광경을 구경하러 오라고 전하게 했습니다. 내시가 지금 일어난 일을 왕비에게 간단히 설명하자, 그녀는 즉시 건너왔습니다. 하지만 그녀는 새를 보자마자 황급히 너울로 얼굴을 가리고 방을 나가 버리려 하는 것이 아니겠습니까? 이 기이한 행동을 본 왕은 놀라지 않을 수 없었습니다. 더구나 방안에는 내시들과 왕비를 따라온 시녀들밖에 없었던 것입니다. 이유를 묻자 왕비가 대답했습니다.

「폐하! 녀석은 새가 아니라 어떤 남자이옵니다.」

「부인!」 더욱 놀란 왕이 다시 물었습니다. 「부인께서 지금 과인을 놀리고 있는 모양이구려! 어떻게 새가 남자일 수 있단 말이오?」

「제가 어찌 감히 폐하를 놀리겠사옵니까? 제가 말씀드린 것은 틀림없는 사실이옵니다. 이 사람은 페르시아 왕 베데르로 바다에서 가장 큰 왕국 중 하나의 공주인 그 유명한 굴나르의 아들이자 그 왕국의 왕인 살레의 조카이며, 굴나르와 살레의 어머니인 파라슈 왕비의 손자이옵니다. 그리고 이 사람을 이처럼 새로 둔갑시켜 놓은 장본인은 사만달 왕의 딸, 자우하르 공주입니다.」

이어 왕비는 왕이 더 이상 의심하지 못하게끔, 자우하르 공주가 그녀의 부친 사만달 왕을 감금한 살레 왕에게 어떻게 복수했는지 설명해 주었습니다.

왕은 그녀의 말을 믿지 않을 수 없었습니다. 아내가 세상에서 가장 뛰어난 마법사 중의 하나라는 사실을 알고 있었기 때문입니다. 더구나 그녀는 세상에서 일어나고 있는 모든 일을 손바닥 들여다보듯 훤히 알고 있었습니다. 그래서 왕은 이웃 왕들이 자신에 대해 흉계를 품을 때마다 그녀를 통해 알아내고 사전에 분쇄하곤 했던 것입니다. 왕비의 말에 왕은 페르시아 왕에게 동정심을 느끼고, 그를 새의 형상 속에 가둔 마법을 풀어 달라고 왕비에게 간곡히 부탁했습니다.

이에 왕비는 기꺼이 동의하고 이렇게 말했습니다.

「폐하! 수고스러우시겠지만 새를 잡아서 폐하의 집무실로 들어가 주세요! 제가 즉시 폐하의 관심에 합당한 고귀한 왕을 보여 드리겠습니다.」

이때 먹는 것을 멈추고 왕과 왕비 사이에 오가는 대화를 주의 깊게 듣고 있던 새는 왕의 수고를 덜어 주었습니다. 왕비의 말을 듣고는 제가 먼저 집무실 안으로 뽀르르 날아 들어갔던 것입니다. 그러자 왕비는 물이 가득 든 단지를 들고서 뒤따라 들어갔습니다. 물 위에 대고 알아들을 수 없는 어떤 말을 중얼대자, 잠시 후 물이 부글거리며 끓어오르기 시작했습니다. 그녀는 즉시 손에 물을 담아 새에게 뿌리면서 말했습니다.

「지금 내가 하는 성스럽고 신비한 주문의 능력에 의하여, 그리고 죽은 자들을 부활시키시고 우주를 지탱하시는 하늘과 땅의 창조자의 이름으로 명하노니, 이 새의 형상을 벗어 버리고 네가 너의 창조자로부터 받은 형상을 다시 입을지어다!」

왕비의 주문이 채 끝나기도 전에 새는 사라져 버리고, 대신 매력적인 용모와 나무랄 데 없는 풍채의 젊은 왕이 나타났습니다. 베데르 왕은 먼저 땅에 엎드려 절하며, 자신을 구해 주신 하느님께 감사를 드렸습니다. 이어 다시 몸을 일으켜 왕의 손에 입을 맞추어 감사를 표했습니다. 왕도 그를 안아 주면서, 이런 모습으로 보게 되어 얼마나 기쁜지 모르겠다고 말했습니다. 베데르 왕은 왕비에게도 감사하려 했지만 그녀는 이미 자기 궁실로 물러가고 난 후였습니다. 왕은 그를 식탁에 앉혀 함께 음식을 먹도록 했습니다. 그리고 식사가 끝나자 자우하르 공주는 도대체 왜 이렇게나 사랑스러운 왕자를 잔인하게 새로 만들어 버렸는지 궁금하다며 그 이유를 물었고, 베데르 왕은 그의 궁금증을 풀어 주었습니다. 그가 이야기를 마치자 왕은 공주의 행동에 크게 분개했습니다.

「물론 사만달 공주는 자기 부친이 그런 취급을 받은 것이 화가 날 수도 있었겠지. 또 그렇게 한 것은 딸로서 가상하기까지 한 일이오. 하지만 아무 잘못도 없는 왕자를 이렇게 만든 것은 지나친 복수이며, 결코 정당화될 수 없는 짓이었소. 어쨌든 이제 그 얘기는 그만합시다. 자, 내가 귀공을 어떻게 도와 드리면 좋겠소?」

「폐하! 지금까지 제게 베풀어 주신 은혜만 해도 평생 폐하를 모시면서 감사의 마음을 표현하는 것으로도 부족할 것입니다. 하지만 폐하께서 이렇듯 한없는 너그러우심을 베풀어 주시니 염치 불고하고 부탁드리겠습니다. 제 고국 페르시아로 돌아갈 수 있게끔 배를 한 척 마련해 주십시오. 제가 자리를 비운 지 오래여서 나라에 혼란이라도 일어나지 않았을지 심히 우려됩니다. 더구나 저는 모친께 아무 말도 남기지 않고 떠나왔습니다. 아들이 살았는지 죽었는지조차 모르고 계시니, 그 괴로움에 행여 돌아가시지나 않았을까 몹시 불안합니다.」

왕은 그의 요청을 매우 흔쾌히 들어주었습니다. 그는 무수한 배들로 이루어진 그의 선단에서 가장 좋은 범선을 골라

의장하라고 분부했습니다. 곧 배에는 각종 선구는 물론, 선원들과 병사들, 식량이며 필요한 물품 등이 갖춰졌습니다. 마침내 순풍이 불기 시작하자, 베데르 왕은 왕에게 그 모든 것에 대해 감사하며 작별을 고한 후 승선했습니다.

순풍에 돛을 펼친 배는 열흘 동안 멈추지 않고 상당한 거리를 항해했습니다. 그러나 열하루째 되는 날, 순풍은 약간 역풍으로 변했습니다. 이 역풍은 점차로 거세어지더니 결국 광포한 폭풍으로 변했습니다. 배가 항로에서 벗어난 것은 물론이었고, 맹렬한 풍랑에 흔들려 돛대들마저 모두 부러져 버렸습니다. 그렇게 바람이 부는 대로 이리저리 표랑하던 배는 결국 암초에 부딪혀 산산조각이 나고 말았습니다.

대부분의 선원들은 난파 즉시 익사해 버렸습니다. 살아남은 사람 중 어떤 이들은 있는 힘을 다해 헤엄쳤고, 어떤 이들은 나뭇조각이나 널판 같은 것에 몸을 의지하여 목숨을 건질 수 있었습니다. 베데르는 운 좋게도 후자에 속했습니다. 그렇게 한 치 앞도 볼 수 없는 운명 속에서 때로는 해류에 때로는 파도에 떠밀리며 표류하던 그는, 마침내 멀리 육지와 그 위에 서 있는 상당한 규모의 도시를 발견할 수 있었습니다. 그는 젖 먹던 힘을 다해 해안 쪽으로 헤엄쳤습니다. 마침내 파도가 잔잔한 해안에 이르러 발이 땅바닥에 닿아 널판을 버리고서 해변에 올라가려 할 때였습니다. 참으로 기이한 일이 일어났습니다. 얕은 바닷물을 헤치면서 뭍을 향해 걸어 올라가고 있으려니까, 사방에서 말, 낙타, 노새, 당나귀, 황소, 암소 같은 짐승들이 우르르 몰려오더니 마치 그가 뭍에 올라가지 못하게 막으려는 듯 해변에 죽 늘어서는 것이었습니다. 정말이지 그 짐승들의 저지를 뚫고 올라가기란 보통 힘든 일이 아니었습니다. 결국 상륙에 성공한 베데르 왕은 바위틈에 주저앉아 젖은 옷을 햇볕에 말리며 잠시 휴식을 취할 수 있었죠. 그런데 도시 안에 들어갈 때도 상황은 마찬가지였습니다. 이번에도 같은 짐승들이 몰려들어, 마치 도시 안에는 위험이 기다리고 있으니 들어가려는 계획을 포기하라는 듯한 행동을 하는 것이었습니다.

우여곡절 끝에 베데르 왕은 도시 안에 들어갔습니다. 거기에는 널찍하고 멋진 도로들이 나 있었습니다만, 놀랍게도 개미 새끼 하나 보이지 않았습니다. 이 적막한 풍경을 보고 나서야 그는 비로소 이해가 되었습니다. 아까 짐승들이 나름대로 애를 쓰며 그로 하여금 도시에 들어가는 것을 막으려 했던 데에는 무언가 이유가 있었던 것입니다. 하지만 시내 쪽으로 걸음을 옮겨 보니 열려 있는 상점이 여럿 눈에 띄었습니다. 그렇다면 이 도시가 그렇게 황량한 것만은 아니었던 모양입니다. 베데르 왕은 한 가게 앞에 다가가 보았습니다. 각종 과일들이 보기 좋게 진열되어 있는 아주 깔끔한 가게였습니다. 가게 안에 노인이 한 명 앉아 있기에, 베데르 왕은 그에게 인사를 건넸습니다.

무언가 일에 열중하고 있던 노인은 인사하는 소리에 머리를 쳐들었습니다. 그리고 무언가 범상치 않은 느낌을 주는 청년이 가게 앞에 서 있는 것을 보고는 크게 놀란 듯한 표정으로 어디서, 그리고 왜 이곳에 오게 되었는지 물었습니다. 베데르 왕이 그간의 사정을 간략하게 설명해 주자, 노인은 여기까지 오면서 아무도 마주치지 않았느냐고 다시 물었습니다.

「영감님이 제가 처음 만난 분입니다. 이렇게 아름답고 멋진 도시가 왜 이리 황량한지 알 수 없군요.」

「그럼 문 앞에 서 있지 말고 냉큼 들어오시오! 거기 있다가 나쁜 일이 일어날 수도 있소. 들어오면 내가 차분하게 당신의 궁금증을 풀어 드리리다. 또한 왜 거기 서 있으면 안 되는지도 설명해 주겠소.」

베데르 왕은 노인으로 하여금 두 번 말하게 하지 않고, 재빨리 가게로 들어가 노인 옆에 앉았습니다. 하지만 노인은 간략하게나마 베데르 왕의 불행한 사연을 대충 들었기 때문에 지금 그가 몹시 배고프리라 생각하고는 먼저 음식부터 권했습니다. 베데르 왕은 음식을 먹으면서 왜 가게 밖에 서 있으면 위험한지 물었지만, 노인은 그가 다 먹을 때까지 아무말도 하지 않았습니다. 먹다가 좋지 않은 말을 들어 행여 체하지나 않을까 염려하는 마음에서였죠. 마침내 왕이 다 먹고 나자 노인이 입을 열었습니다.

「당신은 하느님께 감사드려야 할 거요. 이렇게 무사히 우리 집까지 오게 되었으니 말이오.」

「아니, 왜 그렇죠?」 베데르 왕은 두렵고도 놀란 심정으로 물었습니다.

「이곳은 〈마법의 도시〉라고 한다오. 그리고 이곳을 다스리는 사람은 왕이 아니라 여왕으로서, 이 세상에서 가장 아름다운 여인이지만 또한 가장 특출나고 위험한 마법사이기도 하지. 내 말이 믿기지 않소? 그러면 이곳을 돌아다니는 말과 노새, 그리고 다른 짐승들을 보시오! 이놈들도 전에는 당신과 나처럼 어엿한 인간이었소. 그런데 마녀가 무시무시한 마법을 사용하여 이런 꼴로 둔갑시켜 놓은 거라오. 당신처럼 잘생긴 청년이 이 도시에 들어오면, 여왕이 곳곳에 배치해 놓은 자들이 그녀에게로 데려간다오. 그녀는 처음에는 너무도 친절하게 환대해 주지. 간을 녹일 듯이 아양을 떨면서 맛있는 것도 대접하고 호사스러운 거처에 묵게 해주는 거요. 이처럼 매우 세심하게 돌보아 주기 때문에 그런 대접을 받은 사람은 그녀가 자신을 사랑하고 있다는 착각에 빠지게 되지. 하지만 그녀는 이런 행복을 오래 누리도록 내버려 두지 않는다오. 사십 일이 지나면 예외가 없지. 마녀는 그를 동물이든지 새든지 적당한 형상으로 변형시켜 버린다오. 당신이 뭍에 상륙하려 할 때, 또 도시에 들어오려 할 때 짐승들이 몰려와 막으려 했다고 그랬소? 그건 녀석들이 이곳에는 위험이 도사리고 있으니 돌아가야 한다는 사실을 나름대로 알려 주려 함이었소.」

이 말을 들은 페르시아 왕은 가슴이 찢어지는 것만 같았습니다.

「아이고, 내 운명은 왜 이리도 가혹하단 말인가! 얼마 전 나를 묶고 있던 마법을 생각하면 지금도 온몸이 떨려 오는데! 그 마법에서 벗어난 지 얼마 되지도 않았건만 또다시 다른 마법이 기다리고 있다니!」

베데르 왕은 말이 나온 김에 노인에게 자신의 사연을 소상히 들려주었습니다. 자신의 출신과 신분은 물론, 어떻게 해서 사만달 공주를 열렬히 사랑하게 되었는지, 그리고 잔인한 그녀가 사랑을 고백한 자신에게 어떻게 했는지 모두 이야기해 주었습니다. 또 다행스럽게도 어떤 왕비를 만나 마법에서 풀려났다는 것까지 설명한 후 지금 이처럼 더욱 큰 불행 가운데 떨어지게 되어 너무도 두렵다고 고백하자, 노인이 그를 안심시켜 주었습니다.

「마녀 여왕과 그녀의 사악함에 대해 내가 말한 것은 모두가 진실이오. 하지만 그렇게까지 무서워할 필요는 없소. 이 도시 주민들은 모두가 나를 좋아한다오. 심지어 여왕마저도 나를 알고 있으며, 사실을 말하자면 그녀는 나를 상당히 존중해 주고 있다오. 따라서 당신이 이 도시에 들어와 먼저 내게 찾아온 것은 큰 행운이었소. 우리 집에 있으면 안전할 것이니, 불편하지 않다면 머물러 있어도 좋소. 여기에서 멀어지지 않는 한, 아무 일도 일어나지 않을 것이라고 보장할 수 있소.」

베데르 왕은 이처럼 자신을 따뜻하게 맞아 주고 선한 마음으로 보호해 주는 노인에게 감사를 표한 다음, 가게 입구에 자리를 잡고 앉았습니다. 그런데 이 도시에서 보기 힘든 준수한 청년이 모습을 보이자 지나가던 행인들의 시선이 그쪽으로 쏠렸고, 심지어 걸음을 멈추는 사람도 여럿 있었습니다. 그들은 베데르가 노예라고 생각하고는 이처럼 잘생긴 종을 구한 노인에게 축하의 말을 던졌습니다. 또 이렇게 잘생긴 청년이 어떻게 여왕의 마수를 피할 수 있었는지 모두들 놀라워했습니다. 그러자 노인이 말했습니다.

「이 사람은 노예가 아니라오. 여러분도 알다시피 나는 이렇게 훌륭한 노예를 살 만큼 부자가 아니오. 이 사람은 내 조카로, 지금은 작고한 동생의 아들이라오. 마침 내게 자녀가 없고 해서 같이 지내려고 불러온 것이오.」

행인들은 이렇게 훌륭한 조카가 오게 되어 좋으시겠다고 말하며 함께 기뻐해 주었습니다. 동시에 여왕이 그를 잡아갈지도 모른다고 걱정해 주기도 했습니다.

「여왕이 어떤 사람인지 영감님도 아시잖아요? 지금까지의 일들로 보아 이 조카분에게 닥칠 수 있는 위험을 모르시진 않겠죠? 그녀가 이 조카분을 다른 청년들과 마찬가지로 취급해 버린다면 영감님 마음이 얼마나 괴로우시겠습니까?」

「나를 위해 충심으로 염려해 주니 참으로 고맙소! 하지만 적어도 나에게만은 그토록 너그러웠던 여왕께서 내게 무슨 섭섭한 행동을 하시리라고는 생각하지 않소. 또 그녀가 소문을 듣고 찾아온다 하더라도, 이 애가 내 조카임을 밝히면 더 이상 노리지 않을 것이라 생각하오.」

노인은 사람들이 베데르를 칭찬하는 소리를 듣고서 마치 친아들에 대한 칭찬이라도 들은 것처럼 몹시 기뻐했습니다. 또 함께 지내며 알아 감에 따라 그에 대한 정은 더욱 깊어만 갔습니다.

이렇게 둘이 같이 살게 된 지도 한 달이 지난 어느 날이었습니다. 평소와 다름없이 베데르 왕이 가게 문 앞에 앉아 있는데, 행차를 나온 라베 여왕의 — 이는 바로 마녀 여왕의 이름이었습니다 — 성대하기 그지없는 행렬이 노인의 집 앞을 지나갔습니다. 베데르 왕은 행렬의 선두에 선 호위병들을 보자마자 가게 안으로 뛰어 들어갔습니다. 그러고는 노인에게 이게 대체 무슨 일이냐고 물었습니다.

「여왕의 행차일세. 하지만 너무 걱정 말고 여기 앉아 있게나!」

말을 탄 보라색 제복의 호위병은 모두 천 명에 달했습니다. 그들은 칼을 높이 치켜들고 네 열로 횡대를 이루어 위풍당당하게 지나갔습니다. 장교들은 가게 앞을 지나갈 때마다 한 사람도 빠짐없이 노인에게 인사를 건넸습니다. 호위대 뒤로는 수단 옷을 차려입은 천 명의 내시들이 한층 더 멋진 말을 타고 있었고, 그중 우두머리들은 노인에게 마찬가지의 예를 표했습니다. 다음에는 같은 수의 젊은 미녀들이 뒤따랐습니다. 화려한 의상과 보석으로 치장한 그녀들은 모두가 손에 단창을 들고 엄숙한 걸음으로 행진했습니다. 그 가운데 라베 여왕의 모습이 보였는데, 그녀가 탄 말은 황금 안장과 값을 헤아릴 수 없는 마의(馬衣)로 장식되어 있었고, 무수한 다이아몬드들로 반짝거리고 있었습니다. 젊은 미녀들 역시 노인에게 인사를 건네며 지나갔습니다. 그런데 갑자기 여왕이 노인의 집 앞에 말을 세웠습니다. 가게 안에 있는 베데르 왕의 준수한 얼굴을 발견하고 말았던 것입니다. 그녀는 노인에게 물었습니다.

「압달라 영감! 이 매력적인 미남 청년은 그대의 노예요? 이 사람을 산 지 오래되었소?」

압달라 영감은 먼저 땅에 넙죽 엎드려 절한 다음, 다시 몸을 일으키며 대답했습니다.

「폐하! 이 애는 제 조카이옵니다. 얼마 전에 죽은 제 동생 놈의 아들입죠. 저는 자식이 없는 고로 이 녀석을 아들처럼 여기고 있습니다. 늘그막에 위로로 삼을 겸, 또 제가 죽고 난 후에는 얼마 안 되는 재산을 물려줄 겸 여기 불렀사옵니다.」

지금껏 베데르 왕에 비교할 만큼 잘생긴 사람을 보지 못했던 라베 여왕은 그에게 강렬한 연정을 느끼게 되었습니다. 그녀는 노인이 그를 자신에게 넘겨주지 않을 수 없게끔 다음과 같이 교묘하게 말했습니다.

「영감! 우리의 우정을 생각해서라도 저이를 내게 선물로 주시지 않으려오? 제발 거절하지 말아 주시오! 불과 빛에 대고 맹세하겠소. 저이를 위대하고 강력한 인물로 만들어, 이 세상 그 누구도 맛보지 못한 부귀영화를 누리게 해주겠노라고. 또 내가 세상 사람 모두에게 악을 행할 마음이 있다 하더라도, 저이에게만은 절대로 그리 않겠노라고. 영감이 내 부탁을 들어주리라 확신하오. 그것은 내가 항상 영감을 존중해 온 것처럼, 영감 또한 나를 각별히 생각하고 있음을 잘 알기 때문이라오.」

「폐하! 폐하께서 이 몸에 베풀어 주시는 그 모든 은혜, 그리고 제 조카 놈에게 내려 주시려 하는 영예에 무한히 감격할 뿐입니다. 하지만 저 애는 폐하처럼 위대한 여왕을 모실 자격이 안 되는 녀석입니다. 부디 그런 과분한 영예를 거둬 주시옵소서!」

「압달라 영감!」 여왕의 어조는 싸늘하게 변해 있었습니다. 「난 그대가 나를 좀 더 생각해 주고 있는 줄 알았소! 이렇게 간절한 나의 부탁을 무시하는 태도를 보이리라고는 꿈에도 생각하지 못했단 말이오! 다시 한 번 불과 빛에 대고, 아니 내가 믿는 종교의 가장 신성한 것에 대고 맹세하겠소. 영감의 고집을 꺾지 않는 한 이곳을 뜨지 않겠다고 말이오. 물론 영감이 왜 그렇게 힘들어하는지 나도 모르는 바 아니오. 하지만 내게 은혜를 베풀어 준다면, 결코 후회하지 않을 것이오.」

이제 어쩔 수 없이 여왕의 뜻에 굴복하지 않을 수 없게 된 압달라 노인의 마음은 괴롭기 짝이 없었습니다. 그는 체념하여 말했습니다.

「저는 폐하를 깊이 존경하고 있습니다. 또한 폐하를 기쁘게 해드릴 수 있는 일이라면 무엇이라도 할 준비가 되어 있습니다. 이 점에 대해서는 추호도 의심하지 말아 주시옵소서! 저는 폐하의 약속을 전적으로 믿으며, 폐하께서 약속을 지키시리라는 것도 의심하지 않습니다. 다만 제 조카에게 그 큰 영예를 베푸시는 일을 조금만 미뤄 주시기 바랍니다. 부디 다음번에 오실 때 데려가 주시옵소서!」

「좋소! 그럼 내일 오겠소!」

그녀는 고개를 까딱하여 감사를 표한 후, 다시 자신의 궁 쪽으로 행차를 계속했습니다.

라베 여왕이 그 성대한 행차 무리와 함께 떠나가자, 착한 압달라 노인이 베데르 왕에게 말했습니다.

「여보게, 아들! ─ 압달라 노인은 다른 사람들과의 대화 중에 무심결에 베데르 왕의 신분을 밝히게 되는 위험을 피하기 위해, 그를 이런 식으로 부르는 습관이 들어 있었습니다 ─ 자네도 보았겠지만, 나로서는 여왕의 부탁을 도저히 거절할 수 없었다네. 저렇게나 강력하게 요구해 오는데 거절이라도 했다가는 자네와 내게 앙심을 품고 무슨 짓을 할지 모르겠더군. 지금까지 다른 희생자들에게 행한 것보다 훨씬 더 악랄하고도 지독한 마술을 사용할지도 모르지……. 하지만 너무 걱정하진 말게! 그녀 자신이 약속했듯 그렇게 고약하게 굴지는 않을 것이야. 그녀도 나만큼은 특별히 대우해 주고 있으니까. 자네도 보지 않았는가? 그녀의 신하들이 나에게 어떤 예를 갖추는지를 말일세. 만일 그녀가 나를 속이기라도 한다면 천벌을 받게 될 거야. 아무렴! 나를 속이고 무사히 넘어갈 수는 없지! 나도 가만히 있지 않겠단 말이네!」

하지만 노인의 장담은 너무도 불확실한 것이어서, 베데르 왕으로서는 별로 안심이 되지 않았습니다.

「영감님으로부터 그 여왕의 사악함에 대해 들은 바가 있기 때문에, 솔직히 말씀드려서 그녀를 가까이한다는 게 너무도 두렵습니다. 사실 제가 아무것도 모르는 사람 같았더라면 영감님이 해주신 말씀은 무시해 버렸을 것이고, 심지어는 여왕을 둘러싼 화려한 분위기에 눈이 멀어 희희낙락하고 있었을지도 모릅니다. 하지만 저는 경험을 통하여 마녀의 손아귀에 떨어진다는 것이 무엇을 의미하는지 아주 잘 알고 있습니다! 얼마 전까지만 해도 저는 자우하르 공주의 마법에 걸려 있었습니다. 그리고 이 마법에서 벗어난 지 얼마 되지도 않았는데 또 다른 마법에 빠지려 하고 있습니다! 그러니 이 상황이 얼마나 끔찍하게 느껴지겠습니까?」

베데르 왕은 흘러내리는 눈물로 인해 더 이상 말을 이을 수 없었습니다. 그리고 그 눈물은 그가 라베 여왕에게 넘겨져야 하는 자신의 신세를 얼마나 한탄하고 있는지 잘 보여주었습니다. 그러자 압달라 노인이 말했습니다.

「여보게, 아들! 너무 괴로워하지 말게! 물론 무얼 약속했다고 해서, 심지어는 맹세했다고 해서 그토록 사악한 여왕을 크게 신뢰할 수는 없다는 사실은 나도 잘 알고 있네. 하지만 자네도 한 가지 사실을 알아 두었으면 하네. 그녀의 능력이 강하다 해도 나에게만큼은 어떻게 할 수 없네. 그녀도 이 사실을 잘 알고 있지. 바로 이 때문에 그녀가 내게 정중히 대하는 것이네. 만일 그녀가 약속을 어기고 자네에게 무슨 해코지라도 하려 들면, 내가 막아 줄 수 있어. 그녀에게 가기 전에 내가 몇 가지를 일러 줄 테니 그대로만 하게. 내 장담하거니와, 그녀는 자네나 내게 아무 힘도 쓸 수 없을 거야.」

다음 날, 마녀 여왕은 어김없이 압달라 노인의 가게 앞에 나타났습니다. 전날과 마찬가지로 화려한 행차를 거느리고 온 그녀를 노인은 정중히 맞았습니다. 그녀는 말을 세우고 말했습니다.

「영감! 이렇게 당신으로 하여금 약속을 이행하게 해주려고 정확하게 오지 않았소? 이것만 봐도 내가 당신 조카분을 곁에 두고 싶어 얼마나 애를 태우고 있는지 충분히 느끼셨을 것이오. 나는 당신이 약속을 지키는 사람이라는 것을 알고 있소. 하니 이제 와서 마음을 바꾸는 일일랑 없으면 좋겠소.」

여왕이 멀리서 다가오는 모습을 봤을 때부터 부복하며 기다리고 있던 압달라 노인은 그녀가 말을 마치자 다시 몸을 일으켰습니다. 그러고는 공손한 태도로 여왕이 탄 말의 머리 옆으로 나아가 자신이 하는 말을 아무도 듣지 못하게끔 목소리를 낮춰 말했습니다.

「강력하신 여왕이시여! 어제 제가 폐하께 조카 녀석을 맡기는 것에 난색을 표한 것을 괘씸하게 여기지 말아 주시기 바랍니다. 폐하께서도 제 심정을 충분히 이해하시지 않습니까? 오늘, 조카 녀석을 폐하께 넘겨 드리겠습니다. 그런데 한 가지 간청이 있사옵니다. 다름이 아니라, 최고의 경지에 이른 폐하의 그 놀라운 마법들을 제발 우리 조카에게만은 쓰지 말아 주십사 하는 것입니다. 저 애는 제 친아들 같은 아이입니다. 만일 폐하께서 약속과 다른 방식으로 저 애를 다루신다면 저는 절망에 빠질 것이옵니다.」

「그래, 다시 한 번 약속해 주겠소. 당신과 조카는 나로 인해 좋은 일만 생길 것이오.」 이어 그녀는 이렇게 덧붙였습니다. 「영감은 아직도 내가 어떤 사람인지 잘 모르시는 모양이군. 하긴 여태껏 내가 얼굴을 가린 모습만 보여 주었으니까. 하지만 영감의 조카가 내 우정을 받을 자격이 충분한 것 같으니, 나 역시 그의 우정을 받기에 부족함 없는 사람이라는 걸 보여 주고 싶소.」

그녀는 너울을 벗어 압달라 노인 옆에 서 있던 베데르 왕을 향해 비할 데 없이 아름다운 얼굴을 돌려 보여 주었습니다. 하지만 베데르 왕은 그다지 마음이 움직이지 않았습니다.

〈쳇! 예쁘기만 해서 무엇하나? 얼굴이 고운 만큼 행실도 반듯해야지!〉

베데르 왕이 라베 여왕을 노려보면서 이런 생각을 하는 동안 압달라 노인이 그쪽으로 몸을 돌리고는 그의 손을 잡아 여왕에게 이끌면서 말했습니다.

「자, 여기 있습니다. 이 애가 제 조카라는 사실을 꼭 기억해 주실 것을 다시 한 번 부탁드리오며, 이따금 저를 보러 올 수 있도록 허락해 주시옵소서!」

여왕은 약속해 주었습니다. 그러고는 그에 대한 고마움을 표하고자, 준비해 온 금화 천 냥이 든 자루를 주라고 분부했습니다. 노인은 사양했지만, 그녀가 꼭 받아야 한다고 강권했기에 어쩔 수가 없었습니다. 그녀는 페르시아 왕을 위해 준비해 온, 자신의 것만큼이나 화려하게 치장한 말 한 필을 끌어오도록 했습니다. 베데르 왕이 등자에 발을 올려놓을 때, 여왕은 압달라 노인에게 다시 말했습니다.

「참! 조카분의 이름을 물어 보는 것을 잊었소.」

노인이 베데르라고 대답하자, 그녀가 대꾸했습니다.

「이름을 잘못 지었군. 오히려 셈스라고 부르는 게 좋겠소.」

말에 오른 베데르 왕은 여왕의 뒤를 따라가려 했습니다. 하지만 그녀는 그를 자신의 왼편으로 오게 한 다음, 나란히 걷자고 청했습니다. 그러고서 압달라에게 고개를 숙여 작별을 고한 후, 다시 행차를 시작했습니다.

말을 타고 가면서 베데르 왕은 백성들의 얼굴을 둘러보았습니다. 임금의 행차를 바라보는 백성의 얼굴에 당연히 나타나야 할 존경과 기쁨이 그네의 얼굴에는 전혀 보이지 않았습니다. 오히려 그들은 경멸 어린 눈으로 그녀를 쳐다보았고, 심지어 욕설을 퍼붓는 사람도 여럿 있었습니다. 어떤 사람들은 이렇게 말하고 있었습니다.

「저 마녀가 악행을 저지를 희생자를 또 하나 찾아낸 모양이구먼!」

또 어떤 사람들은 이렇게 소리쳤습니다.
「불쌍한 외국 놈아! 너의 행복이 오래가리라고 믿고 있다면 그건 큰 오산이야! 지금은 높이 올라간다고 좋아하고 있겠지만, 결국 네 앞에는 가혹한 추락이 기다리고 있어!」
　백성들의 말을 들은 베데르 왕은 압달라 노인이 여왕에 대해 말한 것이 결코 과장이 아니었음을 알 수 있었습니다. 하지만 위험에서 빠져나오는 것은 이미 자신의 능력 밖의 일이었습니다. 이제는 모든 것을 신의 뜻에 맡기고, 하늘이 정한 운명을 따르는 수밖에 없었지요.
　드디어 마녀 여왕의 궁전에 도착했습니다. 말에서 내린 그녀는 베데르 왕으로 하여금 자기 손을 잡게 한 다음, 시녀들과 내시들을 거느리고 궁 안에 들어갔습니다. 그녀는 직접 베데르 왕을 데리고 다니면서 궁 안의 모든 궁실들을 구경시켜 주었습니다. 방마다 모든 것들이 황금과 보석으로 장식되어 있었고, 온통 기이하고도 호사스러운 가구들뿐이었습니다. 마침내 자신의 집무실에 이른 여왕은 그를 발코니에 데려가, 마치 마법을 사용하여 만든 것처럼 아름답기 그지없는 정원을 보여 주었습니다. 베데르 왕은 그 멋진 전경을 내려다보면서 재치 있는 표현으로 칭찬해 주었습니다. 하지만 자신이 압달라 노인의 조카가 아니라는 의심을 살 수 있었으므로, 지나치게 세련된 표현은 삼갔습니다. 그렇게 두 사람이 이런저런 가벼운 대화를 나누고 있을 때, 시녀가 들어와 식사가 준비되어 있다고 알려 주었습니다.
　여왕과 베데르 왕은 자리에서 일어나 식탁에 가서 앉았습니다. 식탁은 황금 덩어리로 되어 있었고 식기 역시 황금이었습니다. 두 사람은 먹기 시작했습니다. 식사를 하면서는 술을 거의 마시지 않았지만, 후식이 나오자 여왕은 자신의 황금 잔에 지극히 훌륭한 포도주를 가득 따르게 한 다음, 베데르 왕을 위해 건배했습니다. 그러고 나서는 같은 잔에 다시 포도주를 따라 이번에는 베데르 왕에게 권했습니다. 그는 고개를 깊이 숙여 정중하게 술잔을 받아 역시 그녀의 건강을 기원하며 술을 들이켰습니다.

곧 라베 여왕의 시녀 열 명이 악기를 들고 방 안에 들어와, 함께 노래를 부르면서 감미로운 음악을 연주하기 시작했습니다. 그렇게 두 사람은 밤이 늦도록 술을 마셨지요. 결국 둘 다 술기운이 꽤나 올랐고, 점차 베데르 왕은 여왕이 마녀라는 사실을 잊게 되었습니다. 자기 앞에 앉은 여인이 그저 세상에서 가장 아름다운 여인으로만 보이게 된 것입니다. 여왕은 베데르 왕의 상태가 자신이 원하는 대로 된 것을 보고는 내시들과 시녀들에게 물러가라고 손짓했습니다. 그들은 명에 따랐고, 두 사람은 함께 잠자리에 들었습니다.

다음 날, 여왕과 베데르 왕은 잠이 깨자마자 함께 목욕탕으로 갔습니다. 목욕을 마치고 탕에서 나오자 기다리고 있던 시녀들은 베데르 왕에게 깨끗한 흰 내의와 화려한 옷을 입혀주었고, 여왕 역시 어제의 것보다도 훨씬 더 예쁜 옷으로 차려입고 그를 찾아왔습니다. 그렇게 두 사람은 함께 그녀의 거처로 돌아왔습니다. 또다시 훌륭한 식사가 나왔으며, 식사 후에는 정원을 산책하고 갖가지 재미있는 여흥을 즐기면서 하루를 보냈습니다.

사십 일 동안, 라베 여왕은 매일 이런 식으로 베데르 왕을 극진하게 대해 주었습니다. 하지만 이것은 그녀가 다른 모든 연인들에게도 했던 습관일 뿐이었습니다. 사십 일 째 되는 날 밤, 이날도 둘은 함께 잠자리에 들었습니다. 그런데 문득 여왕이 살그머니 침상에서 몸을 일으켰습니다. 하지만 깨어 있던 베데르 왕은 그녀에게 무슨 꿍꿍이속이 있다는 것을 눈치채고는, 자는 체하며 그녀의 행동을 주시했지요. 일어난 그녀는 어떤 궤짝을 열더니, 그 속에서 노란 가루가 가득 든 상자를 하나 꺼냈습니다. 그녀가 이 가루를 한 줌 쥐고 방바닥에다 한 줄로 길게 뿌리자 놀랍게도 노란 가루는 맑은 물이 졸졸 흐르는 시내로 변했습니다. 베데르 왕은 무서워서 온몸이 덜덜 떨렸지만, 자신이 깨어 있다는 사실을 마녀가 눈치채지 못하게끔 꾹 참고 계속 자는 척했습니다.

라베 여왕은 이 시냇물을 단지에 담더니, 다시 그 물을 밀가루가 들어 있는 대야에 부었습니다. 그러고는 아주 오랫동안 주물러서 반죽을 만든 후에, 여러 개의 다른 상자에서 꺼낸 약재들을 조금씩 섞었습니다. 마지막으로 이렇게 만든 반죽으로 과자 하나를 빚어내 파이 굽는 그릇에 넣었습니다. 여왕이 반죽하기에 앞서 미리 지펴 놓았던 불은 벌써 활활 타오르고 있었습니다. 그녀는 잉걸불 가지를 하나 빼내어 그 위에 파이 굽는 그릇을 걸쳐 놓고 과자가 구워지는 동안, 사용했던 단지며 상자 같은 것들을 제자리에 집어넣었습니다. 마지막으로 어떤 주문을 외우자, 방 한가운데를 흐르던 시냇물은 연기처럼 사라져 버렸습니다. 과자가 다 구워지자, 여왕은 그것을 불에서 꺼내 다른 방으로 가져다 놓고는 다시 베데르 왕이 누워 있는 침대로 돌아왔습니다. 왕이 자는 시늉을 너무도 감쪽같이 해냈기 때문에, 그녀는 그가 자신의 모든 행동을 보았다는 사실을 전혀 눈치채지 못했습니다.

착한 압달라 노인과 헤어진 이후, 베데르 왕은 향락과 오락에 빠져 그를 까맣게 잊고 있었습니다. 하지만 한밤중에 왕비가 하는 행동을 보니 정신이 번쩍 들어, 당장 노인에게 달려가 그의 충고를 들어야겠다고 생각하게 되었습니다. 그는 다음 날 자리에서 일어나기가 무섭게 왕비를 향해, 노인을 보러 가고 싶으니 허락해 달라고 부탁했습니다. 그러자 여왕이 대꾸했습니다.

「뭐라고요? 당신 벌써 지겨워졌나요? 온갖 즐거운 것들이 갖춰진 이 기막힌 궁전에서 지내는 것이 지겨워진 거예요? 아니 그보다도, 당신을 뜨겁게 사랑하는 나와 함께 있는 것이 지겨워졌나요? 내 사랑의 표현이 충분하지 못했단 말인가요?」

「위대하신 여왕님! 폐하께서 이렇듯 매일같이 은혜와 사랑을 베풀어 주시는데, 제가 지겨울 까닭이 있겠습니까? 전혀 그렇지 않습니다. 저는 단지 숙부님을 방문하여 제가 폐하께 얼마나 큰 은혜를 입고 있는지 알려 드리고 싶을 뿐입니다. 솔직히 다른 이유도 있긴 합니다……. 저를 지극히 사랑해 주시는 숙부님과 헤어진 지도 벌써 사십 일이 되었습니다. 너무 오랫동안 찾아뵙지 않아, 그분께서 저를 무정한 놈이라고 생각하실까 걱정이 됩니다.」

「좋아요, 허락해 주겠어요! 하지만 너무 오래 있지 말고 돌아와야 해요. 나는 당신 없이 살 수 없다는 사실을 기억하라고요!」

베데르 왕은 여왕이 내준 호화롭게 치장된 말에 올라 궁을 나왔습니다.

압달라 노인은 베데르 왕이 돌아온 것을 보고 몹시 기뻐했습니다. 그는 베데르가 지극히 존귀한 신분임을 알고 있었지만, 마치 친조카를 만난 것처럼 꼭 안아 주었습니다. 베데르 역시 노인을 따뜻하게 안아 주었죠. 이렇게 한 데에는 보는 사람으로 하여금 두 사람이 진짜 숙질간이라고 믿게 하려는 목적도 있었습니다.

함께 자리에 앉자 압달라는 왕에게 물었습니다.

「그래, 그 이교도 마녀하고 어찌 지냈나?」

「지금까지는 제게 아주 잘 대해 주었어요. 저를 몹시 사랑한다는 것을 보여 주려고 친절과 배려를 아끼지 않았지요. 하지만 어젯밤에 이상한 행동을 하는 걸 보고 나니까, 지금까지 그녀가 한 모든 것은 단지 속임수에 불과한 것이 아닌가 하는 의혹이 들었습니다. 그녀는 내가 깊이 잠들었다고 생각하고는, 조심조심 내게서 몸을 떼어 침상에서 일어났습니다. 잠이 싹 달아나더군요. 그렇지만 계속 자는 척하면서 그녀가 하는 행동을 지켜보았어요.」

베데르 왕은 여왕이 어떻게 과자를 만들었는지 자세히 설명해 준 다음, 이렇게 덧붙였습니다.

「영감님께서 그녀가 얼마나 사악한 여자인지 수없이 말씀해 주셨습니다만, 솔직히 말씀드려서 저는 지금까지 영감님을 거의 잊고 있었어요. 하지만 간밤에 그녀의 행동을 보고 나니 그녀가 영감님께 한 약속도, 또 그토록 엄숙하게 한 맹세도 지키지 않을지 모른다는 생각이 들더군요. 그러고 나니까 영감님 생각이 번쩍 났어요. 그녀는 예상보다 쉽게 나를 영감님께 보내 주었는데, 저로서는 큰 행운이었던 것 같습니다.」

「맞았네! 정말 자네는 운이 좋았어.」 노인은 여왕이 분명히 그럴 줄 알았다는 듯, 쓸쓸한 미소를 지어 보였습니다. 「제 버릇 개 주겠나? 그 간교한 년이 바뀔 리가 없지. 하지만 걱정 말게! 지금 마녀는 자네를 해치려 하고 있지만, 나는 그 해악이 그녀 자신에게 돌아가게 하는 방법을 알고 있다네. 자네가 그녀를 의심한 것이나 내게 도움을 청하러 찾아온 것은 아주 잘한 일이네. 그녀는 한 애인을 사십 일 이상 데리고 있는 법이 없네. 그리고 이 기간이 지나면 그냥 돌려보내지 않고 각종 짐승으로 둔갑시켜 버린다네. 이 나라의 숲이나 정원이나 들판에는 그렇게 생겨난 동물들이 우글거리지. 나는 그녀가 자네에게만큼은 똑같은 짓을 못하도록 해야겠다고 결심하고, 이미 어제 모든 준비를 마쳐 놓았다네. 그 괴물은 땅 위에 너무 오래 있었어……. 이제는 합당한 벌을 받아야 하네.」

말을 마친 압달라 노인은 과자 두 개를 꺼내어 베데르 왕의 손에 쥐어 주면서, 자기가 일러 주는 대로 사용하라고 당부했습니다.

「지난밤 마녀가 과자를 만들었다고 했지? 그건 분명히 자네에게 먹이려고 만든 걸세. 그것에는 입도 대지 말게! 다만 그녀가 주면 받아 들고 먹는 척하면서, 알아채지 못하게끔 내가 주는 이 과자 중의 하나를 먹게. 자네가 먹은 것을 확인한 후, 그녀는 대뜸 자네를 어떤 짐승으로 둔갑시키려 들 것이네. 물론 성공하지 못하겠지. 그러면 그녀는 이 모든 것이 자네를 놀라게 해주려고 한번 해본 장난이었다고 둘러댈 걸세. 하지만 속으로는 부아가 치밀어 오르겠지. 그러고는 혹시 자기가 만든 과자 중에 뭔가 빠진 것이 없는지 생각하게 될 거야. 이때 자네는 다른 과자 하나를 주면서 먹으라고 권하는 거야. 그녀는 안 먹을 수 없겠지. 의심받을 짓을 하고 나서 먹기를 꺼린다면 자네가 더욱 의심할 것 아닌가? 그녀가 과자를 먹으면 자네는 손에 약간의 물을 담아 그녀의 얼굴에다 뿌리면서 이렇게 말하게! 〈이 형상을 벗고 어떠어떠한 동물의 형상을 입어라!〉 그녀가 동물로 변하면 그녀를 데리고 여기로 오게. 그러면 다음에 할 일을 가르쳐 주겠네.」

   베데르 왕은 압달라 노인에게 자신을 위해 이렇게 애를 써주시니 얼마나 고마운지 모르겠다고 진심으로 감사를 표했습니다. 그러고 나서 노인과 얼마간 더 대화를 나누다가 궁으로 돌아갔습니다.

   궁에 도착하니 시녀가 달려와, 마녀가 정원에서 애타게 그를 기다리고 있다고 전했습니다. 그가 그녀를 찾아가자 라베 여왕은 부리나케 달려나왔습니다.

「사랑하는 베데르 님! 사랑하는 임과 떨어져 있어 봐야 그 사람을 얼마나 사랑하고 있는지 비로소 알게 된다더니만, 과연 그 말이 맞군요! 당신이 떠나니 마음이 안절부절, 한나절이 천년 같았어요. 조금만 더 늦게 돌아왔더라면 내가 직접 찾아가려 했다니까요!」

「폐하! 진심으로 말씀드리는데, 저 역시 한시라도 빨리 폐하께 돌아오고 싶은 마음뿐이었습니다. 하지만 저를 몹시 사랑하시는 숙부님께서 오랜만이라며 얼마 동안이라도 얘기하자고 하시는데 거절할 수 없었습니다. 그분은 더 오래 붙잡으려고 하셨죠. 하지만 저는 그분의 따스한 정을 뿌리치고 폐하의 사랑이 부르는 이곳으로 달려왔습니다. 그분이 차려 주신 간식 중에서, 폐하께 드리려고 이것 하나만 집어왔답니다.」 베데르 왕은 깨끗한 손수건에 싸 온 과자 하나를 꺼내 그녀에게 주면서 덧붙였습니다. 「자, 바로 이것입니다! 부디 받아 주십시오!」

「기꺼이 받겠어요!」 여왕은 과자를 받아 들면서 말했습니다. 「그리고 이것을 가져온 당신과, 나의 좋은 친구이기도 한 당신 숙부의 마음을 생각해서라도 기쁘게 먹겠어요. 하지만 나 역시 당신이 없는 동안 당신을 위해 이 과자를 만들었으니, 이것도 한번 맛보세요.」

「아름다우신 여왕님!」 베데르 왕은 정중하게 과자를 받아 들면서 대답했습니다. 「폐하께서 손수 만드신 것이니 당연히 훌륭한 것이겠지요. 폐하께서 이렇게 큰 은혜를 베풀어 주시니 황송하여 몸 둘 바를 모르겠습니다.」

베데르 왕은 그 과자를 압달라 노인이 준 과자로 교묘하게 바꿔치기 했습니다. 그러고는 한 입 베어 물고 우물우물 씹으면서 외쳤습니다.

「아, 여왕님! 이렇게 맛있는 과자는 처음입니다!」

마녀는 그가 한 입을 베어 먹은 다음 다시 한 입을 베어 먹으려는 것을 보고는, 옆에 있던 분수대에 가서 손바닥에 물을 담아 왔습니다. 그러고는 그의 얼굴에 뿌리면서 소리쳤습니다.

「망할 놈! 이 인간의 형상을 벗고 애꾸눈에 절름발이인 비루한 말의 형상을 입어라!」

하지만 이 주문은 아무런 효과가 없었습니다. 베데르 왕은 마녀의 말에 크게 두려워하는 표정을 짓고 있을 뿐 모습은 그대로였습니다. 당황한 마녀의 얼굴은 붉게 달아올랐습니다. 곧 자신의 마법이 실패했다는 것을 깨달은 그녀는 재빨리 말했습니다.

「베데르! 괜찮아요, 괜찮아! 당신에게 나쁜 짓을 하려고 한 것이 아니에요. 단지 당신이 어떻게 하는지 보려고 장난으로 그런 거라고요. 당신에게 굳은 맹세를 하고 내 사랑을 수없이 표현해 오지 않았나요? 그러고도 그런 음흉한 짓을 하려 했다면, 나는 이 세상에서 가장 형편없고 가증스러운 여자일 거예요.」

「아이고, 강력하신 여왕 폐하! 물론 폐하께서 장난으로 그러시는 줄 알았지만, 그래도 무서운 건 어쩔 수 없었습니다. 그렇게나 무서운 주문을 들었는데, 어찌 심장이 떨리지 않을 수 있었겠습니까? 하지만 폐하! 그 얘기는 그만합시다! 그리고 저도 폐하의 과자를 먹었으니, 제 과자도 한번 맛보세요!」

베데르 왕의 믿음을 회복하기 위해서는 다른 방법이 없었습니다. 라베 여왕은 과자를 한 입 베어 물었습니다. 그런데 그것을 삼키자마자 그녀는 안색이 변했고, 몸을 꼼짝하지 못했습니다. 이 틈을 놓치지 않고 베데르 왕은 분수대의 물을 떠서 그녀의 얼굴에 뿌리며 외쳤습니다.

「그 형상을 벗고 암말로 변해 버려라!」

그 순간, 라베 여왕은 한 마리의 아름다운 암말로 변했습니다. 그녀는 졸지에 말로 변한 자신의 처지에 눈물을 철철 흘렸죠. 그러고는 마치 동정을 구하듯이 베데르 왕의 발밑까지 머리를 수그렸습니다. 하지만 설사 그의 마음이 누그러졌다 해도 어쩌겠습니까? 행한 마법을 되돌릴 능력이 그에게는 없었던 것입니다. 그는 암말을 왕궁 마구간으로 끌고 가 마부에게 맡겨 안장을 올리고 고삐를 매게 했습니다. 하지만 마부가 가지고 있는 고삐 중 암말에게 맞는 것이 하나도 없었기에, 베데르 왕은 다른 말 두 필에 안장과 고삐를 갖추게 하였습니다. 한 마리는 자신이 타고 다른 한 마리는 마부에게 타게 하여 압달라 노인의 집까지 암말을 끌고 따라오게 하기 위해서였죠.

압달라 노인은 멀리서 베데르 왕이 암말을 끌고 오는 모습을 보고는, 자신의 계획이 성공했음을 확신할 수 있었습니다. 그는 속으로 쾌재를 불렀습니다.

〈저주받을 마녀 같으니라고! 마침내 네년이 천벌을 받았구나!〉

베데르 왕은 말에서 내려 노인의 가게로 들어와 그를 껴안으며 그가 자신에게 해준 모든 일들에 대해 감사했습니다. 그는 지금까지 일어난 일을 모두 들려준 후, 암말에게 맞는 고삐를 찾지 못했다고 말했습니다. 이에 압달라 노인은 모든 말에 다 맞는 고삐를 가져와서는 손수 암말에 채웠습니다. 그리고 베데르 왕이 마부를 말 두 마리와 함께 왕궁으로 돌려보내자 그에게 말했습니다.

「여보게! 자네는 더 이상 이 도시에 머무를 필요가 없네. 그러니 이 암말을 타고 그대의 왕국으로 돌아가게나! 그런데 한 가지 주의할 것이 있네. 이 말을 다른 사람에게 주게 될 경우, 절대 고삐와 함께 넘겨서는 안 된다는 점일세.」

베데르 왕은 이 충고를 꼭 기억하겠다고 약속했습니다. 그러고는 노인에게 작별을 고한 후 길을 떠났습니다.

도시를 나온 젊은 페르시아 왕은 이제 큰 위험에서 벗어났다는 것과 지금까지 자신을 그토록 무섭게 했던 마녀의 주인이 되었다는 사실에 매우 기뻤습니다. 떠난 지 사흘째 되는 날, 그는 어떤 큰 도시에 도착했습니다. 시내에 들어간 그는 점잖게 생긴 노인 하나를 만났습니다. 자신의 별장을 향해 걸어가고 있던 이 노인은 베데르 왕을 보고는 걸음을 멈추고 말을 걸어 왔습니다.

「여보시오, 선생! 어디서 오시는 분인지 물어도 되겠소?」

베데르 왕은 즉시 말을 멈추고 그의 궁금증을 풀어 주었습니다. 이어 노인이 여러 가지 다른 질문들을 하고 있는데, 이번에는 어떤 노파가 그들 곁에 걸음을 멈추더니 암말을 쳐다보면서 한숨을 푹푹 내쉬며 울기 시작하는 것이었습니다.

베데르 왕과 노인은 대화를 멈추고 노파를 돌아보았습니다. 베데르 왕이 우는 이유를 묻자 그녀가 대답했습니다.

「선생님! 이 암말이 내 아들놈이 잃어버린 말과 너무도 닮아서 그런다우. 내 아들은 말할 것도 없고 나도 몹시 생각이 나는 말이라우. 지금도 살아 있다면 꼭 이렇게 생겼을 텐데……. 선생님! 이 말을 제게 파시우! 값을 높이 쳐드릴 테니! 그리고 그 은혜를 절대 잊지 않겠우!」

「할머니! 대단히 죄송합니다만 그 부탁은 들어 드릴 수 없습니다. 이 말은 파는 게 아니거든요.」

「아, 선생님! 제발 거절하지 마시우! 하느님의 이름으로 부탁하우! 선생님께서 은혜를 베풀어 주시지 않으면 나와 내 아들은 상심해서 죽어 버릴 거라우!」

「할머니! 나는 이렇게 좋은 말을 팔 생각이 없단 말입니다. 설사 있다 하더라도, 할머니가 말 값으로 금화 천 냥을 주실 리는 없지 않습니까? 왜냐하면 그 가격 이하로는 절대 안 되거든요.」

「왜 못 주겠우? 말을 팔겠다고 동의만 한다면 돈을 내주겠우.」

베데르 왕은 몹시 남루한 옷을 걸친 노파에게 설마 그렇게 큰돈이 있을 리 없다고 생각했습니다. 그는 노파가 어디까지 버티나 보려고 떠보았습니다.

「좋아요! 돈을 주세요! 그러면 이 암말은 할머니 것입니다.」

이 말이 끝나기가 무섭게 노파는 허리춤에 차고 있던 주머니를 풀어 그에게 내밀었습니다.

「자, 세어 보시우! 그리고 액수가 맞거들랑 빨랑 말에서 내려오구려! 만일 액수가 틀리면 즉시 나머지를 가져올 테니. 집은 바로 옆에 있다우.」

주머니를 본 베데르 왕은 놀라 기절할 지경이었습니다. 그는 얼굴을 붉히며 다시 말했습니다.

「할머니! 방금 내가 한 말이 농담이었다는 걸 물론 아실 테죠? 다시 말씀드리지만 내 말은 파는 게 아니랍니다.」

그러자 이 모든 것을 지켜보고 있던 노인이 입을 열었습니다.

「여보게! 자네가 잘 모르고 있는 것 같아 해주는 말인데, 이 도시에서는 절대 한 입으로 두 말을 해서는 안 된다네. 이를 어기면 사형을 당하지. 따라서 자네는 반드시 이 노파의 돈을 받고 말을 넘겨줘야 하네. 왜냐하면 이분은 자네 말을 믿고 돈을 주었기 때문이야. 불행한 일을 피하고 싶거든 여기서 일을 조용히 처리하는 게 좋을 것이네.」

베데르 왕은 자신의 경솔한 처신으로 이 곤란한 지경에 빠지게 된 것을 통탄하면서 마지못해 말에서 내렸습니다. 그러자 노파는 재빨리 암말의 고삐를 풀더니, 더욱 빠른 동작으로 길 가운데 흐르는 도랑의 물을 손에 떠서 암말 위에 뿌리며 말했습니다.

「내 딸아! 그 이상한 형상을 벗어 버리고, 네 본래 형상을 되찾아라!」

그 순간 변화가 이루어졌습니다. 라베 여왕이 자기 앞에 나타난 것을 본 베데르 왕은 너무 놀라, 만일 노인이 옆에서 부축해 주지 않았더라면 그대로 기절하여 땅바닥에 쓰러져 버렸을 것입니다.

사실 노파는 라베 여왕에게 마법의 모든 비결을 가르쳐 준 그녀의 친어미였던 것입니다. 그녀는 크게 기뻐하며 딸을 안아 주고는, 곧바로 휘파람을 불어 덩치가 어마어마하게 크고 모습은 흉측하기 그지없는 한 정령을 나타나게 했습니다. 그러자 정령은 즉시 베데르 왕을 자신의 한쪽 어깨에 올려놓고 다른 어깨에는 노파와 마녀를 태워, 순식간에 〈마법의 도시〉에 있는 라베 여왕의 궁으로 날아갔습니다.

라베 여왕은 궁에 돌아오자마자 불같이 화를 내며 베데르 왕을 몰아붙였습니다.

「배은망덕한 놈! 내가 네놈에게 그렇게 잘 대해 주었건만, 너의 못된 삼촌과 네놈이 한다는 보답이 고작 그것이었더냐? 너희 두 놈에게 마땅한 벌을 되돌려 줄 것이야!」

그녀는 더 이상 말하지 않았습니다. 대신 손에 물을 담아 그에게 뿌리며 이렇게 외쳤습니다.

「그 형상을 벗어 버리고, 못난 부엉이의 형상을 입어라!」

이 주문은 곧바로 효력을 발휘했습니다. 마녀는 한 시녀에게 부엉이를 조롱에 가두고 먹을 것도 마실 것도 주지 말라고 명했습니다.

시녀는 조롱에 부엉이를 넣어 가져갔지만 라베 여왕의 말을 따르지 않고 먹을 것과 물을 넣어 주었습니다. 사실 그녀는 압달라 노인의 친구였던 것입니다. 그녀는 은밀히 노인에게 사람을 보내어, 여왕이 조카를 부엉이로 만들어 버렸으며 또다시 두 사람을 해칠 흉계를 꾸미고 있으니 사전에 대비하여 목숨을 보전하라고 알렸습니다.

압달라는 더 이상 라베 여왕에게 관용을 베풀어서는 안 되겠다고 판단했습니다. 그가 어떤 기이한 방식으로 휘파람을 불자, 즉시 그의 앞에 날개가 네 개나 달린 커다란 정령이 나타나 무슨 일로 자신을 불렀는지 물었습니다.

「번개야! — 이것은 정령의 이름이었습니다 — 굴나르 왕비의 아들 베데르 왕의 목숨을 구해야겠다. 지금 마녀의 궁으로 가서, 새장에 갇힌 왕을 보살펴 주고 있는 시녀를 페르시아의 수도로 데리고 가라! 그녀가 굴나르 왕비에게 베데르 왕이 지금 어떤 위험에 처해 있는지 알려 줄 수 있도록 말이다. 시녀 앞에 나타날 때는 그녀가 놀라게 하지 않게끔 주의할 것이며, 내 전갈이라고 하면서 그녀가 할 일을 잘 일러 주도록 해라!」

번개는 순식간에 마녀의 궁으로 날아갔습니다. 그는 시녀에게 노인의 말을 전한 다음 그녀를 안고 공중으로 날아올라 페르시아의 수도에 옮겨 놓았습니다. 굴나르 왕비의 거처 위 옥상에 내린 시녀는 층계를 통해 왕비의 방으로 내려갔습니다. 거기에는 굴나르 왕비와 그녀의 어머니 파라슈 대비가 피차 공유하고 있는 고통에 관해 슬픈 대화를 나누고 있었습니다. 시녀는 그들에게 깊이 허리를 숙여 절한 다음, 지금까지 일어난 일들을 모두 이야기해 주었습니다. 그러고는 지금 베데르 왕에게는 신속한 구조가 필요하다고 덧붙였습니다.

이 소식을 들은 굴나르 왕비는 크게 기뻐하며 자리에서 일어나 시녀를 꼭 끌어안았습니다. 이런 격식 없는 행동은 아들에게 은혜를 베풀어 준 시녀에 대한 깊은 감사의 표현이었습니다. 이어 그녀는 밖으로 나가 나팔과 탬버린과 북을 울려서 페르시아 왕이 곧 돌아온다는 소식을 온 도성에 알리게 했습니다. 그녀가 다시 돌아와 보니, 방 안에는 살레 왕도 도착해 있었습니다. 파라슈 왕비가 향을 피우는 마법을 사용하여 그를 바다 왕국에서 불러낸 것입니다. 그를 본 굴나르 왕비가 말했습니다.

「오라버니! 오라버니의 조카이며 나의 사랑하는 아들인 베데르가 〈마법의 도시〉의 라베 여왕에게 붙잡혀 있대요. 우리가 가서 풀어 주어야죠. 자, 한시도 지체할 수 없습니다!」

잠시 후, 살레 왕이 소집한 바다 왕국의 강력한 군대가 바다에서 솟아 나왔습니다. 심지어 그는 동맹인 정령들에게도 도움을 청했고, 그들 역시 살레 왕의 군대보다도 많은 수의 군대를 이끌고 나타났습니다. 두 군대가 합류하여 대군을 이루자 살레 왕이 그 선두에 섰습니다. 또 그의 옆에는 파라슈 대비와 굴나르 왕비, 그리고 자기들도 싸우겠다고 따라나선 사촌 공주들이 나란히 섰습니다. 이 모든 대군은 일제히 공중에 떠올라, 잠시 후에는 〈마법의 도시〉에 도착하여 왕궁을 덮쳤습니다. 마녀 여왕과 그녀의 어미, 그리고 모든 불의 숭배자들은 눈 깜짝할 사이에 궤멸되어 버렸죠.

출정할 때 굴나르 왕비는 자신의 아들이 마법에 걸려 조롱에 갇혔다는 소식을 전해 준 라베 여왕의 시녀를 따라오게 하여, 전투가 시작되면 오직 조롱을 찾는 일에만 전념해 달라고 당부해 두었습니다. 시녀는 이 임무를 충실히 수행했습니다. 굴나르 여왕은 손수 조롱을 열어 부엉이를 꺼내고, 그 위에 물을 뿌리면서 말했습니다.

「사랑하는 아들아! 그 이상한 형상을 벗어 버리고, 너의 본래 형상인 사람의 형상을 입거라!」

그 순간 못난 부엉이는 사라지고, 대신 베데르 왕의 모습이 나타났습니다. 그녀는 즉시 아들을 포옹했습니다. 가슴이 너무도 벅차올라 말도 제대로 못할 정도였지만, 뜨겁게 흘러내리는 눈물은 지금 그녀가 얼마나 기뻐하고 있는지 충분히 보여 주고 있었습니다. 그녀는 부둥켜안은 아들과 떨어지지 못했습니다. 역시 손자를 안아 보고 싶었던 파라슈 대비가 그를 딸의 품에서 억지로 떼어 내지 않으면 안 될 정도였죠. 이어 삼촌 살레 왕과 사촌 공주들 역시 차례로 그와 포옹했습니다.

굴나르 왕비가 첫 번째로 한 일은 페르시아 왕을 되찾는 데 큰 공헌을 한 압달라 노인을 찾아오게 하는 것이었습니다. 신하들이 그를 찾아 데려오자마자 그녀는 말했습니다.

「그대에게 너무도 큰 은혜를 입었소. 이 고마운 마음을 표현하기 위해, 내 무슨 일이라도 할 준비가 되어 있소. 어떤 청이든 다 들어주겠으니 말해 보시오!」

「위대하신 왕비시여!」 노인이 대답했습니다. 「제가 왕비마마께 보냈던 그 시녀말입니다. 만일 그녀가 제 결혼 신청에 응할 마음이 있다면, 저는 그녀와 함께 기꺼이 페르시아 왕의 신하가 되어 그분을 섬기며 남은 삶을 보내고 싶사옵니다.」

굴나르 왕비가 고개를 돌려 마침 옆에 있던 시녀를 쳐다보니, 그녀의 얼굴이 수줍게 상기되어 있었습니다. 그녀 역시 이 결혼이 싫지 않다는 표시였죠. 왕비는 두 사람의 손을 잡아 서로 쥐여 주고, 페르시아 왕과 함께 두 사람이 편안히 지낼 수 있는 재산을 약속해 주었습니다.

페르시아 왕에게 이 혼사는 그 자신의 문제에 대해 얘기할 좋은 기회였습니다. 그는 미소를 지으며 어머니에게 말했습니다.

「어머님께서 맺어 주신 두 분을 보니, 제 마음도 아주 기쁩니다. 하지만 또 하나의 결혼이 남아 있다는 걸 잊지 않으셨겠죠?」

처음에 굴나르 왕비는 무슨 말인지 몰라 어리둥절했습니다. 하지만 잠시 생각한 후 비로소 깨닫고 대답했습니다.

「그래, 바로 네 결혼 말이구나! 나는 물론 찬성이다!」

그녀는 즉시 옆에 있는 바다 왕의 신하들과 정령들을 둘러보며 분부했습니다.

「당장 출발하여 땅과 바다의 모든 궁전들을 돌아다녀 보시오! 그리고 만일 내 아들 페르시아 왕의 짝이 될 만한 아름답고도 고귀한 공주를 보게 되거든 돌아와 보고하시오!」

「어머님!」 베데르 왕이 다시 말했습니다. 「구태여 그런 수고를 할 필요는 없습니다. 어머님께서도 알고 계시겠지요? 소자는 그 아름다움에 대한 이야기만 듣고서 사만달 왕국의 공주에게 마음을 바친 바 있습니다. 나중에 그녀를 실제로 보게 되었을 때, 저는 제 마음을 준 것을 후회할 수 없었습니다. 과연 참으로 아름다운 공주였습니다. 이 땅 위에도, 이 세상 바다의 모든 물결 아래도 그녀와 비교할 만한 여인은 존재하지 않을 것입니다. 사실 제가 사랑을 고백했을 때 그녀는 제게 못된 짓을 했습니다. 열렬한 사랑에 빠지지 않았다면 마음의 불길은 당장에 꺼져 버렸겠죠. 하지만 저는 그녀를 이해할 수 있습니다. 비록 제 뜻은 아니었지만, 저로 말미암아 자신의 부친이 갇히게 된 마당에 저를 달리 취급할 수 없었을 것입니다. 어쩌면 지금쯤은 사만달 왕의 생각이 바뀌었을지도 모릅니다. 그가 동의한다면 그녀 또한 저에 대한 생각이 바뀌어 청혼을 받아들일지도 모르지 않습니까?」

「아들아! 만일 이 세상에 오직 자우하르 공주만이 너를 행복하게 해줄 수 있다면 나 역시 결혼에 반대하고 싶지 않구나. 물론 이 결혼이 가능하다면 말이다. 자, 네 삼촌에게 부탁해 사만달 왕을 이리 불러오도록 하자꾸나! 그가 여전히 고집불통인지는 만나 보면 알겠지.」

사만달 왕은 지하 뇌옥에 갇힌 이후, 살레 왕의 명에 따라 엄중한 감시를 받아 왔습니다. 하지만 항상 왕의 신분에 걸

맞은 정중한 대우를 받았을 뿐 아니라, 그를 지키는 살레 왕의 신하들 덕분에 성정이 한결 순화되어 있었죠. 이를 알고 있던 살레 왕은 불을 지핀 풍로를 가져오게 한 다음, 그 위에 어떤 조제약을 뿌리면서 신비로운 주문을 외웠습니다. 약을 태운 연기가 피어오르자마자 왕궁이 흔들리더니, 곧 사만달 왕이 살레 왕의 신하들과 함께 나타났습니다. 베데르 왕은 즉시 그의 발밑에 몸을 던져 무릎을 꿇고 말했습니다.

「전하! 이전에 살레 왕께서 페르시아 왕을 대신하여 폐하께 청혼한 것을 기억하시겠지요? 이제는 페르시아 왕 자신이 이 영광스러운 결혼을 허락해 달라고 간청하고 있습니다. 저는 사랑스러운 자우하르 공주와 함께가 아니라면 도저히 살아갈 수 없습니다. 설마 전하께서 저의 죽음을 원하시는 건 아니겠지요?」

사만달 왕은 페르시아 왕이 자기 발밑에 무릎 꿇고 있는 것을 더 이상 보고 있을 수 없었습니다. 그는 페르시아 왕을 안아 일으키고는 이렇게 말했습니다.

「폐하! 폐하께서는 오래오래 사셔야 마땅한 분입니다. 저 때문에 이런 분이 죽게 된다면 어찌 저 자신을 용서하겠습니까? 만일 제 딸이 있어야만 이토록 고귀한 생명이 보전된다면 그렇게 하십시오! 그 애는 폐하 것이옵니다! 그 애는 항상 제 뜻에 순종해 왔으니 이번에도 반대하지 않을 것입니다.」

말을 마친 그는 옆에 있던 살레 왕의 신하에게 즉시 자우하르 공주를 찾아와 달라고 부탁했습니다.

자우하르 공주는 페르시아 왕이 그녀를 만났던 장소에 여전히 머물고 있었습니다. 신하는 거기서 그녀를 찾아내 곧 그녀와 시녀들을 데리고 궁에 돌아왔습니다. 사만달 왕은 공주를 안아 주며 말했습니다.

「내 딸아! 네게 신랑을 소개해 주겠다. 바로 여기 계신 페르시아 왕이시다. 오늘날 이 우주 가운데 가장 완벽한 군주이시지. 이런 분이 이 세상 모든 공주들을 마다하고 오직 너만을 좋아하시니, 나는 다만 감격할 뿐이다.」

「폐하!」 자우하르 공주가 대답했습니다. 「폐하께서도 아시듯, 저는 폐하께서 요구하시는 것에 항상 공손히 순종해 왔습니다. 그리고 이번에도 폐하의 뜻에 따를 준비가 되어 있습니다. 페르시아 왕께서도 일전에 소녀가 못되게 굴었던 일을 부디 잊어 주시기 바랍니다. 공정하신 분이시니, 딸로서의 의무를 다하기 위한 소치였다고 너그러이 이해해 주시리라 믿습니다.」

결혼식은 〈마법의 도시〉의 왕궁에서 성대하게 거행되었습니다. 이 결혼식을 빛내 준 영예로운 하객들 중에는 마녀 여왕의 옛 애인들도 포함되어 있었습니다. 사실은 모두가 왕자나 대공 같은 지극히 고귀한 인물이었던 이들은 마녀가 죽는 순간 원래의 형상을 되찾았고, 이에 감사하기 위해 페르시아 왕, 굴나르 왕비, 살레 왕 등을 찾아왔다가 결혼식에까지 참석하게 되었던 것이지요.

살레 왕은 사만달 왕을 그의 왕국에 데려다 주고 나라도 되돌려 주었습니다. 바라는 것을 모두 얻게 된 페르시아 왕은 굴나르 왕비, 파라슈 대비, 그리고 다른 공주들과 함께 페르시아의 수도로 돌아왔습니다. 파라슈 왕비와 공주들은 그곳에 머물다가 그네를 데리러 온 살레 왕과 함께 바다의 푸른 물결 아래 숨겨져 있는 그들의 왕국으로 돌아갔습니다.

사랑의 노예 가넴 이야기
Histoire de Ganem

폐하! 옛날 다마스쿠스에 근면과 수완으로 큰 재산을 모아 남부럽지 않게 사는 한 상인이 있었습니다. 아부 에부라고 하는 이 상인에게는 아들 하나와 딸 하나가 있었습니다. 아들의 이름은 가넴이었는데, 훗날 〈사랑의 노예〉라는 별명을 얻게 되는 사람입니다. 그는 용모가 매우 준수했을 뿐 아니라, 타고난 품성 또한 뛰어났습니다. 여기에 그의 아버지가 붙여 준 훌륭한 선생들로부터 교육까지 제대로 받은, 흠잡을 데 없는 청년이었죠. 딸의 이름은 〈마음을 끄는 힘〉이었습니다. 그녀가 이런 이름을 갖게 된 것은 보는 이마다 사랑하지 않을 수 없게 만드는 완벽한 미모를 지니고 있었기 때문입니다.

아부 에부는 죽으면서 엄청난 재산을 남겼습니다. 그의 창고에는 수단 등 각종 견직물이 백 짐이나 쌓여 있었는데, 이는 전체 유산의 극히 일부분에 지나지 않았습니다. 짐들은 꾸러미로 잘 포장되어 있었고, 각각의 꾸러미에는 굵은 글자로 〈바그다드 행〉이라고 써 있었습니다.

이 무렵 시리아의 수도 다마스쿠스를 다스리는 사람은 솔리만의 아들이자, 〈지네비〉라는 이름의 왕이었습니다. 바그다드에 거주하는 그의 친척 하룬알라시드가 그에게 이 왕국을 분봉했던 것입니다.

아부 에부가 죽고 얼마 후에, 가넴은 어머니와 함께 집안의 여러 문제들에 대해 상의하고 있었습니다. 그러다 화제는 창고에 있는 짐 꾸러미들로 옮겨 갔고, 그는 그것들 위에 쓰인 글자가 무엇을 의미하는지 물어보았습니다. 그러자 그의 어머니가 대답했습니다.

「애야! 네 선친께서는 여러 지방을 여행하셨단다. 또 여행을 시작하기 전에는 짐 꾸러미 위에 행선지를 기입해 놓는 습관이 있었지. 어느 날 그분은 바그다드로 떠날 만반의 준비를 해놓으셨단다. 곧 떠나려 하셨는데, 그만 죽음이……..」

그녀는 말을 끝맺지 못했습니다. 죽은 남편의 기억이 너무도 생생히 떠올라 말문이 막히고, 대신 눈물만 줄줄 흘러나왔죠.

이처럼 슬퍼하는 모친을 보고 있자니 가넴도 마음이 아팠습니다. 그렇게 모자는 한동안 말없이 있었습니다. 하지만 다시 기운을 낸 가넴은 어머니 또한 평정을 되찾은 것을 보고는 이렇게 말했습니다.

「아버님께서 이 짐들을 바그다드에 가져갈 뜻을 이루지 못하셨으니, 제가 대신 그 여행을 해볼까 합니다. 아니, 말이 나온 김에 빨리 하는 게 좋겠지요. 상품이 오래되어 변질되면 제값을 받을 수 없게 될 테니까요.」

아들을 끔찍이 사랑하는 아부 에부의 미망인은 그의 결심을 듣고 기겁했습니다.

「애야! 선친의 유업을 잇겠다는 네 뜻은 참으로 가상하다. 하지만 너는 아직 너무 어리고 경험도 없을뿐더러, 고된 여행길에도 익숙하지 않은 몸이야. 더구나 너는 슬픔에 잠겨 있는 이 어미를 버리고 감으로써 또 다른 슬픔을 안겨 줄 작정이냐? 그 짐 꾸러미들일랑 다른 다마스쿠스 상인들에게 파는 게 어떻겠니? 목숨이 위태로운 여행보다는 이문이 좀 덜 하더라도 그러는 편이 낫지 않겠니?」

그녀는 사리에 맞는 이유들을 들어 가넴의 뜻을 돌려 보려 했지만 그는 귀담아들으려 하지 않았습니다. 각지를 여행하며 이 세계의 모든 것들을 습득함으로써 자신의 정신을 완성하고자 하는 욕심에 어서 빨리 떠나고 싶은 마음뿐이었던 그로서는 어머니의 권고와 간청, 심지어는 눈물 섞인 애원까지도 귀에 들어오지 않았던 것입니다. 그는 즉시 노예 시장으로 달려가 튼튼한 노예들을 사고 낙타 백 마리를 빌렸습니다. 또 여행에 필요한 물품을 모두 구입한 다음, 다마스쿠스 상인 대여섯 명과 함께 바그다드를 향해 출발했습니다.

당시 이 지방을 여행하는 사람들에게는 공포의 대상이 있었습니다. 이는 아랍 민족의 일족인 베두인족으로, 희생자를 찾아 황야를 돌아다니다가 방어력이 충분하지 않은 대상을 습격하여 약탈하는 것을 주업으로 삼는 자들이었습니다. 그러나 가넴의 일행은 노예들 이외에도 많은 다른 여행자들과 동행하고 있었던 까닭에 두려울 게 없었습니다. 그들이 겪어야 했던 유일한 어려움이라곤 긴 여행에 으레 따르기 마련인 피로가 전부였죠. 더구나 무사히 여행을 마칠 무렵 저 멀리 바그다드 시가가 눈에 들어오자 이마저도 한순간에 사라져 버렸습니다.

그들은 바그다드에서도 가장 훌륭하며 많은 사람들로 북적이는 대상의 숙소에 짐을 풀었습니다. 하지만 보다 안락하고 개인적인 거처를 원했던 가넴은 그곳에 숙소를 잡지 않았습니다. 대신 안전한 창고에 상품만 넣어 두고, 근처에 있는 집을 한 채 임대했습니다. 값비싼 가구들이 갖춰져 있을 뿐 아니라, 분수며 작은 숲들로 꾸민 쾌적한 정원까지 딸린 아주 멋진 집이었습니다.

이 젊은 상인은 며칠간 이 집에서 충분한 휴식을 취했습니다. 그리고 여독이 완전히 풀리자 옷을 깨끗하게 차려입고 상품을 사고팔기 위해 수많은 상인들이 모여드는 시장으로 갔습니다. 그의 뒤에는 각종 고운 직물들로 가득한 꾸러미를 짊어진 노예가 한 명 뒤따르고 있었습니다.

그곳 상인들은 가넴을 매우 정중히 맞아 주었습니다. 가넴이 찾아간 상인 대표는 각 직물 위에 붙인 가격표의 가격대로 쳐서 꾸러미 전체를 구입해 주었습니다. 가넴은 매일 이런 식으로 거래를 계속했고, 결국 가져온 상품 전체를 만족스러운 가격에 팔 수 있었습니다.

어느 날 그는 남아 있는 마지막 꾸러미를 창고에서 꺼내 시장에 가져갔습니다. 그런데 이상하게도 가게들이 모두 닫혀 있었습니다. 사람들에게 이유를 묻자, 그도 알고 지내던 어떤 우두머리 상인이 죽어 관습에 따라 동료 상인들이 모두 장례식에 갔다는 대답이 돌아왔습니다. 가넴은 발인 기도식이 열리는 모스크가 어디인지 묻고는 사람들이 장소를 가르쳐 주자 상품을 짊어진 노예를 집으로 돌려보낸 후 모스크로 향했습니다.

그가 도착했을 때, 온통 검은 휘장을 쳐놓은 홀에서는 여전히 기도식이 한창이었습니다. 마침내 운구가 시작되어 가넴은 고인의 일가친척이며 상인들과 함께 도성 밖 먼 곳에 떨어져 있는 장지까지 따라갔습니다. 그곳은 돔형의 석재 건물로, 고인의 가족 묘당이었습니다. 하지만 묘당 건물이 그다지 크지 않았기 때문에, 장례식에 모인 사람들이 따가운 햇볕을 피할 수 있게끔 건물 주위에는 천막을 여러 개 세워 놓았습니다. 사람들은 묘당 문을 열어 시신을 안치했고, 이맘[82]과 모스크의 다른 성직자들은 중앙의 천막 아래 깔린 양탄자에 앉아 남은 기도문을 암송했습니다. 또한 그들은 장례식용으로 규정되어 있는 코란의 구절들도 봉독했습니다. 이 성직자들 뒤에는 일가친척들과 상인들이 둥근 형태로 앉아 있었죠.

이 모든 것이 끝나니, 어느덧 날이 어둑해 있었습니다. 장례식이 이렇게 오래 걸리리라 예상하지 못했던 가넴은 초조해지기 시작했고, 바그다드 지방의 관습에 따라 고인을 추모하는 음식이 나오자 불안감은 더욱 커졌습니다. 더구나 옆에서 들리는 소리에 의하면, 천막을 세운 것은 단지 햇볕만이 아니라 밤이슬을 피하려는 목적도 있다는 것이었습니다. 즉 모두들 여기서 밤을 보내고 다음 날에나 귀가한다는 말이었죠. 이 말에 가넴은 정신이 번쩍 들었습니다.

〈나는 여기서 외국인이고, 또 여기 사람들 모두 나를 돈깨나 있는 상인으로 알고 있잖아. 내가 없다는 사실을 알게 되면 도적들이 우리 집을 털러 올지도 몰라. 종놈들 역시 이 좋은 기회를 놓치고 싶지 않겠지. 내가 상품을 팔아 번 돈을 몽땅 들고 튀어 버리면 그만이잖아? 그러면 놈들을 어디 가서 찾느냐 말이야!〉

이런 걱정들로 머리가 꽉 찬 그는 음식 몇 술을 급히 뜨고는 살그머니 무리에서 빠져나왔습니다.

가넴은 한시라도 빨리 집에 도착하려고 걸음을 재우쳤습니다. 하지만 서두를수록 늦어지는 법, 그만 길을 착각하여 한참 동안 어둠 속을 헤맨 끝에 자정 녘이 되어서야 겨우 성문 앞에 도착할 수 있었습니다. 설상가상으로 성문은 굳게 닫혀 있었습니다. 이 예상 밖의 상황은 또 다른 고민을 안겨

---

82 이슬람 문화권에서 뛰어난 학자, 혹은 집단 예배를 주도하는 사람에 대한 존칭.

주었습니다. 이제는 어딘가 밤을 보낼 만한 장소를 찾아내 성문이 열리는 시간까지 기다리는 수밖에 없었습니다. 결국 그는 어느 공동묘지로 들어갔습니다. 성문 앞에서 시작하여 상인의 장례식이 열렸던 그 묘당에 이르기까지 끝없이 펼쳐져 있는 엄청나게 넓은 곳이었죠. 조금 나아가다 보니 제법 높은 담벼락으로 둘러싸인 어느 장소가 앞을 가로막았습니다. 그것은 한 가족을 위한 묘지였는데, 이곳에는 이 같은 가족묘가 수도 없이 흩어져 있던 것입니다. 이런 종류의 묘지가 흔히 그렇듯 많은 곳의 문이 제대로 잠겨 있지 않아서, 가넴은 그중 종려나무 한 그루가 삐죽 솟아 있는 곳에 들어가 문을 닫았습니다. 그리고는 풀밭 위에 누워 잠을 이뤄 보려고 별짓을 다해 보았습니다. 하지만 집을 비워 놓고 나와 마음이 불안한데 잠이 올 리 만무했죠. 결국 그는 벌떡 일어나 문 앞을 서성이다가 무심결에 문을 열어 보았습니다. 한데 이게 웬일입니까? 저쪽 멀리 어둠 속에서 불빛 하나가 이쪽으로 다가오는 게 아니겠습니까? 가넴은 겁이 덜컥 났습니다. 황급히 문을 닫고 잠가 보려 했지만, 달려 있는 잠금장치라고는 허술하기 짝이 없는 걸쇠 하나가 전부였습니다. 그는 재빨리 종려나무 위로 올라갔습니다. 거기가 그나마 가장 안전한 곳으로 여겨졌던 까닭입니다.

가까스로 나무 위에 몸을 숨기니, 문이 열리고 세 명의 장한이 들어왔습니다. 아까 그를 그토록 놀라게 했던 불빛 덕분에 가넴은 그들을 살펴볼 수 있었는데, 옷차림을 통해 세 사람 모두 노예라는 사실을 알 수 있었습니다. 앞장선 사람은 각등을 들고 있었고, 뒤따르는 두 사람은 길이가 대여섯 자 되는 긴 궤짝을 어깨에 메고 있었습니다. 마침내 궤짝을 땅에 내려놓은 그들 중 하나가 다른 두 사람에게 말했습니다.

「형제들! 우리 궤짝을 여기 놔두고 그냥 집으로 돌아가 버리자고!」

「안 될 말일세!」 다른 한 사람이 대꾸했습니다. 「우리 여주인의 뜻은 그게 아니지 않은가? 그분의 명을 소홀히 했다가는 나중에 후회하게 될 걸세! 자, 분부대로 땅에 묻자고!」

다른 두 노예는 그의 의견에 동의하고 가져온 연장으로 함께 땅을 파기 시작했습니다. 마침내 제법 깊은 구덩이가 생기자 그 안에 궤짝을 넣고는 다시 흙으로 덮었습니다. 그런 다음 공동묘지를 나와 왔던 길로 다시 돌아갔습니다.

종려나무 위에서 노예들이 나눈 대화를 엿들은 가넴은 도대체 이 장면을 어떻게 이해해야 할지 알 수 없었습니다. 단지 그 궤짝 속에 무언가 귀중한 것이 들어 있고, 그것의 주인이 어떠한 이유로 그것을 이 묘지에 감추게 했으리라 추측할 따름이었습니다. 가넴은 당장 사실을 확인해 보리라 마음먹었습니다. 노예들도 떠난 마당에 더 이상 겁도 나지 않았습니다. 그는 구덩이를 파기 시작했습니다. 손과 발을 부지런히 놀린 결과, 얼마 안 있어 궤짝이 다시 모습을 드러냈습니다. 하지만 그것은 큼직한 자물쇠로 잠겨 있었지요. 호기심 앞에 새로운 장애물이 나타나자 가넴은 적잖이 낙담했지만 결코 포기하지 않았습니다. 어느덧 동녘이 밝아 오고 있었고, 그 희미한 빛 덕분에 주위에 널려 있던 굵직한 돌멩이들이 눈에 띄었던 것입니다. 그는 그중 하나를 집어 들어 갖은 애를 쓴 끝에 간신히 자물쇠를 부술 수 있었습니다. 가넴은 흥분된 마음으로 궤짝을 열었습니다. 그런데 이게 웬일입니까? 가넴은 기절할 듯 놀라고 말았습니다. 궤짝 안에는 그가 상상했던 돈 대신 비할 데 없이 아름다운 어떤 아가씨가 누워 있었던 것입니다. 안색이 발그레하니 싱싱하고 호흡도 부드럽고 규칙적인 것으로 보아 살아 있는 것이 분명했습니다. 하지만 한 가지 이해할 수 없는 사실이 있었습니다. 만일 단지 잠들어 있는 것이라면, 자물쇠를 부수느라 그토록 요란한 소리를 내었는데도 어째서 이렇게 깨어나지 않을 수 있었는가 하는 점이었습니다. 그녀가 입고 있는 옷은 지극히 화려했고, 다이아몬드가 박힌 팔찌와 귀걸이와 아주 커다란 진주 알들을 꿰어 만든 목걸이 등으로 치장하고 있었습니다. 여염집 여인네에게서는 볼 수 없는 이 특별한 차림으로 보아 궁중의 지체 높은 귀부인임이 분명했습니다.

이렇게 선녀처럼 아름다운 여인을 내려다보고 있으려니까, 가넴의 마음속에는 무슨 수를 써서라도 이 여인을 구해 내야겠다는 생각이 들었습니다. 그것은 위험에 처한 사람을 그냥 지나치지 못하는 동정심 많은 그의 천성 때문만은 아니었습니다. 그 순간에는 아직 의식하지 못했지만, 그 자신보다도 더욱 강한 무언가가 그의 행동을 이끌고 있었던 것입니다.

우선 그는 노예들이 나가면서 열어 놓은 묘지의 문부터 닫았습니다. 그러고는 돌아와 아가씨를 안아 들어 궤짝에서 꺼낸 다음 구덩이에서 파낸 흙더미 위에 눕혔습니다. 이런 자세로 바깥바람을 쐬어 주니까 금세 효과가 나타났습니다. 그녀는 재채기를 하더니, 애써 고개를 옆으로 돌려 어떤 액체를 토해 냈습니다. 아마도 위장을 가득 채우고 있던 것이 빠져나오는 모양이었습니다. 이어 반쯤 뜬 눈을 손등으로 비비더니, 듣는 이를 황홀하게 하는 목소리로 외쳤습니다.

「〈정원의 꽃〉아! 〈산홋가지〉야! 〈사탕수수〉야! 〈낮의 빛〉아! 〈샛별〉아! 〈시간의 열락(悅樂)〉아! 아무도 없니? 모두들 어디에 있는 거니?」

그것은 평소 그녀를 섬기는 여종들의 이름이었습니다. 자신의 부름에 아무도 대답하지 않자 그녀는 크게 놀랐습니다. 마침내 눈을 동그랗게 뜬 그녀는 자신이 지금 공동묘지 안에 있다는 것을 깨닫고는 두려움에 사로잡혀 아까보다 더욱 크

게 외쳤습니다.

「에구머니, 이게 뭐람? 죽은 자들이 부활한 건가? 그렇다면 지금은 최후 심판의 날이란 말인가? 자고 일어났더니 이게 무슨 조화람?」

가넴은 아가씨가 불안해하는 모습을 더 이상 볼 수 없어 세상에서 가장 정중하고도 예의 바른 태도로 그녀 앞에 모습을 드러냈습니다.

「아가씨! 지금 곤경에 처하여 구조의 손길을 필요로 하고 있는 숙녀분께 도움을 드릴 기회를 갖게 되어 얼마나 기쁜지 모르겠습니다.」

그는 아가씨를 안심시켜 주기 위하여 자신이 누구인지, 또 그 어떤 우연에 의해 이 공동묘지에 오게 되었는지 설명해 주었습니다. 또한 세 명의 노예가 들어와서 궤짝을 땅에 묻은 일까지 들려주었습니다. 가넴을 보고 즉시 너울로 얼굴을 가렸던 아가씨는 자신이 그렇게 큰 은혜를 입었다는 사실을 알고는 크게 감동하였습니다.

「선생님처럼 정직한 분을 보내 주심으로써 저를 죽음에서 구해 주신 하느님께 감사할 따름이에요! 하지만 선생님! 기왕에 선행을 베푸셨으니 제발 끝까지 도와주세요! 지금 시내에 가셔서 노새를 부리는 마부 한 명만 불러와 주세요! 그런 다음에 저는 궤짝 속에 들어가 있을 테니 그걸 선생님 댁으로 옮겨 주세요! 왜냐하면 제 옷이 여염집 여인네의 그것과는 너무 달라서, 만일 이런 옷차림으로 선생님과 함께 걸어가면 누군가가 주목하고 따라올 위험이 있거든요. 선생님 댁에 도착하면 제 사연을 들려 드리겠습니다. 덧붙여서, 저는 결코 배은망덕한 여자가 아니라는 것을 말씀드리고 싶어요.」

젊은 상인은 구덩이에서 궤짝을 끌어 올린 다음 구덩이는 다시 흙으로 메워 버렸습니다. 그러고는 아가씨를 궤짝 속에 넣고, 자물쇠가 부서진 표가 나지 않게끔 교묘하게 닫아 놓았습니다. 그녀가 질식하지 않도록 뚜껑을 살짝 열어 두어 공기가 통하도록 해놓는 것도 잊지 않았죠. 마지막으로 공동묘지를 나올 때는 문도 다시 꼭 닫았습니다. 이미 성문은 열려 있어서 그는 어렵지 않게 필요한 마부를 찾아낼 수 있었습니다. 다시 공동묘지에 돌아온 가넴은 마부를 도와 궤짝을 노새에 실었습니다. 그는 마부가 의심하지 않게끔, 자신이 간밤에 이곳에 도착했는데, 함께 온 마부가 빨리 돌아가야할 일이 생겨서 궤짝을 여기 내려놓았던 것이라고 둘러댔습니다.

바그다드에 도착한 이후로 오직 장사에만 몰두해 온 가넴은 아직 사랑을 해본 적이 없었습니다. 그랬던 그가 처음으로 큐피드의 화살을 느끼게 되었습니다. 아가씨를 볼 때마다 그는 눈이 부셨습니다. 또 마부를 멀찌감치 뒤쫓아 가면서 느껴지는 조마조마한 마음, 도중에 무슨 사고라도 일어나 행여 자신의 소중한 보물을 잃게 되지나 않을까 하는 불안감 등은 그로 하여금 처음 느껴 보는 사랑의 감정을 의식하게 해주었습니다. 그러했기에 집에 무사히 도착하여 궤짝이 내려지는 것을 보았을 때의 기쁨이란 말로 표현할 수가 없었습니다. 그는 마부를 돌려보내고 종을 시켜 대문을 닫게 한 다음, 궤짝을 열고 아가씨를 부축하여 그녀가 나오는 것을 도와주었습니다. 그는 그녀에게 자신의 손을 잡게 하여 거처로 인도해 오면서, 그 감옥처럼 답답한 궤짝 속에서 얼마나 힘드셨냐고 위로해 주었습니다.

「물론 힘들긴 했지요. 하지만 이렇게 안전한 곳에 오게 되었으니 충분히 보상을 받은 셈이에요. 다 선생님 덕분입니다.」

가냄의 거처는 호사스러운 가구들로 꾸며져 있었지만, 아가씨의 시선은 그보다 자신을 구해 준 남자의 멋진 몸매와 준수한 얼굴에 끌리고 있었습니다. 그의 정중하고도 친절한 태도는 그녀로 하여금 한층 더 고마운 마음을 느끼게 했습니다. 그녀는 좌단에 앉아 자신이 그의 은혜에 얼마나 감사하고 있는지 보여 주기 위해 우선 얼굴을 가리고 있던 너울을 벗었습니다. 이처럼 사랑스러운 귀부인이 소중한 옥안을 드러내어 보여 주다니! 가냄으로서는 그 특별한 호의에 다만 가슴 벅찰 따름이었습니다. 아니, 그는 이미 강렬한 사랑을 느끼고 있었습니다. 자신이 준 도움이 얼마나 큰 것인지는 모르겠지만, 지금 그녀가 보여 준 이 귀중한 우정의 표시만으로도 너무도 과분한 보상을 받은 듯한 기분이었습니다.

아가씨는 가냄의 감정을 눈치챘습니다. 하지만 그가 예절 바른 사람이라고 믿었기에 별로 불안해하지 않았습니다. 가냄은 그녀가 배고플 것이라는 데 생각이 미쳤고, 이렇게 사랑스러운 손님을 대접할 음식을 직접 장만하고 싶다는 마음에 종 한 명을 데리고 밖으로 나갔습니다. 우선 배달 음식점에 가서 음식을 주문한 다음, 과일 상점에 가 최상품의 과일들을 골랐습니다. 또한 칼리프의 궁전에서나 구경할 수 있을 만한 훌륭한 포도주와 빵도 샀습니다.

집에 돌아온 그는 과일들을 아주 예쁜 자기에 피라미드 형태로 쌓아, 직접 아가씨에게 들고 갔습니다.

「아가씨! 잠시 후면 아가씨께서 드실 만한 음식이 도착할 것입니다. 그동안 과일이나 몇 개 맛보시지요!」

그는 그냥 옆에 서 있기만 하려 했지만 그녀가 같이 먹지 않으면 과일에 손도 대지 않겠다고 말했기 때문에 어쩔 수 없이 함께 앉아 먹기 시작했습니다. 그렇게 그들이 몇 입 먹고 있던 중, 가넴은 그녀가 좌단 위에 벗어 놓은 너울의 가장 자리에 무언가 글자 같은 것이 금색으로 수놓인 것을 발견하고는 한번 보아도 되겠느냐고 물었습니다. 이에 아가씨는 즉시 너울을 건네주면서 글을 읽을 줄 아느냐고 물었습니다.

「아가씨!」 가넴은 겸손한 태도로 대답했습니다. 「상인이 읽고 쓸 줄을 모르면 사업을 제대로 할 수 없답니다.」

「그렇다면 너울 위에 무슨 말이 쓰여 있는지 한번 읽어 보세요! 이 기회에 제 사연을 이야기해 드릴게요.」

가넴이 너울을 받아 들여다보니, 거기에는 다음과 같은 글 귀가 적혀 있었습니다. 〈오, 무함마드 숙부의 후손이시여! 저는 폐하의 것이며, 폐하는 저의 것이옵니다!〉 이 무함마드 숙부의 후손이란 다름 아닌 무함마드의 숙부 압바스의 후손이며, 당시 천하를 다스리고 있던 칼리프 하룬알라시드 자신이었습니다. 가넴은 이 글귀의 의미를 이해하고는 서글픈 음성으로 외쳤습니다.

「오, 아가씨! 저는 그대에게 생명을 드렸지만, 이 글은 제게 죽음을 가져다주는군요! 아직 모든 사정을 알지는 못하지만, 이 글을 읽으니 제가 세상에서 가장 불쌍한 자임이 분명하다는 사실만은 깨달을 수 있겠어요. 아가씨! 제가 감히 이런 식으로 말하는 걸 용서해 주세요! 하지만 온 마음이 당신에게 이끌리는 건 어쩔 수 없습니다. 저 스스로도 이런 감정을 억제할 수 없다는 건 아가씨께서도 잘 아시겠지요? 그러니 저의 무엄함을 용서해 주세요! 사실 저는 정중함과 정성과 상냥함과 열성과 복종과 한결같음으로 당신의 마음을 얻겠노라고 마음먹고 있었습니다. 하지만 이런 달콤한 계획을 세우자마자 제 모든 희망은 물거품이 됐군요! 이렇게 큰 불행을 제가 오래 견뎌 낼 수 있을 것 같지 않습니다……. 하지만 제게 무슨 일이 일어난다 해도, 최소한 당신을 위해 죽는다는 것만은 위안으로 삼을 수 있겠죠. 자, 아가씨! 계속해 주세요! 저의 슬픈 운명의 정체가 무엇인지 완전히 밝혀 달란 말입니다!」

이렇게 말하는 그의 눈에서는 자신도 모르게 눈물이 흘러나왔고, 이를 본 아가씨도 가슴이 뭉클해졌습니다. 그녀는 그의 고백에 노여워하기는커녕, 오히려 은밀한 기쁨을 느꼈습니다. 이미 그녀의 마음 또한 그에게 사로잡혔기 때문입니다. 하지만 그녀는 감정을 드러내지 않았습니다. 그리고 마치 가넴의 말을 잘못 알아들은 척하며 대답했습니다.

「이렇게 선생께서 힘들어하실 줄 알았다면 차라리 이 너울을 열어 보이지 말 걸 그랬어요. 하지만 걱정 마세요! 저로 인해 당신의 운명이 생각처럼 그렇게 나빠지지는 않을 거예요. 자, 제 사연을 들려 드릴게요. 저의 이름은 〈폭풍〉이라고 합니다. 제가 태어났을 때, 저의 미모가 언젠가 숱한 불행을 초래할 것이라 여겨졌기에 이런 이름을 갖게 된 거지요. 선생님도 아마 제 이름을 들어 보셨을 거예요. 왜냐하면 저와 선생님의 주군이신 칼리프 하룬알라시드에게 이런 이름을 가진 총비가 있다는 사실은, 바그다드 사람이라면 모두 알고 있을 테니까요. 저는 아주 어린 나이에 그분의 궁에 들어갔답니다. 그리고 그곳의 모든 여인이 그렇듯이 지극한 정성 속에 양육되었죠. 무엇을 가르치든 저는 제법 총명하게 배워 나갔습니다. 더욱이 얼굴도 과히 밉지 않다고 여기셨던지, 칼리프께서는 저를 극진히 아껴 주시고 자신의 거처 옆에 궁을 마련해 주셨어요. 폐하께서는 이런 영광을 베푸시는 것으로 만족하시지 않고, 스무 명의 시녀와 같은 수의 내시로 하여금 저를 섬기게 해주셨어요. 그리고 이후에도 너무나 많은 선물을 하사해 주셔서, 저는 이 세상 그 어떤 왕비보다도 부유해졌답니다. 하지만 폐하의 이런 과분한 사랑이 어떤 결과를 가져오게 되었는지 선생님께서도 짐작하시겠지요? 그래요! 칼리프의 아내인 조베이드가 저의 행복에 질투를 느낀 거예요. 칼리프께서는 그녀 또한 지극히 아껴 주셨건만, 조베이드는 기회만 있으면 저를 해치려 들었답니다. 지금까지는 그녀의 함정들을 겨우겨우 피해 올 수 있었어요. 하지만 이번에는 마침내 그녀가 놓은 질투의 덫에 걸렸고, 선생님이 아니었다면 지금 이 순간 저는 궤짝 속에서 꼼짝없이 죽음을 기다리고 있었을 거예요. 그녀가 내 시녀 가운데 하나를 매수한 것이 틀림없어요. 그래서 어제저녁 이 종년을 시켜, 한 번 마시면 일고여덟 시간 동안은 누가 업어 가도 모를 정도로 깊은 잠에 빠지게 되는 아주 강력한 수면제를 탄 레몬수를 제게 가져다주게 했을 거예요. 제가 이렇게 생각할 수밖에 없는 이유는 평소 저는 잠이 얕게 드는 편이라, 옆에서 부스럭거리는 소리만 나도 깨어나는 사람이기 때문이지요. 조베이드는 칼리프께서 출타하신 기간을 이용해 흉계를 실행에 옮겼답니다. 이웃의 몇몇 왕이 동맹을 맺어 감히 폐하께

맞서 전쟁을 일으켜, 칼리프께서는 이들을 토벌하기 위해 군대를 이끌고 떠나셨던 거지요. 이런 상황이 아니었더라면 조베이드가 아무리 고약한 여인이라 한들 감히 저의 목숨을 해치려 들지 못했을 겁니다. 이제 그녀가 어떤 방법으로 자기 범죄를 은폐하려 들지 모르겠어요. 한 가지 분명한 것은, 선생님께서 제 비밀을 꼭 지켜 주셔야 한다는 사실이에요. 제 목숨이 달린 문제거든요. 그리고 선생님 자신을 위해서라도 비밀을 지켜야 해요. 왜냐면 선생님이 도움을 주셨다는 사실을 조베이드가 알게 되면 선생님 역시 해치려 들 것임이 분명하니까요. 칼리프가 바그다드에 돌아오시기 전까지는 이곳도 안전하지만은 않아요. 하지만 칼리프께서 돌아오시면 문제는 달라져요. 무슨 수를 써서라도 지금까지 일어난 일을 그분께 알리겠어요. 아마 그분께서는 사랑하는 저를 되찾아 주신 선생님께 저보다도 더 고마워하실 거예요.」

하룬알라시드의 아름다운 총비가 말을 마치자, 가넴이 이어 말했습니다.

「아가씨! 제가 주제넘게 부탁드렸음에도 이렇게 상세하게 사연을 밝혀 주시니 참으로 고맙습니다. 이곳에 계시면 안전하실 터이니 조금도 걱정하지 마세요! 아가씨께서 제 안에 불러일으킨 감정, 그것이 제 침묵을 보장할 것입니다. 물론 제 종놈들은 경계해야 합니다. 만일 놈들이 제가 어디서, 어떤 상황에서 아가씨를 만나게 되었는지 알게 된다면 저를 배신할지도 모릅니다. 하지만 놈들이 그걸 어찌 알 수 있겠습니까? 사실 종놈들은 제가 어떻게 아가씨를 데려왔는지, 그런 일에는 흥미도 없을 것입니다. 저같이 젊은 사람들이 예쁜 여자 노예를 찾는 것은 자연스러운 일입니다. 따라서 아가씨도 제가 어디 가서 사 온 노예라고 생각할 것입니다. 아가씨를 좀 특별한 방식으로 데려오긴 했지만, 그것도 무슨 사정이 있어서 그랬겠거니 생각하겠지요. 그러니 마음 푹 놓으세요! 또 제가 위대한 군주의 총비에 마땅한 정중한 봉사를 약속드릴 터이니 그 점에 대해서도 안심하세요!

하지만 아가씨! 그분이 아무리 위대한 분이라 할지라도, 저로서는 아가씨에게 바친 제 마음을 거둘 수 없군요. 물론 저도 잘 알고 있습니다. 〈주인의 소유물을 종이 건드려서는 안 된다〉라는 것을요. 하지만 제가 아가씨를 사랑하게 된 것은, 아가씨가 이미 칼리프에게 바쳐진 몸이라는 사실을 알기 이전이었습니다. 그리고 그 정열은 갓 생겨난 것임에도 완전한 공감에 근거한 굳건한 사랑처럼 뜨거워서, 저로서는 도저히 억누를 수 없습니다. 제가 다만 원하는 것은…… 위대하고도 복 많은 당신의 연인께서 당신을 다시 불러 교활한 조베이드를 부끄럽게 만드셨을 때, 그리하여 당신이 다시 그분을 곁에서 모시게 되었을 때, 이 불쌍한 가넴을 기억해 달라는 것입니다. 왜냐면 칼리프와 마찬가지로 저 역시 당신에게 정복당한 사랑의 노예니까요. 아아! 혹시 아가씨께서 남자에게 바라는 건 오직 진심뿐인가요? 그렇다면 그분이 아무리 강력한 왕이라 할지라도 당신의 기억에서 결코 저를 지울 수는 없을 것이라 자부합니다. 그리고 당신을 잃은 이 몸은 쓸쓸히 방황하다 이 세상 어느 곳에서 죽어 갈지 모르겠지만, 저의 영혼은 계속 당신을 그리며 타오를 것입니다.」

가넴이 괴로워하는 것을 본 〈폭풍〉의 가슴은 몹시 아팠습니다. 하지만 대화가 계속 이런 식으로 이어지다가는 자신도 그에 대한 감정을 드러내게 될지도 모를 일이었습니다. 그런 난처한 상황을 피하고자 그녀는 이렇게 말했습니다.

「이런 얘기는 이제 그만해요! 선생님께서 너무 힘들어하시는 것 같아요. 그보다는 제가 선생님께 너무 큰 은혜를 입고 있다고 말씀드리고 싶어요. 선생님이 구해 주시지 않았더라면 전 지금 이 세상 사람이 아니었을 거예요. 정말 얼마나 감사하고 기쁜지 모르겠어요!」

이때 누군가 문을 두드렸습니다. 가넴이 몸을 일으켜 나가 보았더니, 종이 음식이 도착했음을 알렸습니다. 가넴은 직접 나가 음식을 들고 와서 아름다운 손님에게 손수 상을 차려 주었습니다. 방에 노예들을 들어오게 했다가는 무슨 사단이 날지 모를 일이기 때문이었죠. 이렇게 정성을 다하는 그를 지켜보는 〈폭풍〉의 마음속에서는 은밀한 기쁨이 차올랐습니다.

식사를 마친 후, 가넴은 이번에도 손수 상을 치웠습니다. 그는 남은 음식이며 식기 등을 문밖의 종에게 내준 다음, 〈폭풍〉에게 말했습니다.

「아가씨! 이제 좀 쉬시는 게 좋을 테니 저는 이만 물러가겠습니다. 휴식을 취하시고, 필요한 것이 있으면 분부만 내리십시오!」

방에서 나온 가넴은 밖으로 나가 여종을 두 명 샀습니다. 또 두 개의 꾸러미도 샀는데 하나에는 고운 내의들이, 다른 하나에는 칼리프의 총비가 몸단장을 하는 데 필요한 모든 것들이 들어 있었습니다. 그는 여종들을 집으로 데려와 〈폭풍〉에게 소개해 주며 말했습니다.

「아가씨 같은 분께는 최소한 두 명의 몸종은 필요할 것입니다. 제 정성이니 받아 주십시오!」

〈폭풍〉은 가넴의 세심한 배려에 감탄했습니다.

「선생님! 정말 모든 일에 철저한 분이시군요! 이렇게까지 해주시니 더욱 몸 둘 바를 모르겠어요. 하지만 저는 은혜를 모르는 사람이 아니랍니다. 빨리 이 은혜를 갚을 수 있게 되기를 하늘에 빌겠어요.」

가넴은 두 여종을 잠시 옆방으로 보내고는 〈폭풍〉이 앉은 좌단 한쪽에 자리를 잡았습니다. 하지만 예의를 지키기 위해

멀찌감치 떨어져 앉았지요. 그러고는 또다시 자신의 정열에 대해 말하기 시작했고, 그의 모든 희망을 빼앗은 넘어설 수 없는 장애물을 한탄했습니다.

「당신은 세상에서 가장 권세 높은 왕에게 속해 있으니, 나의 다정함이 당신의 마음을 조금이라도 녹일 수 있지 않을까 바라는 것은 언감생심이겠죠. 아아! 만일 당신께서 저의 이 걷잡을 수 없는 사랑에 전혀 무심하지만 않다면 그나마 이 불행 속에서 얼마나 큰 위로가 될까요!」

「선생님……」

〈폭풍〉이 뭔가 말하려 했지만 가넴은 이 〈선생님〉이라는 표현에 그녀의 말을 끊고 재차 말했습니다.

「아! 아가씨! 황송하게도 다시 한 번 저를 〈선생〉으로 대접해 주시는군요! 하지만 아가씨! 아까는 옆에 여종들이 있어서 제 생각을 말씀드릴 수 없었습니다만, 제발 그런 과분한 칭호는 붙이지 마세요! 저를 그저 당신의 노예로 여겨 주세요! 저는 당신의 노예이며, 또 영원히 그렇게 남을 것입니다.」

「아니에요! 아니에요!」 이번에는 〈폭풍〉이 그의 말을 끊었습니다. 「어찌 생명의 은인을 그렇게 취급할 수 있겠어요? 만일 제가 그런 식으로 말하거나 행동한다면 저는 정말 배은망덕한 년이에요. 그러니 제 감사하는 마음이 이끄는 대로 행동하게 내버려 두세요! 그리고 당신의 선행을 저의 무례함으로 갚으라고 요구하지는 말아 주세요! 저는 결코 그러지 않을 것입니다. 너무도 정직하게 행동하시는 당신을 제가 어찌 악용할 수 있겠어요? 솔직히 말씀드리면, 당신이 제게 베푸시는 그 모든 정성과 배려에 제가 아무런 감정도 느끼지 않는 것은 결코 아니랍니다. 하지만 더 이상은 말씀드리지 않겠어요. 그 이유에 대해선 당신이 더 잘 아시겠죠?」

그녀의 고백을 들은 가넴은 너무도 기뻐 눈물을 흘렸습니다. 그는 어떤 말로 감사해야 할지 몰라, 그저 그녀가 칼리프에 대한 그녀의 의무를 잘 알고 있듯이 자신 또한 〈주인의 소유물을 종이 건드려서는 안 된다〉는 사실을 잊지 않고 있다고 말했습니다.

밤이 오는 것을 느끼고 그는 몸을 일으켜 불을 가지러 갔습니다. 그리고 잠시 후, 직접 불과 함께 저녁 간식거리도 가져왔습니다. 이곳 바그다드에서는 점심도 푸짐하게 먹지만, 저녁이 되면 과일이나 포도주 등을 들며 잠자리에 들 때까지 유쾌한 담소를 나누는 풍습이 있었던 것입니다.

두 사람은 식탁에 앉았습니다. 그들은 먼저 상에 놓인 과일들을 칭찬하며 서로에게 권했습니다. 그리고 곧 훌륭한 포도주를 조금씩 마시기 시작했지요. 각각 두세 잔씩 마신 다음에는, 한 잔 들기 전에 노래를 한 곡씩 부르자는 규칙을 정했습니다. 가넴은 자신의 걷잡을 수 없는 사랑을 표현하는 노래를 즉석에서 지어 불렀습니다. 이어 〈폭풍〉 역시 노래 몇 곡을 즉흥적으로 지어 불렀는데, 모두 그녀의 사연과 관련한 것으로 가넴에 대한 호의적인 암시가 포함되어 있었습니다. 하지만 이 점을 제외하고는 칼리프에 대한 정절이 흠잡을 데 없이 지켜지고 있었습니다. 간식은 오래 계속되었고, 그렇게 밤이 깊어 갔지만 두 사람은 헤어질 생각이 없었습니다. 하지만 결국 가넴은 〈폭풍〉을 남겨 두고 자기 거처로 물러갔고, 대신 두 여종이 들어와 그녀의 시중을 들었습니다.

그들은 여러 날 동안 이런 식으로 살았습니다. 젊은 상인은 피치 못할 용무가 있을 경우에만 외출했으며, 그것도 아가씨가 쉬고 있을 때만 잠깐 틈을 냈습니다. 그녀와 같이 있을 수 있는 그 귀중한 시간을 한순간도 놓치고 싶지 않았던 까닭입니다. 그의 마음은 사랑하는 〈폭풍〉으로만 꽉 차 있었습니다. 〈폭풍〉 역시 자연스러운 감정의 흐름에 이끌려, 결국 그가 자신을 사랑하는 것만큼이나 자신도 그를 사랑한다고 고백하게 되었습니다. 하지만 그토록 열렬한 그들의 사랑에도 칼리프에 대한 경외감으로 두 사람은 한계를 넘지 못했습니다. 이러한 제약은 그들의 정열을 더욱 뜨겁게 했지요.

이처럼 죽음의 손아귀에서 빠져나온 〈폭풍〉이 가넴의 집에서 너무도 행복한 시간을 보내고 있을 때, 하룬알라시드의 궁전에 있는 조베이드는 속이 그리 편치 않았습니다.

그녀의 하수인인 세 노예가 궤짝을 떠메고 간 이후로 ─ 여주인의 명에 맹목적으로 복종하는 데 익숙해 있던 그들은 그 속에 무엇이 들어 있는지 몰랐을 뿐 아니라, 호기심조차 느끼지 않았습니다 ─ 그녀는 끔찍한 불안감에 사로잡혔던 것입니다. 온갖 불길한 생각들이 떠올라 마음을 어둡게 했습니다. 한순간도 잠의 달콤함을 맛볼 수 없었던 그녀는 밤새도록 몸을 뒤척이며 어떻게 하면 자신의 범죄를 감출 수 있을까만을 생각했습니다.

〈내 남편은 지금까지의 다른 후궁들과는 비교할 수 없을 정도로 《폭풍》을 깊이 사랑하고 있어. 이런 그가 돌아와서 그녀의 소식을 물으면 어떻게 하지?〉

머릿속에 여러 가지 방법들이 떠오르긴 했지만 그 어느 것도 만족스럽지 않았습니다. 제각기 허점들이 있었기 때문에 어떤 것을 택해야 할지 결정할 수 없었던 것입니다.

그런데 조베이드에게는 그녀를 아주 어린 나이 때부터 양육한 노파가 한 사람 있었습니다. 조베이드는 고민 끝에 날이 밝기가 무섭게 그녀를 불러 자신의 비밀을 모두 고백하고는 물었습니다.

「할멈! 할멈은 내가 어려울 때마다 현명한 충고로써 도와주곤 했죠. 바로 지금 그런 충고가 절실히 필요해요! 지금 나는 불안해서 미칠 것 같아요. 제발 칼리프를 납득시킬 수 있는 방법을 찾아 줘요!」

「우리 착한 마마!」 노파는 혀를 끌끌 찼습니다. 「그런 곤경에 빠질 일일랑 아예 하지 않았으면 더 좋았을 텐데요. 하지만 이미 엎지른 물, 더 이상 얘기하지 말고 신자들의 사령관님을 속일 수 있는 방법이나 찾아봅시다! 제 생각은 이래요. 즉시 사람을 시켜 나무를 깎아 시체 형상을 만드는 겁니다! 그걸 낡은 천으로 싸서 관 속에 넣은 다음, 궁내 어딘가에 묻는 거예요. 그다음엔 매장지 위에 대리석으로 으리으리한 돔형 영묘를 지은 후, 그 안에다 나무로 만든 관대를 세워 놓는데, 위에는 검은 천을 덮고 주위에는 커다란 샹들리에며 굵은 촛불들을 밝혀 놓는 거지요. 그리고 잊지 말아야 할 게 또 하나 있어요! 마마께서는 상복을 입으시고 시녀들에게도 입히세요. 또한 〈폭풍〉의 시녀들과 내시들, 그리고 궁의 다른 모든 신하들도 입게 하세요. 칼리프께서 돌아오셔서 마마를 비롯한 궁중 모든 사람들이 상복을 걸치고 있는 것을 보시면, 무슨 일인지 반드시 물어 오실 거예요. 그러면 마마께는 오히려 폐하께 잘 보일 기회가 오는 셈이죠. 갑자기 죽은 〈폭풍〉에게 왕비로서의 마지막 의무를 다하는 것이라고 대답하면 되니까요. 이어 죽은 총비의 영묘를 짓고 폐하께서 계셨으면 직접 하셨을 일들을 대신 했다고 말씀드리세요. 그러면 총비를 지극히 사랑하시는 폐하께서는 직접 그녀의 묘를 찾아가려 하실지도 몰라요. 또 어쩌면 그녀의 죽음을 믿으려 들지 않으실지도 몰라요. 마마께서 질투심에 사로잡혀 그녀를 궁에서 쫓아낸 것이라 의심하시고, 이 모든 것이 자신을 속여 그녀를 찾는 걸 단념하게 하려는 술책에 불과하다고 생각하실지도 모르죠. 그러면 칼리프께서는 관을 파내어 열어 보라고 하시겠죠. 하지만 염포에 싸인 인형을 보면 비로소 그녀의 죽음을 확신하시게 될 거예요. 그러고는 이 모든 일

을 해주신 마마에게 감사를 표하시겠죠. 관 속에 넣을 인형은 제가 시내의 목수를 시켜 만들도록 하겠어요. 그는 그 용도를 전혀 모를 테니까요. 마마께서는 어제 〈폭풍〉에게 레몬수를 갖다 주었다는 그 시녀를 시켜 다른 시녀들에게 알리게 하세요. 그녀들의 여주인이 침대에서 숨져 있는 것을 발견했으며, 또 이 사실을 마마께 알리자 마마께서는 호위대장 메스루르에게 명하여 시체를 염하여 매장하게 했다고요. 그러면 시녀들은 그저 울기만 할 뿐 아무도 〈폭풍〉의 방에 들어가려 하지는 않을 겁니다.」

노파가 말을 마치자 조베이드는 그녀의 보물 상자에서 값비싼 다이아몬드를 한 개 꺼내어 노파의 손에 쥐여 주었습니다. 그러고는 환해진 얼굴로 그녀를 껴안으며 말했습니다.

「아, 우리 착한 할멈! 정말로 고마워요! 정말이지 나는 죽었다 깨어나도 이렇게 기막힌 묘책을 생각해 낼 수 없었을 거야! 반드시 성공할 거예요. 그래서인지 벌써부터 마음이 편안해지는 걸요. 그래요! 나무로 인형 만드는 일은 할멈이 해줘요. 나머지는 내가 맡겠어요.」

노파는 조베이드가 부탁한 대로 신속히 나무 인형을 제작해 와, 직접 이것을 〈폭풍〉의 방에 날라다가 염포로 싼 후 관에 넣었습니다. 그러자 속아 넘어간 메스루르는 〈폭풍〉의 허수아비가 든 관을 방에서 들어내 조베이드가 지시한 장소에 매장했습니다. 장례식은 정해진 절차에 따라 진행되었고, 장례에 참석한 〈폭풍〉의 시녀들은 흐느껴 울었습니다. 누구보다도 요란스럽게 비명을 지르고 통곡하면서 바람을 잡은 사람은 다름 아닌 레몬수를 가져다준 그 간교한 시녀였죠.

장례식이 치러진 바로 그날, 조베이드는 왕궁과 칼리프의 별궁들을 지은 건축가를 불러오게 했습니다. 곧 그녀의 명에 따라 아주 짧은 시간 안에 영묘가 완성되었죠. 해가 뜨는 곳에서부터 해가 지는 곳까지 다스리는 왕의 부인처럼 강력한 귀부인의 명령은 항상 어김없이 집행되는 법이니까요. 또한 그녀는 궁정의 모든 사람들과 함께 상복을 입었고, 이리하여 〈폭풍〉이 죽었다는 소문이 온 도성에 퍼지게 되었습니다.

가넴은 이 소문을 아주 뒤늦게야 접하게 되었습니다. 앞에서도 말씀드렸듯이, 거의 외출을 하지 않았던 까닭입니다. 하지만 어느 날 마침내 사실을 알게 되고는 칼리프의 총비에게 말했습니다.

「아가씨! 바그다드의 모든 사람들이 아가씨가 죽었다고 믿고 있습니다. 분명 조베이드 자신도 그렇게 확신하고 있을 겁니다. 하지만 저로 인하여 아가씨께서 이렇게 건강하게 살아 계시니 다만 하늘에 감사할 뿐입니다. 아아! 지금 제가 바라는 것이 뭔지 아십니까? 이 헛소문을 기회로 아가씨의 운명과 저의 운명을 함께 엮어, 먼 곳으로 떠나 둘이서 행복하게 사는 것입니다. 한데, 지금 제가 그 무슨 달콤한 꿈을 꾸고 있는 걸까요? 아가씨가 이 땅에서 가장 강력한 분의 행복을 위해 태어난 분이라는 사실, 오직 하룬알라시드만이 당신의 마땅한 짝이라는 사실을 제가 잊고 있었군요……. 설사 아가씨가 저를 위해 그분을 버릴 수 있다 하더라도, 아가씨에게 저를 따를 마음이 있다 하더라도, 제가 감히 이를 받아들여야 할까요? 아니지요! 저는 항상 잊지 말아야겠지요. 〈주인의 소유물을 종이 건드려서는 안 된다〉라는 사실을요.」

이처럼 가넴이 가슴속 애틋한 정을 드러내자 〈폭풍〉은 마음이 뭉클해졌습니다. 하지만 그녀는 겨우 감정을 억누르고 다만 이렇게 말할 뿐이었습니다.

「선생님! 현재로서는 조베이드가 승리했고, 우리는 그녀를 막을 수 없어요. 자기 범죄를 은폐하려고 그따위 술책을 쓰다니……. 하기야 전혀 예상 못한 일은 아닙니다. 하지만 그냥 놔두기로 해요! 그 승리에는 고통이 뒤따를 테니 말예요. 곧 칼리프께서 돌아오실 거고, 우리는 그동안의 모든 일들을 그분께 은밀히 전해 드릴 수 있을 거예요. 하지만 지금부터는 내가 살아 있다는 사실을 조베이드가 알지 못하도록 더욱 조심해야 해요. 그러지 않을 경우 어떤 결과가 기다리고 있는지는 이미 말씀드렸지요?」

석달 후, 적국의 왕들을 물리친 칼리프는 영광 속에서 바그다드로 개선했습니다. 그에게는 어서 빨리 〈폭풍〉을 만나 그녀에게 승리의 월계관을 바치고 싶은 생각뿐이었습니다. 하지만 왕궁에 들어선 그는 크게 놀라지 않을 수 없었습니다. 궁에 남겨 놓았던 신하들이 모두 검은 상복을 걸치고 있는 것이었습니다. 왜인지는 모르지만 차가운 전율이 느껴졌습니다. 그리고 이 불안감은 조베이드의 거처에 들어서는 순간 더욱 커졌습니다. 그를 맞으러 나온 왕비는 물론, 그녀를 뒤따르는 시녀들까지 모두 상복을 입고 있었던 것입니다. 그는 떨리는 목소리로 대체 누구의 상이 있었는지 물었습니다.

「신자들의 사령관이시여!」 조베이드가 대답했습니다. 「제가 걸친 상복은 폐하의 여종인 〈폭풍〉을 위한 것이옵니다. 너무도 급작스레 죽었기 때문에, 손쓸 틈조차 없었습니다.」

그녀는 계속 말하려 했지만 칼리프는 그럴 시간을 주지 않았습니다. 너무나도 심한 충격을 받아 큰 비명을 지르며 혼절하여 수행하던 대재상 자파르의 품에 쓰러져 버렸던 것입니다. 잠시 후 정신을 차린 그는 극도의 고통이 묻어 나는 음성으로 사랑하는 〈폭풍〉이 어디에 묻혔느냐고 물었습니다.

「폐하!」 조베이드가 대답했습니다. 「그녀의 장례식은 소첩이 직접 주관하여 아무 부족함 없이 훌륭하게 치렀습니다. 그녀의 묘소 위에는 대리석 영묘도 짓게 했습니다. 원하신다면 그리로 인도해 드리겠습니다.」

조베이드에게 그런 수고를 끼치고 싶지 않았던 칼리프는 그냥 메스루르로 하여금 안내하도록 했습니다. 그렇게 야전복 차림 그대로 영묘에 간 그는 검은 휘장에 덮인 관대며 주위를 휘황하게 밝히고 있는 촛불들, 그리고 호화로운 건물을 보며 의아한 느낌이 들었습니다. 조베이드가 연적의 장례식을 이처럼 성대하게 치러 주었다는 사실이 놀라웠던 것입니다. 그로서는 이런 아내의 관대한 행동이 수상쩍었고, 어쩌면 자신의 총비가 죽지 않았을 수도 있다고 생각했습니다. 자신이 장기간 궁을 비운 틈을 타서 조베이드가 〈폭풍〉을 궁에서 쫓아냈을지도 모를 일이었습니다. 또 하수인들에게 명을 내려 다시는 돌아올 수 없는 먼 곳으로 〈폭풍〉을 끌고 갔을지도 모를 일이었습니다. 하지만 칼리프의 의심은 다른 방향으로 발전되지는 않았습니다. 조베이드가 자신이 총애하는 여인의 목숨을 노릴 정도로 사악한 여인이라고는 생각지 않았던 까닭입니다.

이 왕은 직접 진실을 확인하고자 관대를 치운 다음 구덩이를 파헤치고 자신이 보는 앞에서 관을 열라고 명했습니다. 하지만 염포에 싸인 나무토막을 보자 감히 더 이상의 행동은 하지 못했습니다. 신앙심이 깊었던 칼리프는 고인의 시체에 손을 댐으로써 자신이 믿는 종교를 모독하게 될까 두려웠던 것입니다. 그의 종교적인 엄격함이 사랑과 호기심보다 강했던 셈입니다. 이제 그는 더 이상 〈폭풍〉의 죽음을 의심하지 않고 다시 관을 닫아 구덩이를 메운 다음 관대를 이전의 상태로 되돌려 놓게 했습니다.

칼리프는 총비의 명복을 빌어 주는 의식이 필요하다고 느끼고는 성직자들이며 신하들, 그리고 코란 봉독자들을 불러오라고 분부했습니다. 사람들이 그들을 모으러 간 사이에는 영묘 가운데 서서 연인의 허수아비를 덮고 있는 땅을 눈물로 적셨습니다. 성직자들이 모두 도착하자 그는 관대의 머리 부분에 서고 성직자들은 그 주위에 둘러서서 긴 기도문을 암송했으며, 이어 코란 봉독자들이 코란의 여러 장을 봉독했습니다.

이 의식은 상복을 입은 칼리프를 비롯하여 대재상 자파르와 모든 신하들이 참석한 가운데, 매일 아침저녁으로 두 번씩 한 달에 걸쳐 행해졌습니다. 그리고 이 기간 동안 칼리프는 모든 일을 손에서 내려놓고, 다만 눈물을 흘리며 〈폭풍〉을 추모할 뿐이었습니다.

이 한 달의 마지막 날, 기도와 코란 봉독 의식은 아침부터 다음 날 새벽까지 계속되었습니다. 그리고 마침내 모든 것이 끝나자 신하들은 각자의 집으로 돌아갔습니다. 장기간 진행된 의식에 녹초가 된 칼리프 역시 휴식을 취하러 자신의 거처로 돌아왔습니다. 그러고는 좌단에 드러누워 그대로 잠이 들어 버렸는데, 이때 그의 머리맡과 발치에서는 각각 궁녀가 한 명씩 앉아 조용히 자수를 놓고 있었습니다.

머리맡에 앉아 있는 궁녀의 이름은 〈여명〉이라고 했는데, 그녀는 칼리프가 잠든 것을 보고는 목소리를 낮춰 다른 궁녀에게 말했습니다.

「〈샛별〉아! ─ 이는 다른 궁녀의 이름이었습니다 ─ 좋은 소식이 하나 있단다. 우리의 주군이신 신자들의 사령관께서 잠에서 깨어나 들으시면 크게 기뻐하실 소식이지. 〈폭풍〉은 죽지 않았단다. 지금 그녀는 건강하게 살아 있단 말이야.」

「맙소사!」〈샛별〉이 기쁨에 찬 소리로 외쳤습니다. 「비교할 수 없이 아름답고 사랑스러운 〈폭풍〉이 정말로 이 세상에 살아 있단 말이니?」

흥분한 〈샛별〉의 목소리는 자신도 모르게 높아졌습니다. 그 소리에 칼리프는 잠에서 깨어나 궁녀들에게 왜 큰 소리로 잠을 깨우느냐고 물었습니다.

「어머나, 폐하!」〈샛별〉이 대답했습니다. 「소녀가 방정을 떤 것을 용서해 주시옵소서! 〈폭풍〉이 살아 있다는 소식을 들으니, 너무도 기뻐 저도 모르게 소리를 지르고 말았답니다.」

「뭐라고? 그녀가 아직도 살아 있다고? 어떻게 된 일이냐?」

「신자들의 사령관님!」 이번에는 〈여명〉이 대답했습니다. 「오늘 저녁에 어떤 낯선 사내가 찾아왔습니다. 그는 서명이 없는 쪽지를 한 장 가져왔는데, 다름 아닌 〈폭풍〉이 직접 쓴 편지였습니다. 그 사내는 그녀가 어떤 슬픈 일을 겪었는지 제게 들려주고는, 이를 폐하에게도 알려 달라고 부탁했습니다. 저는 그리하려고 폐하를 기다렸습니다만, 폐하께서 워낙에 피곤해 보이셔서 약간의 휴식이 필요하리라 판단하고는……」

「어서 그 쪽지를 내놔 보아라!」 칼리프가 더 이상 기다리지 못하고 그녀의 말을 끊었습니다. 「그것을 즉시 내게 전하지 않은 것은 적절하지 못한 행동이었다!」

〈여명〉이 쪽지를 건네주자, 칼리프는 급히 펼쳐 보았습니다. 거기에는 지금까지 일어난 일을 상세히 전하는 〈폭풍〉의 글이 적혀 있었습니다. 하지만 그녀는 가넴에게서 받은 은혜를 너무 길게 늘어놓는 실수를 범했습니다. 천성적으로 질투심이 강했던 칼리프는 조베이드의 잔인한 행동에 분개하는 대신, 〈폭풍〉이 자신에 대한 정절을 저버렸다고 생각하고는 이렇게 소리쳤습니다.

「뭐야? 그래, 어떤 젊은 장사꾼 놈팡이와 함께 넉 달이나 지내 놓고서 내게 그놈을 칭찬할 생각을 하다니 참으로 낯두껍기 그지없구나! 아니, 내가 바그다드에 돌아온 지 벌써 한 달인데, 오늘에야 연락할 생각을 했단 말이야? 배은망덕한 년 같으니! 그래, 나는 매일매일 너의 죽음을 애곡하며 지냈는데 너는 나를 배반하며 좋은 세월을 보내고 있었구나!

좋다! 이 부정한 년과 감히 나를 능멸한 젊은 놈에게 따끔한 맛을 보여 주리라!」

그는 평소 신하들의 알현을 받는 큰 홀로 들어갔습니다. 홀의 가장 큰 문이 열리자, 기다리고 있던 신하들이 즉시 들어왔습니다. 대재상 자파르가 무리 가운데서 나와 칼리프가 앉아 있는 옥좌 앞에 부복했습니다. 이어 다시 몸을 일으켜 시립하자, 칼리프는 추상같은 음성으로 명을 내렸습니다.

「자파르 경! 지금 내가 내릴 명은 중대한 것이니 경이 직접 집행하도록 하시오! 내 호위병 사백 명을 거느리고 가서, 먼저 아부 에부의 아들 가넴이라고 하는 다마스쿠스 상인이 어디 사는지 알아내도록 하시오! 장소를 찾으면 그곳으로 가서 그의 집을 돌멩이 하나 남김없이 전부 파괴해 버리시오! 하지만 먼저 가넴과, 넉 달 전부터 그놈과 함께 지내고 있는 내 여종 〈폭풍〉을 사로잡아 이리 끌고 오시오! 그년에게는 벌을 내릴 것이며, 감히 나를 능멸한 그 무엄한 놈은 만인의 본보기로서 처형할 것이오.」

왕명을 받든 대재상은 칼리프에게 깊이 허리를 숙여 절한 후 머리에 손을 갖다 댔습니다. 이는 왕명에 불복하느니 차라리 머리를 잃는 편이 낫다는 의미의 동작이었습니다. 어전에서 물러 나온 그는 부하를 불러 즉시 외국 직물이며 고급 천을 취급하는 상인들의 대표에게 가서 가넴에 대해 묻되, 특히 그가 사는 집의 주소를 알아 오라고 명했습니다. 이 임무를 받은 부하는 곧 돌아와서, 이 젊은 상인은 시장에 모습을 드러내지 않은 지 벌써 몇 달째인데, 만일 집에 있다면 무엇 때문에 그리 꼼짝 않고 있는지 모르겠다는 말을 들었다고 보고했습니다. 또 그 부하는 가넴이 사는 집의 주소와, 그 집을 임대해 준 과부의 이름까지 알려 주었습니다.

신뢰할 만한 정보를 얻은 재상은 칼리프가 내준 병사들을 이끌고 지체 없이 궁을 나섰습니다. 그는 우선 형부에 가서 포도대장을 동행시키고, 집을 부수는 데 필요한 각종 도구를 갖춘 목수며 석공들도 뒤따르게 하여 가넴의 집에 도착했습니다. 집은 외딴 곳에 위치해 있어 가넴이 도망갈 염려가 있었으므로, 병사들로 하여금 주위를 에워싸게 했습니다.

이때 〈폭풍〉과 가넴은 막 저녁 식사를 끝낸 참이었습니다. 〈폭풍〉은 거리에 면한 창문 가까이에 앉아 있었지요. 그런데 창밖에서 요란한 소리가 들려오기에 발을 통해 내다보니, 대재상이 병사들을 이끌고 이쪽으로 다가오고 있지 않겠습니까! 그들의 모습을 본 〈폭풍〉은 이들이 노리는 것은 비단 가넴만이 아니라 자신도 포함된다는 사실을 직감했습니다. 그들이 나타난 것으로 보아 분명히 쪽지는 제대로 전달된 것이 분명했으나, 칼리프의 이런 반응은 전혀 예상하지 못한 일이었죠. 사실 그녀는 칼리프가 언제 돌아왔는지도 잘 모르고 있었습니다. 또 칼리프가 질투가 심하다는 사실은 익히 알고 있었지만, 그 질투의 불똥이 설마 자기에게 떨어지리라고는 정말이지 꿈에도 모르고 있던 것입니다. 어쨌든 기세등등하게 다가오는 대재상과 병사들의 모습에 그녀는 몸을 떨었습니다. 사실은 그녀 자신 때문이라기보다는 가넴 때문이었습니다. 칼리프에게 직접 이야기할 기회를 얻게 된다면 스스로만큼은 변호할 수 있을 터였습니다. 하지만 그녀가 단지 고마움 때문만이 아닌 또 다른 이유로 이끌리고 있는 가넴에 대해서는 문제가 달랐습니다. 성난 그의 연적은 그를 보려 할 것이고, 그의 젊고도 잘생긴 용모를 보면 대번에 질투에 사로잡혀 그 어떤 가혹한 벌을 내릴지 모를 일이었습니다. 생각이 여기에 미치자 그녀는 젊은 상인에게 몸을 돌려 말했습니다.

「아, 가넴! 우리는 큰일 났어요! 그들이 당신과 저를 찾고 있다고요!」

가넴은 즉시 발을 통해 내다보았습니다. 그리고 대재상과 포도대장이 시퍼런 칼을 뽑아 든 병사들을 거느리고 오는 것을 보고는 공포에 사로잡혔습니다. 몸은 얼어붙었고, 입으로는 한 마디도 내뱉을 수 없었습니다. 이때 다시 입을 연 것은 총비였습니다.

「가넴! 더 이상 지체할 시간이 없어요! 나를 사랑하시나요? 그러면 빨리 노예 옷으로 갈아입고, 얼굴과 팔뚝에는 굴뚝 그을음을 문질러 바르세요! 그다음엔 식탁 위에 있는 빈 쟁반 몇 개를 머리에 이세요! 병사들은 당신을 음식점 배달부라고 생각하고 통과시켜 줄 거예요. 만일 집주인이 어디 있냐고 물어보거든, 주저하지 말고 집 안에 있다고 대답하세요!」

「아, 아가씨!」 자신보다도 〈폭풍〉이 염려된 가넴이 외쳤습니다. 「당신은 저만을 생각해 주시는군요. 하지만 당신은 어떻게 하고요?」

「걱정 마세요! 그건 제가 알아서 할 거예요. 그리고 이 집에 있는 모든 것들은 제가 잘 간수해 놓겠어요. 언젠가 칼리프의 노여움이 풀리면 당신에게 그대로 돌려 드릴 날이 오겠죠. 하지만 지금은 그의 진노를 피해야 할 때입니다. 그분은 성격이 불같으셔서, 한번 흥분하면 앞뒤 가리지 않고 무서운 명을 내리곤 하시지요.」

젊은 상인은 너무도 괴로워서 어찌해야 할지 몰라 머뭇거리고 있었습니다. 어서 변장하라고 〈폭풍〉이 다그치지 않았더라면 그대로 칼리프의 호위병들에게 붙잡혀 버렸을 것입니다. 결국 그는 그녀의 간청에 따라 노예 옷을 걸치고 그을음으로 팔과 얼굴을 더럽혔습니다.

마침내 운명의 시간이 왔습니다. 그들이 벌써 대문을 두드리기 시작한 것입니다. 두 사람은 다만 서로를 꼭 끌어안았

습니다. 피차 너무도 가슴이 아파 한 마디도 할 수 없었습니다. 이것이 그들의 작별이었습니다. 가넴이 머리에 쟁반 몇 개를 이고 밖으로 나가자 병사들은 과연 그를 배달부로 여기고 잡지 않았습니다. 가장 먼저 그와 마주친 대재상도 그가 바로 자신이 찾는 사람이라고는 꿈에도 모른 채, 몸을 비켜 지나가게 해주었습니다. 대재상의 뒤에 있는 사람들도 마찬가지였죠. 가넴은 그 길로 재빨리 성문으로 달려가 바그다드를 빠져나갔습니다.

이렇게 가넴이 대재상 자파르의 추격을 피해 멀리 도망가고 있을 때, 대재상은 〈폭풍〉이 있는 방에 들어왔습니다. 그녀가 앉아 있는 방에는 가넴의 옷가지며 그가 상품을 팔아 번 돈이 가득 든 궤짝이 여러 개 놓여 있었습니다.

〈폭풍〉은 대재상이 들어오는 것을 보자마자 얼굴을 땅에 대고 부복했습니다. 그리고 죽음을 받아들일 준비가 되어 있는 사람처럼 그 자세를 유지하며 말했습니다.

「대재상님! 신자들의 사령관께서 저에 대해 내린 결정을 받아들일 준비가 되어 있습니다. 자, 말씀하소서!」

「아가씨!」 대재상은 마주 부복하고, 그녀가 다시 일어날 때까지 엎드린 채 대답했습니다. 「누가 감히 아가씨의 고귀한 몸에 불경한 손을 댈 수 있겠습니까? 저는 아가씨를 불쾌하게 만들 뜻이 추호도 없습니다. 제가 받은 명은 다만 이 집에 살고 있는 상인과 함께 아가씨를 왕궁까지 정중히 모셔 오라는 것뿐이었습니다.」

「그럼 갑시다!」 총비는 몸을 일으키며 말했습니다. 「경을 따라갈 준비가 되어 있어요. 그런데 제 목숨을 구해 준 젊은 상인은 여기 없습니다. 달포 전에 사업상 다마스쿠스에 갔지요. 그는 돌아올 때까지 여기 보이는 이 궤짝들을 맡아 달라고 제게 부탁했어요. 그러니, 재상님! 이 궤짝들을 궁에 가져가 안전한 곳에 보관할 수 있게 해주세요! 이것들을 잘 보관해 주겠다고 한 제 약속을 지킬 수 있도록 말입니다.」

「원하시는 대로 해드리겠습니다.」

자파르는 대답하고 즉시 짐꾼들을 불러 궤짝들을 메스루르에게 가져다주라고 명했습니다.

짐꾼들이 떠나자, 자파르는 포도대장에게 귀엣말로 뭔가를 전했습니다. 자기가 가고 나면 집을 철거하되, 그에 앞서 집안을 샅샅이 뒤져 가넴을 찾아보라는 지시였습니다. 총비는 가넴이 없다고 주장했지만, 집 어딘가에 숨어 있을지 모른다고 의심했던 것입니다. 그러고 나서 그는 총비와 그녀의 두 몸종을 데리고 궁으로 향했습니다. 한편 대재상이나 포도대장이 별 관심을 두지 않은 가넴의 종들은 뿔뿔이 흩어져 구경 온 군중 틈에 섞여 들었고, 이후 그들이 어떻게 되었는지는 아무도 모른다고 합니다.

자파르가 나가자마자 석공들과 목수들은 집을 부수기 시작했습니다. 그들은 부여받은 임무를 철저하게 집행했고, 한 시간이 채 못 되어 가넴의 거처는 완전히 파괴되어 버렸습니다. 하지만 어디에서도 가넴을 찾지 못한 포도대장은 궁을 향해 가고 있던 대재상에게 이 사실을 보고했습니다.

집무실에 있던 칼리프 하룬알라시드는 대재상이 들어오는 것을 보고 물었습니다.

「그래! 경은 내 명을 제대로 집행했소?」

「물론입니다, 폐하! 가넴이 거주하던 집은 돌멩이 하나 안 남기고 완전히 부숴 버렸으며, 또한 폐하의 총비이신 〈폭풍〉 님도 모셔 왔습니다. 지금 이 방문 앞에 계시지요. 분부만 내리시면 안으로 모시겠습니다. 하지만 집 안을 샅샅이 뒤져 보아도 젊은 상인은 찾을 수 없었습니다. 〈폭풍〉 님의 말로는 한 달 전에 다마스쿠스에 갔다고 하더군요.」

가넴이 자기 손아귀에서 빠져나갔음을 알게 된 칼리프는 불같이 화를 냈습니다. 게다가 그는 총비가 정절을 지키지 않았다고 생각하여 그녀의 얼굴조차 보려 하지 않았고, 대신 옆에 있던 호위대장 메스루르에게 이렇게 명했습니다.

「메스루르! 배은망덕한 배신자〈폭풍〉을 끌고 가서 어두운 성탑에 가두어라!」

이 성탑은 왕궁의 성벽 안쪽에 있는 것으로, 칼리프를 노엽게 한 후궁들을 가두는 감옥으로 사용되는 곳이었습니다. 메스루르는 칼리프의 명이라면 그것이 아무리 가혹한 것이라 할지라도 군말 없이 집행하는 충복이었지만, 이런 그조차 이번에는 전혀 마음이 내키지 않았습니다. 그는〈폭풍〉에게 가서 자신이 어쩔 수 없이 그녀를 투옥해야 한다는 사실을 밝혔습니다. 그녀는 칼리프가 자신에게 최소한 변명할 기회는 주리라고 기대하고 있었기에 이를 듣고 더욱 가슴 아파했습니다. 하지만 어쩌겠습니까? 이제 슬픈 운명에 굴복하고 메스루르를 따라가는 수밖에 없었습니다. 호위대장은 그녀를 어두운 성탑에 데려가 가두었습니다.

한편 칼리프는 대재상을 보내고 나서도 여전히 분이 가라앉지 않아 그의 격한 감정이 이끄는 대로 움직였습니다. 펜을 들어 다마스쿠스에 사는 그의 사촌, 즉 시리아의 왕에게 편지를 쓰기 시작한 것입니다.

칼리프 하룬알라시드가 시리아 왕 모하메드 지네비에게 사촌! 이 편지를 그대에게 보냄은, 아부 에부의 아들 가넴이라고 하는 다마스쿠스의 상인이 내 여종〈폭풍〉을 유혹한 다음 도주했다는 사실을 알리기 위함이오. 그대는 이 편지를 받은 즉시 가넴을 찾아 체포하기를 바라오. 놈을 체포하면 쇠사슬로 묶어 사흘 동안 매일 채찍 쉰 대씩을

가하시오. 그러고 나서 놈을 온 도성에 끌고 다니면서 광고꾼으로 하여금 이렇게 외치도록 하시오. 〈자신의 주군을 능멸하고 그의 여종을 유혹한 자에게 신자들의 사령관께서 내리시는 가장 가벼운 형벌이 어떤 것인지 똑똑히 볼지어다!〉 그다음에는 놈에게 엄중한 감시를 붙여 내게로 압송하시오. 이것이 끝이 아니오. 그대는 그의 집에 가서 모든 재산을 압수하시오. 집은 완전히 파괴해 버리고, 그 잔해는 도성 밖 들판에 갖다 버리시오. 또한 그의 아비, 어미, 누이, 부인, 딸 등 일가친척을 모두 발가벗기시오. 그들을 알몸 상태로 거리로 쫓아내어 사흘간 온 도성 사람의 구경거리가 되게 하시오. 그들에게 거처를 제공하는 자는 사형에 처할 것이라고 경고하시오. 지금 내가 그대에게 보내는 이 권고안을 지체 없이 시행하기 바라오.

하룬알라시드

칼리프는 편지를 작성한 후, 파발꾼을 불러 이를 신속하게 다마스쿠스에 전하라고 명했습니다. 또한 일의 결과를 조금이라도 빨리 보고받기 위해 비둘기도 몇 마리 가져가라고 분부했습니다.

바그다드의 비둘기들에게는 한 가지 특별한 점이 있습니다. 바그다드에서 아무리 멀리 떨어진 곳에 옮겨다가 풀어놓아도, 녀석들은 — 특히 새끼가 있을 경우에는 더더욱 — 어김없이 그들의 집으로 돌아옵니다. 그래서 이 지방 사람들은 녀석들의 날개 밑에 돌돌 만 쪽지를 매달아 놓는 방법을 통해 먼 곳의 소식을 빨리 전해 듣는답니다.

칼리프의 파발꾼은 주군의 급한 성격을 잘 아는지라 밤낮을 쉬지 않고 계속 달렸습니다. 마침내 다마스쿠스에 도착한 그는 곧장 왕궁으로 향하여, 옥좌에 앉아 있는 지네비 왕에게 칼리프의 친서를 전달했습니다. 서신을 받아 든 모하메드는 칼리프의 친필을 확인하고는 공손한 태도로 몸을 일으켜 편지에 입을 맞추고 그것을 머리 위에 갖다 댔습니다. 이 모든 동작은 친서에 담겨 있는 왕명을 충실히 따르겠다는 표시였습니다. 이어 편지를 펼쳐 읽은 그는 즉시 옥좌에서 내려와 중신들과 함께 말에 올랐습니다. 또한 포도대장은 물론 호위대의 병사들을 모두 거느리고 가넴의 집으로 달려갔습니다.

이 젊은 상인이 다마스쿠스를 떠난 이후로, 그의 어머니는 아들에게서 편지 한 통 받지 못했습니다. 반면 그와 함께 바그다드로 떠났던 다른 상인들은 이미 모두 돌아와 있었지요. 그들은 마지막으로 보았을 때 가넴이 아주 건강한 모습이었다고 입을 모았습니다. 하지만 그는 여전히 돌아오지 않고 아무 기별도 없었으므로, 이 가엾은 어머니로서는 아들이 죽은 것이라고 생각하지 않을 수 없었습니다. 그녀는 이를 확신하고 상복까지 지어 입었습니다. 그러고는 마치 아들이 죽는 것을 자기 두 눈으로 본 것처럼, 아니 자신이 그의 눈을 직접 감겨 주기라도 한 것처럼 슬피 울었습니다. 이 세상 그 어느 어머니가 그녀만큼 괴로워했을까요? 그녀는 마음을 추스르려 하기는커녕, 마치 달콤한 즐거움인 양 슬픔 속에 빠져 들어 갔습니다. 집의 내정 한가운데 돔형 정자를 지어 그 아래 아들을 상징하는 형상을 세우고, 위에는 손수 검은 천을 씌웠습니다. 그러고는 마치 아들의 시신이 거기 묻혀 있기라도 한 것처럼, 밤이나 낮이나 이 정자 아래 와서 울며 지냈습니다. 그녀의 딸, 아름다운 처녀 〈마음을 끄는 힘〉도 어머니와 함께하며 같이 눈물을 흘렸습니다.

모하메드 지네비가 가넴의 집 대문을 두드린 것은, 이처럼 모녀가 함께 애곡하고 그들의 울음소리를 들은 이웃들이 이

가련한 여인들을 동정하게 된 지도 꽤나 오랜 세월이 흐른 때였습니다. 문 두드리는 소리에 여종이 문을 열자, 지네비 왕은 난폭하게 집 안으로 들어오면서 아부 에부의 아들 가넴이 어디 있느냐고 소리쳤습니다.

여종은 지네비 왕을 한 번도 본 적이 없었습니다. 하지만 뒤에 따라오는 무리를 보고는 그가 다마스쿠스의 높은 고관 중 하나일 것이라 짐작하고는 이렇게 대답했습니다.

「나리! 나리께서 찾으시는 가넴 님은 돌아가셨습니다. 저의 여주인이신 그분의 모친께서 지금 저기 보이는 무덤에 계십니다. 아들의 죽음을 애곡하고 계시지요.」

하지만 왕은 여종의 말을 곧이듣지 않고 병사들로 하여금 집을 샅샅이 뒤져 가넴을 찾게 했습니다. 그러고 나서 무덤으로 간 그는, 가넴을 상징하는 형상 앞에 돗자리를 깔아 놓고 눈물로 흠뻑 젖은 얼굴로 앉아 있는 모녀를 발견했습니다. 그 가련한 여인들은 웬 남자가 정자 입구에 나타나는 것을 보고 얼른 너울로 얼굴을 가렸습니다. 하지만 곧 그가 다마스쿠스 왕임을 알아본 어머니는 즉시 몸을 일으켜 달려가 그의 발밑에 엎드렸습니다. 왕이 말했습니다.

「부인! 그대의 아들 가넴을 찾고 있소. 그가 여기에 있소?」

「아, 전하!」 그녀는 외쳤습니다. 「그 녀석이 이 집에 있지 않은 지 벌써 오래이옵니다! 최소한 제 손으로 그 애의 수의를 입혀 줄 수 있었다면 얼마나 좋았을까요! 그 애의 유골이 이 무덤에 묻혀 있다면 얼마나 위안이 될까요! 아, 내 아들아! 내 사랑하는 아들아!」 그녀는 더 말하려 했지만, 너무도 격심한 고통에 사로잡혀 그러지 못했습니다.

이를 본 지네비는 가슴이 뭉클했습니다. 그는 천성이 온유하여 불행한 사람들의 고통에 쉽사리 동정을 느끼는 사람이었던 것입니다. 그는 속으로 생각했습니다.

〈가넴이란 자가 어떤 죄를 지었는지는 모르지만, 왜 죄 없는 그의 어머니와 누이까지 처벌해야 하는 건가! 아! 잔인한 하룬알라시드여! 그대가 나를 복수의 하수인으로 만듦으로써 내게 얼마나 큰 괴로움을 안겨 주고 있는지 아는가? 왜 내가 아무 짓도 하지 않은 이 사람들을 박해해야 하느냔 말이다!〉

이때 병사들이 돌아와 더 이상 가넴을 찾아봐야 소용없을 것 같다고 보고했습니다. 왕 역시 같은 의견이었습니다. 두 여인이 울고 있는 모습으로 보아, 더 이상 의심의 여지가 없었기 때문입니다. 또 그녀들을 보고 있으려니 참으로 난감하기 이를 데 없었습니다. 어떻게 이런 가엾은 여인들에게 가혹한 왕명을 집행할 수 있단 말입니까? 하지만 아무리 그녀들을 동정한다 해도, 복수의 일념에 사로잡혀 있는 칼리프의 명을 감히 거역할 수는 없는 노릇이었습니다. 그는 가넴의 어머니와 그녀의 딸에게 말했습니다.

「두 분 다 그 무덤에서 나오도록 하시오. 이제 거기는 안전한 곳이 아니오.」

모녀가 나오자, 왕은 입고 있던 널찍한 망토를 벗어 두 여인을 덮어 주고는 자기 곁에서 떨어지지 말라고 당부했습니다. 앞으로 벌어지게 될 모욕적인 상황으로부터 보호해 주기 위함이었습니다. 그런 다음, 그는 사람들을 집 안으로 들어오게 하여 약탈을 시작하라고 명했습니다. 이에 대문이 열리고 요란한 함성과 함께 군중이 몰려 들어오고, 탐욕스러운 약탈이 자행되었습니다. 이 모든 광경 앞에서 모녀의 얼굴은 새파랗게 질렸습니다. 더구나 이유도 모르는 채 당하는 일이라 두렵고 떨리기만 했습니다. 사람들은 귀한 가구, 귀중품이 가득한 궤짝, 페르시아와 인도의 양탄자, 금실과 은실로 만든 방석, 도자기 등 값나가는 물건들을 닥치는 대로 들고 나갔습니다. 아니, 벽만 남기고 모든 것을 다 쓸어 갔습니다.

이렇게 아무 이유도 없이 집 안의 모든 재산이 약탈되는 것을 멍하니 바라보고 있어야만 하는 가련한 두 여인의 가슴은 칼로 에이는 듯 했습니다.

약탈이 끝나자 지네비는 이번에는 포도대장에게 가넴의 무덤을 포함하여 집 전체를 파괴해 버리라고 명하고, 철거 작업이 시작되는 것을 확인하고는 〈마음을 끄는 힘〉과 그녀의 어머니를 데리고 왕궁으로 돌아왔습니다. 왕궁에서는 모녀를 더욱 절망하게 하는 일이 기다리고 있었습니다. 지네비 왕이 칼리프의 뜻을 전하며 이렇게 말했던 것입니다.

「폐하는 그대들을 발가벗겨 사흘간 도성 사람들의 구경거리로 만들라고 하셨소. 이처럼 잔인하고도 비열한 명을 집행해야만 하는 내 마음 역시 극도로 불편하다오.」

왕의 표정과 말투에서는 지금 그의 심경이 얼마나 힘든지, 또 두 사람을 얼마나 깊이 동정하고 있는지 여실히 드러났습니다. 비록 왕위를 박탈당할까 봐 마음이 움직이는 대로 행하지는 못했지만, 하룬알라시드가 내린 명의 가혹함을 완화시켜 보려고 나름대로 애썼습니다. 즉 두 여인을 위해 말총으로 짠 거친 천으로 소매가 달리지 않은 큼직한 윗도리 두 벌을 짓게 했던 것입니다. 다음 날, 칼리프의 분노의 희생양이 된 이 두 여인에게는 말총 셔츠가 입혀졌습니다. 머리카락 역시 무참히 잘려 산발한 머리가 어깨 위에 나부꼈습니다. 원래 〈마음을 끄는 힘〉은 땅에까지 흘러내리는, 세상에서 가장 아름다운 금발을 가지고 있었던 것입니다. 이런 상태로 모녀는 거리로 끌려 나왔습니다. 포도대장은 부하들과 함께 모녀의 뒤를 따랐고, 앞에는 광고꾼이 가면서 이따금 큰 소리로 이렇게 외쳤습니다. 〈신자들의 사령관을 노엽게 한 자들은 이런 형벌을 받게 되느니라!〉

이렇게 모녀는 다마스쿠스의 거리들을 돌았습니다. 팔과

다리는 벌거숭이였고, 걸친 옷은 우스꽝스럽기 그지없었습니다. 흘러내린 머리카락으로 당황과 수치심이 뒤섞인 얼굴을 애써 감춰 보려 하는 그들의 모습에, 백성들은 눈물을 흘리지 않을 수 없었습니다.

특히 발을 통해 내다보는 여인네들은 모녀에게 아무런 죄가 없음을 잘 알고 있었습니다. 또한 어리고 어여쁜 〈마음을 끄는 힘〉이 이런 참혹한 꼴을 당하는 것이 너무나 가슴이 아파, 모녀가 창 아래를 지나갈 때마다 아랍 여인 특유의 섬뜩한 호곡성을 발했습니다. 심지어는 아이들조차 공기를 울리는 이 호곡성과 그것을 야기한 처참한 광경에 놀라 큰 소리로 울어 댔고, 그 찢어지는 듯한 울음소리는 도성 전체에 가득 찬 비탄의 분위기를 더욱 음산하게 했습니다. 다마스쿠스 성내에 외적이 침입하여 사방에서 살인과 방화를 자행했다 한들, 이만큼 처참한 분위기는 아니었을 것입니다.

이 끔찍한 광경이 끝났을 때, 이미 날은 어둑해져 있었습니다. 모녀는 다시 모하메드 지네비 왕의 궁으로 끌려왔습니다. 맨발로 걷는 일에 익숙하지 않았던 모녀는 왕궁에 도착하자마자 기진맥진하여 기절해 버렸고, 그렇게 오랫동안 의식을 잃은 채 있었습니다. 모녀의 불행에 가슴이 아팠던 다마스쿠스의 왕비는 칼리프의 금지령에도 불구하고 시녀 몇 사람을 보내 그들을 위로하게 했습니다. 시녀들은 포도주 등 원기를 회복시켜 줄 만한 각종 음료와 음식을 준비해 모녀가 갇혀 있는 곳을 찾아갔습니다.

시녀들이 도착했을 때, 두 사람은 아직 정신을 잃은 채여서 가져간 것을 먹을 만한 상태가 아니었습니다. 하지만 시녀들의 정성 어린 간호 덕분에 모녀는 다시 깨어날 수 있었습니다. 가넴의 어머니가 은혜에 감사하자 한 시녀가 대답했습니다.

「부인! 부인께서 이렇게 심한 고난을 겪고 계시니 우리도 가슴이 아프답니다. 그래서 부인을 도와 드리라는 분부를 들었을 때, 속으로 몹시 기뻤답니다. 국왕 폐하께서도 그렇지만, 왕비님 역시 부인의 불행을 깊이 동정하고 계신답니다.」

가넴의 어머니는 시녀들에게 자신과 〈마음을 끄는 힘〉을 대신하여 왕비님에게 깊은 감사의 뜻을 전해 달라고 부탁했습니다. 그러고는 조금 전에 말한 시녀에게 물었습니다.

「아가씨! 국왕께서는 신자들의 사령관께서 왜 우리 모녀로 하여금 이토록 큰 모욕을 겪게 하시는지 말씀해 주시지 않았습니다. 제발 알려 주세요! 우리가 무슨 죄를 지었나요?」

「부인!」 시녀가 대답했습니다. 「이 모든 불행의 근원은 부인의 아들 가넴이랍니다. 부인의 생각과는 달리 그는 죽지 않았어요. 지금 그는 칼리프가 가장 총애하는 후궁인 아름다운 〈폭풍〉을 납치했다는 혐의를 받고 있어요. 그는 칼리프의 진노를 피해 재빨리 도망가 버렸고, 그 불똥이 부인에게 떨어진 거지요. 지금 모든 사람들이 칼리프의 지나친 처사를 비난하고 있어요. 하지만 또 모든 사람이 그를 두려워하지요. 부인도 보시다시피 지네비 왕조차도 그의 성질을 거스를까 무서워 감히 그의 명을 어기지 못하고 있는 형편이에요. 지금 우리가 할 수 있는 일이라고는 다만 부인을 동정하고, 좀 더 참고 견뎌 내시라고 격려하는 것밖에 없군요.」

「나는 내 아들을 잘 알아요!」 가넴의 어머니가 대꾸했습니다. 「그 애를 정성껏 교육시켰고, 또 신자들의 사령관을 경외하라고 항상 가르쳐 왔어요. 그 애가 아가씨가 말하는 그런 죄를 저질렀을 리가 없습니다. 그의 결백함은 내가 보장할 수 있어요! 그러고 보니 이제 나는 더 이상 불평하거나 한탄하지 않아도 되겠군요. 지금까지 이렇게 고통스러웠던 것이 다 그 애의 죽음 때문이었는데, 죽지 않았다니요! 아, 가넴!」

그녀는 갑자기 가슴속에 차오르는 아들에 대한 사랑과 기쁨으로 얼굴이 환해지며 덧붙였습니다. 「나의 사랑하는 아들 가넴! 정말로 네가 살아 있단 말이냐? 잃은 재산 따위에는 더 이상 관심도 없다. 또한 칼리프의 명이 아무리 가혹하다 해도 나는 다 견뎌 낼 수 있다. 하늘이 내 아들의 생명을 보전해 주시는 한 말이다. 한 가지 괴로운 것은 내 딸 때문이구나. 그 애가 겪고 있는 이 모든 불행이 내 가슴을 찢어 놓는구나. 하지만 우리 착한 딸도 나의 본을 따르리라 믿고 있어.」

이 말을 듣자, 그때까지 꼼짝 않고 누워 있던 〈마음을 끄는 힘〉이 몸을 돌려 어머니의 목을 껴안으며 말했습니다.

「그래요, 사랑하는 어머니! 저도 언제나 어머니의 본을 따르겠어요! 설사 오라버니에 대한 어머니의 지극한 사랑으로 우리가 그 어떤 일을 겪게 된다 해도요!」

그렇게 모녀는 오랫동안 꼭 껴안고서 서로의 한숨과 눈물을 섞었습니다. 옆에서 지켜보는 시녀들도 눈물이 날 만큼 감동적인 모습이었죠. 시녀들은 가져온 음식을 꺼내 가넴의 어머니에게 권했습니다. 그녀는 고마움을 표시하기 위해 한 조각 떼어 먹었고, 〈마음을 끄는 힘〉도 그렇게 했습니다.

칼리프의 뜻은 가넴의 가족이 앞에서 말한 형벌을 사흘간 받아야 한다는 것이었으므로, 〈마음을 끄는 힘〉과 그녀의 어머니는 다음 날도 아침부터 저녁까지 수치스러운 꼴을 하고 거리에 나서야만 했습니다. 하지만 그날과 그다음 날, 일은 첫날처럼 이루어지지 않았습니다. 구경꾼으로 가득했던 거리가 텅 비어 있던 것입니다. 상인들은 아부 에부의 미망인과 딸에 대한 칼리프의 가혹한 형벌에 분개하여 가게 문을 닫고 집에서 나오지 않았습니다. 부인들은 더 이상 발을 통해 내다보지 않고 집 뒤쪽으로 가버렸습니다. 두 불행한 여인이 지나기로 되어 있는 광장에는 개미 새끼 한 마리 얼씬

하지 않았습니다. 마치 다마스쿠스의 모든 주민이 도시를 버리고 떠난 것 같았습니다.

나흘째 되는 날, 모하메드 지네비 왕은 여전히 전혀 수긍할 수 없었지만 그래도 칼리프에게서 내려온 명을 충실히 이행하는 수밖에 없었습니다. 그는 도성의 모든 거리에 광고꾼들을 보내어 가넴의 어머니와 누이동생에게 도움을 준다든지, 심지어는 말을 건네기만 해도 다마스쿠스 시민과 외국인을 막론하고 큰 벌을 받게 될 것임을 소리쳐 알리게 했습니다. 더 구체적으로 말해서, 모녀에게 은신처는 물론 빵 한 조각, 물 한 방울도 제공해서는 안 되며 이를 어길 시 사형에 처하고 그 시체는 개들에게 먹이로 던질 것이라는 경고였습니다.

광고꾼들이 지네비 왕의 명을 집행하고 난 후, 이 군주는 모녀를 왕궁 밖에 풀어 주고 그네가 가고 싶은 곳으로 가게 하라고 명했습니다. 그렇게 하여 모녀가 시내에 모습을 드러내자, 방금 전 공고된 금지령에 바짝 얼어 있던 시민들은 하나같이 그들을 피해 달아났습니다. 그 이유를 모르고 있던 모녀는 크게 놀라지 않을 수 없었습니다. 그리고 한 거리에 접어들었을 때 그네의 놀람은 더욱 커졌습니다. 거기 있는 사람들 중에는 분명 그네의 절친한 친구들도 여럿 있었는데, 이들 역시 다른 사람들처럼 어디론가 황급히 사라져 버렸던 것입니다. 가넴의 어머니는 탄식하지 않을 수 없었습니다.

「아니, 우리가 무슨 흑사병 환자라도 된단 말이냐? 우리가 받은 억울하고도 야만적인 형벌 때문에 우리가 시민들의 눈에 가증스러운 존재라도 되었단 말이냐? 애야! 빨리 이 다마스쿠스를 빠져나가자! 친구들조차 우리를 끔찍하게 여기는 이 도시에 더 이상 머물러 있지 말자꾸나!」

가련한 이 두 여인은 도시의 한쪽 끝 지점까지 걸어가 다 쓰러져 가는 오두막 하나를 발견하고는, 밤을 보내기 위해 그 안으로 들어갔습니다. 거기 있으려니, 어둠이 깔리자마자 자비심과 동정심에 이끌린 이슬람교도 몇 사람이 그들을 찾아왔습니다. 그들은 먹을 것을 가져다주었지만, 더 머무르며 모녀를 위로해 줄 생각은 감히 하지도 못했습니다. 혹시라도 이런 행동이 발각되어 칼리프의 명에 불복한 죄로 벌을 받게 될까 두려웠던 것입니다.

한편 지네비 왕은 비둘기를 풀어 하룬알라시드에게 그의 명을 충실히 이행했음을 알렸습니다. 그는 지금까지 있었던 일들을 모두 보고하고, 가넴의 어머니와 누이동생에 대해 더 내리실 분부가 있는지 물었습니다. 그러자 얼마 안 있어, 마찬가지로 비둘기를 통해 칼리프의 회답이 돌아왔습니다. 두 여인을 다마스쿠스에서 영원히 추방하라는 명이었지요. 이에 시리아 왕은 즉시 오두막에 사람을 보내어, 다마스쿠스에서 사흘 거리에 있는 알레포라는 곳에 모녀를 데려다 놓고 다시는 도성에 돌아오지 말 것을 알리라고 명했습니다.

지네비 왕의 신하들은 그들이 받은 명을 이행했습니다. 하지만 그들의 주군과 마찬가지로 하룬알라시드의 명을 그대로 따르지는 않았습니다. 〈마음을 끄는 힘〉과 그녀의 어머니를 동정한 그들은 여행길에 먹을 것이라도 살 수 있도록 약간의 돈을 쥐여 주었습니다. 또 두 사람에의 목에 자루를 하나씩 매달아 식량 등을 넣어 다닐 수 있도록 해주었습니다.

모녀는 이처럼 처량한 꼴을 하고서 첫 번째 마을에 도착했습니다. 그네 주위에 모여든 시골 아낙네들은 초라한 행색 가운데 뭔가 고귀한 기품을 느끼고는, 무엇 때문에 이처럼 어울리지 않는 차림으로 여행을 하고 있는지 물었습니다. 이에 모녀는 대답 없이 그저 울기만 했습니다. 이 모습을 본 촌부들은 더욱 궁금해졌고, 측은한 마음도 들었습니다. 마침내 가넴의 어머니가 자신과 딸이 지금까지 겪은 모든 일들을 들려주자 선량한 마을 여인들은 그들을 동정하며 위로하려 애썼습니다. 그네 자신 역시 가난한 형편이었지만 가진 것을 꺼내어 모녀의 허기를 채워 주었고, 너무나도 불편한 말총 셔츠 대신 다른 옷을 입혀 주었으며, 신발과 머리를 덮을 것도 주었습니다.

이 마을에서 잠시 머문 모녀는 착한 시골 여인들에게 진심으로 감사를 표한 후, 다시 알레포를 향해 길을 떠났습니다. 매일매일 조금씩 길을 가다가 도중에 만나는 모스크나 그 주변에서 휴식을 취했습니다. 잠은 모스크에 깔린 돗자리 혹은 그냥 맨바닥에서 잤으며, 때로는 나그네들의 쉼터로 제공되는 공공장소에 가서 밤을 보내기도 했습니다. 먹을 것은 크게 부족하지 않았습니다. 어디를 가나 궁핍한 나그네들에게 빵이나 쌀밥 등 음식을 나누어 주는 장소를 찾는 것은 그다지 어렵지 않았으니까요.

마침내 모녀는 알레포에 도착했습니다. 하지만 그네는 거기서 걸음을 멈추지 않았습니다. 유프라테스 강으로 향했고, 이 대하를 건넌 다음에는 메소포타미아 지방을 통과해 모술에까지 이르렀습니다. 여기까지 오는 것만도 너무나 힘들었지만, 모녀는 다시 바그다드로 향했습니다. 어떤 간절함이 그들을 그곳으로 이끌고 있었습니다. 거기서 가넴을 만날 수 있으리라는 희망이었죠. 물론 칼리프가 있는 이 도시에 그가 남아 있을 가능성이란 별로 없었습니다. 하지만 모녀는 그가 거기 있기를 간절히 바랐고, 이 바람이 그들로 하여금 그것을 희망하게 하였던 것입니다. 숱한 불행을 겪었음에도 불구하고 가넴에 대한 두 여인의 그리움은 줄어들기는커녕 오히려 더 커져만 갔습니다. 대화의 주제는 주로 가넴에 관한 것이었으며, 누군가 만나기만 하면 붙잡고 혹시 그의 행방을 아느냐고 물었습니다. 하지만 〈마음을 끄는 힘〉과 그녀의 어머니의 이야기는 이쯤에서 멈추고, 이제 〈폭풍〉에게로 돌아와 봅시다.

그녀는 여전히 그 좁디좁은 성탑에 갇혀 있었습니다. 하지만 그녀를 고통스럽게 한 것은 불편한 감옥 생활이 아닌 가넴의 불행이었습니다. 어디서 무엇을 하고 있는지, 아니 살았는지 죽었는지조차 모르는 그를 생각할 때마다 극도의 불안감이 가슴을 짓눌렀던 것입니다. 이렇게 그녀는 가넴을 생각하며 눈물과 한숨으로 세월을 보내고 있었습니다.

어느 날 밤, 칼리프는 왕궁 성벽 안에서 홀로 이리저리 산책하고 있었습니다. 사실 그는 종종 이런 식으로 산책하곤 했습니다. 세상에서 가장 호기심 많은 군주였던 그는 이와 같은 야간 산책을 통하여 궁 안에서 일어나는 여러 가지 일들을 알 수 있었던 것입니다. 그렇게 그날 밤도 산책을 하던 그는 어두운 성탑 옆을 지나가다가 누군가 말하는 소리를 듣고는 걸음을 멈추었습니다. 그는 성탑의 문 앞에 다가가 귀를 기울였습니다. 그것은 〈폭풍〉이 여전히 가넴을 그리워하며 혼자 큰 소리로 중얼대는 소리였습니다.

「오, 가넴! 너무나도 불운한 가넴! 당신은 지금 어디 있나요? 당신의 그 통탄할 운명은 당신을 대체 어디다 데려다 놓은 건가요? 아아! 나 때문에 그렇게 불행하게 된 거예요! 왜 그때 저를 그냥 비참하게 죽도록 내버려 두지 않고서, 그토록 관대한 마음으로 구해 주셨나요? 그렇게 예의를 갖춰 저를 보살펴 준 대가로 당신은 무엇을 얻게 되셨나요? 당신은 항상 저를 칼리프의 침대에 오를 사람으로서 정중히 대해 주셨어요. 하지만 당신의 친절함에 보답해야 마땅할 신자들의 사령관께서는 오히려 당신을 박해하셨죠! 당신은 전 재산을 잃고 목숨을 건지기 위해 도망가야만 했죠. 아! 칼리프! 잔혹한 칼리프! 당신은 나중에 가넴과 함께 지고의 심판자 앞에

서게 되는 날 무슨 말로 자신을 변호할 건가요? 천사들이 당신 앞에서 진실을 증언할 그날에 말예요. 오늘 당신의 권세가 아무리 크다 해도, 또한 당신의 권세 아래 온 땅이 떨고 있다 해도, 당신은 당신이 행한 그 부당한 폭력으로 인해 결국 심판받고 처벌받을 것입니다.」

〈폭풍〉은 여기에서 말을 멈추었습니다. 눈물이 솟구치고 한숨이 터져 나와 더 이상 계속할 수 없었던 것입니다.

칼리프로서는 정신이 번쩍 들지 않을 수 없었습니다. 만일 방금 들은 내용이 사실이라면 총비에게 아무 죄가 없음은 물론, 자신이 너무 성급하게 가넴과 그의 가족에게 벌을 내린 것이었다는 사실을 깨달은 것입니다. 더욱이 스스로를 공명정대한 군주라고 자부하고 있었는데, 잘못하면 자신의 평판에 오점이 생길 수도 있는 일이었습니다. 그는 이 일에 대해 좀 더 자세히 알아보리라 마음먹고 즉시 자신의 거처로 돌아와, 메스루르에게 〈폭풍〉을 데려오라고 분부했습니다.

호위대장은 칼리프의 명령과 그의 표정을 통해, 이제 이 군주가 총비를 용서하고 다시 곁으로 불러들이려 한다는 것을 눈치채고 얼굴이 환해졌습니다. 〈폭풍〉을 좋아하던 그는 그녀의 실총을 몹시 동정하고 있었던 것입니다. 그는 나는 듯이 성탑으로 달려가 기쁨이 넘치는 목소리로 총비에게 말했습니다.

「아가씨! 저를 따라오십시오! 이 어둡고 더러운 성탑에 다시는 발을 딛지 않으셔도 될 것 같습니다. 신자들의 사령관께서 아가씨와 말씀하시고 싶어 한답니다. 저로서는 아주 좋은 징조로 느껴지는군요.」

〈폭풍〉은 메스루르를 따라나섰고, 칼리프의 집무실로 인도되었습니다. 그녀는 즉시 군주의 발밑에 엎드렸습니다. 그러고서 오랫동안 그런 자세로 눈물만 주룩주룩 흘렸습니다.

칼리프는 몸을 일으키라고 하지는 않고, 우선 이렇게 물었습니다.

「〈폭풍〉아! 너는 내가 폭력과 불의를 자행했다고 생각하는 것 같더구나! 그렇다면 나를 존중하고 경외했음에도 지금 비참한 신세가 되어 있다는 그자는 과연 누구냐? 자, 말해 보거라! 너도 알다시피 나는 천성이 선하고 정의를 사랑하는 사람이 아니냐?」

이 말을 들은 총비는 칼리프가 조금 전 자신이 한 말을 엿들었음을 눈치챘습니다. 그녀는 사랑하는 가넴을 변호할 수 있는 절호의 기회임을 느끼고 이렇게 대답했습니다.

「신자들의 사령관이시여! 제가 드릴 말씀 중 혹시 폐하께 썩 유쾌하지 않은 부분이 있더라도 너그러이 용서해 주시기 바랍니다. 폐하께서 알고 싶어 하시는, 결백했지만 지금 비참한 상태에 빠져 있는 그 사람은 다마스쿠스 상인 아부 에부의 불행한 아들인 가넴이옵니다. 그는 제 생명을 구해 주었으며, 그의 집 안에 저의 은신처를 제공해 주었습니다. 솔직히 말씀드리면, 그는 저를 처음 보고는 저의 충직한 기사가 되어 제 마음을 얻어 보려는 희망을 품었답니다. 제게 음식을 차려 주는 모습이나 곤경에 처한 저에게 모든 봉사를 해주려는 그의 열성적인 모습을 보고 눈치챌 수 있었지요. 하지만 제가 폐하께 속한 여인이라는 사실을 알게 되자, 그는 〈아, 아가씨! 주인의 소유물을 종이 건드려서는 안 되는 법입니다〉라고 말했습니다. 그 이후로 그는 자기가 한 말에 어긋나는 행동은 결코 하지 않았습니다. 하지만 신자들의 사령관이시여, 폐하께서는 어떻게 하셨습니까? 얼마나 가혹하게 그를 다루셨습니까? 나중에 하느님의 심판 앞에서 이에 대한 책임을 지셔야 할 것입니다.」

〈폭풍〉이 거리낌 없이 자신을 비난했지만, 칼리프는 노여

위하지 않았습니다.

「가넴이 그렇게 조심스럽게 행동했다는 네 말을 믿어도 될까?」

「네! 정말 믿으셔도 됩니다. 저는 무슨 일이 있어도 폐하께 진실을 숨기고 싶지 않습니다. 그리고 저의 진심을 증명하기 위해 한 가지 사실을 고백하겠습니다. 이것은 어쩌면 폐하를 언짢게 할 수도 있는 고백이기에 미리 용서를 구하고 싶습니다.」

「애야, 말하려무나! 내게 거짓을 말하지 않는 한, 무슨 말을 하더라도 상관없다.」

「그러니까…… 가넴에게서 정중한 배려와 따뜻한 봉사를 받다 보니 저로서는 그를 존경하지 않을 수 없었습니다. 아니, 그것만이 아니었습니다. 폐하께서도 잘 아시지 않나요? 사랑이란 폭군과도 같은 것, 한번 생겨나면 도저히 항거할 수 없다는 것을요……. 결국 저는 가슴속에 그에 대한 따스한 감정이 이는 것을 느꼈습니다. 그도 이 사실을 알아챘지요. 정열의 불길로 속이 타들어가고 있었음에도 불구하고, 그는 이러한 저의 약함을 이용하려 들기는커녕 여전히 자신의 의무를 굳건히 지켰습니다. 그 맹렬한 정열로부터 그를 구한 유일한 것이 무엇인지 아세요? 그것은 앞서 말씀드린 한 문장, 〈주인의 소유물을 종이 건드려서는 안 된다〉라는 말이었습니다.」

다른 사람 같았으면 이처럼 솔직한 고백을 듣고 분통을 터뜨렸을지도 모릅니다. 하지만 칼리프는 달랐습니다. 그는 오히려 온화한 얼굴로 총비를 일으켜 곁에 앉히고는 이렇게 말했습니다.

「자, 그동안 있었던 일을 처음부터 끝까지 이야기해 보려무나!」

그러자 그녀는 매우 교묘하고도 재치 있게 모든 것을 들려주었습니다. 조베이드와 관련한 일들은 대충 넘어감으로써 그녀에 대한 직접적인 비난을 피했으며, 가넴에게 은혜를 입은 부분은 상세하게 이야기했습니다. 그가 자신을 위해 얼마나 많은 돈을 썼는지, 특히 얼마나 조심스럽게 자신을 숨겨 주었는지 설명함으로써 그동안 조베이드의 눈을 피해 숨어 있어야 했던 자신의 처지를 간접적으로 암시했습니다. 마지막으로 칼리프의 진노를 피하기 위해 자신이 어쩔 수 없이 그를 도피하게 한 일까지 들려주었습니다.

　이야기를 마치자 칼리프는 그녀에게 말했습니다.

　「그래, 네 이야기가 모두 사실이리라 믿는다. 하지만 네 소식을 전하는 데 왜 그리 오래 걸렸느냐? 왜 내가 돌아온 지 한 달이 되어서야 너의 행방을 알렸느냐는 말이다.」

　「가넴은 거의 외출을 하지 않았답니다. 따라서 우리는 폐하께서 돌아오셨다는 소식을 뒤늦게 알게 된 것이옵니다. 그리고 제가 폐하께 보내는 쪽지를 가넴에게 맡기고 나서도, 그는 오랫동안 적당한 기회를 찾지 못하고 있다가 어렵사리 시녀 〈여명〉에게 전할 수 있었습니다.」

　「자, 〈폭풍〉아, 그만하면 됐다!」 칼리프가 말했습니다. 「내 잘못을 인정한다. 그리고 이 잘못을 만회하기 위해 그 다마스쿠스의 젊은 상인에게 충분히 보상하겠다. 자, 내가 그에게 무얼 해주면 좋겠느냐? 네가 원하는 걸 말해 보거라! 내 다 들어줄 터이니.」

　이 말에 총비는 칼리프의 발밑에 몸을 던져 절을 하고는 다시 일어나며 말했습니다.

　「신자들의 사령관님! 우선 가넴을 대신하여 폐하께 감사를 드립니다. 제가 황송한 마음으로 부탁드리고 싶은 바는, 폐하께서 아부 에부의 아들 가넴을 용서하오니 즉시 돌아와 폐하를 찾아오라고 전국 방방곡곡에 공고해 주십사 하는 것입니다.」

「하지만 나는 더 해주고 싶구나! 그는 네 목숨을 구해 주고 칼리프에 대한 예의를 지켰으며, 그랬음에도 전 재산을 잃게 되었다. 따라서 나는 그에게 감사하는 동시에, 그와 그의 가족에게 범한 과오를 만회하기 위하여 너를 그의 아내로 줄 것이다.」

〈폭풍〉으로서는 이처럼 관대한 칼리프에게 어떤 말로 감사해야 할지 몰랐습니다. 마침내 그녀는 이 모든 끔찍한 일이 일어나기 전에 지내던 거처로 돌아왔습니다. 가구 등 모든 것이 이전 그대로였습니다. 아무도 그녀의 방에 손을 대지 않았던 것입니다. 하지만 그녀를 가장 기쁘게 한 것은 다른 것이었습니다. 충직한 메스루르가 가져다 놓은 가넴의 궤짝이며 짐 꾸러미들이 거기 고스란히 보관되어 있었던 것입니다.

다음 날, 하룬알라시드는 대재상에게 아부 에부의 아들 가넴을 용서한다는 내용을 전국 방방곡곡에 공고하라고 명했습니다. 하지만 아무 소용 없었습니다. 꽤 많은 시간이 흐르는 동안에도 이 젊은 상인은 감감무소식이었던 것입니다. 〈폭풍〉은 어쩌면 그가 자신을 잃은 슬픔을 견디지 못해 죽어 버린 것이 아닐까 생각하고 끔찍한 불안에 휩싸였습니다. 하지만 사랑하는 사람들이란 희망의 끈을 결코 놓지 않는 법, 그녀는 자신이 직접 나서서 가넴을 찾게 해달라고 칼리프에게 간청했습니다. 그는 허락했고, 어느 날 아침 〈폭풍〉은 자신의 금고에서 금화 천 냥이 든 자루를 꺼내 노새를 타고 왕궁을 나섰습니다. 화려한 마구로 치장된 노새는 칼리프의 마사에 속한 것이었죠. 그 뒤에는 흑인 내시 두 명이 노새 궁둥이에 각기 한 손씩 올려놓고 따라오고 있었습니다.

그녀는 이 사원 저 사원을 돌며 이슬람교의 독신자(篤信

者)들에게 시주하면서, 두 사람의 행복이 걸려 있는 중요한 일이 이루어지도록 기도해 달라고 부탁했습니다. 이렇게 그녀는 하루 종일 여러 사원을 돌아다니면서 금화 천 냥을 모두 기부한 후 저녁이 되어서야 왕궁에 돌아왔습니다.

다음 날도 그녀는 같은 액수를 챙겨 들고 같은 노새를 타고 보석 시장으로 갔습니다. 시장 앞에 이른 그녀는 노새에서 내리지 않고 흑인 노예를 시켜 그곳의 대표를 불러오게 했습니다. 그 상인은 항상 수입의 삼 분의 이를 떼어 병들거나 사업상의 곤경에 처한 불쌍한 외국인들을 도와 온 매우 자비심 깊은 인물이었는데, 〈폭풍〉은 이러한 명성을 듣고 일부러 그를 찾은 것입니다. 곧 나타난 상인은 〈폭풍〉이 입은 옷을 보고 그녀가 궁중의 귀부인임을 대번에 알아보았습니다. 그녀는 그에게 금화 자루를 내밀면서 말했습니다.

「당신이 자비로운 사람이라는 칭송이 온 도성에 자자하기에 이렇게 찾아왔어요. 가난한 외국인들을 돕는 일을 하고 계신다죠? 이 금화 천 냥을 드릴 터이니, 당신이 돕는다는 그들에게 나눠 주도록 하세요. 난 당신이 비참한 상태에 빠진 그들에게 필요한 것을 제공하고, 고통을 덜어 주는 일에 기쁨을 느끼시는 분이라고 들었답니다.」

「부인! 기꺼이 부인의 명을 이행하겠습니다. 그런데 혹시 부인 자신이 직접 자선을 베푸실 의향이 있다면, 제 집에 부인의 동정을 받을 만한 두 여인이 있으니 한번 왕림해 주시기 바랍니다. 저는 어제 도성에 갓 도착한 이 두 여인을 만났답니다. 차마 눈 뜨고 볼 수 없는 상태였습죠. 제가 더욱 가슴 아팠던 것은, 둘 다 원래는 그렇게 천한 사람들이 아니라는 사실이었습니다. 비록 누더기를 걸치고 얼굴은 햇볕에 그을어 있었지만, 제가 항상 접하는 빈민들에게서는 볼 수 없는 어떤 고귀한 분위기가 엿보였죠. 저는 두 여인을 집으로 데려다가 아내에게 맡겼습니다. 아내도 그네에 대해 저와 같은 느낌을 가졌고요. 그녀는 여종들을 시켜 침대를 준비하게 하고, 자신은 둘의 얼굴을 씻기고 내의를 갈아입혀 주었습니다. 하지만 아직까지 우리는 그들이 누구인지 모른답니다. 안 그래도 기진맥진한 사람들을 여러 가지 질문으로 괴롭히기보다는, 우선 푹 쉬도록 놔두는 게 좋겠다고 판단한 거지요.」

〈폭풍〉은 왠지 모르게 이들을 보고 싶은 마음이 들었습니다. 상인이 집까지 데려다 주겠다고 했지만 그녀는 일부러 폐를 끼치고 싶지 않다며 사양하고, 대신 그가 붙여 준 종의 인도를 받기로 했습니다. 상인의 집에 도착한 그녀는 노새에서 내려 상인의 종을 따라 집 안으로 들어갔습니다. 종은 먼저 들어가 안주인에게 〈폭풍〉이 왔음을 알렸는데 그녀는 지금 〈마음을 끄는 힘〉, 그리고 그녀의 어머니와 함께 있던 터였습니다. 그렇습니다! 상인이 말했던 두 여인은 다름 아닌 이 두 사람이었던 것입니다!

상인의 아내는 종으로부터 궁중 귀부인이 방문했다는 말을 듣고는 방을 나와 그녀를 영접하려 했습니다. 하지만 종 바로 뒤에서 따라온 〈폭풍〉은 그럴 틈을 주지 않고 직접 방으로 들어갔습니다. 상인의 아내는 그녀의 발밑에 엎드려 절했습니다. 그것은 칼리프에게 속한 사람에 대해 그녀가 표하는 경의였습니다. 〈폭풍〉은 그녀를 일으켜 세운 후 말했습니다.

「부인! 어제저녁 바그다드에 도착했다는 두 외국 여인과 얘기할 수 있도록 해주세요!」

「두 사람은 지금 저기 보이는 두 침대 위에 나란히 누워 자고 있답니다.」

총비는 즉시 어머니의 침대 곁으로 다가가 그녀를 내려다보며 말했습니다.

「아주머니! 나는 당신을 도우려고 왔답니다. 저는 이 도시에서 신망이 있는 사람이니 아주머니와 아가씨에게 도움이 될 거예요.」

「부인!」 가넴의 어머니가 대답했습니다. 「이렇듯 친절하게 대해 주시는 부인을 뵈니, 그래도 하늘이 우리를 완전히 저버리신 것은 아닌 듯하군요. 사실 갑자기 밀어닥친 혹독한 시련을 겪다 보니 그렇게 생각하지 않을 수 없었답니다.」

이렇게 말하고 그녀는 흐느끼기 시작했습니다. 그 우는 모습이 너무나도 비통하여 보고 있는 〈폭풍〉과 상인의 아내도 눈물을 금할 수 없었지요.

칼리프의 총비는 눈물을 닦으며 가넴의 어머니에게 말했습니다.

「아주머니! 어떤 불행한 일들을 겪으셨는지, 아주머니의 기구한 사연이 대체 무엇인지 들려주세요! 최선을 다해 아주머니를 도울 방법을 찾아보겠어요.」

「부인!」 아부 에부의 가련한 미망인이 다시 말했습니다. 「신자들의 사령관의 총비, 〈폭풍〉이라는 이름의 아가씨가 우리가 겪고 있는 이 모든 불행의 근원이랍니다.」

이 말을 들은 총비는 마치 벼락에 맞은 듯한 충격을 느꼈습니다. 하지만 곧 마음의 동요를 감추고 가넴의 어머니로 하여금 이야기를 계속하게 했습니다.

「저는 다마스쿠스의 상인, 아부 에부의 미망인입니다. 제게는 가넴이라는 아들이 있는데, 장사를 하러 바그다드에 갔다가 거기서 이 〈폭풍〉이라는 여인을 납치했다는 누명을 쓰게 되었답니다. 칼리프는 그 애를 찾아내 죽이려 했지요. 하지만 결국 찾지 못하자 다마스쿠스 왕에게 서신을 보내어 우리 집을 약탈한 뒤 파괴하고 저와 제 딸은 발가벗겨 사흘 동안 시민들의 구경거리로 만든 후 시리아에서 영원히 추방해 버리라고 명했지요. 하지만 그 어떤 수치스러운 일을 당한다

해도, 내 아들이 아직 살아 있어 다시 만날 수만 있다면 저희는 충분히 위로받을 수 있을 것입니다. 다시 그 애를 볼 수만 있다면 저희는 얼마나 기쁠까요! 그 애를 다시 안는 순간, 전 재산을 잃은 것이나 우리가 겪은 고통 같은 것은 다 잊어버릴 수 있을 거예요. 아아! 그 애가 우리의 고통의 원인이 된 것은 사실이지만, 저는 그 애에게 아무런 잘못이 없음을 확신합니다. 그 애는 칼리프에게나 우리에게나 아무 죄도 짓지 않았다고 말입니다.」

여기에서 〈폭풍〉은 말을 끊지 않을 수 없었습니다.

「물론입니다! 두 분께서 무고하신 것처럼 가넴 역시 죄가 없습니다. 그가 결백하다는 사실은 제가 보장해 드릴 수 있어요. 왜냐하면 당신이 원망하는 〈폭풍〉이 바로 저니까요. 제가 바로 별들의 기운이 정한 기구한 운명으로 인해 두 분의 불행을 초래한 장본인이랍니다. 또 부인의 아드님의 죽음을 초래한 죄인이기도 합니다. 만일 지금 그가 이 세상 사람이 아니라면 말이지요……. 하지만 부인! 제가 두 분의 불행을 초래했다면, 지금은 그것을 조금이나마 덜어드릴 수 있습니다. 저는 가넴이 결백함을 칼리프께 증명해 드렸답니다. 그래서 칼리프께서는 이미 아부 에부의 아들을 용서한다는 뜻을 전국에 공표하게 하셨어요. 그리고 지금까지 두 분을 고통스럽게 한 만큼, 앞으로는 행복하게 해주실 것입니다. 두 분은 이제 그의 적이 아니랍니다. 그분은 지금 가넴을 기다리고 계세요. 우리 둘의 운명을 결합해 주심으로써, 저를 도와준 그의 은혜에 보답하기 위해서죠. 그렇습니다! 그분은 가넴에게 저를 아내로 주신 거예요! 그러니 어머니! 이제는 저를 어머니의 딸로 생각해 주세요! 그리고 어머니께 바치는 저의 영원한 우정을 받아 주세요!」

칼리프의 아름다운 총비는 이제 모녀를 며느리와 새언니

로서 따뜻하게 위로해 준 다음, 다시 말했습니다.

「이제 두 분 다 그만 슬퍼하세요! 가넴의 재산은 없어지지 않았답니다. 그것은 칼리프의 궁전, 제 거처에 있어요. 물론 저도 알아요. 가넴이 없는 지금, 이 세상의 부를 모두 가진다 해도 두 분에겐 위로가 안 된다는 사실을요. 왜냐하면 두 분은 다름 아닌 가넴의 어머니와 누이동생이니까요. 위대한 가슴의 소유자들에겐 혈육의 정도 사랑만큼이나 뜨거운 것이 아니겠어요? 하지만 왜 우리가 다시는 그를 보지 못할 것이라며 절망해야 하는 거죠? 우리는 다시 그를 찾을 수 있을 거예요. 우리가 이처럼 만나게 될 줄 누가 알았겠어요? 저는 가넴 역시 다시 만날 수 있으리라는 희망이 생겨요. 어쩌면 오늘은 두 분의 고생이 끝나는 날이 될지도 몰라요. 두 분이 다마스쿠스에서 가넴과 함께 누리던 행복보다 훨씬 더 큰 행복이 시작되는 날이 바로 오늘일지도 모른다고요!」

그때였습니다. 〈폭풍〉이 더 말하려는데, 보석상들의 대표가 집으로 들어오더니 그녀에게 말했습니다.

「부인! 방금 저는 아주 가슴 아픈 광경을 보고 왔습니다. 어떤 낙타꾼이 바그다드 병원에 한 청년을 데리고 왔습니다. 몸을 가눌 힘조차 없어서 낙타 등에 줄로 묶인 채 도착하더군요. 줄을 풀어 막 병원으로 데려가려 하고 있을 때 마침 제가 그 옆을 지나가게 되었지요. 저는 청년 곁으로 다가가 그를 주의 깊게 살펴보았습니다. 한데 그 얼굴이 아주 낯설지만은 않더군요. 그래서 그에게 가족이 누구이며 고향은 어디인지 물어보았죠. 하지만 그는 한숨을 푹푹 내쉬며 울기만 하는 겁니다. 너무나도 측은한 모습이더군요. 저는 오랫동안 병자들을 봐왔기 때문에 지금 그가 즉시 치료를 받아야 하는 상태라는 걸 알 수 있었습니다. 하지만 병원에는 보내고 싶지 않았죠. 왜냐하면 그곳에서 환자들을 어떻게 다루는지,

또 의사들은 얼마나 무능한지 전 뻔히 알거든요. 그래서 제 종들을 시켜 방금 집에 데려와 한쪽 방에 눕혀 놓았습니다. 그러고서 종들에게 나의 내의를 내주며, 마치 나를 섬기듯 보살피라고 분부하고 왔습니다.」

보석상의 말을 들은 〈폭풍〉은 순간 가슴이 떨려 오는 것을 느꼈습니다. 그것은 이유를 알 수 없는 기이한 감정이었죠. 그녀는 상인에게 부탁했습니다.

「그 병자가 있다는 방으로 나를 안내해 주세요! 한번 보고 싶어요.」

상인은 그녀를 인도했습니다. 그렇게 그녀가 그가 있는 방으로 가고 있을 때, 가넴의 어머니는 〈마음을 끄는 힘〉에게 말했습니다.

「애야! 그 아프다는 외국인이 얼마나 비참한 상태에 있는지는 모르겠다만, 네 오빠 가넴도 살아 있다면 그보다 형편이 낫다고 할 수 없겠지!」

병자가 있는 방에 들어간 칼리프의 총비는 상인 대표의 종들이 그를 눕혀 놓은 침상 곁에 다가갔습니다. 거기에는 한 청년이 눈을 감은 채 누워 있었습니다. 형편없이 망가진 창백한 얼굴은 온통 눈물에 젖어 있었죠. 그녀는 떨리는 마음으로 자세히 살펴보았습니다. 아! 그는 가넴처럼 보였습니다. 하지만 다음 순간, 그녀는 자신이 잘못 본 것인지도 모른다고 생각했습니다. 청년에게는 가넴과 비슷한 점도 있었지만, 또 너무도 달라 보여 도저히 가넴이라 생각할 수 없기도 했던 것입니다. 진실을 알고 싶은 욕구에 못 이겨, 그녀는 떨리는 음성으로 물었습니다.

「가넴! 당신 맞아요?」

그녀는 청년에게 대답할 시간을 주기 위해 잠시 멈추었습니다. 하지만 그가 미동도 않는 것을 보고는 다시 말했습니다.

「아, 가넴! 당신의 모습으로 꽉 차 있는 나의 마음이 이 이방인을 당신처럼 보이게 했군요! 만일 아부 에부의 아들이었다면 아무리 병이 깊다 하더라도 〈폭풍〉의 목소리를 금방 알아들었을 텐데요!」

〈폭풍〉이라는 이름을 들은 가넴은 — 그렇습니다! 그는 바로 가넴이었습니다 — 간신히 눈꺼풀을 올리더니 자신에게 말하고 있는 사람을 향해 고개를 돌렸습니다. 마침내 그는 칼리프의 총비를 알아보고 말했습니다.

「오, 아가씨! 정말 당신인가요? 도대체 어떤 기적으로……」

그는 말을 맺지 못했습니다. 너무도 격한 기쁨에 그만 의식을 잃고 말았던 것입니다. 〈폭풍〉과 상인 대표는 급히 달려들어 응급조치를 취했습니다. 그리고 그가 다시 의식을 회복하려는 기미를 보이자, 상인 대표는 아가씨를 잠시 나가 있게 했습니다. 다시 그녀를 보게 되면 병세가 악화될 수도 있다고 판단했던 것입니다.

정신을 차린 청년은 사방을 두리번거리다가, 찾는 사람이 보이지 않자 서글프게 외쳤습니다.

「아름다운 〈폭풍〉 님! 어떻게 된 거예요? 정말로 내 앞에 나타났던 건가요, 아니면 내가 환영을 본 건가요?」

「아닙니다, 선생님.」 옆에 있던 상인 대표가 말했습니다. 「그건 결코 환영이 아니었습니다. 제가 부인을 나가게 했지요. 그분을 보셔도 아무 일 없을 정도로 회복되시면 다시 뵙게 해드리겠습니다. 하지만 지금은 절대로 안정을 취하셔야 합니다. 그리고 선생님! 이제 선생님의 운명은 바뀌었습니다. 왜냐하면 제가 보기에 당신은 얼마 전 신자들의 사령관께서 용서하겠다고 전국에 공고하신 그 가넴인 것 같으니까요. 지금은 그냥 이 정도만 알고 계십시오. 조금 후에 부인께서 들어오셔서 좀 더 상세하게 설명하실 겁니다. 그러니 건강을 회복할 일만 생각하십시오! 저도 최선을 다해 도와 드리겠습니다.」

그는 가넴이 쉴 수 있도록 방을 나가, 굶주림과 피로로 고갈된 원기를 회복시키는 데 필요한 약들을 준비하러 바삐 달려갔습니다.

이때 〈폭풍〉은 〈마음을 끄는 힘〉과 그녀의 어머니가 있는 방에 가 있었는데, 거기서도 아까와 거의 비슷한 장면이 벌어졌습니다. 왜냐하면 상인 대표가 집에 데려온 그 외국인이 다름 아닌 아들 가넴이라는 사실을 알게 된 어머니 역시 극도의 기쁨으로 기절해 버렸기 때문입니다. 그리고 잠시 후, 〈폭풍〉과 상인의 아내의 간호를 받아 다시 정신을 차린 그녀는 일어나 아들을 보기 위해 가려 했지만, 그 사이 방에 들어와 있었던 상인 대표가 만류했습니다. 아직 너무도 쇠약한 상태에 있는 가넴이 사랑하는 어머니와 여동생까지 갑자기 보게 되면, 또다시 마음이 격동되어 생명이 위태로울 수 있다는 이유에서였습니다. 다행히도 더 긴 얘기를 할 필요가 없었습니다. 지금 가서 얘기하면 아들의 생명이 위태로울 수도 있다는 말을 들은 그녀는 더 이상 그를 보러 가겠다고 간청하지 않았던 것입니다. 그러자 〈폭풍〉이 입을 열어 말했습니다.

「우리 모두를 이렇게 한 장소에 다시 모이게 해주신 하늘에 함께 감사를 드립시다! 저는 궁에 돌아가 칼리프께 이 모든 일을 알려 드리고, 내일 아침 다시 오겠어요.」

그녀는 가넴의 어머니를 포옹한 뒤 방을 나갔습니다. 그리고 왕궁에 도착하자마자 메스루르를 통하여 칼리프께 특별 접견을 요청했습니다. 당장에 허락이 떨어져, 그녀는 칼리프의 집무실로 인도되었습니다. 그는 혼자 있었습니다. 그녀는 법도에 따라 그의 발밑에 몸을 던져 얼굴을 땅에 대고 엎드렸습니다. 칼리프는 그녀에게 일어나 자리에 앉으라고 말한 후, 가넴의 소식을 들었는지 물었습니다.

「신자들의 사령관이시여! 제가 너무도 운이 좋아 그의 어머니와 여동생과 함께 그를 찾을 수 있었습니다.」

칼리프는 어떻게 그 짧은 시간에 이 모든 사람을 찾아낼 수 있었는지 몹시 궁금해했습니다. 그녀가 그의 궁금함을 풀어 주고 가넴의 어머니와 〈마음을 끄는 힘〉에 대해서도 너무나 좋게 말하자, 그는 젊은 상인뿐 아니라 두 여인까지 만나 보고 싶은 마음이 들었습니다.

칼리프 하룬알라시드는 성정이 격렬하고 한번 흥분하면 때로는 잔인한 행동까지 서슴지 않는 사람이었습니다만, 반대로 일단 노여움이 가라앉고 자신의 정의롭지 못함을 깨달으면 세상에서 가장 공정하고 관대한 군주로 돌아오곤 했습니다. 자신이 가넴과 그의 가족을 박해하고 만인 앞에서 모욕을 준 것이 부당한 행동이었다는 사실에는 더 이상 의심의 여지가 없었기 때문에, 그는 이제 그들 가족이 만족할 수 있게끔 만인 앞에서 보상해 주리라 결심했습니다. 그는 〈폭풍〉에게 이렇게 말했습니다.

「네가 그들을 찾아냈다니 정말로 기쁘구나! 내가 지극히 기쁜 것은 사랑하는 너 때문이라기보다 오히려 보상의 기회를 갖게 된 나 자신 때문이다. 그래, 내가 한 약속을 지키겠다! 너는 가넴과 결혼하여라! 그리고 지금부터 너는 더 이상 내 노예가 아님을 선언한다. 이제 넌 자유의 몸이니 그 젊은 상인에게 가거라! 그리고 그의 건강이 회복되는 즉시 그와 그의 어머니와 여동생을 내게로 데려오너라!」

다음 날 아침이 밝자마자 〈폭풍〉은 보석상 대표의 집으로 달려갔습니다. 우선 가넴의 용태가 어떤지 몹시 궁금했고, 그의 어머니와 여동생에게 한시라도 빨리 기쁜 소식을 알려 주고 싶기도 했기 때문입니다. 상인 대표는 가넴이 간밤을 잘 보냈으며, 결국 그의 병은 슬픔에서 온 것인데 이제 그 원인이 없어진 이상 곧 회복될 것 같다고 알려 주었습니다.

과연 그는 한결 회복되어 있었습니다. 휴식과 좋은 약들, 그리고 〈폭풍〉을 다시 찾음으로써 완전히 달라진 정신 상태가 큰 효력을 나타낸 것입니다. 상인 대표는 이제는 그에게 어머니와 여동생을 만나게 해주어도 괜찮을 거라고 말했습니다. 하지만 가족들이 바그다드에 있음을 아직 모르는 그가 갑자기 그들을 보게 되면 지나친 기쁨과 충격을 느끼게 될 위험이 있었으므로, 약간의 사전 준비가 필요했습니다. 상인 대표는 〈폭풍〉이 먼저 가넴의 방에 들어가 있다가, 적절한 때에 다른 여인들도 들어오게 하는 것이 좋겠다는 의견을 내놓았습니다.

이렇게 둘이서 작전을 세운 다음 상인 대표가 〈폭풍〉이 방문했음을 알리자, 가넴은 극도의 환희로 또다시 기절할 뻔했습니다. 〈폭풍〉은 그의 침상에 다가가 말했습니다.

「자, 가넴 님! 여기 〈폭풍〉이 왔어요. 당신이 영영 잃어버렸다고 생각했던 〈폭풍〉을 다시 찾으신 거예요.」

「오, 아가씨!」 그는 그녀의 말을 끊었습니다. 「당신이 다시 내 눈앞에 나타나다니, 이게 무슨 기적인가요? 나는 당신이 칼리프의 궁에 있으리라 생각하고 있었어요. 칼리프는 당신의 말을 들어 주고 당신은 칼리프의 의심을 풀어 주어서 마침내 그의 사랑을 되찾았으리라고요.」

「맞아요, 가넴 님! 나는 신자들의 사령관에게 우리의 결백함을 납득시켰어요. 그리고 그분은 당신의 고통을 보상해 주기 위해 나를 당신의 아내로 주셨답니다.」

이 마지막 말을 들은 가넴은 매우 큰 기쁨에 목이 메어 아무 말도 하지 못했습니다. 그것은 사랑을 하는 사람이라면 그 의미를 너무도 잘 알 만한 달콤한 침묵이었습니다. 잠시 후 그는 침묵을 깨고 외쳤습니다.

「오, 아름다운 〈폭풍〉 님! 지금 당신이 한 말을 믿어도 될까요? 칼리프가 이 아부 에부의 아들에게 당신을 양보했다는 것이 정녕 사실입니까?」

「엄연한 사실이지요! 이전에 당신을 찾아내 죽이려 한 이 군주께서, 맹렬한 분노에 사로잡혀 당신의 어머니와 여동생에게 숱한 모욕을 겪게 했던 이 군주께서, 이제는 당신이 자신에게 표한 경의에 대해 보답하기 위해 당신을 보고 싶어 하세요. 또 당신의 가족 모두에게도 복을 가득 부어 주실 거예요.」

가넴이 칼리프가 어떤 식으로 자신의 어머니와 여동생을 다루었는지 묻자, 〈폭풍〉은 그간의 이야기를 들려주었습니다. 사랑하는 여인과 결혼할 수 있게 되었다는 사실에 더없이 행복해했던 그로서도, 그 처참한 이야기를 들으니 눈물을 흘리지 않을 수 없었습니다. 하지만 지금 그녀들이 바그다드에, 그것도 이 집 안에 있다는 사실을 알려 주자 그는 낯빛을 바꾸며 당장 그들을 보고 싶어 했습니다. 그 바람이 너무도 간절했으므로 〈폭풍〉은 더 이상 미룰 수 없었습니다. 그녀는 문 밖에 서서 바로 이 순간만을 기다리고 있던 모녀를 불렀습니다. 마침내 문을 열고 들어온 그들은 가넴에게 다가와 차례로 껴안고, 수없이 입을 맞추었습니다. 이 뜨거운 포옹 가운데 얼마나 많은 눈물이 흘렀는지 모릅니다. 가넴의 얼굴은 온통 눈물에 젖어 있었습니다. 어머니와 누이 역시 마찬가지였죠. 〈폭풍〉의 눈에서도 눈물이 펑펑 흘러내렸습니다. 심지어는 상인 대표와 그의 아내도 이 감동적인 광경 앞에서 솟아나는 눈물을 억제할 수 없었죠. 그리고 그토록 잔인하게 찢어 놓았던 네 사람을 다시 한 자리에 모아 놓은 운명의 은

밀한 섭리에 다만 감탄할 뿐이었습니다.

 시간이 지나서 사람들은 겨우 눈물을 닦아 냈지만, 이어 가넴이 지금까지 그가 겪은 일을 모두 이야기해 주자 다시금 눈물을 쏟지 않을 수 없었지요. 〈폭풍〉과 헤어진 이후 그는 어떤 작은 시골 마을에 피신했습니다. 하지만 거기서 병이 들어 쓰러졌고, 자비로운 농부 몇 사람이 보살펴 주었지만 전혀 차도가 없었답니다. 그러고 있는데 한 고마운 낙타꾼이 그를 바그다드의 병원까지 데려다 주겠다고 자청했다는 것입니다. 〈폭풍〉 역시 자신이 겪은 일들을 들려주었습니다. 성 탑에서 얼마나 힘든 시간을 보냈는지, 어떻게 칼리프가 자신이 하는 말을 듣고 그의 집무실로 부르게 되었는지, 그리고 어떤 말을 하여 자신의 결백을 증명했는지 등을 이야기해 주었죠. 이렇게 서로가 각자에게 일어난 일을 들려주고 나서, 〈폭풍〉이 말했습니다.

「우리 모두를 이렇게 한데 모아 주신 하늘에 감사를 드리고, 이제는 우리를 기다리고 있는 행복만을 생각하기로 해요! 가넴 님은 건강이 회복되는 대로 어머니와 동생분과 함께 칼리프를 뵈러 가셔야 합니다. 하지만 두 분은 폐하를 뵐 만한 모습이 아니므로 제가 단장해 드리겠어요. 자, 여기서 조금만 기다려 주세요!」

그녀는 밖으로 나가 왕궁으로 향하더니 곧 금화 천 냥이 든 돈주머니를 들고 상인 대표의 집으로 돌아왔습니다. 그녀는 이것을 상인 대표에게 주면서 시장에 가서 〈마음을 끄는 힘〉과 그녀의 어머니에게 입힐 옷을 사다 달라고 부탁했습니다. 감각이 있는 상인 대표는 매우 아름다운 옷을 골라 신속히 집으로 돌아왔습니다. 이렇게 하여 사흘 후, 세 사람은 준비를 모두 갖추었습니다. 이제 외출을 해도 될 만큼 충분히 건강해진 가넴도 만반의 준비를 갖추었습니다. 그런데 칼리프를 뵈러 가기로 한 날 세 사람이 나갈 준비를 하고 있는데, 대재상 자파르가 상인 대표의 집을 찾아왔습니다.

자파르는 말을 타고 있었고, 뒤에는 수많은 관리들을 거느리고 있었습니다. 그는 집에 들어오며 가넴에게 말했습니다.

「선생! 나는 우리 모두의 주군이신 신자들의 사령관의 명을 받아 여기 왔습니다. 오늘 내가 받은 명은 선생으로선 기억하기도 싫으실 이전의 그것과는 사뭇 다른 것입니다. 폐하께서는 선생을 만나 보고 싶으니 어서 모셔 오라고 분부하셨습니다.」

가넴은 대재상의 축하 섞인 인사말에 깊이 고개 숙여 답례했습니다. 그러고는 대재상이 칼리프의 마사에서 끌고 온 말을 내주자, 지극히 우아한 동작으로 올라타 멋진 솜씨로 말을 다뤘습니다. 모녀 역시 왕궁의 마사에 속한 노새에 태워 졌고, 역시 노새에 오른 〈폭풍〉은 직접 그녀들을 이끌고 우회로를 통해 왕궁으로 향했습니다. 자파르는 가넴을 왕궁까지 인도하여 알현실로 데려갔습니다. 칼리프가 높은 옥좌에 앉아 있었고 주위에는 왕족들, 재상들, 집행관들, 그리고 칼리프의 지배하에 있는 아라비아, 페르시아, 이집트, 아프리카, 시리아 등지의 신하들과 외국인들까지 시립해 있었습니다.

대재상이 가넴을 옥좌 아래로 인도해 오자 이 젊은 상인은 얼굴을 땅에 대고 엎드려 절을 올린 후 다시 몸을 일으켜, 칼리프에 대한 인사말을 멋진 즉흥시로 대신하여 거기 모인 모든 사람의 호감을 얻어 냈습니다. 칼리프 역시 인사한 후 그를 가까이 다가오게 하고 이렇게 말했습니다.

「자네를 만나게 되어 매우 반갑네. 자, 자네가 어디서 내 총비를 만나게 됐는지, 그리고 그녀에게 어떤 일들을 해주었는지 직접 들려줄 수 있겠나?」

가넴은 복종했습니다. 그가 너무도 진실된 태도로 이야기하였으므로, 칼리프는 그의 진심을 확신할 수 있었습니다. 이 군주는 그가 알현을 허락한 사람들에게 행하는 관례에 따라 가넴에게 매우 화려한 옷을 한 벌 하사하고 나서 말했습니다.

「가넴! 나는 그대가 내 궁정에 머물렀으면 하네.」

「신자들의 사령관이시여! 노예의 목숨과 재산은 오직 주인에게 속하는 것, 저는 다만 주군의 뜻에 따를 뿐이옵니다!」

칼리프는 이 대답에 만족하여 가넴에게 큰 봉록을 하사하고 옥좌에서 내려와 가넴과 대재상만을 뒤따르게 하여 그의 거처로 들어갔습니다.

그는 〈폭풍〉이 아부 에부의 미망인과 딸과 함께 이미 도착해 있으리라 짐작하고는 그들도 데려오라고 분부했습니다.

곧 나타난 여인들은 그의 앞에 부복했습니다. 그들을 다시 일으켜 준 칼리프는 〈마음을 끄는 힘〉을 아름답다 여기고 유심히 살펴보았습니다.

「이처럼 아름다운 그대를 너무나도 함부로 다루었다고 생각하니 내 마음 심히 고통스럽소! 하지만 난 그대에게 가한 모욕의 대가를 훨씬 뛰어넘는 것으로 보상할 작정이오. 나는 그대를 내 정식 아내로 삼을 것이며, 이를 통해 조베이드를 벌하도록 하겠소! 하지만 그녀를 너무 미워하지는 마시오. 그녀가 그대의 지난 불행을 초래한 것은 사실이지만, 지금 이 행복의 최초 원인이 된 셈이기도 하니까. 하지만 이것이 전부가 아니오.」 그는 이번에는 가넴의 어머니에게로 몸을 돌리며 덧붙였습니다. 「부인! 부인은 아직도 젊고 고우시니, 대재상 자파르와 인연을 맺으면 어떻겠소? 그리고 약속한 대로 〈폭풍〉은 가넴에게 줄 것이오. 자, 어서 카디와 증인들을 불러 즉시 세 개의 결혼 계약서를 작성하고 서명하게 하라!」

가넴은 자신의 여동생이 칼리프의 총비 중 하나만 되어도 과분한 영광이라고 말했지만, 이 군주는 〈마음을 끄는 힘〉과 결혼하겠다는 뜻을 굽히지 않았습니다.

또한 칼리프는 지금까지 일어난 모든 일이 너무도 기이하다며, 유명한 사관으로 하여금 그 모든 정황들과 함께 상세히 기록해 두도록 했습니다. 이렇게 기록된 이야기는 칼리프의 보고 안에 소중히 보관되었으며, 그것을 베낀 여러 권의 복사본을 통해 만인에게 전해졌습니다.

이렇게 왕비 셰에라자드는 가넴의 이야기를 모두 마쳤다. 이야기가 너무도 유쾌했던지라 인도의 술탄은 듣는 동안 말할 수 없는 즐거움을 느꼈다고 고백하지 않을 수 없었다. 이에 왕비는 대답했다.

「폐하! 폐하께서는 칼리프 하룬알라시드가 가넴과 그의 어머니와 〈마음을 끄는 힘〉에 대한 태도를 바꾼 것을 보시고 몹시 만족하셨을 것입니다. 왜냐하면 이들이 억울하게도 온갖 불행과 모욕적인 일들을 당하는 것에 폐하께서도 몹시 가슴 아프셨을 것이기 때문입니다. 하지만 만일 폐하께서 〈눈 뜨고 꿈꾼 남자〉의 이야기를 들어 보신다면, 가넴의 이야기가 폐하의 가슴속에 불러일으켰을, 그리고 아직도 그 여운이 가시지 않고 있을 분개와 동정의 감정 대신에 큰 기쁨과 즐거움을 느끼실 수 있을 것입니다.」

술탄은 왕비가 말하는 제목만 듣고도 이 이야기 안에 신기하고도 재미있는 사건들이 가득 들어 있으리라 상상하고는 그날 당장에라도 듣고 싶은 심정이 되었다. 하지만 벌써 일어나야 할 시간이었으므로 다음 날로 미루었고, 이 이야기 덕분에 세에라자드 왕비는 또 여러 날과 여러 밤 동안 생명을 연장할 수 있었다. 다음 날, 디나르자드가 잠을 깨우자 왕비는 다음과 같이 이야기를 시작했다.

알려 드리는 말[83]

제8권의 뒷부분에 포함된 두 이야기는 원래 『천일야화』에 속한 작품들이 아닙니다. 이 두 이야기는 번역자가 모르는 사이에 제8권에 삽입되어 인쇄된 것들로서, 번역자는 제8권이 시중에 판매되고 난 후에야 이를 발견하게 되었습니다.

---

83 갈랑본 『천일야화』 원본에서 이 〈알려 드리는 말〉은 제9권의 첫머리에 놓여 있다. 제8권의 말미에 실린 「사랑의 노예 가넴 이야기」 뒤에 다른 두 개의 이야기가 잘못 실려 있는 것을 갈랑이 뒤늦게 발견하고 넣은 일종의 주석인 셈이다. 잘못 편집된 두 이야기는 제6권에 수록했다.

이런 사정으로 인해, 제8권의 대부분을 차지하는 「사랑의 노예 가넴 이야기」의 말미에서 셰에라자드는 이어지는 이야기를 가리켜 (다른 두 이야기가 아니라) 제9권의 「눈 뜬 채 꿈꾼 남자 이야기」라고 말하고 있는 것입니다. 독자 여러분은 이러한 사실을 이해하시고, 당황하는 일이 없기를 바랍니다. 나아가, 이 작품의 두 번째 판본부터는 이 두 이야기를 『천일야화』 외부의 요소로 간주하고 삭제할 것임을 약속드립니다.

눈 뜬 채 꿈꾼 남자 이야기
Histoire du dormeur éveillé

칼리프 하룬알라시드께서 세상을 다스리시던 시절, 바그다드에는 매우 부유한 상인 하나가 늙은 아내와 살고 있었습니다. 그들은 슬하에 아들을 하나 두었지요. 서른 살 가량의 아부 하산이라는 이름을 가진 이 아들은 모든 것을 엄격히 절제하는 훈련 속에 양육되었습니다.

어느 날 상인이 세상을 뜨자 유일한 상속자였던 아부 하산은 엄청난 재산을 물려받게 되었습니다. 사실 그의 부친은 평생 열심히 장사하고 저축한 결과 이 많은 재산을 모을 수 있었던 것이었는데, 그와는 기질이나 생각이 딴판이었던 아들은 전혀 다른 방식으로 행동하기 시작했습니다. 그동안 그의 아버지는 아들에게 꼭 필요한 만큼만 돈을 주곤 했습니다. 그래서 그는 돈을 넉넉히 가지고 다니면서 여러 쾌락을 즐기는 또래의 다른 젊은이들을 몹시도 부러워했지요. 그러던 차에 이제 무엇이라도 할 수 있는 큰 재산을 손에 쥐게 되었으니 어떤 생각이 들었겠습니까? 자신도 재력에 부끄럽지 않게 돈을 씀으로써 사람들의 주목 좀 받으며 살아 보리라 결심하게 되었던 것입니다. 이를 위해 그는 재산을 두 몫으로 나누었습니다. 첫 번째 몫은 시골의 전답이며 성내의 가옥 몇 채를 구입하는 데 사용했습니다. 여기서 나오는 임대수입만으로도 편안히 놀고먹을 수 있을 정도였지만, 이 돈은 건드리지 않고 나오는 대로 한쪽에 모아 두기로 결심했습니다. 둘째 몫은 상당한 액수의 현금이었는데, 엄한 부친 탓에 허송세월한 것처럼만 느껴지는 자신의 꽃다운 청춘을 만회하는 데 쓸 돈이었죠. 하지만 그는 한 가지 엄격한 원칙을 세워 무슨 일이 있더라도 꼭 지키겠다고 다짐했습니다. 즉 앞으로 아무리 방탕한 생활을 하게 된다 해도, 나누어 놓은 몫 이상의 돈은 절대로 쓰지 않겠다는 결심이었습니다.

이러한 계획을 품은 그는 며칠 지나지 않아 그와 나이와 신분이 엇비슷한 친구들을 모아들이고 그들의 입에서 〈아부 하산의 집에서 정말 잘 놀았다!〉라는 소리가 터져 나오게 해줘야겠다고 작정했습니다. 이를 위해 그는 더없이 맛있는 요리들과 감미로운 포도주들이 넘쳐 나는 호화로운 향연을 열어 밤낮으로 그들을 대접하는 것에 그치지 않았습니다. 최고의 남녀 가수들을 불러 풍악까지 곁들여 주었던 것입니다. 이 젊은 패거리는 손에 술잔을 들고 악사들의 노래를 따라 부르기도 했으며, 때로는 악기 반주에 맞추어 합창을 하기도 했습니다. 그리고 대부분의 경우 연회는 주인장이 불러온 바그다드 최고의 춤꾼들이며 익살 광대들이 한데 뒤섞여 벌이는 춤판으로 끝나곤 했습니다. 이러한 여흥이 매일매일 새로운 것들로 바뀜에 따라 엄청난 돈이 지출되었고, 결국 한 해가 지나자 아부 하산은 이 같은 생활을 지속할 수 없게 되었습니다. 쏜아부은 막대한 돈과 더불어 한 해가 끝나 버린 것입니다. 그런데 그가 더 이상 연회를 열 수 없게 되자 친구들도 사라져 버렸습니다. 그 많던 친구들이 하나도 보이지 않았지요. 사실 그들은 멀리서 아부 하산의 모습이 보일 때마다 슬그머니 피해 버렸던 것입니다. 어쩌다 길에서 마주치게 되어 잠깐 애기 좀 하자고 해도, 갖가지 핑계를 대고는 가버렸습니다.

아부 하산의 가슴을 아프게 한 것은 헛되이 낭비한 돈보다도 친구들이 보이는 이런 이상한 행동들이었습니다. 세상에서 가장 친한 친구인 양 변함없는 우정을 맹세하던 그들이 아니었습니까? 그랬던 자들이 어떻게 이처럼 배은망덕하고도 뻔뻔스러운 태도를 보일 수 있단 말입니까? 그는 슬픈 얼굴로 고개를 푹 숙인 채 어머니의 방에 들어와, 그녀에게서 약간 떨어진 좌단 한구석에 멍하니 앉았습니다. 그런 아들의 모습을 본 어머니는 그에게 물었습니다.

「애야! 대체 무슨 일이냐? 왜 그리 낙담해 있는 거냐? 평소의 너와는 전혀 다른 모습이구나. 네가 가진 것을 다 잃기라도 했단 말이냐? 그래! 나는 네가 지금까지 엄청난 돈을 썼다는 사실을 알고 있다. 그렇게 흥청망청하며 살더니 이제 돈이 남지 않은 모양이구나. 하지만 네 돈을 네가 쓴 것이니 누가 뭐라 하겠니? 그리고 사실 내가 지금까지 너의 무절제한 행동을 막으려 하지 않았던 것은, 네가 재산의 반을 떼어 남겨 두는 현명한 조치를 미리 취해 놓았기 때문이다. 그런데 이렇게 우울한 얼굴을 하고 있다니, 나로서는 도통 이해할 수 없구나.」

아부 하산은 울음을 터뜨렸습니다. 그리고 터져 나오는 한숨과 억누를 수 없는 흐느낌 사이사이 외쳤습니다.

「어머니! 가난이란 게 얼마나 견딜 수 없는 것인지, 저는 고통스러운 경험을 통해 비로소 깨닫게 되었어요. 그래요! 일몰이 우리에게서 찬란한 햇빛을 빼앗아 가듯, 가난은 우리의 모든 즐거움을 앗아 간다는 사실을 전 절실히 느끼고 있어요. 가난에 떨어지기 전에는 사람들이 우리에게 온갖 칭찬과 아첨을 늘어놓습니다. 하지만 가난은 이 모든 것들을 다 잊게 하지요. 가난은 우리로 하여금 길을 갈 때도 사람들의 눈에 띄지 않게끔 조심조심 걷게 만들고, 피눈물을 흘리며 밤을 지새우게 하지요. 한마디로 가난한 자는 심지어는 친척이나 친구들에게서도 따돌림을 당하는 자예요.

어머니도 잘 아시잖아요? 일 년 전부터 제가 어떻게 친구들을 대접해 왔는지요. 저는 진수성찬으로 그들을 대접해 왔어요. 그런데 이제 가진 돈을 다 써서 더 이상 이전처럼 할 수 없게 되자, 그자들은 저를 버리고 떠나 버렸어요.

그런데 어머니! 어머니도 아시는 것처럼 제가 돈을 다 써 버렸다는 것은 즐기기 위해 떼어 놓았던 그 몫에 대해서만 말하는 겁니다. 임대 수입은 그렇지 않지요. 그 돈만큼은 정신없이 즐기기 위한 목적으로는 한 푼도 건들지 않기로 맹세했었고, 이런 현명한 생각을 제 안에 불어넣어 주신 하느님께 감사할 뿐이에요. 저는 이 맹세를 철저히 지켰어요. 또 다행스럽게도 이렇게 남아 있는 재산을 어떤 식으로 관리해야 할지도 잘 알고 있어요. 하지만 그에 앞서, 소위 내 친구라고 하는 자들이 어느 정도까지 배은망덕할 수 있는지 한번 시험해 보고 싶어요. 나는 그들을 한 명 한 명 찾아다녀 볼 거예요. 지금껏 그들을 위해 해준 일들을 말하고, 지금 제가 빠져 있는 이 불행한 처지에서 벗어날 수 있게끔 얼마간 돈을 마련해 줄 수 있겠느냐고 부탁해 볼 거예요. 하지만 이미 말씀드렸듯이, 제가 이런 일을 하는 것은 과연 제게 고마워하는 마음이 그들에게 남아 있는지 알아보기 위함일 뿐이랍니다.」

「애야! 너의 뜻이 그러하다니 말리진 않겠다. 하지만 네 시도는 부질없다는 것을 미리 말해 주고 싶구나. 네가 가서 어떻게 할지 모르겠지만, 아무것도 소용없을 것이다. 그들에게서 도움을 바란다고? 도움은 오직 네가 남겨 놓은 그 재산만

이 줄 수 있어. 보아하니 넌 아직도 네가 어울리던 부류들이 말하는 〈친구들〉이 무엇을 의미하는지 잘 모르고 있는 것 같구나. 하지만 곧 알게 되겠지. 부디 네가 그걸 깨닫고 앞으로는 행복하게 되기만을 빌 뿐이다.」

「어머니! 저도 어머니 말씀이 옳다고 생각해요. 하지만 그들의 비겁함과 냉정함을 직접 겪고 나면 더욱 확실히 알게 되겠죠.」

아부 하산은 즉시 출발해 친구들을 찾아갔습니다. 다행히 시간을 잘 맞췄기 때문에 모두들 집에서 만날 수 있었습니다. 그는 우선 지금 자신이 몹시 어려운 형편임을 설명하고, 제발 지갑을 열어 도와 달라고 부탁했습니다. 심지어 그는 각 사람에게 차용증을 써주겠으며, 빌린 돈은 사업이 호전되는 대로 즉시 갚겠다고 약속했습니다. 하지만 자신이 이런 꼴이 된 것이 바로 그들 때문이라고는 말하지 않았습니다. 그런 간접적인 압박 없이 도와줄 때 그들의 관대함이 더욱 빛을 발할 것이기 때문이었죠. 또 그들에게 제공했던 그런 성대한 연회를 언젠가 다시 시작할 수 있다는 희망까지 심어주려 해보았습니다.

이렇게 아부 하산이 과거의 술벗들을 설득하기 위해 자신이 겪고 있는 고통을 절절이 호소해 보았지만 그들은 눈 하나 까딱하지 않았습니다. 심지어 여러 친구들이 자신은 그를 알지 못하며 본 기억조차 없다고 대놓고 말할 때, 그는 억장이 무너지는 것만 같았습니다. 괴롭고도 분한 가슴을 부여잡고 집에 돌아온 그는 방에 들어서며 외쳤습니다.

「아, 어머니! 어머니 말씀이 옳았어요! 제가 가서 만난 것은 친구들이 아니었어요. 그들은 나와 우정을 나눌 자격이 없는 의리 없고, 배은망덕하고, 사악한 놈들이었어요. 어머니께 약속드릴게요! 두 번 다시 그놈들을 보지 않겠다고요.」

아부 하산은 이 약속을 반드시 지키리라 굳게 다짐하며, 이를 위해 앞으로 절대 그들과 마주치는 일이 없도록 조심해야겠다고 생각했습니다. 또한 과거의 전철을 밟지 않기 위하여, 바그다드 사람에게는 절대로 음식을 대접하지 않겠노라고 맹세했습니다. 그러고 나서는 텅 빈 금고를 치워 버리고, 그 자리에 임대 수입으로 번 돈이 들어 있는 금고를 갖다 놓았습니다. 그는 이 금고에서 하루에 한 명씩, 자신과 함께 저녁을 나눌 사람을 크게 부끄럽지 않을 정도로 대접하는 데 필요한 액수만을 꺼내어 쓰리라 결심했습니다. 또한 그 한 사람은 바그다드 사람이 아닌 바그다드에 당일 도착한 이방인이 될 것이며, 단 하룻밤만 잠자리를 제공하고 다음 날 아침에는 집에서 내보내리라고 맹세했습니다.

이러한 계획에 따라 아부 하산은 매일 아침 나가서 손님 접대에 필요한 음식을 직접 구입해 왔습니다. 그리고 해 질 무렵 바그다드의 다리 끝에 앉아 기다리고 있다가 이방인이 보이면 그의 겉모습과 신분을 불문하고 정중히 다가가서, 바그다드에 도착한 첫날 밤은 자기 집에 모실 터이니 식사하고 하룻밤 쉬어 가라고 정중한 태도로 청했습니다. 또 이렇게 대접하는 데 있어 자신이 세워 놓은 원칙과 조건에 대해서도 알려 준 다음 나그네를 집으로 데려왔습니다.

아부 하산이 손님에게 대접하는 음식은 대단한 진수성찬은 아니었지만 훌륭한 한 끼 식사로서 전혀 부족함이 없는 것이었습니다. 특히 술이 떨어지는 경우는 없었습니다. 보통 식사는 밤늦게까지 계속되곤 했는데, 그들이 나누는 대화의 주제는 대부분의 남자들이 관심을 갖는 정치나 사업이나 가족에 대한 것보다는, 유쾌하고도 재미난 가벼운 한담들이었습니다. 아부 하산은 천성적으로 쾌활하고 유머 감각이 뛰어난 사람이었고, 화제가 무엇이든 상관없이 아주 재미있게 이야기를 하여 아무리 우울한 사람이라도 웃게 만드는 재주가 있었던 것입니다.

다음 날 아침이면 아부 하산은 손님을 내보내며 말했습니다. 「어디를 가시든 우환이 없게끔 하느님께서 선생을 지켜 주시길 빕니다! 어제저녁 선생을 초대했을 때, 제가 스스로에게 약속한 원칙에 대해 설명드렸지요? 그러니 우리는 앞으로 함께 술을 마시는 일도 없을 것이고 우리 집은 물론 다른 곳에서도 얼굴을 보는 일이 없을 것이니, 너무 섭섭하게 생각하지 말아 주세요! 저로서도 나름의 이유가 있어서 그런답니다. 가시는 길, 하느님께서 함께하시길 빕니다!」

아부 하산은 이 규칙을 엄격하게 지켰습니다. 그는 한번 자기 집에 초대한 사람은 두 번 다시 보지 않았고, 말도 하지 않았습니다. 길거리나 광장, 혹은 사람들이 모이는 장소 같은 곳에서 마주쳐도 못 본 척했습니다. 심지어는 상대방이 다가오지 못하게 하려고 몸을 돌려 외면하기까지 했습니다. 한마디로 그들과 아무런 교류도 갖지 않았던 것입니다.

아부 하산이 이런 식으로 살기 시작한 지도 꽤 세월이 흐른 어느 날이었습니다. 석양 무렵, 평소와 다름없이 다리 끝에 앉아 있는데, 칼리프 하룬알라시드가 신분을 알아보지 못하게끔 변장한 모습으로 거기에 나타났습니다. 물론 이 군주는 맡은 바 임무를 정확하게 수행하는 관리들이며 포도대장들을 거느리고 있었지만, 그럼에도 불구하고 자신이 직접 나라 안을 돌아다니며 모든 것을 살피고 싶어 했습니다. 그래서 다양한 모습으로 변장한 채 바그다드 시내를 돌아다니곤 했던 것입니다. 또한 그는 도성 밖도 결코 소홀히 하지 않았으며, 이를 위해 매달 첫날이면 바그다드로 들어오는 큰 길 중 하나를 택해 그쪽 방면을 둘러보는 습관이 있었습니다. 이날도 초하룻날이었던지라 그는 막 도착한 모술 상인처럼 변장을 한 채 건장한 노예 한 명을 거느리고 다리 저쪽에서 나타났습니다.

변장은 했지만 여전히 근엄하고 위엄 있는 풍채의 칼리프를 본 아부 하산은 그가 모술의 부유한 상인이라 생각하고는, 앉아 있던 자리에서 일어나 상냥하게 인사를 건네며 그의 손등에 입을 맞추었습니다.

「사장님! 바그다드에 무사히 도착하신 것을 축하드립니다! 저의 집에 가셔서 함께 저녁을 들고 하룻밤 쉬어 가지 않으시렵니까? 여행 중에 쌓인 피로를 조금이나마 씻어 드리고 싶습니다만.」

그는 자신의 초대를 거절할 수 없게 하려고 자신은 매일 여기서 이렇게 기다리고 있다가 첫 번째로 나타나는 이방인을 초대하여 단 하룻밤만 재워 주는 습관이 있다고 설명해 주었습니다.

아부 하산의 기묘한 취향 가운데 무언가 독특한 점이 있음을 느낀 칼리프는 그에 대해 깊이 알아보고 싶은 마음이 생겼습니다. 그래서 여전히 상인 행세를 하며, 바그다드에 도착하여 이처럼 친절한 분을 만나게 되리라고는 생각지도 못했던바 이 고마운 호의에 보답하기 위해서는 다만 감사히 받아들이는 길밖에 없겠다고 대답했습니다. 또 당장에라도 따라갈 준비가 되어 있으니 길을 인도해 달라고 덧붙였습니다.

우연히 만난 이 손님이 무한히 높은 위치에 있는 인물이라는 사실을 꿈에도 몰랐던 아부 하산은 그를 자신과 같은 계급의 사람으로 대했습니다. 그는 칼리프를 자기 집에 데려가 훌륭한 가구들로 꾸민 방으로 인도하여 좌단의 상석에 앉혔습니다. 이미 저녁은 요리되어 있었고 식기도 놓여 있었지요. 훌륭한 요리사였던 아부 하산의 어머니는 세 가지 음식을 내놓았습니다. 가운데 있는 접시에는 보기에도 탐스러운

수탉 한 마리와 영계 네 마리가 먹음직스럽게 요리되어 담겨 있었지요. 다른 두 접시에는 앙트레[84]가 있었는데, 하나는 살진 거위 요리요, 다른 하나는 비둘기 새끼로 만든 라구 수프였습니다. 그 외에 다른 음식은 없었지만 이 고기들은 모두 엄선된 것들이어서 맛이 기막혔습니다.

아부 하산은 손님과 마주 앉았고, 두 사람은 각자의 입맛에 맞는 것을 골라 왕성한 식욕으로 먹기 시작했습니다. 먹는 동안에는 이 나라의 관습에 따라 말도 하지 않고 물도 마시지 않았습니다. 그렇게 두 사람이 다 먹고 나자 칼리프의 노예가 손 씻을 물을 떠 왔고, 두 사람이 손을 씻는 동안 아부 하산의 어머니는 상을 치운 다음 건포도, 복숭아, 사과, 배 등 다양한 제철 과일이며 아몬드 가루로 빚은 각종 과자들로 이루어진 후식을 내왔습니다. 날이 저물어 촛불이 밝혀지자 아부 하산은 술병과 술잔을 내오게 한 다음, 어머니에게 부탁하여 칼리프의 노예에게도 저녁을 차려 주게 했습니다.

가짜 모술 상인, 즉 칼리프와 아부 하산은 다시 식탁에 앉았습니다. 아부 하산은 과일을 맛보기 전에 먼저 술 한 잔을 따라 들고는 칼리프에게 말했습니다.

「사장님! 사장님께서도 저처럼 한 잔 하시는 게 어떻겠습니까? 사장님께서 술에 대해 어떤 의견을 갖고 계신지는 모르겠습니다만 저는 이렇게 생각합니다. 술을 혐오한다면 제아무리 똑똑한 척해도 실은 그렇지 못한 사람이라고요. 그처럼 음울하고 처량한 자들은 계속 그렇게 살라고 놔두고, 우리는 즐겁게 삽시다! 즐거움은 술잔 안에 있고, 술잔은 그것을 비우는 사람에게 그 즐거움을 전해 주는 법입니다.」

이렇게 말하고 아부 하산이 잔을 쭉 들이켜자, 칼리프도

---

84 *entrée*. 서양 요리에서 식사가 시작될 때 보통 수프 다음에 나오는 요리.

지지 않고 자기 앞에 놓인 잔을 잡으면서 말했습니다.

「허허! 정말 마음에 드오! 선생이야말로 화통한 사람이외다. 선생의 그 명랑한 성격이 정말 좋소! 자, 내게도 한 잔 따라 주시오!」

아부 하산은 그의 대답이 끝나기 무섭게 자기 술잔을 비우고 술을 따라 주었습니다.

「한번 맛보십시오! 맛이 괜찮을 것입니다.」

「과연 그렇게 보이오!」 칼리프가 웃는 낯으로 대꾸했습니다. 「선생 같은 분이 고른 술이니 어련하겠소? 당연히 최상품이겠지.」

칼리프가 술을 마시는 동안 아부 하산이 다시 말했습니다.

「사장님 같은 분은 척 보면 알 수 있습니다. 견문이 넓고 인생을 제대로 즐길 줄 아시는 분이라는 것을요.」 그러고 나서 아랍의 시를 인용하며 덧붙였습니다. 「만일 우리 집도 감정이 있어서 사장님 같은 분을 모시게 된 기쁨을 느낄 수 있다면, 그것을 소리 높여 표현할 텐데요. 당장에 사장님 발밑에 엎드려 이렇게 외칠 것입니다. 〈오, 이 어떤 기쁨, 이 어떤 행복인가! 이같이 훌륭한 신사분께서 이 누추한 집에 하룻밤 묵어가겠다고 하시니 그 어떤 영광이란 말인가!〉 그렇습니다, 사장님! 저는 오늘 사장님 같은 분을 만나게 되어 더없이 기쁩니다.」

아부 하산의 재담에 워낙에 쾌활한 성격이었던 칼리프는 크게 웃었습니다. 그는 아부 하산에게 술을 여러 잔 권하고, 자기에게 따라 달라고 청하기도 했습니다. 사실 이 모든 것은 사람을 명랑하게 만드는 취기를 통해 그에 대해 좀 더 많은 것을 알아내기 위함이었죠. 칼리프는 그와 대화를 시작하면서 이름과 직업이 무엇인지, 어떤 식으로 살아가고 있는지 물었습니다.

「사장님! 제 이름은 아부 하산입니다. 선친께서는 상인이셨는데 최고의 부자라고 할 수는 없었지만, 최소한 바그다드에서는 꽤 여유 있는 분 중의 하나였죠. 그분이 세상을 떠나며 물려주신 재산은, 그렇게 큰 야심만 품지 않는다면 저 정도 신분의 사내가 한평생 편안히 살아가기에 충분한 것이었습니다. 한데 선친께서 살아 계셨을 때 제게 무척 엄격하셔서, 저는 젊은 시절의 대부분을 아주 답답하게 지내야만 했습니다. 그래서 그분이 돌아가시자마자 허비한 호시절을 만회해야겠다고 결심했죠.

하지만 저는 다른 보통 젊은이들과는 다르게 처신했습니다. 그들은 아무 생각 없이 방탕 속에 빠져듭니다. 그 결과 알거지가 되어 남은 생을 도형수처럼 박박 기면서 살아가야 하죠. 저는 이런 불행에 빠지는 일은 없어야겠다고 생각했습니다. 전 재산을 딱 반으로 갈라, 한 몫으로는 부동산을 장만했고, 다른 몫으로는 현금을 만들었습니다. 현금은 제가 계획한 일에 쓰는 대신, 부동산에서 나오는 수입은 절대 건드리지 않겠다고 굳게 결심했습니다. 저는 제 또래의 친구들을 모아 같이 놀면서 돈을 그야말로 물 쓰듯 썼습니다. 매일같이 그들에게 산해진미를 차려 주고, 온갖 오락과 여흥을 즐기며 흥청망청 신나게 놀았죠. 하지만 그것은 오래가지 못했습니다. 한 해가 지나자 금고는 바닥을 드러냈고, 동시에 친구들도 일제히 사라져 버렸습니다. 저는 그들을 하나하나 찾아다니며 제가 어떠한 곤경에 처해 있는지 설명했습니다. 하지만 조금이라도 도와주겠다고 나서는 자는 한 명도 없더군요. 그래서 저는 그들과의 우정을 포기하고, 오직 임대 수입의 범위 내에서 지출하며 살아야겠다고 결심한 것입니다. 또 매일 바그다드에 도착하는 나그네 가운데 첫 번째로 만나는 사람, 그 한 사람만, 그것도 단 하룻밤만을 대접해 주기로 마음먹었습니다. 그 나머지에 대해서는 이미 말씀드린 바 있죠? 오늘 사장님처럼 훌륭한 분을 만날 수 있었던 것은 큰 행운이라 생각합니다.」

칼리프는 이 설명에 크게 만족했습니다.

「선생이 방탕한 생활을 시작하면서 그런 신중한 대책을 세워 놓았다니 정말로 칭찬하지 않을 수 없구려! 선생은 보통 젊은이들과는 달리 처신하셨소. 또한 그렇게까지 자신의 원칙에 충실할 수 있었다니 더욱 가상한 일이오. 사실 쉬운 일은 아니었을 것이오. 현금을 쓰는 재미를 알고 나서도 그렇게나 자신을 절제하여 임대 수입과 부동산을 보전할 수 있었다니, 참으로 감탄스럽기만 하오! 이 세상 탕아 가운데 선생 같은 사람은 없을 거요. 아니, 앞으로도 두 번 다시 나타나지 않을 거요. 한마디로 난 선생의 행복이 부럽소. 선생은 매일 신사 한 사람과 유쾌한 시간을 가질 수 있잖소? 또 그 사람은 선생이 얼마나 따뜻하고도 멋지게 영접해 주었는지 온 세상에 알리고 다닐 게 아니겠소? 선생이야말로 세상에서 가장 행복한 사람이오. 그런데 이런! 우리가 오랫동안 마시지도 않고 떠들고만 있었구려! 자, 쭉 들이켜시오! 그리고 내게도 한 잔 따라 주시오!」

칼리프와 아부 하산은 이렇게 유쾌한 대화를 나누며 오랫동안 잔을 기울였습니다.

어느덧 밤이 이슥해졌습니다. 칼리프는 먼 길을 와 몹시 피곤한 듯 행동하면서, 아부 하산에게 자기는 좀 쉬어야겠다고 말했습니다. 그러고는 이렇게 덧붙였습니다.

「선생도 나 때문에 이러고 계신데 이젠 들어가 쉬어야 하지 않겠소? 자, 헤어지기에 앞서 — 내일 아침 우리는 선생이 일어나기 전에 집을 나서게 될지도 모른다오 — 선생께 말씀드리고 싶은 게 있소이다. 우선 선생이 베풀어 주신 이 모든 친절한 환대와 맛난 음식이 얼마나 감사한지 모른다고 말씀드리고 싶소. 지금 내 유일한 고민은 과연 어떤 방법으로 내 고마운 마음을 표현해야 할지 모르겠다는 것이오. 그러니 그 방법 좀 알려 주시오! 내가 은혜를 모르는 자가 아니라는 걸 증명하고 싶소. 어떤 필요한 것이나 해결해야 할 일 같은 것 없소? 아니면 뭔가 원하는 것은 없소? 자, 허심탄회하게 말해 보구려! 내 비록 일개 상인에 불과하지만, 직접 나서거나 내 친구들을 통해 선생에게 도움을 줄 능력은 있소이다.」

칼리프의 제의에 아부 하산은 여전히 그를 상인으로 생각하며 대답했습니다.

「고마우신 사장님! 이렇게 너그러운 제의를 해주시는 것이 단순한 인사치레만이 아님을 잘 알고 있습니다. 하지만 신사의 명예를 걸고 말씀드리거니와 제게는 고민거리도, 해결해야 할 일도, 또 특별히 원하는 것도 없습니다. 이미 말씀드렸듯이 제게는 조금의 야심도 없으며 현재의 팔자에 아주 만족하고 있습니다. 단지 사장님께 감사드릴 따름입니다. 이렇게 친절한 제의를 해주신 것에 대해서뿐 아니라, 매우 영광스럽게도 누추한 집에 들어오셔서 그 형편없는 음식을 들어 주신 것에 대해 말입니다.

한데 말이 나온 김에 말입니다, 저의 평온한 마음을 흩트릴 정도는 아니지만 한 가지 걸리는 게 있긴 합니다. 사장님도 아시겠지만 바그다드 시는 여러 구역으로 나뉘어 있습니다. 각 구역에는 모스크가 하나씩 있으며, 또 정해진 시간에 거기 모여든 이들의 기도를 인도하는 이맘이 한 사람씩 있습니다. 우리 구역 이맘은 근엄한 낯짝을 하고 다니는 노인네인데, 세상에 다시없는 완벽한 위선자랍니다. 그는 교무회(敎務會)인지 뭔지를 만들어 거기에 자신과 다를 바 하나 없는 동네 영감탱이 넷을 끌어들였습니다. 그런데 이자들이 매일 그의 집에 은밀하게 모여 한다는 짓이 뭔지 아십니까? 저와 구역 주민 전체에 대한 험담과 중상과 흉계를 쑥덕거리며 구역의 평화를 깨뜨리고 불화를 조성하는 일입니다. 그들은 이런 식으로 선량한 주민들을 위압하고 위협합니다. 한마디로 이 동네 주인이 되어 사람들을 멋대로 다스리려 듭니다. 제 몸 하나 제대로 다스리지 못하는 인간들이 말입니다. 진실을 말하자면 저는 코란이나 제대로 읽고 있을 것이지 주제넘게 남의 일에 간섭하며 평화롭게 살고 있는 이들을 괴롭히는 이자들을 보면 정말이지 속이 터집니다.」

「아, 그렇다면 선생은 이 혼란한 흐름을 막을 수 있는 방법을 찾고 싶은 모양이구려?」

「바로 그겁니다. 이를 위해 제가 하느님께 구하고 싶은 게 딱 한 가지 있습니다. 바로 단 하루만이라도 신자들의 사령관, 즉 우리의 지고의 군주이시며 주인이신 하룬알라시드를 대신하여 칼리프가 되어 보는 거지요.」

「그리되면 뭘 하려고요?」

「만인의 본보기가 될 만한 일을 하나 하려고요. 선량한 우리 주민 모두를 만족시켜 줄 일이기도 하지요. 저는 네 영감탱이의 발바닥에 태형 백 대씩을, 이맘에게는 사백 대를 내려, 이웃들을 귀찮게 하고 우울하게 만드는 짓거리가 그들 소관이 아님을 똑똑히 가르쳐 주겠습니다.」

칼리프는 아부 하산의 생각이 매우 재미있다고 생각했습니다. 워낙에 기상천외한 모험을 즐기는 성격이었던 그는 아부 하산의 말을 듣고는, 아주 특별한 장난을 한번 쳐보고 싶은 마음이 들었습니다.

「선생의 소망이 내 마음에 드는 이유는, 그것이 못된 인간들이 아무런 처벌도 받지 않고 악행을 저지르는 꼴을 참지 못하는 선생의 강직한 마음에서 나왔기 때문이오. 그 소망이 정말로 이뤄져 그자들을 혼쭐낼 수 있다면 나 또한 매우 신이 날 것 같소. 어쩌면 그것은 선생의 생각처럼 그렇게 불가능한 일이 아닐지도 모르오. 나는 확신하오! 만일 칼리프께서 선생의 가상한 뜻을 알게 된다면, 스물네 시간 동안이나마 자신의 권력을 선생에게 기꺼이 맡기리라는 것을. 내 비록 일개 외국 상인에 불과하지만, 이 일이 실현되는 데 나름대로 기여할 수 있을 정도의 영향력은 있는 사람이오.」

「하하! 사장님은 저의 턱없는 공상을 비웃으시는군요! 물론 칼리프께서도 이런 황당무계한 생각을 들으시면 저를 비웃으시겠지만요. 하지만 그럴 경우, 칼리프께서는 최소한 이맘과 네 늙은이들에 대해 알아보시고 그들을 벌주실 수는 있겠죠.」

「난 절대 선생을 비웃고 있는 게 아니라오. 선생은 나 같은 생면부지의 사람을 그토록 친절하게 대접해 준 고마운 분 아니오? 이런 분에게 어찌 내가 그런 당치 않은 생각을 품을 수 있겠소? 분명 칼리프께서도 비웃지 않으실 것이오. 하지만 그 얘긴 그만합시다. 조금 있으면 자정인데, 이제 잠자리에 들어야죠.」

「그래요! 대화는 이만 끝내기로 하죠! 사장님이 쉬시는 데 제가 방해가 되어서는 안 되겠죠. 하지만 병 안에 아직 술이 약간 남아 있으니, 괜찮으시다면 마저 비우는 게 어떻겠습니까? 그러고 나서 자기로 하죠. 제가 부탁드리고 싶은 건 단 한 가지입니다. 내일 아침 집을 나가실 때 제가 아직 깨어 있지 않으면, 방문을 열어 두지 말고 좀 수고스러우시더라도 닫아 달라는 것입니다.」

칼리프는 그렇게 하겠노라 약속하면서 술병과 잔 두 개를 집어 들었습니다. 그는 한쪽 잔에 술을 따르고서 이는 주인장에게 감사하는 뜻으로 마시는 거라고 말했습니다. 이어 그 잔

을 쭉 들이켜면서, 품속에서 가루약을 소량 꺼내어 아부 하산의 잔에다 교묘하게 집어넣고는 그 위에 남은 술을 부었습니다. 그러고서 이 잔을 아부 하산에게 권하며 말했습니다.

「선생은 오늘 저녁 내내 내게 술을 따라 주셨소. 그러니 마지막 잔만은 내가 그 수고를 덜어 드려야 하지 않겠소? 자, 이 잔을 받으시고, 나를 위해 쭉 한 잔 들이켜 주시오!」

아부 하산은 잔을 받아 들었습니다. 그러고는 손님이 베푼 이 영예를 자신이 얼마나 기꺼이 받아들이고 있는지 보여 주기 위해 술을 한입에 털어 넣었습니다. 하지만 빈 잔을 상 위에 내려놓기 무섭게 가루약은 효력을 발휘했습니다. 갑자기 깊은 잠에 빠져든 것입니다. 그의 고개가 푹 꺾이더니 거의 무릎에 닿을 듯 아래로 숙여졌습니다. 멀쩡하던 사람의 눈이 순식간에 흐려지더니 그렇게 콕 하고 고개를 아래로 처박는 모습에, 칼리프는 웃음을 금할 수 없었습니다. 이때 그를 수행하는 노예는 식사를 마치고 돌아와 있어서, 언제라도 주군의 명을 받들 준비가 되어 있는 상태였습니다. 칼리프는 노예에게 분부했습니다.

「이 사람을 네 어깨에 들쳐 메어라! 그리고 나갈 때는 이 집 위치를 잘 기억해 두어야 한다! 나중에 내 명에 따라 이 사람을 다시 데려다 놓을 수 있도록 말이다.」

칼리프는 아부 하산을 들쳐 멘 노예를 데리고 집을 나왔습니다. 하지만 아부 하산의 부탁과는 달리 방문을 닫아 놓지는 않았는데, 이는 일부러 그런 것이었습니다. 왕궁에 도착한 그는 비밀 문을 통해 안으로 들어갔고, 거기서 다시 노예와 함께 자신의 거처까지 걸어갔습니다. 칼리프는 기다리고 있던 궁신들에게 명했습니다.

「이 사람의 옷을 벗겨 내 침대 위에 눕혀 놓아라! 이이를 어떻게 할 것인가에 대해서는 나중에 알려 주겠다.」

궁신들은 그의 명대로 아부 하산이 입고 있던 옷을 벗기고 대신 칼리프의 잠옷을 입혀 침대 위에 눕혔습니다. 궁 안에서는 아직 아무도 잠자리에 들지 않고 있었습니다. 칼리프는 궁신들과 시녀들을 모두 불러 말했습니다.

「평소 내가 기상할 때 옆에서 시중을 드는 사람들은 모두 명심해 듣거라! 여기 내 침대 위에 누워 있는 이 사람이 보이는가? 내일 아침 그가 깨어나면 곁으로 가서 평소에 내게 하는 것과 똑같이 시중을 들어 주기 바란다. 또한 내게 하듯 지극한 예를 다할 것이며 그의 모든 명에 복종해야 한다. 그가 요구하는 모든 것을 거부하지 말 것이며 그가 무슨 말을 하고 무엇을 원하든 반박하지 마라. 그에게 말하거나 대답할 때는 반드시 신자들의 사령관을 대하듯 해야 한다. 한마디로 말해서 내 존재는 잊어버리고 그가 정말로 칼리프요 신자들의 사령관인 듯 생각하고, 또 그렇게 대할 것을 명한다. 가장 중요한 것은 어떤 상황에서든 실수를 범하여 그가 눈치채는 일이 없어야 한다는 점이다.」

궁신들과 시녀들은 지금 칼리프가 무엇인가 장난을 꾸미고 있음을 눈치채고는 대답 대신 허리를 깊이 숙였습니다. 그리고 최선을 다해 임무를 수행하고 각자가 맡은 역할을 빈틈없이 연기하기 위한 준비를 시작했습니다.

칼리프는 아까 왕궁에 들어오면서 처음 마주친 궁신으로 하여금 대재상 자파르를 불러오게 한 바 있었습니다. 이 대재상이 이제 막 들어오는 것을 본 칼리프는 그에게 말했습니다.

「자파르 경! 그대를 오게 한 것은, 내일 아침 어전에 들어왔을 때, 여기 내 침대에서 자고 있는 이 남자가 나의 예복을 입고 옥좌 위에 앉아 있는 것을 보더라도 놀라지 말라고 당부하려 함이오. 이 사람을 대할 때 평소 내게 하듯 예의와 경의를 표할 것이며, 신자들의 사령관을 대하듯 하시오. 그가 명하는 모든 것을 마치 나 자신의 명인 것처럼 잘 듣고 집행하도록 하시오. 분명히 그는 빈민들에게 자선을 베풀려 할 것이고, 그 일을 경에게 맡길 것이오. 그러면 그가 명하는 대로 하시오. 이로 인해 국고가 바닥나는 일이 있더라도 말이오. 또한 왕족들과 집행관들 그리고 궁 밖의 모든 관리에게도 이르시오! 내일 아침 어전 회의 때 내게 하는 것과 똑같은 예를 그에게 올리고 그가 눈치채지 못하게끔 비밀을 철저히 지켜, 내가 즐기려 하는 이 장난을 망치는 일이 없도록 하라고 말이오. 자, 더 이상은 분부할 게 없으니 이제 물러가시오! 그리고 경에게 이른 것을 반드시 행하도록 하시오!」

대재상이 물러가고 나자 칼리프는 평소 사용하는 침실이 아닌 다른 궁실로 갔습니다. 거기서 그는 호위대장 메스루르에게도 해야 할 일을 지시했습니다. 아부 하산의 소원을 풀어 주는 한편, 소원대로 하루라는 짧은 기간 동안이나마 지고의 권력을 손에 쥔 그가 그것을 어떻게 사용할지 보고 싶었던 칼리프는 모든 일이 자기의 계획대로 이루어지길 원했던 것입니다. 그가 호위대장에게 특별히 당부한 것은 다음 날 아침 평소대로 자기를 깨우되, 아부 하산이 일어나는 것을 볼 수 있게끔 반드시 그보다 먼저 깨워 달라는 것이었습니다.

다음 날 아침, 메스루르는 지시받은 시간에 칼리프를 깨웠습니다. 아부 하산이 자고 있는 방에 들어간 칼리프는 발을 통해 자신의 모습을 드러내지 않고 방안에서 일어나는 일을 내려다볼 수 있는 높은 골방에 자리를 잡았습니다. 아부 하산이 잠에서 깨어날 때 옆에 있어야 할 궁신들과 시녀들도 일제히 방에 들어왔습니다. 그러고는 각자의 자리에 조용히 시립한 채 주어진 역할을 다하기 위해 기다렸습니다. 그런 그들의 모습은 진짜 칼리프의 기침을 기다리는 평소의 모습 그대로였지요.

벌써 동녘이 밝아 오고 있었고, 해 뜨기 전 기도를 위해 일어나야 할 시간이 되었습니다. 침대 머리맡에서 가장 가까운 곳에 서 있던 궁신이 아부 하산에게 다가가 식초로 적신 조그만 스펀지를 그의 코에 갖다 댔습니다.

아부 하산은 눈을 뜨지는 않았지만 즉시 고개를 옆으로 돌리며 재채기를 했습니다. 그가 약간 컥컥거리다가 가래침 같은 것을 뱉어 내자, 옆에 있던 궁신은 침대 밑에 깔린 양탄자가 더러워지지 않도록 얼른 조그만 금 대야를 내밀어 받아 주었습니다. 그것은 칼리프가 그에게 먹인, 얼마간의 시간 동안 잠이 들게 하는 가루약의 약효가 떨어졌을 때 나타나는 증상이었습니다.

그는 머리를 다시 베개에 묻으면서 두 눈을 떴습니다. 그러다가 문득 방안에 새어 들어오는 희미한 새벽빛을 통해 자신이 어떤 낯선 방 한가운데 누워 있다는 사실을 깨달았습니다. 호화로운 가구들로 꾸며진 큰 방 천장의 오목하게 파인 부분에는 다양한 형상들이 아라베스크 문양으로 그려져 있었으며, 이곳저곳에 거대한 황금 항아리들이며 비단과 금실로 지은 휘장들과 양탄자들이 보였습니다. 뿐만 아니라 금방이라도 연주를 시작하려는 듯 각종 악기를 들고 있는 절세미인들이 자신을 둘러싸고 있었고, 화려한 옷을 입은 흑인 내시들도 공손한 자세로 서 있었습니다. 눈을 아래로 내리니 이불 역시 무수한 진주와 다이아몬드들로 장식되어 있는 수단으로 붉은 바탕 위에 금이 수놓여 있었으며, 침대 옆에는 같은 종류의 천과 의복이 걸려 있었고, 바로 옆 쿠션 위에는 칼리프의 모자가 놓여 있었습니다.

  이처럼 호화찬란한 광경에 아부 하산은 크게 놀라고 당황했습니다. 마치 꿈을 꾸고 있는 것만 같았지요. 하지만 아주 생생하여 〈이게 꿈이 아니면 얼마나 좋을까〉 하는 생각이 들 정도였습니다. 그는 속으로 생각했습니다.

  〈만세! 드디어 내가 칼리프가 되었군!〉 하지만 곧바로 머리를 좌우로 흔들었죠. 〈아냐, 착각해선 안 되지! 이건 꿈이야! 내가 아까 그 손님한테 들려준 내 소원이 꿈을 통해 실현된 거라고!〉

  그러고 나서 그는 다시 잠들기 위해 눈을 감았습니다. 그러자 한 내시가 다가와 공손히 아뢰었습니다.

  「신자들의 사령관이시여! 폐하께선 다시 주무시지 마시옵소서! 새벽빛이 비치기 시작하고 있으니, 이제 일어나 기도를 드리셔야 합니다.」

  이 말에 아부 하산은 깜짝 놀랐습니다.

〈아니, 지금 내가 깨어 있는 거야, 자고 있는 거야?〉 그리고 여전히 눈을 감은 채로 계속 생각했습니다. 〈아니야, 난 지금 자고 있는 거야! 이건 의심의 여지가 없는 사실이야.〉

그러나 잠시 후, 그가 아무 대답도 없이 일어날 기미를 보이지 않자 내시는 재차 말했습니다.

「폐하! 아뢰옵기 황송하오나 기침하셔야 할 시간이옵니다! 기도 시간을 놓치실 수 있사옵니다. 벌써 해가 떠오르려 하고 있사옵니다. 폐하께선 평소 아침 기도를 거르시는 법이 없지 않습니까?」

이 말을 들은 아부 하산은 또 생각했지요.

〈아냐, 내가 틀렸어. 나는 자고 있지 않아. 자는 사람은 듣지 못하는 법인데, 지금 내 귀에는 누군가 말하는 소리가 들리잖아?〉

그는 다시 눈을 떴습니다. 이제 날은 환히 밝아서 조금 전까지 희미하게 보였던 것들이 눈에 또렷이 들어왔습니다. 그는 입이 귀에 걸릴 듯 미소를 지으며 벌떡 일어나 앉았습니다. 그것은 원래 신분보다 훨씬 더 높은 자리에 올랐다는 기쁨을 참지 못하는 표정이요 동작이었습니다. 숨어서 그 모습을 보던 칼리프도 그런 그의 심정을 꿰뚫어 보고 크게 즐거워했죠.

그가 일어나자 젊은 시녀들이 얼굴을 땅에 대고 절을 올렸습니다. 또 악기를 들고 있던 여인들은 아침 인사를 대신하여 피리, 티오르바[85] 그리고 기타 조화로운 음색을 내는 악기들을 연주하기 시작했는데, 그 소리가 너무도 황홀하여 아부 하산은 지금 자신이 어디에 있는지 정신을 차릴 수 없었습니다. 하지만 얼마 후 다시금 그의 머릿속에는 처음의 생각이

---

85 현악기의 일종.

떠올랐고, 지금 보고 듣는 모든 것이 꿈인지 현실인지 도무지 분간이 되지 않았습니다. 그는 손으로 두 눈을 가린 다음 고개를 숙이고는 다시 속으로 생각했습니다.

〈그런데 이게 다 뭐지? 난 지금 어디 있는 거지? 대체 내게 무슨 일이 일어난 거지? 이 궁전은 뭐지? 멋진 옷을 입고 있는 이 건장한 내시들이며 궁신들, 이 기막히게 아름다운 귀부인들 그리고 나를 황홀하게 하는 이 여자 악사들은 다 뭐란 말인가?〉

마침내 그는 손을 눈에서 떼고 고개를 들었습니다. 창문 쪽을 보니 벌써 눈부신 아침 햇살이 들어오고 있었습니다.

이때 호위대장 메스루르가 들어와 아부 하산에게 공손히 절한 후, 다시 몸을 일으키며 아뢰었습니다.

「신자들의 사령관이시여! 아뢰옵기 황송하오나 오늘 폐하께서는 평소와는 달리 늦게 기침하셔서, 유감스럽게도 아침 기도 시간을 놓쳐 버리셨나이다. 혹시 간밤에 잠을 설치셨거나 몸이 불편하신 것이 아니라면, 이제 옥좌에 오르셔서 어전 회의를 주재하시고 만조백관에게 용안을 보여 주실 시간이옵니다. 폐하 군대의 장군들과 지방 총독들, 그리고 궁의 모든 대신들이 어서 어전의 문이 열리기만을 기다리고 있나이다.」

메스루르의 말을 들은 아부 하산은 이제 자신이 자고 있는 것이 아니며, 자기를 둘러싼 이 모든 놀라운 것들이 결코 꿈이 아님을 확신할 수 있었습니다. 하지만 이와 동시에 그는 더욱 당황했습니다. 만일 이 모든 것이 현실이라면, 이 상황에서 어떻게 행동해야 할지 알 수 없었던 것입니다. 그는 메스루르를 뚫어지게 쳐다보며 심각한 어조로 물었습니다.

「당신 지금 누구에게 말하고 있는 거요? 나는 당신을 모르는데, 당신은 왜 나를 보고 신자들의 사령관이라고 부르고 있는 거요? 아마 나를 다른 사람으로 착각하고 있는 것 같구려.」

다른 사람 같았으면 아부 하산의 질문에 몹시 당황했을 것입니다. 하지만 칼리프로부터 사전에 충분한 설명을 들은 메스루르는 자신이 맡은 배역을 훌륭하게 연기해 냈습니다.

「경외하는 주군이시여! 오늘 소신을 시험해 보려고 그리 말씀하시는 것인지요? 폐하께서는 신자들의 사령관이시요, 동방과 서방을 포함한 전 세계를 다스리는 군주이시며, 또한 하늘과 땅 세계의 주인이신 하느님께서 이 땅에 파견하신 예언자 무함마드의 대리인 아니신가요? 폐하의 보잘것없는 노예인 이 메스루르는 영광스럽고 행복하게도 폐하를 섬기기 시작하게 된 이후로 그 사실을 한 번도 잊어 본 적이 없나이다. 오, 폐하! 만일 폐하의 성총을 잃는다면 소신은 이 세상에서 가장 비참한 자가 될 것이옵니다. 한없이 몸을 낮춰 간청드리오니, 제발 소신을 안심시켜 주소서! 소신으로서는 폐하께서 간밤에 뒤숭숭한 꿈으로 잠을 설치신 것이라고 생각하고 싶사옵니다.」

메스루르의 말에 아부 하산은 하도 어이가 없어 침대에 벌렁 나자빠져 크게 웃어 댔습니다. 엿보고 있던 칼리프도 웃음이 터져 나왔지만, 그러다가는 이 재미있는 연극이 시작되기도 전에 끝나 버릴 터였으므로 꾹 참았습니다.

그런 자세로 한참을 웃은 아부 하산은 다시 몸을 일으켜 앉은 다음, 이번에는 한 흑인 꼬마 내시에게 말했습니다.

「여봐라! 내가 누군지 말해 보아라!」

「폐하! 폐하께서는 신자들의 사령관이시며 하늘과 땅, 두 세계의 주인께서 이 땅에 파견하신 대리인이시옵니다.」 꼬마 내시는 공손한 태도로 대답했습니다.

「이 새까만 녀석아! 너는 꼬마 거짓말쟁이다!」

그러고 나서 아부 하산은 그에게서 가장 가까운 곳에 있는 한 시녀를 불렀습니다.

「어이, 아름다운 아가씨! 이리로 와보시오!」 그는 그녀에게 자신의 손을 내밀면서 말했습니다. 「자, 내 손가락 끝을 꽉 깨물어 보시오! 지금 내가 자고 있는 건지 깨어 있는 건지 알아보게 말이오.」

아부 하산이 이렇게 부탁해 오자 칼리프가 숨어서 보고 있다는 사실을 알고 있던 시녀는 내심 기뻤습니다. 자신도 장난에 참여함으로써 칼리프를 즐겁게 해줄 기회를 얻었기 때문이지요. 그녀는 짐짓 심각한 표정을 지으며 아부 하산에게 다가가 그가 내민 손가락을 이 사이에 넣고 살짝 물어 약간의 고통을 느끼게 해주었습니다.

그러자 아부 하산은 즉시 손가락을 빼면서 외쳤습니다.

「아야! 나는 자고 있는 게 아니야! 분명히 자고 있는 게 아니라고! 대체 웬 기적으로 하룻밤 사이에 내가 칼리프가 된 거지? 정말이지 세상에서 가장 놀랍고도 신기한 일이 아닐 수 없네!」 그는 같은 시녀에게 다시 말했습니다. 「내게 진실을 숨기지 마시오! 당신과 내가 믿는 하느님의 이름으로 간곡하게 부탁드리겠소. 내가 정말로 정말로 신자들의 사령관이란 말이오?」

「그렇습니다. 폐하께서는 분명 신자들의 사령관이 맞사옵니다. 한데 어찌하여 스스로 아니라 하시며 폐하의 노예들인 저희를 놀라게 하시나이까?」

「당신 또한 거짓말쟁이군! 나는 내가 누군지 알고 있단 말이오.」

호위대장은 아부 하산이 몸을 일으키려 하는 것을 보고 그에게 손을 내밀어 침대 밖으로 나오도록 도와주었습니다. 그가 일어서자마자, 궁신들과 시녀들이 일제히 발하는 우렁찬 아침 인사가 방 안에 울려 퍼졌습니다.

「신자들의 사령관이시여! 오늘도 하느님께서 폐하께 좋은 하루를 허락하시길!」

「오, 맙소사! 참말로 신기하기도 하지!」 아부 하산이 외쳤습니다. 「어제저녁에는 아부 하산이었는데, 오늘 아침에는 신자들의 사령관이 됐네! 너무도 갑작스럽고 놀라운 이 변화가 도대체 웬 조화인지 알 수 없군!」

칼리프의 의관을 담당하는 궁신들은 신속히 아부 하산에게 옷을 입혀 주었습니다. 옷을 다 입자 모든 궁신과 내시, 시녀들은 어전으로 통하는 문까지 두 줄로 늘어섰고, 그 사이로 앞장선 메스루르를 아부 하산이 뒤따랐습니다. 어전에 들어간 메스루르는 계속 걸어 옥좌 아래까지 간 다음, 거기서 멈춰 서서 아부 하산의 한쪽 어깨 아래를 부축하여 반대쪽을 부축한 다른 궁신과 함께 옥좌에 오르는 것을 도와주었습니다.

아부 하산은 그에게 모든 종류의 행복과 번영이 임하기를 기원하는 집행관들의 우렁찬 인사말을 들으며 옥좌에 앉았습니다. 그러고 나서 좌우를 살펴보니 호위대 장교들이 위풍당당하고도 질서정연하게 도열해 있었습니다.

한편 칼리프는 아부 하산이 어전에 들어간 틈을 타 숨어 있던 골방에서 나와, 역시 어전이 내려다보이는 또 다른 골방으로 들어갔습니다. 어전에서 일어나는 모든 것을 보고 들을 수 있는 그 방은, 그가 가끔 몸이 불편하여 어전에 나오지 못할 때 그를 대신하여 대재상이 어전 회의를 주재하는 모습을 지켜보는 장소로 사용하는 곳이었습니다. 그 방에 자리 잡은 뒤 어전을 내려다본 칼리프의 입가에는 곧바로 미소가 떠올랐습니다. 거기 아부 하산이 자신을 대신하여 옥좌에 앉아 있는데, 그 위엄이 자신에 비해 조금도 뒤지지 않아 보였기 때문입니다.

아부 하산이 옥좌에 자리를 잡자, 방금 도착한 대재상 자파르가 엎드려 절하면서 말했습니다.

「신자들의 사령관이시여! 하느님께서 폐하께 이승에서는 모든 은총을 베풀어 주시고, 저승에서는 천국에 받아들여 주실 것이며, 폐하의 모든 원수들은 지옥 불에 떨어뜨려 주시길 기원하나이다!」

잠에서 깨어난 이후 일어난 모든 일들과 대재상 자파르에게서 들은 이 말에, 아부 하산은 더 이상 의심할 수 없었습니다. 그렇습니다! 그는 자신이 원했던 대로 칼리프가 된 것입니다! 그는 이처럼 예기치 못했던 운명의 변화가 그 어떤 기이한 곡절을 통해 이루어졌는지 깊이 생각하지 않고, 그냥 자기 손에 들어온 이 권력을 마음껏 누려 보리라 마음먹었습니다. 그는 위엄 있게 대재상을 쳐다보면서 자기에게 무언가 말할 게 있느냐고 물었습니다.

「신자들의 사령관이시여! 왕족들과 재상들을 비롯한 만조백관이 어전 회의에 참석하기 위해 문 앞에 와 있나이다. 그들은 폐하께 조례를 드리기 위해 폐하의 허락만을 기다리고 있나이다.」

아부 하산은 그렇다면 즉시 문을 열라고 말했습니다. 그러자 대재상이 몸을 돌려, 명이 떨어지기를 기다리고 있던 문지기 집행관에게 외쳤습니다.

「문지기 집행관! 신자들의 사령관께서 그대의 의무를 행하라고 명하고 계시오!」

문이 열리자 화려한 예복을 입은 재상, 왕족, 궁신들이 질서정연하게 걸어 들어왔습니다. 그러고는 각자의 서열에 따라 차례로 옥좌 아래 나아와 아부 하산에게 절을 올린 후, 각자의 자리로 돌아가 섰습니다. 모두가 대재상의 지시에 따라 마치 칼리프 자신에게 하듯 땅에 무릎을 꿇고 이마를 발밑 양탄자에 대며 큰절을 올렸으며 그를 〈신자들의 사령관〉이라

불렀습니다.

 마침내 이 모든 의식이 끝나고 각 사람이 자리에 앉자 어전에는 깊은 침묵이 흘렀습니다.

 그러자 대재상은 옥좌 앞에 서서 손에 들고 있던 서류들을 넘기며 여러 가지 사안들을 보고하기 시작했습니다. 사안들은 그다지 중요하지 않은 일상적인 것들이었습니다. 하지만 아부 하산이 일을 처리하는 솜씨는 숨어서 지켜보는 칼리프를 포함한 모든 사람의 감탄을 자아냈습니다. 그는 도무지 막히는 법이 없었습니다. 어떤 일을 들이대도 조금도 당황한 기색이 없었지요. 그는 상식이 주는 영감에 따라 요청 사항을 승인하거나 거부하면서 모든 일에 있어 지극히 적절한 결정을 내렸습니다.

 이렇게 대재상이 한참 보고를 하고 있을 때였습니다. 아부 하산은 낯익은 포도대장이 신하들 가운데 서 있는 것을 발견하고는 즉시 대재상의 보고를 중단시켰습니다.

「잠깐 멈추시오! 저기 서 있는 포도대장에게 긴급히 내릴 명이 있소.」

 포도대장은 아부 하산을 바라보고 있다가, 그가 자신을 주시하며 이름을 부르자 즉시 자리에서 일어나 엄숙한 걸음으로 옥좌 앞에 나아가 이마를 땅에 대고 엎드렸습니다. 그러고서 다시 몸을 일으키자 아부 하산이 말했습니다.

「포도대장! 지금 당장 모 구역, 모 거리로 가라! 이 거리에는 모스크가 하나 있는데, 거기에 이맘과 수염이 허연 네 늙은이가 있을 것이다. 그자들을 잡아 네 늙은이에게는 각기 채찍 백 대를, 이맘에게는 사백 대를 가하라! 그러고 난 후 각 늙은이에게 누더기를 입혀 낙타에 태우되, 얼굴을 꼬리 쪽으로 향하게 하라! 그리고 이들을 온 도성에 끌고 다니면서 광고꾼을 앞장세워 큰 소리로 이렇게 외치게 하라! 〈이자들은 자기와 상관없는 일에 참견하고, 이웃 가정에 불화를 퍼뜨리고, 그럼으로써 온갖 악을 초래하기를 즐기는 자들이다! 이런 자들에게 어떠한 벌이 내려지는지 똑똑히 보라!〉 이것이 다가 아니다. 이 동네를 떠나 두 번 다시 발을 들여놓지 말라고 그들에게 엄명하라! 그대의 부관이 내가 말한 대로 그자들을 낙타 등에 태워 끌고 다니는 동안, 그대는 내게 돌아와 결과를 보고하도록 하라!」

포도대장은 머리에 손을 얹었습니다. 이는 왕명을 집행하지 못할 경우 자신의 목을 내놓겠다는 표시였죠. 그는 다시 한 번 옥좌 앞에 엎드려 절한 후, 몸을 일으켜 떠났습니다.

이처럼 아부 하산이 추상같은 명을 내리는 것을 본 칼리프는 마치 자기 일처럼 즐거워했습니다. 칼리프가 되자마자 만사를 제치고 이맘과 네 늙은이부터 벌주는 것을 보니, 그가 얼마나 이 일을 고대하고 있었는지 알 만했기 때문입니다.

이때 대재상은 중단했던 보고를 다시 시작했습니다. 그리고 보고가 거의 끝나갈 무렵, 포도대장이 그가 행한 일을 보고하러 돌아왔습니다. 옥좌 앞에 나아온 그는 의례적으로 절한 다음 아부 하산에게 말했습니다.

「신자들의 사령관이시여! 폐하께서 알려 주신 곳에 가서 이맘과 네 늙은이를 찾아냈습니다. 그리고 소신이 폐하의 명을 충실히 이행했다는 것을 증명하기 위해, 동네 유지들을 증인으로 하여 이 조서를 작성해 왔습니다.」

이렇게 말하면서 그는 품속에서 종이 한 장을 꺼내 가짜 칼리프에게 바쳤습니다.

조서를 받아 든 아부 하산은 처음부터 끝까지 읽어 보았습니다. 거기에 적혀 있는 증인들의 이름을 보니, 모두가 자신이 아는 사람들이었습니다. 다 읽은 그는 미소를 지으며 조서를 다시 포도대장에게 돌려주었습니다.

「좋다! 그대가 한 일에 만족하노라!」

그는 흐뭇한 심정으로 생각했습니다.

〈흥, 위선자들! 내가 하는 일에 사사건건 잔소리를 늘어놓는 것도 모자라, 선량한 사람들을 초대해 대접하는 것까지 욕하더니만 꼴좋다! 놈들은 이런 벌을 받고 창피를 당해도 싸!〉

지켜보고 있던 칼리프는 그가 무슨 생각을 하는지 짐작할 수 있었습니다. 그는 아부 하산이 이처럼 통쾌한 일을 거침없이 해치워 버린 것에 대해, 마치 자신의 일인 양 말할 수 없는 기쁨을 느꼈습니다.

이어 아부 하산은 대재상에게 말했습니다.

「재무 대신에게 말해 금화 천 냥을 내어 달라고 하시오! 그리고 내가 포도대장에게 알려 준 그 동네로 가서, 〈탕아〉라는 별명을 가진 아부 하산의 모친에게 그 돈을 주시오! 그 동네에서는 모르는 사람이 없으니 이름만 대면 쉽게 알려 줄 것이오. 자, 빨리 다녀오도록 하시오!」

대재상 자파르는 복종의 표시로 손을 머리 위에 얹은 후, 큰절을 올리고는 즉시 출발했습니다. 우선 재무 대신에게 가서 돈 자루를 받아 뒤따르던 노예에게 그것을 들게 하여 아부 하산의 집을 찾아갔습니다. 그러고는 이는 칼리프께서 보내신 것이라고만 전하면서 그의 모친에게 다짜고짜 돈 자루를 안겨 주었습니다. 당연히 그녀는 깜짝 놀랄 수밖에 없었지요. 왕궁에서 무슨 일이 일어났는지 모르는 그녀로서는 도대체 칼리프가 무슨 이유로 자신에게 이런 큰 은혜를 베푸는지 이해할 수 없었던 것입니다.

이렇게 대재상이 나가 있는 동안 포도대장은 자기 직무와 관련한 여러 가지 사안들을 보고했고, 이 보고는 대재상이 돌아올 때까지 계속되었습니다. 마침내 대재상이 돌아와 그의 명을 충실히 이행했음을 아부 하산에게 알리자, 호위대장 메스루르는 모든 대신들에게 이제 어전 회의는 끝났으니 모두들 물러가도 좋다고 신호했습니다. 이에 신하들은 아까 들어와 조례했던 순서대로 옥좌 앞에 나와 큰절을 올린 후 차례로 물러갔고, 아부 하산 곁에는 호위대 장교들과 대재상만이 남았습니다.

아부 하산 역시 더 이상 옥좌에 앉아 있지 않았습니다. 조금 전에 옥좌에 올랐던 것과 같은 방식으로, 즉 메스루르와 다른 장교의 부축을 받아 옥좌에서 내려와 그들을 거느리고 아까 나온 궁실로 돌아갔습니다. 그렇게 그가 앞장선 대재상을 따라 거처에 들어서서 몇 걸음 걷고 있는데 갑자기 급한 용무가 느껴졌습니다. 이를 눈치챈 메스루르는 급히 한 작은 방으로 그를 인도하여 문을 열어 주었습니다. 다른 궁실들에 값비싼 양탄자가 깔려 있는 것과 달리 이 방은 바닥이 청결한 대리석으로 되어 있었습니다. 또 메스루르는 금색 수단으로 지은 실내화를 주었는데, 이는 그 방에 들어가기 전에 신어야 하는 것이었습니다. 아부 하산은 그것을 받아 들긴 했지만 그 정확한 용도를 알 수 없던지라 그냥 헐렁한 소맷자락 속에 집어넣어 버렸습니다.

사람들은 보통 중요한 일보다는 오히려 어처구니없는 하찮은 일에 웃게 되는 법입니다. 아부 하산 옆에 있던 대재상, 메스루르 그리고 기타 궁신들은 그의 행동에 하마터면 폭소를 터뜨릴 뻔했습니다. 하지만 그리하면 이 재미난 축제를 망쳐 버릴 수도 있다는 생각에 꾹 참았고, 대신 대재상이 나서서 그건 화장실 들어갈 때 신는 신발이라고 설명해 주었습니다.

아부 하산이 화장실에 있는 틈을 타서 대재상은 칼리프를 찾아갔습니다. 계속해서 아부 하산을 지켜보기 위해 벌써 다른 장소로 자리를 옮긴 칼리프에게 방금 일어난 일화를 들려

주자 칼리프는 다시 한 번 배꼽을 잡았죠.

아부 하산이 화장실에서 나오자, 메스루르는 앞장서서 음식이 차려진 내궁으로 그를 인도했습니다. 그들이 다가가자 내궁으로 통하는 문이 활짝 열렸고, 내시들은 달려가 여자 악사들에게 지금 가짜 칼리프가 오고 있다고 알렸습니다. 이에 그녀들은 즉시 악기 반주에 맞추어 꾀꼬리 같은 목소리로 합창하기 시작했고, 그 음악이 얼마나 황홀했던지 아부 하산은 지금 자신이 보고 듣는 것들을 어떻게 생각해야 할지 알 수 없었습니다.

〈이게 꿈이라면, 꿈이 참 길기도 하군! 하지만 이건 결코 꿈이 아니야. 내가 생각하는 것, 보는 것, 듣는 것…… 이 모든 것들이 너무도 생생하잖아? 어찌 됐든 간에 이 모든 것은 하늘의 은혜이니 그저 감사하는 수밖에 없겠군. 지금 나 자신이 신자들의 사령관이 아니라고는 도저히 생각할 수 없어. 이런 대단한 위치에 있는 사람은 이 세상에 오직 하나, 신자들의 사령관뿐이니까. 지금까지 내가 받은 그 모든 영광과 경의 그리고 지금까지 내가 내린 그 모든 명들이 충분한 증거야.〉

마침내 아부 하산은 자신이 칼리프요, 신자들의 사령관이라고 확신하게 되었습니다. 곧 아주 장려하고 엄청나게 넓은 객실에 들어서자 이 확신은 더욱 굳어졌습니다. 방은 선명한 색채들이 알록달록 보기 좋게 어우러진 가운데 사방에서 번쩍이는 황금빛 광채로 눈이 부실 정도였고, 서로 우열을 가릴 수 없이 아름다운 여인들로 구성된 일곱 개의 악단이 사면의 벽을 따라 자리 잡고 있었습니다. 황금색과 하늘색이 절묘하게 어우러져 기막힌 효과를 연출하는 천장 여기저기에는 일곱 개의 가지가 달린 일곱 개의 황금 샹들리에가 매달려 있었습니다. 또 객실 중앙의 식탁에는 일곱 개의 황금 접시가 놓여 있었고, 그 속에 담긴 고기 요리를 양념한 각종 향료와 용연향의 냄새가 객실 전체에 은은하게 감돌고 있었습니다. 식탁 주위에는 황홀하게 아름다운 일곱 아가씨가 눈부시게 화려한 빛깔의 최상급 직물들로 지은 의상을 걸치고 시립해 있었습니다. 그녀들은 각기 부채를 하나씩 들고 있었는데, 아부 하산이 식탁에 앉으면 그것으로 감미로운 바람을 일으켜 주려는 것이었습니다.

인간이 마법에 의해 넋을 잃게 되는 일이 정말로 일어날까요? 이 호화롭기 그지없는 객실에 들어섰을 때, 아부 하산의 상태가 바로 그런 것이었습니다. 한 발자국 내딛을 때마다 눈앞에 나타나는 놀랍고도 기막힌 것들을 감상하기 위해 그는 걸음을 멈추지 않을 수 없었습니다. 그렇게 연신 고개를 두리번거리는 그의 모습은 그를 주의 깊게 지켜보고 있는 칼리프로 하여금 흐뭇한 미소를 짓게 했습니다. 마침내 그가 객실 중앙에 이르러 식탁에 앉자 주위에 있던 아름다운 일곱 아가씨는 새 칼리프를 시원하게 해주기 위해 일제히 부채를 흔들었습니다. 그는 아가씨들을 하나하나 살펴보았습니다. 자신에게 정성껏 봉사하는 그네의 우아한 모습을 충분히 음미한 후에, 그는 상냥한 미소를 지으며 자신은 한 사람의 바람만으로 충분하다고 말했습니다. 그리고 나머지 여섯 명 중 셋은 좌편에, 다른 셋은 우편에 앉아 그의 식사 벗이 되어 달라고 말했습니다. 마침 식탁이 원형이어서 아부 하산은 아가씨들에게 둘러싸여 앉게 되었죠. 음식을 먹다가 그 어느 쪽으로 시선을 돌려도 오직 보기에 유쾌하고 즐거운 얼굴만이 눈에 들어오게 하려는 생각이었던 것입니다.

여섯 아가씨가 그의 말에 순종하여 식탁에 앉았지만, 아부 하산은 그녀들이 칼리프에 대한 예의 때문에 감히 음식에 손을 대지 못하고 있다는 사실을 눈치챘습니다. 그런 것을 보고 가만히 있을 아부 하산이 아니었습니다. 아가씨들에게 손수 음식을 덜어 주면서 지극히 친절한 말로 음식을 맛보라고 권했습니다. 그가 그녀들의 이름을 묻자 아가씨들은 그에게 각자의 이름을 알려 주었습니다. 〈설화 석고 같은 목〉, 〈산호 같은 입술〉, 〈달 같은 얼굴〉, 〈태양의 광채〉, 〈눈의 즐거움〉, 〈마음의 열락〉…… 이것이 바로 여섯 미녀의 이름이었죠. 그는 부채질을 하고 있는 일곱 번째 아가씨의 이름도 물었고, 그녀는 〈사탕수수〉라고 대답했습니다. 아부 하산은 각 아가씨의 이름에 대해 여러 가지 유쾌한 평을 해주었고, 이는 그가 얼마나 재치 있는 사람인지 여실히 보여 주었습니다. 그의 말을 주의 깊게 엿듣고 있던 칼리프도 그를 더욱 높이 평가할 정도였으니까요.

아부 하산이 더 이상 먹지 않자 한 아가씨가 옆에서 시중들던 내시들에게 말했습니다.

「신자들의 사령관께서 후식용 객실로 자리를 옮기실 터이니, 손 씻을 물을 가져오도록 하세요!」

아가씨들은 일제히 식탁에서 몸을 일으켰습니다. 그중 세 아가씨는 내시들이 가져온 황금 대야와 황금 물병 그리고 수건을 건네받아, 아직 자리에 앉아 있는 아부 하산 앞에 무릎을 꿇고 그가 손을 씻을 수 있게끔 이것들을 공손히 받쳐 들었습니다. 아부 하산이 손을 씻고 일어서자, 한 내시가 문의 휘장을 당겨 그가 건너가야 할 다음 객실의 문을 열어 주었습니다.

충직한 메스루르는 이번에도 앞장서서 그를 다른 객실로 인도했습니다. 방의 크기는 좀 전의 객실과 비슷했지만 벽과 천장은 최고의 화가들이 그린 다양한 그림들로 장식되어 있었고 금과 은으로 된 항아리들, 양탄자, 한층 값비싼 가구 등이 그 방과는 전혀 다른 방식으로 꾸며져 있었습니다. 여기에서도 일곱 개의 여성 악단이 그를 기다리고 있었는데, 물론 이전의 악단들과는 다른 것들이었습니다. 이 일곱 악단, 더 정확히 말해서 이 일곱 합창단은 아부 하산이 나타나자마자 음악을 연주하고 노래하기 시작했습니다. 객실은 일곱 개의 대형 샹들리에로 장식되어 있었고 중앙의 식탁에는 일곱 개의 커다란 황금 쟁반이 놓여 있었는데, 각 쟁반에는 보기에도 탐스럽고 고급스럽고 향긋한 온갖 종류의 제철 과일들이 산처럼 쌓여 있었습니다. 또 식탁 주위에는 아까의 아가씨들보다 훨씬 더 아름다운 일곱 아가씨가 역시 부채를 하나씩 들고 시립해 있었습니다.

이 새로운 객실을 본 아부 하산은 아까보다도 더욱 크게 감탄하여 잠시 멈춰 서서 휘둥그레진 눈으로 방안을 둘러보았습니다. 마침내 식탁에 가 자리에 앉은 그는 새로운 일곱 아가씨를 하나하나 찬찬히 살펴보았습니다. 하나같이 절세미인이라 우열을 가리기 힘들 정도였죠. 그는 이 방은 불편을 느낄 정도로 덥지 않으니 자기에게 부채질을 해줄 필요가 없다며, 모두들 부채를 내려놓고 식탁에 앉아 자신과 함께 식사하자고 권했습니다.

아가씨들이 아부 하산의 좌우편에 자리를 잡자 그는 무엇보다도 먼저 그녀들의 이름을 알고 싶어 했습니다. 그녀들이 알려 준 이름 역시 첫 번째 객실 아가씨들의 그것처럼 모두가 각 아가씨를 구별 짓는 영혼과 정신의 특징을 의미하고 있었는데, 이러한 사실은 그에게 무한한 즐거움을 안겨 주었습니다. 그는 일곱 대접에 나뉘어 담겨 있는 과일을 아가씨 각각에게 하나씩 주면서 유쾌하면서도 의미심장한 농담을 건넸고, 이를 통해 그가 얼마나 재치 있는 사람인지 다시 한 번 보여 주었습니다. 예를 들어 오른쪽에 앉아 있는 〈마음의 사슬〉에게는 무화과 하나를 주면서 이렇게 말했지요.

「나를 사랑하시거든 이것을 좀 드시오! 그리고 그대를 보게 된 이후 나를 묶고 있는 이 사슬을 좀 더 견딜 만한 것으로 만들어 주시길!」

또 〈영혼의 고통〉에게는 건포도를 권하면서 말했습니다.

「이 건포도를 맛보시오! 그리고 내가 당신을 사랑함으로써 겪고 있는 이 고통을 좀 가볍게 해주시길!」

이런 식으로 다른 아가씨들에게도 과일과 함께 재치 있는 농담을 건넸습니다. 이러한 행동은 그의 일거수일투족을 지켜보고 있던 칼리프를 한층 만족시켰습니다. 왜냐하면 이를 통해 아부 하산이 얼마나 재미나고 유쾌한 사람인지를 다시금 확인하고 그의 성격을 보다 깊이 파악할 수 있었기 때문입니다.

아부 하산은 일곱 쟁반에 담긴 각종 과일 가운데 입맛에 맞는 것을 골라 먹은 후 자리에서 일어났습니다. 그러자 그림자처럼 따라다니는 메스루르가 다시 앞장서 그를 세 번째 객실로 안내했습니다. 앞의 두 방보다도 한층 화려하게 장식된 방이었죠.

그곳에도 역시 일곱 합창단과 일곱 아가씨가 있었으며, 식탁에는 다양한 방식으로 조리된 각기 다른 색깔의 물렁한 당과들이 일곱 개의 황금 쟁반에 가득 담겨 있었습니다. 아부 하산은 다시 한 번 감탄 어린 눈으로 사방을 둘러본 후, 일곱 합창단이 연주하는 감미로운 음악을 들으며 식탁 쪽으로 걸어갔습니다. 그가 식탁에 앉자 음악은 뚝 그쳤고, 이번에도 그의 명에 따라 일곱 아가씨가 양편에 자리를 잡았습니다. 하지만 한층 빼어난 이 미녀들에게 아까와 같은 방식으로 음식을 권할 수는 없다고 생각한 그는 아가씨들 스스로 입맛에 맞는 당과를 고르라고 청했습니다. 물론 이름을 묻는 것도 잊지 않았습니다. 그녀들의 다양한 이름은 이전 방 못지않은 큰 즐거움을 안겨 주고 새로운 화젯거리를 제공해 주었습니다. 이름들과 관련한 유쾌하고도 은밀한 농담들에 아가씨들은 물론, 그의 말을 한마디도 놓치지 않고 듣고 있는 칼리프 역시 즐거워했습니다.

아부 하산이 네 번째 객실로 인도되었을 때, 날은 어느덧 저물기 시작하고 있었습니다. 그곳도 다른 방들과 마찬가지로 지극히 화려하고 값비싼 가구들로 꾸며져 있었습니다. 역시 천장에 걸린 일곱 개의 커다란 황금 샹들리에에서는 촛불들이 예쁘게 타오르고 있었으며, 도처에 배치되어 객실 전체를 환히 밝히고 있는 무수한 불빛은 보는 이로 하여금 경이롭고도 황홀한 감정을 느끼게 했습니다. 앞의 세 방에서는 볼 수 없었던 것들이지요. 그도 당연한 것이, 그전에는 아직

불을 밝힐 필요가 없었으니까요. 이전의 방들에서와 마찬가지로 마지막 객실에서도 일곱 합창단이 아부 하산을 기다리고 있었습니다. 하지만 그녀들이 연주하는 음악은 한층 명랑했으며, 듣는 이에게 더 큰 즐거움을 안겨 주었습니다. 또 일곱 아가씨가 둘러싸고 있는 식탁 위에는 일곱 개의 황금 쟁반이 놓여 있었고 그 안에는 각종 파이와 마른 당과류, 그리고 술 생각을 부르는 갖가지 안주들이 담겨 있었습니다. 하지만 아부 하산의 시선이 박힌 것은 다른 것, 즉 앞의 방들에서는 전혀 볼 수 없었던 어떤 것이었습니다. 식탁 옆에 있는 뷔페 테이블에 지극히 감미로운 포도주가 가득 담긴 커다란 은병 일곱 개와 섬세한 세공으로 만들어진 크리스털 잔 일곱 개가 놓여 있었던 것입니다.

그때까지, 다시 말해서 앞의 세 방에서 아부 하산이 마신 것은 물밖에 없었습니다. 이것은 지금까지도 서민과 귀족을 막론하고 바그다드의 모든 시민들이 지키고 있는 관습입니다. 칼리프의 궁전에서조차 술은 밤에만 마십니다. 낮에 술을 마시는 사람은 방탕한 자로 간주되며, 술 취한 상태로는 감히 밖에 나다닐 생각을 못합니다. 이런 관습은 참으로 칭찬받을 만한 것이라 하겠습니다. 우선 낮 동안 각자의 생업에 열중하는 데 필요한 맑은 정신을 가질 수 있으며, 또한 대낮부터 길거리에서 소란을 피우는 주정뱅이들을 보지 않을 수 있기 때문입니다.

이 네 번째 방에 들어온 아부 하산은 식탁으로 가 자리에 앉았습니다. 그러고는 한동안 말없이 자신을 둘러싼 일곱 아가씨를 황홀한 눈으로 둘러보았습니다. 모두가 앞서 본 절세미인들보다도 한층 더 아름다웠던 것입니다. 그는 각 아가씨의 이름을 알고 싶었습니다. 하지만 음악 소리가 너무 컸고, 특히 합창단에서 두드리고 있는 탬버린 소리가 너무 요란하여 대답이 잘 들리지 않았습니다. 그가 음악을 멈추라고 손뼉을 치자, 그 즉시 방 안은 아주 조용해졌습니다.

아부 하산은 그의 오른쪽 가장 가까운 곳에 서 있는 아가씨의 손을 잡아 자리에 앉혔습니다. 그러고는 파이 하나를 권하며 그녀의 이름을 물었습니다.

「신자들의 사령관이시여! 소녀의 이름은 〈진주 다발〉이옵니다.」

「하하! 정말로 딱 어울리는 이름이오! 그대의 매력을 아주 잘 표현하고 있구려! 하지만…… 그대에게 이 이름을 지어 주신 분을 탓할 의도는 전혀 없소만, 세상에서 가장 아름다운 진주라 하더라도 그대의 아름다운 치아 앞에서는 빛을 잃을 것이오. 자, 〈진주 다발〉 아가씨! 그대의 예쁜 손으로 내게 술을 한 잔 따라 줄 수 있겠소?」

아가씨는 즉시 뷔페 테이블로 가서는 잔에 술을 가득 채워 우아한 자태로 아부 하산에게 바쳤습니다. 흔쾌히 받아 든 그는 사랑이 가득한 눈으로 아가씨를 응시하며 말했습니다.

「〈진주 다발〉! 그대를 위해 건배하겠소. 그대도 한 잔 따라 나를 위해 건배해 주지 않겠소?」

아가씨는 나는 듯이 뷔페 테이블로 달려가 술잔을 들고 돌아왔습니다. 그녀는 술을 마시기에 앞서 노래를 한 곡 불렀는데, 곡 자체도 기기묘묘했거니와 노래하는 목소리가 하도 고와서 듣고 있는 아부 하산은 넋이 빠져나가는 듯한 기분이었습니다.

그렇게 한 잔을 마신 아부 하산은 황금 쟁반들에 담긴 음식 가운데 가장 먹음직스러워 보이는 것을 골라, 역시 자기 곁에 앉은 다른 아가씨에게 권했습니다. 그러고는 이름도 물어보았습니다. 그녀가 〈샛별〉이라고 대답하자 그는 다시 말했습니다.

「그대의 아름다운 두 눈은 그대 이름이 가리키는 그 별보다도 더욱 밝고 찬란하오! 자, 내게 한 잔 가져다주시오!」

그녀는 즉시 우아한 동작으로 그의 분부에 따랐습니다. 이어 아부 하산은 〈낮의 빛〉이라는 세 번째 아가씨부터 일곱 번째 아가씨까지, 다른 미녀들에게도 똑같은 질문과 똑같은 분부를 했습니다. 그녀들은 모두 기꺼이 술을 따라 주었고, 이 모든 것을 지켜보고 있던 칼리프 역시 더없이 기뻤습니다.

아부 하산이 거기 있는 아가씨들의 수만큼 술잔을 비우고 나자, 첫 번째 아가씨 〈진주 다발〉이 뷔페 테이블에 가서 다시 술 한 잔을 따라 왔습니다. 그녀는 술을 따르면서 전날 칼리프가 사용했던 가루약을 은밀히 섞고는 약을 탄 술잔을 아부 하산에게 권했습니다.

「신자들의 사령관님! 이 잔은 폐하의 만수무강을 비는 마음으로 소녀가 특별히 올리는 것이니 부디 받아 주시옵소서! 또한 드시기에 앞서 소녀가 노래 한 곡을 들려 드리고 싶습니다. 이 곡은 제가 오늘 지어 아직 아무에게도 들려주지 않은 것으로, 듣기에 과히 괴로우시지는 않을 것이옵니다.」

「기꺼이 그대의 청을 들어주겠소!」 아부 하산은 그녀가 바치는 잔을 받아 들며 대답했습니다. 「아니, 신자들의 사령관의 이름으로 그 노래를 부를 것을 명할 테요! 그대처럼 아름다운 사람이 지은 노래라면 분명 유쾌하고도 재치 넘치는 것이 아니겠소?」

아가씨는 류트를 들어 노래를 부르기 시작했습니다. 악기 반주에 맞추어 부르는 그녀의 노래가 너무도 우아하고 절절하여, 아부 하산은 처음부터 끝까지 황홀경에서 헤어나지 못했습니다. 그는 노래를 한 번 더 반복하게 했고, 두 번째에도 처음만큼이나 매혹되었습니다.

아가씨가 노래를 마치자 아부 하산은 칭찬의 의미로 그녀가 준 술잔을 단숨에 들이켰습니다. 그러고 나서 그녀에게 뭔가를 말하려고 고개를 돌려 입을 여니 말이 제대로 나오지 않았습니다. 벌써 가루약이 효력을 발휘하기 시작했던 것입니다. 곧 두 눈이 감기고 목은 잠이 쏟아지는 사람의 것마냥 꺾여 식탁 위로 떨어지더니 깊은 잠에 빠져 버렸습니다. 바로 전날 칼리프가 동일한 가루약을 먹여 잠에 빠뜨린 때와 거의 같은 시각이었습니다. 힘이 풀린 그의 손에서 술잔이 떨어져 내렸지만 옆에 있던 한 아가씨가 잽싸게 받아 냈습니다. 그러자 칼리프가 지금까지 숨어 있던 장소에서 나와 객실에 모습을 드러냈습니다. 아부 하산이 자신도 모르는 새 주인공이 된 장면들을 모두 구경하고 난 그는, 자신이 꾸며 낸 이 장난이 상상했던 것보다 훨씬 더 재미있고 성공적으로 끝난 것이 흡족하여 얼굴 가득 미소를 짓고 있었습니다. 그는 먼저 오늘 아침 아부 하산에게 입혔던 칼리프의 옷을 벗기고, 대신 스물네 시간 전에 그가 노예의 등에 업혀 왕궁에 왔을 때 입고 있었던 평민복을 입히라고 분부했습니다. 그러고 나서 어제의 그 노예를 불러 일렀습니다.

「이 남자를 업어서 다시 그의 집에 옮겨다 놓아라! 소리 내지 말고 좌단 위에 눕히고, 집을 나올 때는 방문을 열어 놓도록 해라!」

노예는 아부 하산을 들쳐 메고 왕궁의 비밀 문을 통해 나가, 칼리프가 명한 대로 그의 집에 옮겨다 놓았습니다. 그러고는 신속히 돌아와 한 일을 보고했습니다. 그러자 칼리프가 다시 말했습니다.

「아부 하산은 하루 동안만 칼리프가 되기를 원했다. 못된 짓을 하고 다니는 동네 모스크의 이맘과 네 영감을 벌주고 싶어서였지. 자, 소원을 이뤘으니 이제는 만족할 거야.」

좌단에 눕혀진 아부 하산은 다음 날 아침 늦게까지 잤습니다. 그리고 전날 밤 마지막 잔에 섞은 가루약의 효력이 다하자 잠에서 깨어났습니다. 눈을 뜬 그는 자신이 집에 돌아와 있는 것을 알고 깜짝 놀랐습니다. 그러고는 어젯밤 같이 있었던 아가씨들의 이름을 머릿속에 떠오르는 대로 소리쳐 불렀습니다.

「〈진주 다발〉아! 〈샛별〉아! 〈산호 같은 입술〉아! 〈달 같은 얼굴〉아! 모두들 어디 있느냐? 자, 어서들 오너라!」

아부 하산은 있는 힘을 다해 소리쳤습니다. 그의 모친이 자기 방에 있다가 이 소리를 듣고서 달려왔지요.

「아들아! 대체 무슨 일이냐? 무슨 일이 일어난 거냐고?」

이 말에 아부 하산은 고개를 들었습니다. 그는 오만한 표정을 짓고는, 자기 어머니를 깔보는 눈으로 쳐다보며 되물었습니다.

「여보, 할멈! 그대는 지금 누구를 당신 아들이라 부르는 것인고?」

「누구긴, 바로 너지!」 어머니는 부드러운 목소리로 대답했습니다. 「넌 내 아들 아부 하산이 아니냐? 당연한 사실을 잊다니 이상하기 짝이 없구나!」

「내가 그대의 아들이라고? 이런 망측한 할망구 같으니! 무슨 정신없는 소리를 하고 있는 거냐? 아니면 지금 거짓말을 하고 있는 것이냐? 나는 그대가 말하는 아부 하산이 아니라 신자들의 사령관이란 말이다!」

「애야, 조용히 해라! 무슨 입을 그리 함부로 놀리는 거냐? 다른 사람이 들으면 실성했다고 하겠다!」

「그대야말로 미친 할망구다! 지금 내 정신은 멀쩡해! 다시 한 번 말하거니와 난 신자들의 사령관이요, 하늘과 땅의 주인께서 이 땅에 파견하신 대리인이니라!」

「아이고, 내 아들아!」 어머니는 마침내 비명을 지르고 말았습니다. 「네가 완전히 정신이 이상해져 버린 모양이구나! 어떤 못된 정령이 머릿속에 들어갔기에 그런 말을 하고 있는 거냐? 오, 하느님! 제발 이 애를 축복하사 간교한 사탄으로부터 해방해 주세요! 이 녀석아! 넌 내 아들 아부 하산이고, 난 네 어미야!」

어머니는 그가 제정신을 차리도록, 그의 말이 틀렸다는 갖가지 증거들을 들며 계속 말했습니다.

「자, 잘 봐라! 지금 네가 있는 이 방이 누구의 방이냐? 그래, 이게 신자들의 사령관의 방이냐? 이건 바로 네 방이 아니냐? 네가 태어난 이후 줄곧 나랑 같이 살면서 한시도 떠난 적이 없는 네 녀석 방이 아니냐고! 내가 말하는 것을 잘 생각해 보고, 사실도 아니요 또 사실일 수도 없는 일들을 상상하려 들지 마라! 이 녀석아! 제발 정신 바짝 차리고 잘 생각해 보란 말이다!」

아부 하산은 어머니가 하는 말을 조용히 들었습니다. 그는 한 손으로 턱을 잡고 두 눈은 지그시 감고서, 자신이 보고 듣는 것의 진실을 밝히기 위해 집중하는 듯한 표정을 지었습니다. 이런 모습으로 한동안 골똘히 생각한 아부 하산은 마침내 깊은 잠에서 깨어나는 듯한 표정으로 다시 말했습니다.

「그래……. 당신 말이 맞는 것 같소. 과연 나는 아부 하산이고 당신은 나의 모친인 것 같소. 그리고 이 방도 내 방이 맞는 것 같소. 그래! 나는 다시 아부 하산이 되어 있는 것이고, 이 사실엔 의심의 여지가 없소. 그런데 대체 내가 왜 그런 꿈 같은 생각을 하게 되었을까? 정말 이해할 수 없는 일이란 말이야…….」

모친은 간밤의 꿈으로 정신이 잠시 혼란해졌던 아들이 다시 정상으로 돌아왔다고 진심으로 믿었습니다. 그래서 그와 함께 웃으며 대체 무슨 꿈을 꾸었느냐고 물으려 했습니다.

그런데 갑자기 아부 하산이 벌떡 일어나더니 그녀를 곁눈으로 째려보면서 다시 외쳤습니다.

「마귀할멈 같으니! 그대야말로 제정신이 아니다. 난 그대의 아들이 아니고, 그대는 내 모친이 아니야! 착각하고 있는 건 오히려 그대이거늘, 나더러 그대의 말을 믿으라고 하는구나. 분명히 말하는데, 나는 신자들의 사령관이고 그대가 무슨 말을 하더라도 이 사실엔 변함이 없어!」

「얘야, 제발 부탁한다! 하느님이 무섭다면 제발 그런 말일랑 입에 담지 마라! 그러다 무슨 불행이라도 떨어지면 어쩌려는 거냐? 자, 우리 다른 얘기를 하자꾸나! 어제 무슨 일이 일어났는지 아니? 우리 동네 모스크의 이맘과 우리 이웃의 네 영감 있잖니? 글쎄 포도대장이 오더니 그들을 잡아 가지고는, 몇 대인지 세어 보지는 않았지만 무수히 채찍질을 하는 거야. 그러고는 광고꾼으로 하여금, 이는 자기와 상관없는 일에 끼어들고 이웃의 가정들에 불화를 퍼뜨리기를 일삼는 자들에게 내리는 벌이라고 공고하게 했단다. 그러고 나서 그들을 온 도성에 끌고 다니며 앞서 말한 내용을 알리게 한 후, 다시는 우리 동네에 발을 들여놓지 말라고 명하고 추방해 버렸단다.」

아부 하산의 어머니는 그녀의 아들이 그 사건과 어떤 관련이 있을 줄은 꿈에도 모르고 있었습니다. 그래서 화제를 바꾸어 이 사건을 이야기해 주면, 잠이 덜 깨어 아직 자신이 신자들의 사령관이라 믿고 있는 아들의 환상을 쫓아 줄 수 있으리라 생각했던 것입니다.

하지만 그녀의 기대와는 전혀 다른 일이 일어났습니다. 이 이야기는 그에게서 자신이 신자들의 사령관이라는 생각을 지워 버리기는커녕, 오히려 다시금 떠오르게 했던 것입니다. 뿐만 아니라 모친의 입을 통해 이 사건이 환상이 아니라 엄연한 현실이었다는 사실을 확인하고 나자, 그의 확신은 더욱 굳어졌습니다.

「나는 그대의 아들이 아니고, 아부 하산도 아니다! 그대의 입에서 나온 얘기를 들으니 더 이상 의심의 여지가 없다. 이 맘과 네 영감을 그렇게 벌하라고 명한 사람이 바로 나다. 따라서 나는 정말로 신자들의 사령관이니, 더 이상 내게 꿈이라고 말하지 마라! 난 지금 자고 있는 게 아니다. 그대에게 말하고 있는 지금 이 순간 분명히 깨어 있듯이, 어젯밤에도 깨어 있었다. 그래도 그대의 말을 들으니 어제 포도대장이 내게 보고한 것, 즉 내 명을 정확하게 집행했다는 사실을 확인할 수 있어서 기분이 좋긴 하구나. 사실 그 이맘과 네 영감은 속이 시커먼 위선자들이거든! 그런데 대체 누가 날 여기에 데려다 놓았는지 궁금하구나. 어쨌든 하느님을 찬양해야겠지. 내가 분명 신자들의 사령관이라는 사실에는 변함이 없으니까 말이야. 이제 할멈이 무슨 말을 하더라도 난 듣지 않겠어.」

그가 이렇게 강하고 자신 있게 자신이 신자들의 사령관이라고 주장하게 된 사연을 아부 하산의 어머니가 알 턱이 없었습니다. 따라서 그녀는 터무니없는 말을 늘어놓고 있는 그가 실성한 것이라고 확신하게 되었지요.

「애야! 하느님께서 너를 불쌍히 여기시고 네게 긍휼을 베푸시길 빈다. 이제 말도 안 되는 그런 말은 그만해라! 하느님께 도움을 청하렴! 너를 용서해 주시고, 네가 다른 사람처럼 제대로 말할 수 있게 해달라고 빌어라! 네 말을 들으면 사람들이 뭐라고 하겠니? 벽에도 귀가 달려 있다는 걸 모르니?」

그녀의 훈계는 너무도 훌륭한 것이었지만, 아부 하산의 마음을 진정시켜 주기는커녕 오히려 더욱 화나게 하는 결과를 가져왔습니다. 자기 어머니에게 더욱 격렬한 분노를 폭발한 것입니다.

「이 할망구야! 입 닥치라고 경고했지? 더 이상 계속하면 내 당장 일어나 평생 후회하게끔 만들어 주겠어! 나는 칼리프, 신자들의 사령관이니, 그대는 내가 말하면 그대로 믿어야 하는 거야!」

선량한 노부인은 아부 하산이 이성을 되찾기는커녕 점점 더 이상해지는 것을 보고는 목 놓아 통곡하기 시작했습니다. 그녀는 자신의 얼굴과 가슴을 치면서 절규했는데, 그 애처로운 모습은 아들이 끔찍한 정신병에 걸린 것에 대해 지금 그녀가 얼마나 크게 놀랐는지, 얼마나 깊은 고통을 느끼고 있는지 잘 보여 주고 있었습니다.

하지만 그녀의 눈물도 아부 하산의 마음을 누그러뜨리지는 못했습니다. 오히려 그는 완전히 이성을 상실하여, 마음속에 남아 있던 어머니에 대한 한 가닥 자연스러운 감정마저 잊어버렸습니다. 그는 벌떡 일어나 몽둥이를 집어 들더니, 당장에라도 후려칠 듯한 기세로 높이 쳐들었습니다. 그러고는 그런 아들을 애처롭게만 생각하고 있는 어머니가 아닌 다른 사람이 들었다면 공포에 질렸을 목소리로 소리쳤습니다.

「저주받을 할망구 같으니! 내가 누구인지 당장 말해 봐!」

「내 아들아!」 어머니는 조금도 무서워하지 않고 오히려 애처로운 눈으로 그를 쳐다보며 대답했습니다. 「난 네가 너를 낳아 준 사람과 너 자신을 완전히 잊어버렸을 정도로 하느님께 버림받았다고는 생각하지 않는다. 네가 내 아들 아부 하산이라고 하는 나의 말은 결코 꾸며 낸 게 아니다. 그리고 넌 지금 우리 모두의 주군이신 칼리프 하룬알라시드님에게만 속한 칭호를 쓰고 있는데, 이것은 크나큰 잘못이다. 더구나 그분께서 어제 내게 선물까지 보내어 우리 모자에게 하해 같은 은혜를 베풀어 주신 이 마당에 말이다. 자, 말이 나왔으니 말인데, 어제 대재상 자파르 님께서 직접 나를 찾아오셨단다. 그리고 금화 천 냥이 든 돈주머니를 주시면서, 신자들의 사령관께서 하사하신 것이니 그분을 위해 하느님께 기도해 달라고 당부하셨단다. 이 늙은 몸이야 살날이 얼마 안 남았으니, 이 선물의 덕을 볼 사람은 나보다는 오히려 네가 아니겠니?」

이 말에 아부 하산의 화가 폭발해 버렸습니다. 어머니가 들려준 칼리프의 선물에 대한 이야기가 자신이 틀리지 않았음을 증명해 주는 데다, 대재상이 돈주머니를 가져온 것은 바로 자신의 명에 의한 것이었으므로 자신이 칼리프라는 사실이 더욱 확실해졌던 것입니다. 그는 소리쳤습니다.

「이 마귀 할망구야! 대재상 자파르를 시켜 금화 천 냥을 보낸 사람은 바로 나란 말이야! 그는 내가 신자들의 사령관의 자격으로 내린 명을 집행했을 뿐이야! 자, 이렇게 말하니 이제는 믿기냐? 하지만 네년은 내 말을 믿기는커녕, 계속 반박하고 내가 네년의 아들이라고 끈질기게 주장하며 날 헷갈리게 하고 있어. 난 네년의 간교한 장난을 더 이상 참고만 있지 않겠다!」

말을 마친 그는 극도의 광기에 사로잡혀 인간으로서 차마 못할 짓을 범하고 말았습니다. 손에 쥔 몽둥이로 자신의 어머니를 사정없이 때리기 시작한 것입니다.

아들이 위협을 이렇게 빨리 행동으로 옮기리라고는 예상하지 못했던 가련한 어머니는 몽둥이세례가 시작되자 있는 힘을 다해 소리를 질러 구조를 요청했습니다. 하지만 이웃 사람들이 달려올 때까지 아부 하산은 몽둥이질을 멈추지 않았고, 심지어는 한 대 후려칠 때마다 물었습니다.

「내가 신자들의 사령관 맞지?」

그럴 때마다 어머니는 연민에 찬 음성으로 대답했지요.

「아니다! 아니다! 너는 내 아들이다」

아부 하산의 광포한 매질도 조금씩 잦아들기 시작하고 있을 때, 이웃 사람들이 그의 방으로 뛰어 들어왔습니다. 가장 먼저 들어온 사람이 즉시 아부 하산과 어머니 사이를 막으며 그의 손에서 몽둥이를 뺏어 들었습니다.

「아부 하산! 이게 무슨 짓인가? 자네는 하느님과 이성에 대한 두려움을 상실했단 말인가? 어떻게 자네 같은 착한 아들이 이렇듯 자기 모친에게 손찌검을 할 수 있단 말인가? 자네를 그토록 사랑하시는 모친을 이처럼 학대하는 것이 부끄럽지도 않은가?」

아부 하산은 아직도 화가 풀리지 않아 씩씩대면서, 자신을 책망한 이웃을 말없이 노려보았습니다. 그러더니 광기로 흐려진 눈으로 함께 달려온 다른 사람들도 사납게 훑어보면서 물었습니다.

「그대가 말하는 아부 하산이 대체 누군가? 지금 나더러 아부 하산이라고 하는 건가?」

이 말에 이웃은 흠칫 놀랐습니다.

「뭐라고? 그렇다면 자네는 여기 이분, 자네를 길러 주시고 자네와 항상 같이 있어 주신 이분을 자네 모친으로 인정하지 않는단 말인가?」

「정말로 무엄한 자들이로고! 나는 이 여인을 모르며, 그대들도 모른다! 알고 싶지도 않아! 나는 아부 하산이 아니라 신자들의 사령관이다. 만일 너희들이 이 사실을 모르고 있다면 따끔한 맛을 보여 줘서라도 알게 해주지!」

이 말을 들은 이웃들은 그가 실성했음을 더 이상 의심하지 않았습니다. 그리고 조금 전에 그가 모친에게 범했던 것 같은 난폭한 행동이 되풀이되는 것을 막기 위해, 저항하는 그를 제압하여 두 팔과 두 손과 두 발을 꽁꽁 묶어 버렸습니다.

이렇게 아부 하산은 아무도 해칠 수 없는 상태가 되었지만, 그래도 사람들은 미쳐 버린 그를 어머니와 단둘이 남겨 두는 것은 좋지 않다고 판단했습니다. 그래서 그들 가운데 두 사람이 급히 광인들을 수용하는 병원에 달려가 그곳의 간수에게 알렸고, 간수는 부하들과 함께 쇠사슬과 수갑과 채찍 등을 챙겨 들고 달려왔습니다.

그들이 무시무시한 기구를 들고 들이닥치는 모습을 본 아부 하산은 결박에서 벗어나기 위해 안간힘을 썼습니다. 하지만 간수는 부하더러 채찍을 달라고 하더니, 아부 하산의 어깨를 두세 대 정확히 후려쳐 즉시 진정시켜 놓았습니다. 그 채찍 요법은 너무나도 끔찍한 것이어서 제아무리 아부 하산이라 해도 얌전해지지 않을 수 없었고, 그 틈을 이용하여 간수와 부하들은 그들이 원하는 작업을 시작할 수 있었습니다. 그들은 그를 쇠사슬로 묶고 수갑과 족쇄를 채운 다음, 병원으로 끌고 가기 위하여 집 밖으로 끌어냈습니다.

거리로 끌려 나온 아부 하산은 곧 수많은 사람들에게 에워싸였습니다. 어떤 이는 그에게 주먹질을 했고 어떤 이는 따귀를 때렸으며 또 다른 이들은 욕설을 퍼부으며 그를 바보, 미치광이로 취급했습니다.

이 모든 험한 꼴을 당하면서도 아부 하산은 중얼거리고 있었습니다.

「위대함과 힘을 지니신 이는 오직 한 분, 지극히 높고도 전능하신 하느님뿐이시라……. 나는 아주 멀쩡하건만 사람들은 나더러 미쳤다고 하고 있구나. 하지만 이 모든 모욕과 수치를 하느님에 대한 사랑으로 견뎌 내리라.」

아부 하산은 광인들을 수용하는 병원으로 끌려갔습니다. 그는 쇠창살로 둘러싸인 병실에 갇히게 되었지요. 그 안에다 가두기 전, 이런 끔찍한 작업에는 이골이 나 있는 간수는 인정사정없이 그의 등과 어깨에 채찍 쉰 대를 후려쳤습니다. 이어 삼 주 동안 하루도 빠짐없이 똑같은 채찍 요법을 시술해 주었죠. 간수는 그때마다 소리쳤습니다.

「이봐! 이성을 되찾으라고! 네가 아직도 신자들의 사령관인지 말해 봐!」

하지만 아부 하산은 굴하지 않았습니다.

「네놈의 충고 따위는 필요 없다! 만일 내가 미치게 된다면, 그건 네놈의 그 무자비한 채찍질 덕분일 거야.」

한편 아부 하산의 어머니는 매일같이 아들을 보러 왔습니다. 그녀는 올 때마다 눈물을 흘리지 않을 수 없었죠. 그렇게도 통통하니 혈색 좋던 아들이 날이 갈수록 야위고 쇠약해질 뿐 아니라, 고통에 신음하며 한숨 짓는 모습을 보니 마음이 찢어지는 것 같았습니다. 사실 그의 등과 어깨와 옆구리에는 온통 시커먼 피멍이 들어 있었고, 온몸이 상처투성이라 제대로 누워 쉴 수도 없을 정도였습니다. 이 끔찍한 거처에 들어온 이후, 그의 피부는 완전히 탈바꿈했다고 해도 과언이 아니었습니다. 어머니는 이런 그를 위로해 주면서, 그가 아직도 스스로를 칼리프요 신자들의 사령관으로 믿고 있는지 떠보고 싶었습니다. 하지만 그녀가 이런 말들을 할라치면 그는 맹렬히 화를 내면서 그녀의 입을 막아 버렸습니다. 결국 어머니는 끈질긴 환상에서 벗어나지 못하는 아들의 상태를 다시 한 번 확인하고 절망스러운 심정으로 발길을 돌리곤 했지요.

우리도 알다시피, 아부 하산의 이런 상태는 그의 머릿속에 남아 있는 일련의 기억이 너무도 강렬하고 생생한 탓이었습니다. 자신이 칼리프의 옷을 걸치고 있었던 기억, 그의 일상적인 업무를 처리했던 기억, 그의 권위를 행사했던 기억, 사람들이 자신의 명에 복종하고 자신을 진짜 칼리프로 대했던 기억……. 이 모든 구체적인 기억들이 너무도 생생해 그는 잠이 깨고 나서도 자신이 칼리프라고 확신할 수밖에 없었고, 이후에도 오랫동안 이 착각 속에 머물렀던 것입니다. 그런데 이처럼 강렬했던 기억도 시간이 흐름에 따라 점차 흐려지기 시작했습니다. 마침내 그는 이따금 이렇게 자문하기에 이르렀습니다.

〈만일 내가 진짜로 칼리프요 신자들의 사령관이라면, 잠에서 깨었을 때 왜 내 옷을 걸치고 우리 집에 있었던 걸까? 내 주위의 호위대장이며 그 많던 내시들, 그리고 그 바글바글하던 미녀들은 왜 사라졌던 걸까? 대재상 자파르와 그 숱한 왕족들, 지방 총독들, 그리고 다른 신하들은 왜 나를 버리고 떠나간 걸까? 그들이 정말로 내 권위하에 있는 것이라면, 이미 오래전에 달려와 나를 이 비참한 신세에서 구해 주었을 게 아닌가? 그래, 이건 한갓 꿈이었던 거야. 인정할 수밖에 없어. 하지만…… 분명히 나는 이맘과 네 영감을 처벌하라고 포도대장에게 명하지 않았던가? 또 대재상 자파르를 시켜 어머니에게 금화 천 냥을 가져다주라고 분부했고. 이 명들은 분명히 집행되었어. 아, 더 이상 모르겠다! 아무것도 이해가 안 돼. 하지만 이해 안 되는 게 비단 이것뿐인가! 모든 게 뒤죽박죽이라고! 휴우…… 어쩌겠어. 모든 걸 알고 계신 하느님께 내 모든 것을 맡기는 수밖에…….〉

아부 하산이 이런 생각에 잠겨 있을 때 그의 어머니가 도착했습니다. 그녀는 초췌하고 기진맥진한 아들의 모습을 보고는 그 어느 때보다도 많은 눈물을 흘렸습니다. 그녀는 계속 흐느끼면서 떠듬떠듬 아들에게 평소 하던 대로 인사를 건넸습니다. 그런데 놀랍게도 평소와는 달리 그가 답인사를 하는 것이었습니다. 어머니는 좋은 징조라 생각하고는 눈물을 훔치면서 말했습니다.

「그래, 애야! 몸은 어떠니? 그리고 이제 정신이 좀 드니?

악마들이 네 머릿속에 불어넣은 그 모든 괴상한 생각들이 이제는 나간 거니?」

「어머니!」 차분하게 가라앉아 있는 그의 음성에는 지금까지 어머니에게 했던 못된 짓에 대한 진한 자책감이 묻어 나오고 있었습니다. 「저를 용서해 주세요! 지금까지 저는 어머니에게 스스로 생각해도 혐오스러운 끔찍한 죄를 지었어요. 또 이웃분들께도 용서를 구하고 싶어요. 그분들 앞에서도 추태를 보였으니까요. 그래요! 전 어떤 꿈에 속았던 거예요. 하지만 그 꿈은 너무도 기막히고도 현실 같아서, 다른 사람이 꾸었다 해도 마찬가지였을 거예요. 그 사람 역시 그 꿈이 뇌리에 박혀 나 못지않은 괴상망측한 행동을 했겠죠. 사실은 이렇게 말하고 있는 이 순간에도 아직 모든 게 혼란스럽고, 제게 일어난 일이 꿈이었다는 게 믿기지가 않아요. 정말이지 그건 깨어 있는 사람에게 일어나는 일과 흡사했다니까요! 어쨌든 간에 이제는 그것이 꿈이요 환상이었다고 생각하고, 앞으로도 계속 그렇게 믿고 싶어요. 저는 칼리프의 허깨비가 아니라, 당신의 아들 아부 하산이라고 확신해요. 그래요! 전 어머니의 아들이지요. 생각만 해도 부끄러운 그 불행한 날 이전까지는 제가 항상 공경해 왔던 어머니, 지금도 공경하고 있으며 또 영원히 공경하게 될 어머니의 아들이에요.」

이 너무나도 현명하고 분별 있는 말에 아부 하산의 어머니는 눈물을 펑펑 쏟았습니다. 그것은 더 이상 지난 오랜 시간 동안 흘려 온 고통과 연민의 눈물이 아닌, 기쁨과 위로와 마침내 되찾은 사랑스러운 아들에 대한 따스한 모정의 눈물이었습니다. 그녀는 기쁨에 넘치는 음성으로 외쳤습니다.

「내 아들아! 네가 온전한 정신으로 하는 말을 들으니 너무도 행복하고 만족스럽구나! 내가 너를 낳은 날도 이처럼 기쁘지는 않았단다! 그런데 네게 일어난 일에 대해 이 에미가 어떻게 생각하는지 한번 말해 봐도 되겠니? 너는 의식하지 못하고 있는 것 같다만, 내가 한 가지 밝혀 줄 것이 있다. 일전에 네가 집에 데려와 저녁 식사를 같이한 이방인 있잖니? 그 사람은 집을 나가면서 네가 부탁한 대로 하지 않고 방문을 열어 놓았단다. 내 생각에는 그 틈을 타 악마가 집에 들어와서 너를 그 끔찍한 환상 속에 던져 넣은 것 같다. 그러니 얘야! 너를 그 악마로부터 해방해 주신 하느님께 감사드려야 한다. 그리고 다시는 그 악한 귀신의 덫에 빠지지 않게 해달라고 기도해야 한다.」

「그렇군요! 어머니께서 제 병의 근원을 찾아내셨군요. 맞아요! 내 머리를 온통 뒤집어 놓은 그 꿈을 꾼 게 바로 그날 밤이었어요. 그래요! 그 상인에게 문을 닫아 달라고 신신당부했는데 그는 내 말을 들어주지 않았어요. 그래서 악마가 문이 열려 있는 것을 보고 들어와서는 내 머릿속에다 그 모든 엉뚱한 생각들을 불어넣은 거였어요. 침실 문을 닫지 않고 자면 악마가 들어와 밤마다 뒤숭숭한 꿈으로 우리를 불안하게 만든다는 것, 우리 바그다드 사람들이라면 이 사실을 다 알고 있잖아요? 그 상인의 고향인 모술에서도 모를 리 없었을 텐데……. 어쨌든 어머니! 이제 완전히 제정신으로 돌아왔으니, 하루 빨리 이 지옥 같은 곳에서 나가게 해주세요! 여기 더 있다가는 저 망나니 같은 간수 놈 때문에 제명에 죽지 못할 것 같아요.」

그가 미친 상상에서 완전히 회복되었음을 확신한 아부 하산의 어머니는 크게 기뻐하며 당장에 간수에게 달려갔습니다. 간수는 아들이 완전히 제정신을 되찾았다는 그녀의 설명을 듣고 그를 검사한 다음 즉석에서 퇴원시켜 주었습니다.

드디어 아부 하산은 집에 돌아왔습니다. 그리고 병원에서 먹던 것보다 훨씬 좋은 음식들로 보양하고 쇠약해진 몸을 추스르며 여러 날을 보냈지요. 하지만 그렇게 어느 정도 원기를 회복하고 병원에서 당한 가혹 행위의 후유증도 거의 느껴지지 않게 되자, 그는 저녁 시간을 혼자 보내야 하는 일이 또다시 지루하게 느껴지기 시작했습니다. 그리하여 오래지 않아 과거의 습관, 즉 매일 장을 봐 와서 저녁에 손님 한 사람을 대접하는 일을 다시 시작하게 되었지요.

앞에서 우리는 칼리프가 그의 치세가 시작된 이후로 어떤 일을 정기적으로 해왔는지에 대해 이미 얘기한 바 있습니다. 매달 초하룻날이 되면 그는 변장을 하고 바그다드의 여러 성문 가운데 한 곳을 택해 밖으로 나갑니다. 그리고 그 성문으로 통하는 대로를 어슬렁거리면서 혹시 나라의 질서를 어지럽히는 일은 없는지 몸소 살피는 것이지요. 그런데 공교롭게도 아부 하산이 예전의 습관을 재개하여 해질 무렵 바그다드의 다리 위로 나간 날도 바로 이 초하룻날이었습니다.

그렇게 아부 하산이 다리 끝 난간의 벤치에 앉아 있은 지 얼마 되지 않았을 때였습니다. 눈을 들어 다리 반대편을 바라보니, 이쪽으로 걸어오고 있는 두 사람의 모습이 보였습니다. 다름 아닌 모술 상인으로 변장한 칼리프와 그를 수행하는 노예였습니다. 그의 모습을 본 아부 하산은 자신도 모르게 부르르 몸을 떨었습니다. 저 모술 상인이야말로 자기가 겪은 그 모든 불행의 원인이라고 믿고 있었기 때문이지요.

〈오, 하느님! 나를 지켜 주소서! 내 생각이 틀리지 않았다면 저 자는 나를 홀린 사악한 마법사입니다.〉

그러고는 두 사람이 지나갈 때까지 눈을 마주치지 않으려고 강의 운하 쪽으로 머리를 돌렸습니다.

아부 하산을 궁에서 돌려보냈을 때, 칼리프는 그가 깨어난 후에 하는 말과 행동 그리고 이후에 일어나는 일들을 모두 조사하여 자신에게 보고하라고 분부했습니다. 그를 통해 맛

본 즐거움을 더 연장하고 싶었던 것입니다. 신하들이 아부 하산에게 일어난 일들을 보고할 때마다 그는 다시금 배꼽을 잡았습니다. 심지어는 그가 정신 병원에 끌려가 참혹한 일을 당했다는 얘기까지도 칼리프에게는 너무나 재미있었습니다. 하지만 그는 또한 관대하고 공정한 군주이기도 했습니다. 같이 있으면 즐거운 이 유쾌한 친구가 이제는 스스로가 칼리프라는 환상을 포기하고 이전의 생활로 돌아와 있다는 소식을 듣고는, 그를 자기 곁으로 데려와야겠다는 생각을 하게 되었습니다. 그래서 초하룻날, 전처럼 모술 상인으로 변장하고 다시 그곳에 나타났던 것입니다. 아부 하산이 멀리서 그를 발견한 것과 거의 동시에 그도 아부 하산을 알아보았습니다. 아부 하산의 표정과 동작을 본 그는 금방 눈치챌 수 있었습니다. 지금 그가 마음 가득한 불만으로 자신을 피하려 하고 있다는 사실을 말입니다. 하지만 능청맞은 칼리프는 그냥 지나치지 않았습니다. 일부러 아부 하산이 있는 쪽 난간에 바짝 붙어서 걸어오다가, 그의 곁에 이르자 고개를 쭉 내밀고는 아부 하산의 얼굴을 빤히 들여다보았습니다.

「아니, 이게 누구요! 아부 하산 선생 아니오? 하하, 안녕하시오! 그대를 포옹해도 괜찮겠소?」

하지만 아부 하산은 가짜 모술 상인을 쳐다보지도 않은 채 퉁명스레 대답했습니다.

「나는 당신과 인사하지 않겠소. 내겐 당신의 인사도, 당신의 포옹도 필요하지 않소! 어서 가던 길이나 가시오!」

「뭐라고요? 아니, 나를 못 알아본단 말이오? 한 달 전쯤 선생 댁에서 저녁을 함께 보낸 일을 기억하지 못하오? 그때 선생이 나를 얼마나 푸근하게 대접해 주었는데!」

「아니오!」 아부 하산은 여전히 같은 어조로 대꾸했습니다. 「난 당신을 모르오. 당신이 무슨 말을 하고 있는지 모르겠소.

자, 다시 한 번 말하는데, 어서 당신 갈 길이나 가시오!」

칼리프는 아부 하산의 퉁명스러운 태도에 조금도 불쾌해 하지 않았습니다. 한번 대접했던 사람과는 두 번 다시 말하지 않는다는 것이 그의 철칙임을 잘 알고 있었던 까닭입니다. 아부 하산은 이미 이 사실을 분명히 밝힌 바 있었지만, 칼리프는 모르는 척하며 이렇게 말했습니다.

「선생이 나를 못 알아보리라곤 생각하지 않소. 우리가 헤어진 지 얼마 되지도 않았는데, 그렇게 쉽게 잊어버린다는 것은 말도 안 되지. 혹시 선생에게 무슨 나쁜 일이라도 있었소? 그래서 나를 싫어하게 된 건 아니오? 하지만 난 그날 선생에게 고마운 마음으로, 하루만이라도 칼리프가 되고 싶다는 선생의 소원이 이루어지기를 기원해 주지 않았소? 심지어는 선생의 가슴에 맺혀 있는 어떤 일을 해결해 주기 위해 내가 영향력을 발휘해 주겠다고 제의하기까지 했었는데…….」

「당신의 영향력이란 게 대체 뭔지 모르겠소만, 그걸 시험해 볼 생각은 전혀 없소이다. 나는 알고 있소. 내가 미쳤던 게 바로 당신의 그 고마운 〈기원〉 덕분이었다는 사실을. 다시 한 번 부탁하는데, 제발 당신 갈 길을 가고 다시는 나를 괴롭히지 마시오!」

「오오, 내 형제 아부 하산!」 칼리프는 그를 껴안으며 말했습니다. 「이런 식으로는 선생과 헤어질 수 없소! 행운의 여신이 나로 하여금 선생을 두 번째 만나게 해주셨으니, 선생도 나를 다시 한 번 초대해 주는 게 어떻겠소? 선생과 술 한 잔 할 수 있는 영광을 다시 한 번 누리고 싶소이다.」

아부 하산은 결코 그런 일은 없을 거라고 대꾸했습니다.

「내 자제력이 아무리 없다 해도, 당신처럼 불행을 몰고 다니는 사람과는 두 번 다시 자리를 함께하지 않을 정도는 되오. 혹시 이런 속담 모르시오? 〈약장수여! 그대의 북을 챙겨 들고 이제는 꺼져라!〉 자, 이 속담대로 해주시오! 꼭 여러 번 반복해야 알아듣겠소? 자, 이젠 정말 잘 가시오! 지금까지 당신 덕에 겪은 고통만으로도 충분하오. 두 번 다시 당하고 싶지 않소이다.」

「오, 내 친구 아부 하산!」 칼리프는 다시 그를 포옹하며 말했습니다. 「날 그렇게 딱딱하게 대할 줄은 정말 생각도 못했소! 제발 그런 가시 돋친 말일랑 그만하시고, 내 진심을 믿어주시오! 대체 그동안 무슨 일이 있었는지 한번 말해 보오! 혹시 내가 선생에게 무슨 피해를 끼치기라도 했소? 난 선생에게 좋은 일이 있기만을 빌었고, 그 심정은 지금도 변함이 없다오. 만일 내가 정말로 선생에게 어떤 피해를 끼쳤다면, 그걸 보상하기 위해서라도 뭔가를 해야 하지 않겠소?」

아부 하산은 마침내 칼리프의 간청에 굴복하여 그를 자기 옆에 앉혔습니다.

「정말이지 당신은 내 인내심의 한계를 시험하고 있는 것 같구려. 좋소! 얘기해 주겠소. 내 얘기를 들으면 내가 왜 당신을 원망하고 있는지 판단할 수 있을 게요.」

칼리프가 곁에 앉자, 아부 하산은 그가 왕궁에서 깨어났을 때부터 자신의 방에서 두 번째로 깨어났을 때까지 일어난 일들을 모두 들려주었습니다. 그는 아주 세세한 상황들까지 다 얘기해 주었는데, 이를 지켜본 바 있는 칼리프로서는 그 유쾌했던 순간들을 다시 한 번 즐길 수 있는 기회가 되었지요. 아부 하산은, 그러나 이 모든 일들은 한갓 꿈이었으며 깨어난 후에도 머릿속에 자신이 칼리프요 신자들의 사령관이라는 느낌을 남겨 놓았다고 한 뒤 이렇게 덧붙였습니다.

「나로 하여금 온갖 괴상한 짓들을 하게 만든 그 느낌은 너무도 강렬한 것이어서, 내 이웃들은 나를 발광한 사람 다루듯 결박하여 정신 병원에 데려갈 수밖에 없었소. 거기서 얼마나 잔인하고도 야만스럽고도 비인간적인 대접을 받아야만 했는지……. 그런데 말이오, 당신으로선 뜻밖의 것일 수도 있는 한 가지 사실이 있소. 이 모든 일들은 바로 당신 때문에 일어났던 거요! 저녁 식사 후에 내가 당신한테 부탁했던 것 기억나오? 왜, 방을 나갈 때 잊지 말고 문을 닫아 달라고 신신당부하지 않았소? 하지만 당신은 그러지 않았소. 오히려 문을 활짝 열어 놓은 채 가버렸고, 그 틈을 타 악마가 들어와 내 머릿속에 그런 꿈을 불어넣은 거요. 처음에는 아주 유쾌했지만, 결국 내게 온갖 불행을 몰고 온 그 꿈 말이오. 따라서 당신은 내 부탁을 소홀히 하여 내 불행의 원인이 된 셈이고, 나아가 내가 지은 죄에 대해서도 책임이 있는 거요. 내가 얼마나 끔찍하고 가증스러운 죄를 범했는지 알기나 하오? 어머니를 때렸을 뿐 아니라, 하마터면 이 손으로 그분의 목숨을 빼앗을 뻔했소! 그 이유가 뭐였는지 아오? 지금도 생각하면 얼굴이 화끈거리는 일이지만, 그분이 나를 당신의 아들이라고 불렀다는 이유였소! 또 나를 신자들의 사령관으로 인정해 주지 않았다는 이유였소! 당신이 책임져야 할 일은 이것만이 아니오. 불쌍한 우리 어머니의 비명을 듣고 달려온 이웃 사람들이 본 것은…… 자기 어머니를 죽이려 날뛰고 있는 패륜아의 모습이었소. 당신이 나갈 때 문만 제대로 닫았어도 이런 일은 없었을 것 아니오! 이웃 사람들이 허락도 없이 우리 집에 들어오지도, 내 미친 모습을 보지도 않았을 것 아니오! 나는 그들에게 맞서기 위해 어쩔 수 없이 주먹을 휘둘렀고, 이에 그들은 나를 개 잡듯 결박하여 정신 병원으로 끌고 가 감금해 버렸소. 그리고 지옥 같은 그 곳에서 내가 어떻게 지냈는 줄 아시오? 매일같이 채찍으로 늘씬하게 얻어맞으며 한 세월 보낸 거요!」

아부 하산은 자신이 왜 그토록 가짜 모술 상인을 원망하고 있는지, 격앙된 어조로 쏟아 내었습니다. 사실 이 모든 것은 아부 하산만큼이나 칼리프 자신도 잘 알고 있는 사실들이었지요. 그는 아직 아무것도 모르는 채 횡설수설 떠들고 있는 아부 하산의 모습을 보며, 자신의 장난이 완전히 성공했다는 사실에 웃음을 참지 못했습니다. 너무도 순진한 아부 하산의 이야기를 듣다가 결국 폭소를 터뜨리고 만 것입니다.

가짜 모술 상인이 폭소를 터뜨리자 자신이 만인의 동정을 받아 마땅하다고 믿고 있던 아부 하산은 크게 분개했습니다.

「그렇게 면전에 대고 웃어 대다니, 당신 나를 비웃고 있는 거요? 아니면 내가 당신을 놀리려고 이 모든 이야기를 꾸며 냈다고 생각하는 거요? 내 이야기가 사실이라는 증거를 원하오? 자, 당신 눈으로 직접 보시오! 이걸 보면 내 말이 장난인지 아닌지 알 수 있을 테니까.」

아부 하산은 상체를 앞으로 굽히고 옷을 아래로 내려 어깨와 가슴을 드러냈습니다. 무수한 채찍질이 그의 몸에 남겨 놓은 피멍과 흉터를 칼리프는 확인할 수 있었습니다. 그것은 소름이 끼칠 정도로 끔찍한 모습이었습니다. 비로소 칼리프는 불쌍한 아부 하산에 대해 측은한 마음을 느끼게 되었고, 장난으로 시작한 일이 이런 참혹한 결과를 빚게 된 것이 너무도 속상했습니다. 그는 즉시 정신을 가다듬은 후, 아부 하산을 진심으로 안아 주며 진지한 어조로 말했습니다.

「자, 자, 일어서시오! 우리, 선생 집으로 갑시다! 다시 한 번 오늘 저녁을 선생과 함께 즐기고 싶소. 그리고 하느님께서 허락하신다면, 내일은 모든 것이 세상에서 가장 좋은 모습으로 변해 있을 거요.」

굳은 결심과 같은 나그네를 집에 두 번 들이지 않는다는 원칙에도 불구하고, 착한 아부 하산은 지극히 따뜻한 모술 상인의 태도에 그만 마음이 풀려 버리고 말았습니다.

「좋소! 그렇지만 한 가지 조건이 있소. 당신은 이 조건을 반드시 지키겠다는 맹세를 해야 하오. 다름이 아니라, 집에서 나갈 때 반드시 방문을 닫아 달라는 것이오. 저번처럼 악마가 들어와 내 머리를 온통 혼란하게 만들어 놓으면 안 되니까.」

가짜 상인은 모든 것을 약속해 주었습니다. 두 사람은 같이 일어서서, 도성을 향해 걸음을 옮겼습니다. 칼리프는 아부 하산을 더욱 안심시키기 위해 말했습니다.

「이제는 나를 믿어 주시오! 앞으로는 약속을 꼭 지키겠다고, 신사의 명예를 걸고 약속하리다. 그리고 무슨 일이 있거들랑 망설이지 말고 내게 말하시오. 나는 선생이 앞으로 온갖 행복과 번영을 누리길 기원하는 사람이라오.」

「아니오, 난 당신에게 아무것도 원하지 않소!」 아부 하산이 갑자기 걸음을 멈추며 쏘아붙였습니다. 「당신이 하도 귀찮게 굴어서 이번에는 넘어가지만, 당신의 〈기원〉만큼은 사양하겠소. 그리고 제발 부탁하는데, 앞으로도 내게 무슨 기원 같은 것일랑 하지 말아 주시오! 지금까지 내게 일어난 불행이 모두 어디서 온 건지 아시오? 그건 당신이 문을 열어 놓고, 또 그 알량한 기원을 해주었기 때문이오.」

칼리프는 아부 하산이 아직도 꽁해 있는 것을 보고 속으로 웃으면서 대꾸했습니다. 「음, 그렇게 원하신다면 말씀대로 하겠소. 다시는 기원 같은 것을 하지 않겠다고 약속드리리다.」

「그렇게 말해 주니 고맙군요. 그것 외에는 아무것도 바라지 않소. 그 약속만 지켜 준다면 난 매우 만족하고, 지난 일들은 다 잊어 주겠소.」

아부 하산과 노예를 대동한 칼리프는 이런 식으로 대화를 나누며 걸었고, 날이 저물 무렵에는 아부 하산의 집에 도착할 수 있었습니다. 아부 하산은 집에 들어서자마자 어머니를 불러 사랑방을 밝힐 불을 가져다 달라고 부탁했습니다. 그는 칼리프에게 좌단에 앉으라고 권한 다음 자신도 그 옆에 자리를 잡았습니다. 잠시 후 어머니가 좌단 쪽에 붙여 놓은 식탁에 음식을 차려 주었습니다. 두 남자는 허물없이 먹기 시작했죠. 식사가 끝나자 어머니는 상 위를 치우고 과일과 술과 잔을 갖다 놓았습니다. 그러고 나서 그녀는 방을 나갔고 다시는 나타나지 않았습니다.

아부 하산은 우선 자기 잔에 술을 따르고 칼리프의 잔도 채워 주었습니다. 그렇게 두 사람은 이런저런 얘기를 나누며 각기 대여섯 잔씩 마셨죠. 칼리프는 아부 하산이 어느 정도 술기운이 오른 것을 보고는 화제를 슬그머니 사랑에 관한 것으로 옮겼습니다. 그는 아부 하산에게 여태껏 사랑을 해본 일이 있느냐고 물었습니다.

「하하, 형씨!」 같이 술을 마시고 있는 손님이 자기와 같은 신분의 사람이라 믿고 있던 아부 하산은 흥허물 없는 말투로 대답했습니다. 「난 항상 사랑이니 결혼이니 하는 것들을 일종의 족쇄로 여겨 왔기 때문에, 그런 것으로 스스로를 옭아맬 생각은 전혀 없었소이다. 사실 지금까지 내가 좋아한 것은 오직 하나, 식탁에서 맛볼 수 있는 여러 가지 즐거움들, 특히 술이었소. 다시 말해서 친구들과 함께 좋은 음식과 술을 맛보고 이런저런 얘기를 나누며 유쾌한 시간을 보내는 것이었지. 하지만 그렇다고 해서 내가 결혼에 완전히 무관심하다거나 감정도 없는 목석같은 사내라는 건 결코 아니오. 예를 들어 형씨가 문을 열어 놓고 나가서 불행을 몰고 왔던 그 운명의 밤, 내가 꿈속에서 만났던 그런 아가씨들이라면 또 얘기가 다르오. 아, 정말로 아름답고 상냥한 아가씨들이었지! 저녁마다 함께 술잔을 나눌 수 있고, 악기를 연주하며 노래를 부를 수 있고, 유쾌한 대화를 나눌 수 있는 여자, 한마디로 나를 즐겁고 재미있게 해주려고 애를 쓰는 여자들이었소. 그런 여자 같으면 나의 무관심은 뜨거운 애정으로 바뀔 것이고, 그런 여자와는 아주 행복하게 살 수 있을 것 같소. 하지만 세상에 그런 여자가 어디 있겠소? 오직 신자들의 사령관의 궁이나 대재상 자파르, 혹은 돈이 넘쳐 나 그런 여자를 거느릴 만한 여력이 있는 왕후장상의 집에나 가야 찾아볼 수 있겠지. 그러니 나는 이렇게 이 술병으로 만족하는 것이오. 별로 돈 들이지 않고도 그들과 동등하게 누릴 수 있는 유일한 것이 바로 이 술이니까.」 그는 말을 이으며 잔을 잡고 술을 따랐습니다. 「자, 형씨도 한 잔 받으시오! 우리 이 기막힌 즐거움을 함께 누립시다!」

그렇게 둘이서 한 잔씩 쭉 들이켜고 나자 칼리프가 말했습니다.

「둘도 없는 풍류남아요, 사랑에 그다지 무관심하지도 않은 형씨 같은 분이 이렇게 쓸쓸하게 살고 있다니 참으로 유감이오.」

「이렇게 사는 게 쓸쓸하다고요? 얼굴도 못생긴 데다 성질마저 고약하여 항상 마음을 우울하게 만드는 여자를 데리고 사느니, 이렇게 혼자서 마음 편히 사는 게 백배 낫소.」

그렇게 두 사람은 이 주제에 대해 많은 얘기를 나눴습니다. 얼마 후, 칼리프는 아부 하산이 술이 꽤 올라 있음을 보고 말했습니다.

「자, 자! 모두 내게 맡기시오! 이제 형씨의 취향을 알았으니 내가 그에 맞는 여자를 찾아 주고 싶소. 돈 한 푼 안 들고 아무 근심도 끼치지 않을 그런 좋은 여자 말이오.」

동시에 그는 술병과 아부 하산의 잔을 집어 들었습니다. 그러고는 그 잔에다 이전에 사용했던 가루약을 교묘히 집어넣고 술을 가득 부어 아부 하산에게 권하면서 말했습니다.

「자, 받으시오! 형씨를 평생 행복하게 해줄 그 미녀를 위해 건배합시다! 내 장담하는데, 분명히 그녀에게 만족할 거요.」

아부 하산은 웃으면서 잔을 받고는, 머리를 흔들며 말했습니다.

「허허, 이거야 원! 어쨌든 주는 잔이니 받기는 하겠소. 이렇게 별것도 아닌 일을 가지고 형씨 같은 귀한 손님에게 결례를 범하고 싶지는 않으니까. 형씨가 약속하는 그 미녀를 위해 한 잔 하겠소. 하지만 난 지금의 삶에 만족하므로, 형씨의 약속에 기대하는 건 별로 없소.」

술을 들이켠 아부 하산은 이전에 두 번이나 그랬듯, 이내 의식을 잃고 깊은 잠에 빠졌습니다. 다시 한 번 그를 마음대로 다룰 수 있게 된 칼리프는 즉시 노예에게 그를 들쳐 메고 궁으로 돌아가자고 말했습니다. 노예는 분부대로 했고, 이번 만큼은 아부 하산을 집에 돌려보낼 뜻이 없었으므로, 칼리프는 나오면서 방문을 닫았습니다.

궁에 돌아온 칼리프는 한 달 전 아부 하산이 마지막으로 머물렀던 네 번째 객실에 들어가 그를 좌단에 내려놓았습니다. 그러고는 이번에도 그가 칼리프 행세를 할 수 있도록 어의를 다시 입히라고 분부했지요. 그 명은 즉시 집행되었습니다. 이어 칼리프는 분부하기를 이제 모두들 잠자리에 들되 특별히 호위대장과 내시들, 궁신들, 여악사들과 시녀 등, 아부 하산이 마지막 잔을 마시고 잠이 들었던 때 함께 있었던 모든 사람은 다음 날 아침 그가 깨어날 때 반드시 옆에 있을 것이며, 각자의 역할을 틀림없이 해내라고 말했습니다. 마지막으로 메스루르에게는 다음 날 아침 일찍 와서 자신을 깨워달라고 분부했습니다. 물론 객실에 붙은 골방에 숨어 지켜보기 위해서였죠. 이렇게 모든 준비를 마치고 나서야 칼리프는 비로소 잠자리에 들었습니다.

메스루르는 지시받은 시간에 어김없이 칼리프를 깨웠습니다. 그는 신속히 옷을 걸치고 아부 하산이 아직 자고 있는 객실로 달려갔습니다. 이미 문 앞에는 내시, 궁신, 여악사, 그리고 시녀들이 서서 그가 도착하기를 기다리고 있었습니다. 그는 자신의 계획을 그들에게 간단히 밝힌 다음 객실로 들어가 두터운 발을 친 골방에 몸을 숨겼습니다. 그러자 문 앞에 있던 사람들도 모두 객실 안에 들어와 아부 하산이 자고 있는 좌단 주위에 시립했습니다. 물론 아부 하산의 행동을 하나도 빠짐없이 보고 싶어 하는 칼리프의 시야를 가리지 않게끔 주의했죠.

이렇게 모든 준비가 끝나고, 칼리프의 가루약이 효력을 다하자 아부 하산은 눈을 감은 채 잠에서 깨어났습니다. 그가

약간의 가래침을 뱉어 내자, 저번처럼 옆에 있던 시녀가 조그만 금 대야로 받아 냈습니다. 동시에 객실 안에는 피리 등 각종 악기의 반주에 맞춰 노래하는 일곱 합창단의 고운 음성과 지극히 상쾌한 음악이 울려 퍼지기 시작했습니다.

이 너무나도 감미로운 음악 소리에 아부 하산은 심장이 멎을 듯 놀랐습니다. 그리고 눈을 번쩍 뜬 그에게는 더 큰 놀라움이 기다리고 있었습니다. 주위에 둘러서 있는 사람들은 다름 아닌 낯익은 시녀들과 궁신들이 아니겠습니까? 또 자기가 누워 있는 방은 첫 번째 꿈에서 보았던 바로 그 객실인데, 조명이며 가구, 심지어는 각종 장식까지 그때와 똑같지 않겠습니까?

음악이 멈추었습니다. 이는 놀란 아부 하산이 어떤 행동과 말을 하는지, 칼리프로 하여금 좀 더 분명히 보고 들을 수 있게 해주려는 배려였습니다. 그렇게 찾아온 정적 속에서 시녀들과 궁신들 그리고 메스루르는 각자의 자리에 공손한 자세를 취하고 서 있었습니다.

「아이고!」 아부 하산은 자신의 손가락을 깨물면서 외쳤습니다. 얼마나 크게 소리쳤던지 듣고 있던 칼리프가 웃을 정도였죠. 「한 달 전과 똑같은 꿈, 똑같은 환상 속에 다시 떨어졌구나! 그렇다면 얼마 후 다시 정신 병원의 쇠창살 속에 갇히고, 채찍으로 얻어맞는 일만 남았다는 말이잖아! 오, 전능하신 하느님! 당신의 신성한 손으로 나를 지켜 주소서! 그래! 어제저녁 집에 데려온 그 정직하지 못한 자가 이 환상과 앞으로 겪게 될 모든 고통을 또다시 가져왔구나! 이런 배은 망덕하고 사악한 놈 같으니라고! 나가면서 방문을 닫겠다고 맹세까지 해가며 약속하지 않았던가! 하지만 그는 그러지 않았어. 열린 문으로 악마가 들어와 이 빌어먹을 칼리프의 환상이며, 지금 눈앞에 어른거리는 이 모든 유령들로 내 머리를 뒤흔들고 있는 거야. 하느님, 이 사탄을 꼼짝 못하게 하소서! 그리고 놈을 산처럼 큰 돌더미 밑에 깔려 허우적거리게 하소서!」

아부 하산은 눈을 질끈 감더니 뒤죽박죽이 된 생각을 정리해 보려는 듯 인상을 찌푸렸습니다. 잠시 후 다시 눈을 뜬 그는 사방으로 고개를 돌리며 방 안에 있는 것들을 살펴보더니 아까보다는 덜 놀란 목소리로, 심지어는 약간의 미소까지 지으면서 다시 한 번 외쳤습니다.

「오, 위대하신 하느님! 나를 당신의 손에 맡기나이다! 사탄의 유혹으로부터 나를 지켜 주소서!」 그러고는 다시 눈을 감더니만 이어서 말했습니다. 「그래그래! 어떻게 해야 할지 알겠어. 사탄이 나를 떠나, 들어온 길로 되돌아 나갈 때까지 다시 잠만 자는 거야. 오늘 정오까지라도 말이야.」

하지만 사람들은 그의 뜻대로 내버려 두지 않았습니다. 그가 처음 봤던 아가씨 중 하나인 〈마음을 끄는 힘〉이 다가와 좌단 언저리에 궁둥이를 걸치고 앉아서 공손히 말했습니다.

「신자들의 사령관님! 아뢰옵기 황송하오나, 그렇게 다시 잠드시면 아니 되옵니다. 날이 밝고 있으니 이제는 일어나셔야 합니다.」

웬 여자의 목소리가 귀에 들려오자 아부 하산은 빽 하고 소리쳤습니다.

「사탄아 물러가라!」 다음 순간 눈을 뜨고 목소리의 주인공을 발견한 그는 그녀에게 말했습니다. 「지금 나더러 신자들의 사령관이라고 하고 있소? 날 다른 사람으로 착각한 모양이구려.」

「이 세상 모든 이슬람교도를 다스리는 군주에게 속한 이 고귀한 칭호를, 폐하 아닌 그 누구에게 감히 붙일 수 있겠습니까? 그렇습니다! 지금 당신의 미천한 노예인 소녀가 말씀드리고 있는 분은 바로 폐하이옵니다. 아마 폐하께서 자신이 누구인지 모르는 체하시며 소녀를 희롱하려 하시는 거겠지요. 아니면 간밤에 뭔가 뒤숭숭한 꿈을 꾸셨던 게지요. 하지만 두 눈을 좀 더 크게 뜨신다면 폐하의 정신을 흐리고 있는 구름이 걷힐 것이며, 폐하께서는 자신이 왕궁 한가운데서 평소와 다름없이 시중을 들기 위해 기다리고 있는 궁신들이며 저희 여종들에게 둘러싸여 있는 걸 보실 것이옵니다. 또한 이처럼 침대가 아닌 객실에서 주무신 것에 대해서도 놀라지 마시옵소서! 폐하께서 어젯밤 너무도 갑자기 잠이 드시는 바람에 저희로서는 깨울 수가 없어, 그냥 이 좌단 위에 잠자리를 마련해 드렸던 것입니다.」

이처럼 〈마음을 끄는 힘〉이 온갖 그럴싸한 말들을 늘어놓자, 다시 솔깃해진 아부 하산은 벌떡 일어나 자리에 앉았습니다. 눈을 크게 뜨고 살펴보니 낯익은 얼굴이었습니다. 〈진주 다발〉을 비롯하여 다른 아가씨들의 모습도 보였습니다. 미녀들은 일제히 그의 곁에 다가왔고, 그들을 대표하여 〈마음을 끄는 힘〉이 말했습니다.

「신자들의 사령관이시며 예언자 무함마드의 대리인이신 분이시여! 아뢰옵기 황송하오나, 기침하실 시간임을 다시 한 번 상기시켜 드리옵니다. 벌써 날이 밝아 오고 있사옵니다.」

「정말이지 그대들은 골치 아픈 여자들이구먼!」 아부 하산은 눈을 비비면서 대꾸했습니다. 「난 정말로 신자들의 사령관이 아니라 아부 하산이란 말이오! 난 그 사실을 잘 알고 있고, 그대들이 아무리 아니라고 설득하려 들어도 절대 넘어가지 않을 것이오.」

「폐하께서 말씀하시는 그 아부 하산이라는 분이 누구인지 소녀들은 잘 모르겠사옵니다. 사실 알고 싶지도 않사옵니다. 저희는 폐하께서 신자들의 사령관이라는 사실을 알고 있기 때문에, 아무리 아니라고 우기셔도 믿지 않을 것이옵니다.」

아부 하산은 다시 한 번 사방을 둘러보았습니다. 그리고 지금 있는 곳이 과거에 와본 곳이라는 사실을 확인하고는 귀신에 홀린 듯한 기분이 되었죠. 하지만 그는 이 모든 것이 과거와 비슷한 꿈이라고 생각했습니다. 이 꿈이 얼마나 끔찍한 결과를 가져올지를 생각하니 몸이 오싹했습니다. 그는 두 손을 쳐들고 하늘을 우러러보며 부르짖었습니다.

「오, 하느님! 나를 불쌍히 여기소서! 당신의 두 손으로 나를 지켜 주소서! 이제 더 이상 의심할 수 없습니다. 내 방에 들어온 악마 녀석이 내 머릿속에까지 들어와 이 모든 환영들로 내 상상력을 혼란시키고 있는 겁니다.」

이처럼 처절하게 절규하는 아부 하산의 모습을 훔쳐보던 칼리프는 터져 나오려는 웃음을 참느라 땀이 다 날 정도였습니다.

이때 아부 하산은 침상에 드러누워 다시 눈을 감았습니다. 물론 〈마음을 끄는 힘〉은 이를 보고 가만히 있지 않았습니다.

「신자들의 사령관이시여! 소녀들은 저희의 의무에 따라 이미 폐하께 말씀드렸사옵니다. 벌써 날이 밝았으며, 이제는 제국의 국사를 돌보셔야 할 시간이라고요. 하지만 여전히 일어나지 않고 계시니 저희로서는 이런 경우 시행하라고 폐하 자신께서 허락하신 방법을 사용하지 않을 수 없사옵니다.」

그녀는 아부 하산에게 달려들더니 한쪽 팔을 꽉 붙들고는 다른 시녀들도 불러 자신을 돕게 하여, 함께 그를 침대에서 끌어내 방 중앙에 데려다 앉혀 놓았습니다. 그리고 나서 손에 손을 잡은 여인들은 귀를 멍멍하게 하는 탬버린 등 갖가지 악기 소리에 맞추어 펄쩍펄쩍 뛰며 춤을 추기 시작했습니다.

이 모든 광경을 멍하니 바라보는 아부 하산은 말할 수 없이 혼란스러웠습니다.

〈정말로 내가 칼리프고 신자들의 사령관인가……?〉

그는 반신반의하면서 사람들에게 무언가를 물어보려 했지만, 소란스러운 악기 소리 때문에 제대로 말할 수 없었습니다. 그는 서로 손을 잡고 춤을 추고 있는 〈진주 다발〉과 〈샛별〉에게 자신이 무언가를 말하겠다는 신호를 했습니다. 이에 여인들은 즉시 춤과 악기 연주를 멈추고 그의 곁에 다가왔습니다. 그는 순진함이 뚝뚝 묻어 나는 눈빛으로 그녀들을 쳐다보면서 물었습니다.

「정말로 솔직하게 진실을 얘기해 주시오! 대체 내가 누구요?」
「신자들의 사령관이시여!」 〈샛별〉이 즉시 대답했습니다. 「폐하께서 그런 엉뚱한 질문을 하시니 정말 놀랍습니다. 정말로 모르시옵니까? 폐하께선 신자들의 사령관이시요, 지금 우리가 있는 이 세계와 앞으로 가게 될 저 세계, 이 두 세계의 주인이신 예언자께서 이 땅에 파견하신 대리인이 아니십니까? 만일 정말로 모르신다면, 간밤에 어떤 괴상망측한 꿈을 꾸신 나머지 그 사실을 잠시 잊어버리신 모양입니다. 더욱이 폐하께서 평소보다 오래 주무셨다는 점을 감안해 볼 때, 분명 그 꿈은 이 일과 어떤 관계가 있을 것이옵니다. 하지만 만일 폐하께서 원하신다면, 소녀가 어제 하루 동안 폐하께서 하신 일을 전부 기억하게 해드릴 수도 있사옵니다.」

그녀는 모든 것을 이야기하기 시작했습니다. 그가 어전 회의에 들어온 일, 포도대장을 시켜 이맘과 네 늙은이를 벌준 일, 대재상을 시켜 아부 하산이라는 사람의 어머니에게 금화 천 냥을 보낸 일, 그가 내궁에서 한 일, 그리고 세 객실에서 세 번의 식사를 한 일……. 이어 그녀는 이렇게 계속했습니다.

「마지막 식사 때는 저희를 곁에 앉히신 후, 영광스럽게도 저희의 노래를 들어 주시고, 저희가 올리는 잔을 받으셨습니다. 그러다가 어느 순간 〈마음을 끄는 힘〉이 말씀드린 대로 갑자기 잠이 드셨지요. 그때부터 평소와는 달리 아주 깊은 잠에 빠지셔서 보시다시피 날이 훤히 밝은 이 시각까지 주무신 것이지요. 〈진주 다발〉과 여기에 있는 다른 모든 신하들도 제 말의 증인이 되어 줄 것입니다. 그러니 폐하! 벌써 기도 시간이오니 준비를 하시는 게 어떻겠사옵니까?」

「아, 그만, 그만!」 아부 하산은 머리를 좌우로 세차게 흔들었습니다. 「하도 그럴 듯하게 말해서, 잘못하면 진짜로 믿어 버리겠네! 하지만 내가 보기에 그대들은 모두 실성한 사람들 같소. 사실 그대들처럼 아름다운 여자들이 미쳐 버렸다는 건 좀 안된 일이긴 하오. 자, 이제 내 말을 들어 보시오! 당신들을 못 보게 된 이후의 일이오. 나는 우리 집으로 갔소. 거기서 우리 모친을 폭행했고, 그 결과 정신 병원에 끌려가 한 달을 갇혀 지내야 했소. 그동안 매일 병원 간수 놈에게 채찍 쉰 대씩을 맞았지. 그런데 이 모든 게 꿈이었다고? 지금 나를 놀리는 거요?」

「신자들의 사령관님!」 〈샛별〉이 다시 말했습니다. 「여기 있는 저희 모두는 폐하께서 가장 소중히 여기시는 것에 대고 맹세할 수 있습니다. 폐하께서 저희에게 말씀하신 모든 것은 단지 꿈이었을 뿐이라고요. 어제 이후로 폐하께서는 이 방에서 한 발자국도 나가시지 않고, 지금까지 밤새도록 잠만 주무셨습니다.」

이 아가씨가 자기가 한 말이 모두가 사실이라며 너무도 자신 있는 태도로 말했으므로, 다시금 아부 하산은 지금 그가 보는 것들 그리고 자기 자신을 어떻게 생각해야 할지 모르는 상태가 되었습니다. 그는 잠시 깊은 생각에 빠져 있었습니다.

〈오, 하늘이여! 내가 대체 누구입니까? 아부 하산입니까? 아니면 신자들의 사령관입니까? 전능하신 하느님! 나의 이 해력에 빛을 던져 주시옵소서! 나에게 진실을 밝혀 주시어,

무엇을 믿어야 하는지 알게 하여 주시옵소서!〉

아부 하산은 옷을 아래로 내려, 아직도 채찍 자국이 시커 멓게 남아 있는 어깨를 드러냈습니다. 그러고는 그것을 아가 씨들에게 보여 주면서 말했습니다.

「자, 보시오! 이런 상처가 꿈꾸거나 잠잘 때 생길 수 있겠 소? 맹세하건대 이 상처는 분명한 현실 속에서 만들어진 거 라오. 그때의 고통이 아직도 기억에 생생한데 어떻게 그것이 현실이 아니라고 생각할 수 있겠소? 만일 이 모든 일들이 정 말로 내가 잠자고 있을 때 일어난 것이라면, 그거야말로 세 상에서 가장 놀랍고도 기이한 일이 아닐 수 없소. 솔직히 말 해서 내 머리로는 아무리 생각해도 이해가 안 되오.」 이어 아 부 하산은 곁에 있던 궁신을 불러 말했습니다. 「자, 이리 와 보시오! 그리고 내 귀를 한번 물어 보시오! 지금 내가 자고 있는 건지, 깨어 있는 건지 확인해 보게 말이오.」

궁신은 다가와 그의 귀를 이 사이에 집어넣고 힘껏 물었습 니다. 그가 얼마나 세게 깨물었던지 아부 하산은 끔찍한 비 명을 질렀습니다.

그런데 이 비명을 신호로 하여, 악기들이 일제히 연주되기 시작했습니다. 시녀들과 궁신들은 아부 하산의 주위를 빙빙 돌며 춤추고, 노래하고, 펄쩍펄쩍 뛰었죠. 그 엄청나게 요란 한 소리가 마침내 아부 하산을 완전히 허물어뜨린 걸까요? 그는 일종의 열광에 빠져 온갖 미친 짓들을 하기 시작했습니 다. 그는 다른 사람들처럼 노래하기 시작했습니다. 또 자신 이 입은 멋들어진 칼리프의 어의도 갈기갈기 찢어 버렸고, 머리에 쓴 면류관도 벗어 땅바닥에 내동댕이쳤습니다. 그러 더니 내의와 고쟁이만 걸친 알몸으로 벌떡 일어나 두 아가씨 사이로 뛰어 들어가서, 그들의 손을 잡고 춤을 추기 시작했 습니다. 펄쩍펄쩍 뛰면서 온갖 발광을 해대는데 그 모습이

 어찌나 우스꽝스럽고 재미있던지, 지켜보고 있던 칼리프는 더 이상 골방 속에 숨어 있을 수 없게 되었습니다. 아부 하산이 갑자기 보여 주기 시작한 장난스러운 행동들에 폭소를 터뜨리며 뒤로 발랑 나자빠진 것입니다. 그 웃음소리는 탬버린 등 각종 악기로 요란한 객실 안에서도 들릴 정도로 컸습니다. 칼리프는 그렇게 뒤로 누운 자세로 한동안 웃어 댔는데, 얼마나 심하게 컥컥거리며 웃어 댔던지 하마터면 몸에 큰 탈이 날 뻔했습니다. 마침내 다시 몸을 일으킨 그는 골방 문에 친 발을 걷고는 머리를 쑥 내밀고 여전히 킬킬대면서 소리쳤습니다.
 「어이, 아부 하산! 아부 하산! 자네, 나를 웃다가 죽게 만들 작정인가?」

칼리프의 음성이 들리자, 모든 사람이 일제히 입을 다물었고 방 안에는 정적이 감돌았습니다. 아부 하산도 다른 사람들처럼 동작을 멈추고 목소리가 들려오는 쪽으로 고개를 돌렸습니다. 그는 목소리의 주인공이 칼리프요, 동시에 자기가 아는 모술 상인이기도 하다는 사실을 알게 되었습니다. 그렇다고 하여 또다시 혼란에 빠지지 않았습니다. 오히려 이 순간 모든 것을 깨닫게 되었죠. 지금 자신이 깨어 있으며, 지금까지 일어난 모든 일은 꿈이 아니라 현실이었음을 말입니다. 또한 그는 칼리프가 의도했던 장난을 대번에 이해하고는 자신감 넘치는 눈으로 칼리프를 쳐다보며 소리쳤습니다.

「하하! 바로 당신, 모술 상인이구려! 뭐요? 내가 당신을 죽게 만든다고 불평하고 있소? 내 모든 불행을 초래한 장본인인 당신이? 자, 나로 하여금 우리 어머니를 폭행하게 만든 사람이 누구요? 또 오랫동안 정신 병원에 갇혀 그 험한 꼴을 당하게 한 사람은? 나에게 그 격심한 정신적 고통을 안겨 주고, 괴상한 행동들을 하게 만든 사람은? 그런데 말이오…… 우리 동네 모스크의 이맘과 우리 이웃들인 네 영감을 그토록 심하게 다룬 사람이 누군지 아시오? 그것도 바로 당신이오! 나는 죄가 없소. 이로써 나는 손을 씻은 셈이기 때문이지. 당신이야말로 가해자요, 나야말로 피해자가 아니오?」

「하하하! 자네 말이 맞네, 아부 하산!」 칼리프는 계속 웃으며 대답했습니다. 「자네의 마음을 위로하고 자네에게 끼친 모든 고통을 보상해 주고 싶네. 어떤 보상을 원하나? 하느님을 증인 삼아 말하는데, 모두 들어줄 준비가 되어 있네.」

칼리프는 이렇게 말하며 골방에서 나와 객실로 들어왔습니다. 그는 가장 아름다운 옷을 가져오게 하여, 시녀들과 궁신들로 하여금 아부 하산에게 입혀 주게 했습니다. 옷을 다 입자 칼리프는 그를 껴안으며 말했습니다.

「자네는 내 형제네. 원하는 게 있으면 뭐든지 말해 보라고! 내가 다 들어줄 테니.」

「신자들의 사령관이시여! 제가 폐하께 부탁드리고 싶은 건 다른 게 아니옵니다. 도대체 어떤 식으로 이렇게 제 머리를 완전히 고장 나게 하실 수 있었는지, 또 그렇게 하신 폐하의 뜻은 무엇이었는지 알고 싶사옵니다. 이것은 제게 무엇보다도 중요한 일이옵니다. 이를 이해해야만 제 머리가 정상으로 돌아올 수 있을 테니까요.」

칼리프는 기꺼이 아부 하산의 궁금증을 풀어 주었습니다.

「우선 말이야 나는 자주, 특히 밤 시간에 변장을 하고 돌아다니는 습관이 있다네. 바그다드 시의 모든 것이 제대로 돌아가고 있는지 직접 확인하고 싶어서지. 또 도성 밖에서 일어나는 일들도 알고 싶기 때문에 한 달에 한 번, 즉 초하룻날을 잡아 하루는 이쪽, 하루는 저쪽, 이런 식으로 성 밖 인근을 순시한다네. 그러고는 항상 다리를 건너 돌아오곤 하지. 그날도 순시를 마치고 돌아오던 중에 자네 집에 초대받아 저녁 식사를 하게 된 걸세. 대화 중에 자네는 자네의 유일한 소망이 스물네 시간 동안만이라도 신자들의 사령관이 되어 동네 모스크의 이맘과 그의 고문인 네 영감의 버릇을 고쳐 주는 것이라고 말했네. 자네 말을 들은 나는 이걸 가지고 유쾌한 장난을 한번 벌여 보면 어떨까 생각하게 됐고, 즉석에서 그 방법을 생각해 냈지. 나는 먹는 순간 잠이 들어 일정한 시간이 지난 뒤에야 다시 깨어나게 되는 가루약을 지니고 있었다네. 이것을 자네 모르게 마지막 잔에다 타서 권했고, 자네는 그걸 마셨던 거야. 즉시 잠이 들더군. 나는 내 노예로 하여금 자네를 어깨에 들쳐 메게 하고는 왕궁으로 돌아왔지. 방문은 열어 놓은 채로 말이야. 자네가 잠에서 깨어난 후부터 저녁까지 일어난 일을 내가 얘기해 줄 필요는 없겠지? 여하튼 내 명에 따라 자네를 극진하게 모신 다음 내 여종 가운데 하나가 마지막 잔에다 그 가루약을 타서 자네에게 권했고, 자네는 그걸 또 마신 걸세. 나는 아까의 그 노예에게 자네를 다시 집으로 데려다 놓되, 나올 때 방문을 열어 놓으라고 분부했지. 그리고 그다음 날과 이후에 일어난 일들은 자네가 직접 내게 얘기해 줬네. 사실 나는 자네가 그렇게까지 고생하게 되리라고는 전혀 예상하지 못했네. 이제는 자네 마음을 위로하고 지금까지 겪은 모든 불행을 잊게 해주기 위해 무슨 일이라도 할 것일세. 그러니 내가 해줄 수 있는 일이 있으면 조금도 주저하지 말고 말해 보게!」

「신자들의 사령관이시여! 제가 비록 큰 아픔을 겪긴 했으나 이 모든 것이 저의 주군으로부터 온 것이라는 사실을 알게 된 순간, 모든 나쁜 기억이 씻은 듯 사라져 버렸습니다. 또 폐하께서 바다같이 넓은 마음으로 이 몸에 은혜를 베풀어주시겠다고 약속하신바, 이에 대해서는 조금도 의심하지 않사옵니다. 사실 저는 별다른 사욕이 없는 사람이옵니다. 하지만 폐하께서 저보고 마음껏 말해 보라 하시니 감히 한 가지 소청을 말씀드리겠습니다. 저로 하여금 폐하 곁을 자유롭게 출입하게 하사, 평생토록 폐하의 위대함을 지켜볼 수 있는 행복을 누리게 해주시옵소서!」

아부 하산의 이 욕심 없는 마지막 말에 칼리프는 더욱 그를 존중하게 되었습니다.

「자네 청을 흔쾌히 들어주겠네. 이제부터 자네는 왕궁을 자유롭게 출입할 수 있네. 내가 어디에 있든 아무 때나 와도 되네.」

이어 칼리프는 궁 안에 그의 거처까지 마련해 주었습니다. 한편 그의 녹봉에 대해서는, 다른 재무관들을 통하지 않고 직접 자신에게서 받아 가도록 했습니다. 그리고 즉석에서 자신의 개인 재무관에게 분부하여 금화 천 냥을 하사해 주었지요. 아부 하산은 깊은 감사를 드렸고, 칼리프는 평소처럼 어전 회의를 주재하러 자리를 떴습니다.

그사이 아부 하산은 집으로 달려갔습니다. 어머니에게 지금까지 있었던 일들과 자신이 얻은 이 큰 행운을 알려 드리기 위함이었습니다.

어머니를 만난 그는 흥분한 목소리로 설명했습니다. 자기에게 일어난 일들은 결코 꿈이 아니었다고. 그는 실제로 칼리프였으며, 스물네 시간 동안 그의 직무를 수행하면서 정말로 칼리프 행세를 했다고. 그리고 이 모든 사실은 칼리프 자신이 친히 말씀해 주신 것이기 때문에, 어머니께서는 더 이상 의심할 필요가 없다고…….

아부 하산의 이야기는 곧 온 바그다드 시내에 퍼졌습니다. 심지어는 가까운 지방에까지 퍼져 나갔고, 다시 거기에서 더 멀리 떨어진 곳들에까지 전해졌습니다. 그만큼 이 이야기에 담겨 있는 여러 상황이 기이하고 재미있었던 것입니다.

칼리프의 총애를 얻은 아부 하산은 왕궁에 부지런히 출입했습니다. 쾌활한 성품을 타고난 그는 가는 곳마다 재치 있는 말과 유쾌한 농담으로 사람들을 즐겁게 해줄 줄 알았습니다. 그런 까닭에 칼리프는 그가 없으면 견디지 못했고, 어떤 재미난 여흥이 생기면 반드시 그를 불러야 했습니다. 그는 심지어 아부 하산을 자기 아내 조베이드에게까지 데려갔습니다. 이미 남편에게서 그의 이야기를 듣고 배꼽을 잡았던 조베이드 역시 실제로 그를 만나고 나서도 좋은 인상을 받았습니다. 뿐만 아니라 그녀는 아부 하산의 시선이 자꾸만 자기 시녀 가운데 하나인 누즈하툴 아와다트에게 향하는 것을 눈치채고는 이 사실을 칼리프에게 알려야겠다고 마음먹었습니다. 그리하여 어느 날, 이 왕녀는 칼리프에게 말했습니다.

「신자들의 사령관이시여! 혹시 폐하께서도 주목하셨는지요? 아부 하산은 여기 올 때마다 누즈하툴 아와다트를 힐끔힐끔 훔쳐보아 그 애로 하여금 얼굴을 붉히게 하고 있답니다. 그 애 역시 그를 싫어하지 않는다는 분명한 증거인 셈이지요. 그러니 이 두 사람을 짝지워 주는 것이 어떨까요?」

「부인! 내가 진작 했어야 할 일을 부인께서 생각나게 해주셨구려! 결혼에 대한 아부 하산의 취향이야 그의 입을 통해 들어 알고 있던 터고, 항상 나무랄 데 없는 짝을 찾아 주겠노라고 그에게 약속해 왔지. 내가 어떻게 그 일을 잊고 있었는지 모르겠소! 하여튼 부인이 이렇게 생각나게 해주니 고맙소. 물론 아부 하산의 짝은 무엇보다도 그의 마음에 드는 사람이어야 하고, 누즈하툴 아와다트 또한 그렇게 떨어지는 아이가 아니니, 우린 망설이지 말고 이 결혼을 밀어줍시다. 자, 마침 저기 두 사람이 오는군. 이제 둘이 동의하기만 하면 되오.」

아부 하산은 칼리프의 이야기를 듣고는 그와 조베이드의 발밑에 무릎을 꿇고 그 은혜에 어떻게 감사해야 할지 모르겠다고 말했습니다. 그러고는 다시 몸을 일으키면서 말했습니다.

「저로서는 더 이상 바랄 수 없는 과분한 짝이옵니다. 하지만 그녀도 저와 같은 감정이리라고는 감히 기대하기 어렵사옵니다.」

이렇게 말하면서 그가 여종을 힐끗 쳐다보자, 그녀는 다소곳한 자세로 말없이 얼굴만 빨갛게 붉혔습니다. 이러한 모습을 통해, 자신은 칼리프와 자신의 상전 조베이드의 뜻에 따를 준비가 되어 있음을 표시한 것입니다.

결혼식은 당장 거행되었습니다. 이어 왕궁에서는 여러 날 동안 성대한 혼인 잔치가 계속되었죠. 칼리프를 기쁘게 해주고 싶었던 조베이드는 출가하는 여종에게 자신의 명예에 부끄럽지 않은 혼수를 듬뿍 안겨 주었습니다. 칼리프 역시 그에 못지않은 선물을 신랑에게 하사했지요.

신부는 칼리프가 하사해 준 왕궁의 거처에서 초조하게 기다리고 있는 신랑 아부 하산에게 인도되었습니다. 마침내 왕궁의 남녀 악사들이 연주하고 노래하는 음악 소리가 울려 퍼지는 가운데 신랑은 신부를 맞았습니다.

이런 종류의 행사에 으레 따르게 마련인 축제와 잔치가 며칠 동안 이어진 후, 마침내 사람들은 달콤한 시간을 마음껏 즐길 수 있도록 신랑 신부를 놓아주었습니다. 아부 하산과 신부는 서로에게 매우 만족했습니다. 금실이 너무도 좋아서 칼리프나 왕비에게 문안을 드리러 입궁하는 시간 외에는 한시도 떨어지려 하지 않았지요.

사실 누즈하툴 아와다트는 남편의 사랑을 받을 만한 장점을 모두 갖춘 여인이었습니다. 칼리프에게 직접 밝혔듯이, 아부 하산에게는 이상적인 여인에게서 바라는 점이 몇 가지 있었습니다. 간단히 말하자면 식사와 술자리를 같이할 수 있는 자질을 갖춘 여인이었는데, 누즈하툴 아와다트가 바로 그러한 아내였던 것입니다. 이런 두 사람이 만났기 때문에 그들은 항상 즐거운 시간을 보낼 수 있었습니다. 식사 때마다 그들의 식탁은 주문 요리사가 정성을 들여 준비해 공급하는 진미와 가효로 덮였으며, 식탁 옆의 뷔페 테이블에는 언제나 감미로운 포도주가 가득 있었습니다. 그렇게 두 사람은 상에 마주 앉아 음식과 술을 즐기며 유쾌한 농담을 나누었으며, 그럴 때마다 신혼부부의 방 안에는 웃음꽃이 만발했습니다. 저녁 식사는 특별히 즐거운 시간이었습니다. 상에는 언제나 최상품의 과일과 과자, 아몬드로 빚은 떡 등 가장 좋은 음식들만 올라왔습니다. 또 그들은 술을 한 잔 마실 때마다 대화의 내용에 따라 즉석에서 지어낸 노래를 부르며 주흥을 돋우었습니다. 때로는 그들이 다룰 줄 아는 류트 같은 악기를 연주하며 노래에 곁들이기도 했습니다.

아부 하산과 누즈하툴 아와다트은 이런 식으로 꽤 오랫동안 맛난 음식과 웃음 속에 세월을 보냈습니다. 하지만 달콤한 생활에 취한 그들은 비용에 신경을 쓰지 않았고, 더욱이 주문 요리사는 모든 비용을 외상으로 처리했으므로 돈이 얼마나 들어가고 있는지 모르고 있었습니다.

마침내 어느 날, 요리사가 지금까지의 비용에 대한 계산서를 보내 왔습니다. 한데 거기 적힌 액수는 정말이지 엄청난 것이었습니다. 부부가 쓴 돈은 그것만이 아니었습니다. 그들은 이미 결혼 예복과 신부를 위한 고가의 보석에 큰돈을 지출한 바 있었던 것입니다. 계산서에 적힌 막대한 액수 앞에서 두 사람의 입은 떡 벌어졌지만 때늦은 일이었습니다. 너그러운 칼리프와 조베이드가 결혼식 때 주었던 그 많은 돈도 그새 어디로 날아가 버렸는지, 남은 것이라곤 간신히 빚을 갚을 정도의 액수뿐이었죠. 그들은 무절제한 지난날을 한탄했지만 그것은 현재의 불행을 조금도 바꾸어 주지 못했습니다. 아부 하산이 일단 요리사의 빚을 갚자고 말하자 아내도 동의했습니다. 그들은 요리사를 오게 하여 그에게 줘야 할 돈을 모두 갚았습니다. 이 돈을 주고 나면 앞으로 어떻게 살아야 할지 막막하기 이를 데 없었지만, 그런 심정은 내색하지 않았죠.

아직도 각인이 뚜렷한 새 금화를 받은 요리사는 휘파람을 불며 돌아갔습니다. 칼리프의 왕궁에는 그런 금화 밖에 없었지요. 반면 바닥이 드러난 주머니를 들여다본 아부 하산과 누즈하툴 아와다트는 한숨만 나올 뿐이었습니다. 어떻게 신혼 첫해부터 이런 꼴이 될 수 있단 말입니까? 어깨를 축 늘어뜨린 두 사람의 주위에는 무거운 침묵만이 감돌았습니다.

물론 아부 하산은 자신을 궁에 들이면서 앞으로 아무런 부

족함 없이 살게 해주겠다고 한 칼리프의 약속을 기억하고 있었습니다. 하지만 너그러운 칼리프가 하사한 많은 돈을 그 짧은 시간에 다 써버렸다는 것을 생각하면 도저히 그에게 손을 벌릴 용기가 나지 않았습니다. 더욱이 그러려면 자신이 돈을 어떻게 흥청망청 낭비했으며 그 결과 지금 어떤 비참한 지경에 빠져 있는지 모두 아뢰어야 할 텐데, 그처럼 부끄러운 일이 어디 있단 말입니까! 게다가 칼리프의 신하가 된 이후로, 원래 가지고 있던 재산은 모두 어머니에게 맡겨 버린 터였습니다. 하지만 어머니에게 가서 돈을 요구하기도 어려운 일이었습니다. 그렇게 하는 것은 선친이 돌아가신 이후 누렸던 무질서한 생활에 또다시 빠져들었다는 사실을 고백하는 것이나 마찬가지였으니까요.

난감하기는 아내 누즈하툴 아와다트도 마찬가지였습니다. 지금 그녀가 도움을 청할 사람이라고는 조베이드밖에 없는데, 자신을 혼인시키고 노예 신분에서 해방해 주었을 뿐 아니라, 혼수까지 마련해 주신 고마운 분께 무얼 더 요구할 수 있단 말입니까?

잠시 후, 이 무거운 침묵을 깬 사람은 아부 하산이었습니다. 한데 웬일인지 아내를 쳐다보는 그의 표정이 밝아져 있었습니다.

「보아하니 당신도 나와 같은 고민을 하고 있는 것 같구려. 갑자기 돈이 뚝 떨어져 버린 이 난감한 상황에서 대체 어찌해야 좋을지 생각하고 있겠지. 당신은 어떤 의견을 갖고 있는지 모르겠소만, 나는 우리의 지출을 한 푼이라도 줄일 생각은 없소. 이 점에 대해선 당신 역시 마찬가지라 생각하오. 문제는 그 방법을 찾아내는 것이겠지. 그것도 나나 당신이 칼리프나 조베이드 님께 비굴하게 손을 벌리지 않고서 말이오. 그런데 생각해 보니 그런 방법이 있는 것 같소! 이를 위해서는 우리 둘이 잘 협력해야 하오.」

아부 하산의 말에 희망이 생긴 누즈하툴 아와다트는 기뻐하며 대답했습니다.

「사실 저도 당신만큼이나 걱정을 많이 하고 있었어요. 하지만 아무 말 않고 있었던 것은 아무런 해결책이 보이지 않았기 때문이죠. 그런데 당신이 그걸 찾아냈다니 얼마나 기쁜지 모르겠어요. 당신 말대로 제 도움이 필요한 일이라면, 제가 해야 할 일을 말씀만 하세요. 최선을 다할 테니까요.」

「이 일은 나뿐 아니라 당신과도 관련된 것이니만큼, 당신이 그렇게 적극적으로 나올 줄 알았소. 자, 최소한 얼마 동안이라도 우리가 궁하지 않게 살 수 있는 방법을 말해 주겠소. 이것은 내가 꾸며 낸 것인데 말이오, 이를테면 조그만 장난이라 할 수 있소. 나는 칼리프 님을, 그리고 당신은 조베이드 님을 각각 맡아서 속이는 건데, 분명 두 분은 이로 인해 즐거워하실 것이고 우리에게도 돌아오는 게 있을 것이오. 자, 이제 그 장난이 뭔지 설명해 주리다. 바로 우리 둘 다 죽는 거요!」

「우리 둘 다 죽는다고요?」 누즈하툴 아와다트는 기겁하여 남편의 말을 끊었습니다. 「죽고 싶으면 당신 혼자 죽으세요! 나는 인생이 너무 재미있어서 아직 못 죽겠어요. 그리고 당신에게는 미안한 말이지만, 이 꽃다운 나이에 벌써 죽으면 너무 억울하잖아요? 당신이 계획한 방법이 그것뿐이라면, 그냥 혼자 실행하세요! 나는 거기 끼어들 생각이 전혀 없다고요.」

「허허, 당신은 천생 여자구려!」 아부 하산은 혀를 끌끌 찼습니다. 「정말이지 놀라울 정도로 반응이 빠르단 말이야! 이거야 원, 생각을 제대로 설명할 시간조차 주지 않으니……. 좀 진득하니 내 말을 끝까지 들어 보시오! 그러고 나면 당신도 나처럼 죽고 싶은 마음이 생길 테니까! 내가 말하는 죽음은 진짜 죽음이 아니라 가짜 죽음이오.」

「아, 그렇다면 좋아요!」 그녀는 또다시 말을 끊었습니다. 「가짜 죽음이라면 저도 찬성이에요. 기대하셔도 좋아요. 그런 식으로 죽는 일이라면 얼마든지 도와 드릴 테니까요. 솔직히 당신이 죽는다고 했을 땐 진짜 죽는 것이라 생각했고, 젊은 나이에 그런 식으로 죽는 건 너무도 싫었단 말이에요.」

「내 말을 다 들으면 더 좋아할 거요. 자, 내 계획을 계속 설명하겠소. 나는 죽은 척하겠소. 그럼 당신은 즉시 염포를 준비하여 내가 정말로 죽은 것처럼 그걸로 염습을 해주시오. 사람들이 으레 하는 것처럼 나를 방 중앙에다 안치해 놓으시오. 얼굴 위엔 터번을 올려놓고 발은 메카 쪽을 향하게 하여, 시신을 장지로 옮길 준비가 끝난 것처럼 해놓으시오. 그런 다음 큰 소리로 호곡하면서 입고 있는 옷을 갈가리 찢으시오. 아니, 그냥 대충 찢는 척만 해도 되오. 그러고는 산발한 머리로 꺼이꺼이 울면서 조베이드 님을 찾아가시오. 왕비께서는 이유를 물으실 것이고, 당신이 계속 흐느끼면서 설명을 해드리면 측은히 여겨 장례 비용으로 돈을 얼마간 주실 것이오. 또 당신 옷이 온통 찢어져 있는 것을 보고 보다 성대한 장례식을 위해서는 관을 덮을 천도 필요하겠다 생각하시고는 수놓은 명주 한 필을 내어 주실 지도 모르지. 당신이 이 돈과 명주를 가지고 집에 돌아오면 나는 즉시 일어나고, 이번에는 당신이 그 자리에 눕는 거요. 물론 당신도 죽는 연극을 하는 거지. 그럼 나는 염을 하고 칼리프를 찾아가 당신이 한 것과 똑같이 연기하는 거요. 그러면 칼리프 역시 당신의 조베이드 님 못지않게 내게 베풀어 주실 거요.」

이렇게 아부 하산이 자신의 계획을 설명하자 누즈하툴 아와다트는 손뼉을 쳤습니다.

「이 장난은 아주 재미있을 것 같아요! 분명히 칼리프와 조베이드 님도 즐거워하실 거예요. 자, 이제 이 장난을 멋지게 성공시키는 일만 남았군요. 저에 대해서는 마음 푹 놓으셔도 돼요. 당신 못지않게 잘할 자신이 있으니까요. 이 일을 통해 우리 인생을 멋지게 역전시킬 수 있는데, 어떻게 대충 하겠어요? 자, 시간을 허비하지 맙시다! 제가 가서 염포를 마련해 올 테니 당신은 셔츠와 고쟁이만 남기고 다 벗어요. 전 어떤 사람이든 멋지게 염습할 수 있답니다. 전에 조베이드 님을 섬길 때, 동료 가운데 누군가가 죽으면 제가 도맡아 했거든요.」

아부 하산은 즉시 아내가 시키는 대로 했습니다. 방 한가운데 깔아 놓은 염포 위에 몸을 쭉 펴 눕고, 두 팔은 교차시켜 가슴 위에 올려놓았습니다. 그러자 아내가 달려들어 그의 몸을 염포로 칭칭 묶어 당장이라도 관에 넣어서 장지로 옮겨갈 듯한 모습으로 만들어 놓았습니다. 또 그의 발은 메카 쪽을 향해 돌려놓았으며, 숨을 쉴 수 있게끔 얼굴은 얄브스름한 모슬린 천으로 덮고 그 위에 터번을 얹었습니다. 이어 그녀는 머리를 온통 풀어 헤치더니만, 대성통곡을 하면서 쥐어뜯었습니다. 또 격심한 고통에 사로잡힌 사람처럼 자신의 뺨을 때리고 주먹으로 가슴을 두드려 댔습니다. 그러고는 방을 뛰쳐나와 꽤 넓은 왕궁의 내정을 가로질러 왕비 조베이드의 거처로 달려갔습니다.

조베이드는 자신의 방에 있다가 누즈하툴 아와다트의 찢어지는 듯한 울음소리를 들었습니다. 그녀는 곁에 있던 시녀들에게 대체 이 소리가 어디서 오는 것인지 알아보라고 분부했습니다. 즉시 발이 쳐진 창가로 달려간 시녀들은 다시 돌아와 지금 누즈하툴 아와다트가 눈물로 흠뻑 젖은 얼굴로 이쪽으로 오고 있다고 보고했습니다. 그러자 대체 무슨 일이 일어났는지 무척이나 궁금해진 왕비는 자리에서 일어나 직접 그녀를 맞으러 대기실의 문 앞까지 나갔습니다.

누즈하툴 아와다트는 맡은 역할을 완벽하게 연기했습니다. 그녀는 반쯤 젖힌 대기실의 휘장 틈으로 빼꼼히 내다보며 자신을 기다리고 있는 조베이드를 보자마자 더욱 크게 울어 댔습니다. 그러고는 자신의 머리카락을 뭉텅뭉텅 뽑아내고 뺨과 가슴을 더욱 세게 쳐대면서 왕비의 발밑에 몸을 던졌습니다.

왕비는 시녀의 이런 모습에 크게 놀라 대체 무슨 일이냐고 물었습니다. 누즈하툴 아와다트는 즉시 대답하지 않고, 걷잡을 수 없이 터져 나오는 흐느낌을 애써 억누르고 있는 사람처럼 한동안 흑흑거리고만 있었습니다. 마침내 그녀는 여전히 흐느낌을 멈추지 않은 채 떠듬떠듬 말했습니다.

「아아! 너무나도 존경하옵는 왕비 마마! 너무도 불행하고 비통한 일이 일어나 이렇게 마님의 발밑으로 달려오지 않을 수 없었답니다. 아, 존경하옵는 마마! 하느님께서 마님께 완벽한 건강을 허락하사 부디 만수무강하시길 빕니다! 아부 하산이…… 마님과 신자들의 사령관께서 그토록 아껴 주시고, 또 제게 남편으로 주신 그 불쌍한 아부 하산이…… 죽고 말았답니다!」

말을 마친 누즈하툴 아와다트는 다시금 왕비의 발밑에 엎드려 한층 거세게 흐느꼈습니다. 이 소식을 들은 조베이드는 깜짝 놀랐죠.

「아부 하산이 죽었다고? 아니, 그렇게 건강하고 그렇게 재미나고 그렇게 유쾌하던 사람이? 정말이지 그런 사람이 이렇게 빨리 죽으리라곤 상상도 못했다. 무척 장수할 사람으로 보였고, 또 그럴 만한 가치가 있는 사람이었는데…….」

가슴이 아파진 그녀는 자신도 모르게 눈물을 흘렸습니다. 그녀 곁에 있던 시녀들도 마찬가지였습니다. 아부 하산이 칼리프나 조베이드와 친밀한 대화를 나눌 때면 옆에서 그의 농담을 듣고 웃음을 터뜨리곤 했던 그녀들도 왕비를 따라 함께 울면서 자신들도 얼마나 안타까워하고 있는지, 그리고 과부가 된 옛 동료를 얼마나 깊이 동정하고 있는지 보여 주었습니다.

조베이드, 시녀들, 그리고 누즈하툴 아와다트는 그렇게 한 동안 아무 말도 못하고, 손수건으로 눈물을 찍어 대며 한숨만 푹푹 내쉬었습니다. 마침내 침묵을 깬 것은 조베이드였습니다. 그녀는 가짜 과부를 노려보며 소리쳤습니다.

「이 나쁜 년! 그가 죽은 건 아마도 너 때문이겠지? 네 까다로운 성격으로 그를 들들 볶아 결국엔 무덤에 이르게 한 것 아니냐?」

이 조베이드의 책망에 누즈하툴 아와다트는 너무도 원통하다는 듯한 표정을 지었습니다.

「아, 마마! 소녀가 전에 마마를 섬길 때 조금이라도 마마를 언짢게 한 일이 있었사옵니까? 그런 게 아니라면 어떻게 소녀가 너무나도 소중한 남편에게 그런 행동을 했다고 책망하시는 것이옵니까? 만일 마마께서 정말로 그리 생각하고 계신다면 소녀는 이 세상에서 가장 불행한 계집일 것이옵니다. 소녀는 이 세상 그 어느 아내 못지않게 남편을 소중히 여겼습니다. 또 과장 없이 말씀드리건대, 그이를 뜨겁게 사랑했습니다. 그럴 수밖에 없었던 것이 그이는 제가 원하는 것이라면 무엇이든 들어주어 저에 대한 사랑을 증명했던 것입니다. 만일 그이가 살아 있다면 저를 위해 변호해 줄 수 있을 텐데요! 하지만 마마!」 그녀는 다시금 눈물을 쏟으며 덧붙였습니다. 「그가 갈 때가 온 것입니다. 그것이 그의 죽음의 유일한 이유랍니다.」

실제로 조베이드는 이 시녀가 늘 한결같고 부드럽고 고분고분할 뿐 아니라, 단순한 의무감이 아닌 진심 어린 충정으로 자신을 섬긴다는 것을 느낀 바 있었습니다. 그녀는 더 이상 의심하지 않고 재무를 담당하는 시녀에게 분부하여 누즈하툴 아와다트에게 금화 백 냥과 함께 수놓은 명주 한 필을 내주게 했습니다.

시녀는 곧바로 돈 자루와 명주 한 필을 가져와 그녀에게 건네주었습니다. 이 멋진 선물을 받은 그녀는 왕비의 발밑에 무릎을 꿇고 감격한 표정을 지으며 무수히 감사했습니다. 하지만 속으로는 득의의 미소를 짓고 있었죠. 조베이드는 말했습니다.

「명주는 네 남편의 관을 덮는 천으로 사용하고, 돈으로는 영예로운 장례식을 치르도록 해라. 그리고 너는 내가 돌보아 줄 터이니, 너무 슬픔에 빠지지는 말거라.」

누즈하툴 아와다트는 조베이드가 보이지 않는 곳으로 나오자마자 눈물을 닦아 내며 작은 환성을 질렀습니다. 그리고 자신의 역할을 얼마나 훌륭하게 해냈는지 알려 주기 위해 아부 하산이 기다리고 있는 곳으로 총총히 걸음을 옮겼습니다.

방에 들어선 그녀는 배꼽을 잡고 웃지 않을 수 없었습니다. 남편 아부 하산이 자기가 떠났을 때의 그 상태로, 즉 온몸에 염포를 두른 채로 방 한가운데 똑바로 누워 있었기 때문이죠. 그녀는 계속 웃으며 말했습니다.

「자, 일어나요! 내가 조베이드 님을 속여 가져온 이 결실을 한번 보라고요! 최소한 오늘만큼은 굶어 죽지 않게 됐어요.」

아부 하산은 즉각 일어나 돈주머니와 명주를 보면서 아내와 함께 희희낙락하며 좋아했습니다.

누즈하툴 아와다트는 자신이 왕비를 너무도 멋지게 속였다는 생각에 기쁨을 참지 못하고 연신 웃으면서 남편에게 말했습니다.

「아직 다 안 끝났어요. 자, 이제 내가 죽은 사람 역을 할 차례예요. 어디 당신도 내가 한 것처럼 잘하는지 한번 봅시다!」

「참, 여자들이 다 이렇다니까!」 아부 하산은 혀를 끌끌 차며 대꾸했습니다. 「기껏해야 남자들의 충고에 따라 행동하는 주제에 자기들이 남자보다 낫다고 믿는다더니만, 그 말이 틀림없군그래! 이봐! 이 장난의 발명자는 바로 나란 말이오! 그런데 내가 당신보다 못할 리 있겠소? 하지만 쓸데없는 말로 시간을 허비하지 맙시다. 자, 이제 당신이 죽은 체하시오! 그리고 과연 내가 당신만큼 못하는지 잘 보시오!」

아부 하산은 아내의 몸에 염포를 감아 자신이 누워 있던 장소에 눕혀 놓은 후, 발을 메카 쪽으로 돌려놓았습니다. 그러고는 격심한 슬픔에 사로잡힌 사람마냥 터번을 어지러이 풀어 헤친 차림으로 방을 나와 칼리프에게 달려갔습니다. 이때 칼리프는 그가 가장 신임하는 대재상 자파르를 비롯한 몇몇 대신들과 함께 특별한 회의를 하고 있던 중이었습니다. 아부 하산이 나타나자, 그가 어전에 자유롭게 출입할 수 있는 신분임을 알고 있는 문지기 집행관은 문을 열어 주었습니다. 이에 아부 하산은 거짓 눈물이 줄줄 흐르는 눈을 손수건으로 가리고, 다른 손으로는 가슴을 두드려 대면서 비통한 탄식과 함께 어전에 들어왔습니다.

항상 너무도 명랑하여 보는 이의 마음까지 즐겁게 만들던 아부 하산의 얼굴에 익숙해 있던 칼리프는 그가 이런 모습으로 나타나자 깜짝 놀랐습니다. 그는 즉시 회의를 중단하고 아부 하산에게 이유를 물었습니다.

「신자들의 사령관이시여!」 아부 하산은 눈물과 한숨을 섞어 가며 떠듬떠듬 대답했습니다. 「이 세상 그 어떤 일이 지금 제게 일어난 일보다 더 슬프겠습니까? 오, 하느님! 폐하의 건강을 보전해 주사, 영광스러운 보좌를 오래오래 지키게 하시옵소서! 누즈하툴 아와다트가…… 폐하께서 백년해로하라고 신부로 주신 누즈하툴 아와다트가…… 아아!」

이렇게 탄식한 아부 하산은 가슴이 꽉 메어 더 이상 말할 수 없다는 듯한 표정을 지으며 왈칵 눈물을 쏟았습니다.

아부 하산의 말에 그의 아내가 죽었다는 사실을 눈치챈 칼리프의 안색은 순간 침통하게 변했습니다. 그는 몹시 안타까운 음성으로 말했습니다.

「하느님, 그녀를 불쌍히 여기소서! 나와 조베이드가 그녀를 자네에게 아내로 준 것은, 착한 그녀와 함께라면 자네가 행복할 수 있으리라 생각했기 때문인데……. 아아! 너무도 아까운 사람이 죽어 버렸구나!」

칼리프의 눈에서도 눈물이 솟아올라 결국 손수건을 꺼내어 눈물을 닦아야만 했습니다.

비통해하는 아부 하산과 눈물을 흘리는 칼리프의 모습은 옆에 있던 대재상 자파르와 다른 대신들까지 눈물을 흘리게 했습니다. 그렇게 모두가 꽃다운 나이에 죽어 간 여인을 동정하며 함께 울었습니다. 하지만 바로 이 시각, 당사자 누즈하툴 아와다트는 무얼 하고 있었을까요? 그녀는 멀쩡히 살아서, 남편이 어떻게 칼리프를 속이는지 알고 싶어 애태우고 있을 따름이었습니다.

칼리프는 아부 하산에 대해서, 조금 전 조베이드가 누즈하툴 아와다트에 대해 그랬던 것과 같은 생각을 하게 되었습니다. 즉 누즈하툴 아와다트가 죽은 것은 어쩌면 남편 탓일지도 모른다고 추측했던 것입니다. 여기에 생각이 미치자 그는 분개하여 말했습니다.

「망할 놈! 네놈이 아내를 학대하여 죽게 한 거지? 분명히 그랬을 거야! 내 아내 조베이드의 얼굴을 봐서라도 네놈이 그럴 수 있단 말이냐? 시녀 중에서도 유독 그녀를 아끼던 조베이드, 하지만 너를 위해 눈물을 머금고 그녀를 포기했던 조베이드가 아니더냐? 참, 은혜 한번 멋지게 갚는구나!」

「신자들의 사령관이시여!」 아부 하산은 더욱 서럽게 우는 시늉을 하며 대답했습니다.「폐하께서는 이 아부 하산에게 갖가지 은혜와 특전을 베풀어 주셨을 뿐 아니라, 저로서는 꿈도 꾸지 못할 영예를 내려 주신 분이십니다. 이런 폐하께 제가 어찌 그런 배은망덕한 짓을 할 수 있겠습니까? 아니, 폐하께서는 어찌 단 한순간이라도 저에 대해 그런 생각을 품으실 수 있단 말입니까? 저는 누즈하툴 아와다트를 사랑했습니다. 그건 우선 그녀가 폐하께서 짝지어 주신 여인이었기 때문이며, 또한 그녀 자신이 여자로서의 장점들을 갖추고 있었기 때문입니다. 이런 여인이었기에 전 그녀에게 끌렸고, 정을 쌓았고, 뜨겁게 사랑했습니다. 하지만, 폐하! 그녀는 죽어야 했습니다. 하느님께서는…… 제가 인자하신 폐하와 조베이드 님에게서 받은 행복을 누리는 걸 더 이상 원치 않으셨나 봅니다.」

이렇게 아부 하산은 격심한 고통과 슬픔에 사로잡힌 사람의 모습을 아주 잘 꾸며 냈습니다. 사실 칼리프 자신도 아부 하산이 아내와 사이가 나쁘다는 소문을 한 번도 들어 본 적이 없었던 터라, 그가 하는 말과 그 진실성을 더 이상 의심할 수 없었습니다. 마침 왕궁 재무관이 옆에 있었으므로, 칼리프는 국고에 가서 아부 하산에게 금화 백 냥과 수놓은 최상급 명주 한 필을 내주라고 분부했습니다. 아부 하산은 즉시 칼리프의 발밑에 엎드려 고마움을 표했고, 선물에 대해서도 감사했습니다. 칼리프가 말했습니다.

「자, 재무관을 따라가게! 명주는 고인의 관을 덮는 데 쓸 것이며, 돈은 그녀에게 부끄럽지 않은 장례식 비용이네. 난 자네가 이 돈과 명주를 그녀에 대한 마지막 사랑의 표시로 쓰리라 믿고 있겠네.」

아부 하산은 대답 대신 허리를 깊이 숙여 절을 올리고 뒷

걸음쳐서 어전을 나왔습니다. 그러고는 재무관을 따라가 돈주머니와 명주를 받자마자 쏜살같이 그의 거처로 달려갔습니다. 얼굴에는 흐뭇함과 득의의 미소를 가득 담고서 말입니다. 궁지에서 벗어날 방법을 이처럼 쉽고 빠르게 찾아낸 자신이 참으로 대견했던 것입니다.

누즈하툴 아와다트는 염포를 온몸에 두르고 계속 누워 있는 것이 답답해 견딜 수가 없었습니다. 그래서 남편이 올 때까지 기다리지 못하고 스스로 염포를 풀고 앉아 있었죠. 그러다가 문이 열리는 소리를 듣자마자 남편에게 달려갔습니다.

「그래, 칼리프도 조베이드 님처럼 쉽게 속아 넘어가던가요?」

「보다시피!」 아부 하산은 돈주머니와 명주를 보여 주며 킬킬댔습니다. 「당신도 팔팔하게 살아 있는 남편의 미망인 역할을 훌륭히 해냈지만, 나도 건강하기 이를 데 없는 마누라의 상주 노릇을 당신 못지않게 잘 해냈지.」

물론 아부 하산은 이 엄청난 장난에 여러 가지 뒷일이 따르리라는 사실을 알고 있었습니다. 그래서 그는 앞으로 일어날 일들을 나름대로 전망한 후, 아내에게 계속 합심하여 일을 해결해 나가야 한다고 말했습니다. 그러고는 이렇게 덧붙였죠.

「우리가 칼리프와 조베이드 님을 더 당황하게 만들수록, 결국에는 두 분께서 더 즐거워하실 것이오. 어쩌면 당신들을 즐겁게 해준 것에 보답하고자 또다시 큰 상을 내려 주실지도 모르지.」

이 마지막 계산은 부부로 하여금 이 연극을 최대한도로 밀고 나가야겠다고 마음먹게 만든 가장 큰 동기가 되었습니다.

한편 아부 하산이 떠난 지 얼마 안 되어, 칼리프는 아직 처리해야 할 사안이 많이 남아 있었음에도 불구하고 회의를 다음 날로 미룬 채 자리에서 일어났습니다. 빨리 조베이드에게 달려가 사랑하는 시녀를 잃은 왕비를 위로해 주고 싶었던 것입니다. 대재상과 다른 대신들은 그에게 작별 인사를 고한 후 물러갔습니다.

그들이 떠나자, 칼리프는 항상 그를 그림자처럼 따라다니며, 어전 회의에도 빠짐없이 참석하는 호위대장 메스루르에게 말했습니다.

「자, 나는 누즈하툴 아와다트를 잃고 슬픔에 빠져 있을 왕비를 위로하러 가는 길이네. 자네도 같이 가세!」

그들은 함께 조베이드의 거처로 갔습니다. 문 앞에 이른 칼리프는 문에 친 휘장을 살짝 걷어 안을 들여다보았습니다. 왕비는 온통 눈물에 젖은 얼굴로 좌단 위에 앉아 있었죠. 안으로 들어간 칼리프는 조베이드 쪽으로 걸어가면서 말했습니다.

「부인! 지금 당신이 느끼는 그 슬픔을 나도 똑같이 느끼고 있다고 굳이 말할 필요는 없을 거요. 알다시피 나는 당신의 기쁨과 고통을 나 자신의 기쁨과 고통으로 여기고 있다오. 하지만 우리 모두는 죽어야 할 운명이오. 하느님에게서 받은 생명은 그분이 요구하실 때 다시 돌려 드려야 하는 법이오. 당신의 충직한 여종 누즈하툴 아와다트는 진정 그대의 귀여움을 받기에 충분한 장점들을 갖춘 아이였소. 그래서 당신이 이렇게 슬퍼하는 것은 이해하오. 하지만 부인! 당신이 이런다고 죽은 그녀가 다시 살아나는 건 아니오. 그러니 부인, 제발 내 말을 들으시오! 만일 나를 사랑한다면 이제 눈물을 거두고 당신 자신의 건강부터 돌보시오! 내게 있어 가장 소중한 것, 내 인생의 가장 큰 행복은 바로 당신의 생명이기 때문이오.」

물론 왕비는 따뜻한 애정이 넘치는 칼리프의 위로에 마음이 녹아내리는 것 같았습니다. 하지만 누즈하툴 아와다트가 죽었다는 소리에 기절할 듯 놀라지 않을 수 없었지요. 이 뜻밖의 소식에 그녀는 한동안 멍하니 입만 벌리고 있었습니다. 더욱이 이는 자신이 알고 있는 사실과 정반대의 내용이었기 때문에 놀라움은 더욱 컸습니다. 가까스로 정신을 차려 겨우 입을 열 수 있게 된 그녀는 아직도 충격에서 헤어나지 못한 표정과 어조로 말했습니다.

「신자들의 사령관이시여! 이렇듯 따스한 정을 표해 주시니 이 몸은 다만 감격할 뿐입니다. 하지만 폐하께서는 제 여종이 죽었다고 말씀하시는데, 저로서는 무슨 말인지 전혀 모르겠습니다. 지금 그 애는 펄펄하게 살아 있는데 말입니다. 오, 하느님, 폐하와 저의 건강도 지켜 주시옵소서! 어쨌든 지금 제가 슬퍼하고 있는 것은 그 애가 아니라, 그 애의 남편이며 폐하의 총신인 아부 하산이 죽었기 때문입니다. 제가 그를 얼마나 아꼈는지 잘 아시지 않습니까? 그것은 폐하께서 그를 존중하셨기 때문만이 아니라, 이따금 폐하께서 그를 이리 데려오셨을 때 그가 무척 재미있는 말들로 우리 모두를 즐겁게 해주었기 때문입니다. 하지만 폐하! 제가 무엇보다 놀란 것은 폐하의 태도 때문입니다. 평소 폐하께서도 그와 함께 있으면 얼마나 즐거운지 모른다고 말씀하지 않으셨습니까? 그런데 어떻게 그가 죽자마자 옆집 개가 죽은 것처럼 금방 잊어버리실 수 있습니까? 더군다나 제 여종이 죽었다고 저를 속이려고까지 하시니 더욱 기가 막힙니다.」

여종이 죽었다고 철석같이 믿고 있었고, 또 그렇게 믿을 수밖에 없었던 칼리프는 조베이드의 말에 어깨를 으쓱하고는 웃기 시작했습니다. 그러더니 옆에 있던 메스루르에게 고개를 돌리면서 말했습니다.

「메스루르! 왕비의 말을 들었나? 여자들이란 가끔 용서할 수 없을 정도로 정신이 나가곤 한다더니, 그 말이 틀림없군그래! 자네도 조금 전 나와 함께 분명히 듣지 않았나?」 그리고 다시 조베이드 쪽을 향하면서 말했습니다. 「부인! 아부 하산을 위한 그 눈물일랑 거두시오! 그는 펄펄하니 살아 있소. 차라리 죽은 당신 여종을 위해 우시오! 방금 전에 그녀의 남편이 내 거처에 찾아왔다오. 안쓰러울 정도로 온통 눈물에 젖어 비통해하면서 자기 아내가 죽었다고 내게 알리더군. 난 그에게 금화 백 냥과 수놓은 명주 한 필을 주었소. 그를 위로하고, 고인의 장례식 비용으로 쓰도록 하기 위해 말이오. 여기 있는 메스루르가 증인이니 원하거든 물어 보시오!」

조베이드는 지금 칼리프가 자신에게 농담을 하고 있다고 생각했습니다.

「신자들의 사령관님! 물론 폐하께서 농담을 즐기시는 분이라는 건 잘 알고 있지만, 지금은 그럴 때가 아닙니다. 전 지금 심각하게 말하고 있어요! 내 여종이 죽은 게 아니라 그녀의 남편 아부 하산이 죽었단 말입니다. 나는 지금 가련한 그의 운명을 슬퍼하고 있고, 폐하께서도 그리하셔야 합니다.」

「자, 내 말 잘 들으시오!」 칼리프의 음성은 심각하게 변해 있었습니다. 「나도 농담하는 게 아니오! 죽은 사람은 누즈하툴 아와다트이고, 아부 하산은 몸 건강히 멀쩡하게 살아 있소!」

칼리프가 이렇게 쏘아붙이자 조베이드도 화가 치밀어 격앙된 어조로 맞받았습니다.

「신자들의 사령관님! 제발 좀 착각에서 벗어나세요! 아무리 그러셔도 저는 폐하께서 제정신이라고 믿지 않습니다. 황공하오나 다시 한 번 말씀드리겠습니다. 죽은 사람은 아부 하산이고, 내 여종 누즈하툴 아와다트는 펄펄하게 살아 있어요. 그녀가 여기서 나간 지 한 시간도 채 안됐어요. 완전히 비탄에 잠긴 모습으로 여기 왔더라고요. 흐느껴 우느라 슬픔의 이유가 무엇인지 제대로 말도 못했지만 보고만 있어도 눈물이 날 정도였지요. 여기 있는 시녀들도 모두 울었답니다. 원하시면 이들이 분명히 증언해 드릴 것입니다. 또 제가 그녀에게 금화 백 냥과 수놓은 명주 한 필을 준 것도 말씀드릴 거예요. 아까 여기 들어오시면서 제 얼굴에 슬픔이 가득한 걸 보지 못하셨나요? 그건 바로 비탄에 잠긴 누즈하툴 아와다트와 불쌍하게 죽은 그 애 남편 때문이었어요. 심지어 폐하께서 들어오실 때, 막 폐하께 부음을 보내려던 참이었다고요.」

조베이드의 말에 칼리프는 웃음을 터뜨리며 소리쳤습니다.

「와하하! 정말 왜 이렇게 고집을 부릴까? 정말로 웃겨 죽겠네!」 그러고는 다시 정색을 하면서 말했습니다. 「내 말 잘 들으시오! 죽은 건 누즈하툴 아와다트요!」

「아닙니다!」 조베이드 역시 정색을 하면서 맞받았습니다.

「죽은 건 아부 하산입니다. 제발 사실이 아닌 걸 사실인 양 우기지 마세요!」

마침내 화가 치민 칼리프의 얼굴은 시뻘겋게 달아올랐습니다. 그는 왕비로부터 멀찌감치 떨어져서 좌단에 앉아, 메스루르에게 명했습니다.

「당장 가서 누가 죽었는지 알아 와! 물론 난 누즈하툴 아와다트가 죽었다는 걸 분명히 알고 있지만, 이렇게 싸우는 것보다는 이런 방법으로 진실을 밝혀 주는 것이 낫겠다.」

칼리프의 말이 채 끝나기도 전에 메스루르는 이미 쏜살같이 달려가고 있었습니다. 칼리프는 다시 조베이드를 보며 말했습니다.

「조금만 기다리시오! 우리 둘 중 과연 누가 옳은지 알게 될 테니까.」

「흥! 옳은 건 저라니까요! 폐하야말로 잠시 후면 아부 하산이 죽었다는 사실을 확인하실 겁니다.」

「죽은 건 분명히 누즈하툴 아와다트요! 그녀는 더 이상 이 세상 사람이 아니며, 아부 하산은 멀쩡하오. 만일 원한다면 당신이 원하는 걸 걸고 내기를 할 수도 있소.」

「그렇게 말하면 제가 넘어갈 줄 알고요? 좋아요! 내기를 받아들이죠. 저 역시 아부 하산이 죽었다는 데 폐하께서 원하시는 것을 걸겠어요. 얼마나 귀중한 것이든 상관없으니 말씀만 하세요. 제가 무얼 갖고 있는지, 또 무얼 가장 아끼는지 잘 알고 계시잖아요? 선택하셔서 말씀만 하시면, 그것이 어떤 결과를 가져오든 간에 약속을 지키겠어요.」

「좋소! 그렇다면 나는 내 〈지극한 즐거움의 정원〉을 걸고, 당신은 당신의 〈그림 궁전〉을 걸도록 합시다. 나는 이 두 장소의 가치가 서로 동등하다고 생각하오.」

「좋아요. 지금 중요한 건 이것들의 가치를 따지는 문제가 아니겠지요. 폐하께서도 하나를 내기에 거셨고, 또 제 소유 중에서 그만한 가치가 있다고 판단하신 것을 하나 고르셨으니 그것으로 됐어요. 자, 저도 동의했으니 이제 내기는 결정된 거예요. 이 내기를 철회하지 않을 것을 하느님께 맹세합니다.」

칼리프도 같은 맹세를 한 후, 두 사람은 메스루르가 돌아오기만을 기다렸습니다.

이렇게 칼리프와 조베이드가 아부 하산이 죽었네, 누즈하툴 아와다트가 죽었네 하면서 격렬하게 싸우고 있을 때, 이들의 언쟁을 이미 예상하고 있었던 아부 하산은 사태의 추이를 면밀히 짚어 보고 있었습니다. 그렇게 창가에 앉아 발 틈으로 바깥을 내다보면서 아내와 얘기하고 있는데, 저 멀리서 메스루르가 이쪽으로 급하게 달려오고 있는 것이 보였습니다. 아부 하산은 그가 오는 이유를 단박에 짐작하고는 즉시 아내에게 말했습니다. 빨리 아까처럼 죽은 척하고 있으라고 말입니다.

곧바로 메스루르가 들이닥칠 터였으므로, 그에게는 아내의 몸을 염포로 싸고 그 위를 칼리프가 준 명주로 덮어 놓을 시간밖에 없었습니다. 메스루르가 도착하기 전 간신히 일을 마친 그는 문을 살짝 열어 놓은 다음, 마치 세상이 다 끝난 듯 처연한 기색으로 손수건을 눈에 대고는 죽은 척하고 누운 아내의 머리맡에 털썩 주저앉았습니다.

메스루르가 방에 들어온 것은 바로 그 순간이었습니다. 그는 방 안의 침울한 광경을 둘러보고는 내심 일말의 기쁨을 느끼지 않을 수 없었습니다. 자기 주인인 칼리프가 내기에서 이긴 것을 확인할 수 있었기 때문이죠. 아부 하산은 호위대장의 모습을 보자마자 앞에 나아와 그의 손에 공손히 입을 맞추었습니다. 그러고는 한숨과 신음을 섞어 가며 말했습니다.

「대장님! 보시다시피 저는 사랑하는 아내 누즈하툴 아와다트의 죽음으로 인해 말할 수 없는 비탄에 빠져 있답니다. 대장님께서도 매우 아껴 주시던 사람인데 말입니다.」

이 말에 메스루르의 마음도 측은해졌고, 고인을 생각하니 자신도 모르게 눈물이 흘러나왔습니다. 그는 그녀의 몸을 덮은 천을 살짝 들어 올렸습니다. 그리고 드러난 얼굴을 얼핏 한 번 보고는 다시 천을 내린 후, 땅이 꺼질 듯 한숨을 내쉬면서 말했습니다.

「하느님 외에는 다른 신이 없도다! 우리 모두는 그분의 뜻에 복종해야 하며, 모든 피조물은 그분에게 돌아가야 하느니! 아, 내 누이동생 같던 누즈하툴 아와다트야!」 그는 다시금 한숨을 내쉬며 덧붙였습니다. 「어쩌면 그렇게도 명이 짧았단 말이냐! 하느님, 그녀를 불쌍히 여기소서!」 그는 다시금 눈물을 흘리는 아부 하산에게 고개를 돌리며 말했습니다. 「그런데 말일세! 여인네들이란 때로는 도저히 용서할 수 없을 정도로 정신이 나간다고 하는데, 그게 다 이유가 있는 말이더군. 존경해 마지않는 나의 여주인이시긴 하지만, 조베이드 님도 예외는 아니었어. 글쎄, 칼리프께 자네 아내가 아니라 자네가 죽었다고 주장하시는 거야. 칼리프께서 사실은 그와 정반대라고 아주 진지하게 말씀해 보셨지만 소용없었네. 심지어는 자네가 그 슬픈 소식을 전하러 왔을 때 옆에 있던 나를 증인으로 세워 진실을 증언케 하셨지만 이마저 소용없었지. 그렇게 두 분은 옥신각신 서로 우기기를 계속하시다가, 결국 칼리프께서 나를 여기 보낼 생각을 하시게 된 거라네. 하지만 나는 여전히 걱정이라네. 요즘 여자들은 얼마나 고집불통인지, 일단 어떤 선입견을 머리에 담게 되면 사실을 이해시키기 위해 무슨 짓을 해도 꿈쩍 않기 때문이지.」

「하느님이시여! 신자들의 사령관께서 영명하신 정신을 오래오래 간직하시어 선정을 베풀도록 해주옵소서!」 아부 하산은 여전히 눈에 눈물을 가득 담고서 울먹이며 말했습니다. 「자, 진실은 직접 보시는 대로입니다. 전 폐하를 조금도 속이지 않았습니다.」 그러고는 한층 그럴싸하게 연기하기 위해 외쳤습니다. 「오, 하느님! 제가 이 슬프고도 고통스러운 소식을 폐하께 알리러 갈 필요가 없었더라면 얼마나 좋았겠습니까! 오늘 제게 닥친 이 돌이킬 수 없는 상실, 어찌 말로 다 표현하겠습니까?」

「자네 말이 맞네. 나 역시 자네의 고통에 깊이 공감하고 있네. 하지만 이제는 그만 슬퍼하고 마음을 좀 추슬러야 하지 않겠나? 난 지금 자네를 이렇게 내버려 두고 싶지는 않지만 칼리프께 가봐야 하네. 한 가지 부탁하고 싶은 것은, 내가 다시 돌아올 때까지 시신을 치우지 말아 달라는 것일세. 나도 장례식에 참석하여 명복이라도 빌어 주고 싶네.」

이어 메스루르는 한시라도 빨리 칼리프에게 보고하기 위해 서둘러 방을 나섰고, 아부 하산은 그를 배웅해 주면서 영광이긴 하되 굳이 장례식에 참석하실 필요까지는 없다고 말했습니다. 그는 혹시 메스루르가 뭔가를 말하러 되돌아올지도 모르므로, 얼마 동안 멀어져 가는 그의 뒷모습을 지켜본 후에 다시 방에 들어왔습니다. 그리고 누즈하툴 아와다트를 덮고 있는 것들을 모두 치워 주었습니다.

「우리의 연극 중 또 한 막이 내렸군! 하지만 분명 이것이 마지막 장은 아닐 것이오. 조베이드 님이 메스루르의 말을 곧이들을 리 없으니까. 오히려 그분은 코웃음을 칠 거요. 그럴 수밖에 없는 이유들이 있거든. 그러니 우리는 새로운 상황에 대비하고 있어야 하오.」

그동안 누즈하툴 아와다트는 다시 옷을 입었습니다. 그들은 다시 창가 좌단에 앉아 발을 통해 바깥의 동정을 살피기 시작했지요.

한편 메스루르는 조베이드의 거처에 돌아왔습니다. 그는 뭔가 대단한 낭보라도 전하려는 사람마냥 껄껄 웃으며 손뼉을 치면서 왕비의 방에 들어왔습니다.

천성적으로 성격이 급한 칼리프는 한시라도 빨리 결과를 알고 싶어 했습니다. 더욱이 왕비의 내기 도전에 한껏 흥분해 있던 터라, 그는 메스루르를 보자마자 소리를 질렀습니다.

「야, 이 못된 종놈아! 지금이 웃고 있을 때냐? 난 답답해 죽겠는데 말이다. 어서 말해라! 누가 죽었냐? 남편이냐, 마누라냐?」

「신자들의 사령관이시여!」 메스루르는 즉각 엄숙한 태도를 되찾으며 대답했습니다. 「죽은 것은 누즈하툴 아와다트이며, 아부 하산은 조금 전 폐하 앞에 나타났던 모습 그대로 비탄에 잠겨 있나이다.」

칼리프는 메스루르의 말을 끊었습니다. 그러고는 껄껄껄 웃음을 터뜨렸죠.

「좋은 소식이로다! 조금 전에 자네 여주인 조베이드가 무얼 내기로 걸었는지 아는가? 바로 〈그림 궁전〉이라네! 그건 이제 내 것이 된 거야! 자네가 떠나고 나서 왕비는 그것을, 나는 〈지극한 즐거움의 정원〉을 걸고 내기를 했지. 따라서 자네가 전한 소식만큼 내게 기쁜 것은 없어. 물론 자네에게도 보답을 해야지. 하지만 그건 나중 일이고, 우선 자네가 본 걸 자세히 얘기해 보게나!」

「신자들의 사령관이시여! 아부 하산의 거처에 도착한 저는 문이 열려 있기에 안으로 들어가 보았습니다. 아부 하산은 아내 누즈하툴 아와다트의 죽음으로 비탄에 잠겨 울고 있더군요. 그는 고인의 머리맡에 앉아 있었는데, 염포에 싸인 시신은 발이 메카 쪽으로 돌려져 방 중앙에 놓여 있었습니다.

그 위는 폐하께서 하사하신 명주로 덮여 있었지요. 우선 조의를 표한 후, 저는 가까이 다가가 시신의 머리 쪽을 덮고 있는 천을 살짝 들춰 보았습니다. 그건 분명 누즈하툴 아와다트였고, 얼굴은 이미 못 알아볼 정도로 부풀어 있더군요. 저는 아부 하산에게 마음을 추스르라고 당부하고는 물러 나왔습니다. 나오면서는 장례식에 참석하고 싶으니 제가 돌아올 때까지 시신을 치우지 말아 달라고 부탁했지요. 자, 이상이 폐하의 분부에 따라 소신이 행한 일입니다.」

메스루르가 보고를 끝내자, 칼리프는 통쾌하게 웃어 대며 말했습니다.

「자, 그만하면 됐네! 자네의 정확한 임무 수행에 지극히 만족하네!」 그러고는 조베이드를 보면서 말했습니다. 「자, 부인, 어떻소? 이 너무나도 분명한 진실 앞에서 더 할 말이라도 있소? 아직도 누즈하툴 아와다트가 살아 있으며, 아부 하산이 죽었다고 믿는 거요? 아니면 당신이 내기에 진 것을 인정하오?」

하지만 조베이드는 메스루르의 보고를 결코 받아들일 수 없었습니다.

「뭐라고요, 폐하? 저보고 이 종놈의 말을 믿으라는 겁니까? 이자는 자기가 무슨 말을 하고 있는지조차 모르는 모자란 자입니다. 저는 장님도 아니고 정신 나간 여편네도 아닙니다. 누즈하툴 아와다트가 비탄에 잠겨 있는 모습을 이 두 눈으로 똑똑히 보았습니다. 제가 직접 그 애에게 말했고, 또 그 애가 직접 자기 남편이 죽었다고 제게 말해 주었어요.」

「왕비 마마!」 메스루르가 항변했습니다. 「마마의 생명과 신자들의 사령관님의 생명, 즉 저의 가장 소중한 것을 걸고 말씀드립니다. 누즈하툴 아와다트는 죽었고, 아부 하산은 살아 있었습니다.」

「거짓말 마라! 이 형편없는 종놈아!」 조베이드는 불같이 화가 치밀어 소리쳤습니다. 「조금만 기다려라! 내 네놈을 꼼짝 못하게 해줄 테니!」

그녀가 손뼉을 치자, 시녀들이 우르르 몰려 들어왔습니다. 조베이드는 그녀들에게 말했습니다.

「모두들 이리 와서 진실을 말하도록 해라! 신자들의 사령관께서 오시기 직전에 여기 와서 나하고 얘기한 사람이 누구였지?」

시녀들은 누즈하툴 아와다트였다고 입을 모아 대답했습니다.

「그리고 너!」 조베이드는 이번에는 재무를 담당하는 시녀에게 물었습니다. 「그녀가 물러갈 때, 내가 뭐라고 분부했었지?」

「마마! 저는 명을 받아 누즈하툴 아와다트에게 금화 백 냥이 든 주머니와 수놓은 명주 한 필을 주었고, 그녀는 이것들을 가져갔나이다.」

「자, 봐라, 이 망할 놈의 종놈아!」 조베이드는 다시 시뻘게진 눈으로 메스루르를 노려보며 말했습니다. 「지금 네놈이 들은 것은 어떻게 설명할 테냐? 또 난 지금 누구 말을 믿어야 하겠느냐? 네놈이냐? 아니면 이 재무 담당 시녀와 다른 시녀들, 그리고 나 자신이겠느냐?」

메스루르에게도 항변할 말이 없지 않았지만 그녀의 성질을 더 건드리게 될까 두려워 꾹 참고 침묵을 지켰습니다. 하지만 분명히 두 눈으로 확인하고 온 터였으므로, 죽은 것은 누즈하툴 아와다트이지 아부 하산이 아니라는 사실을 굳게 믿고 있었죠.

조베이드와 메스루르가 각기 강력한 증거를 내세우며 설전을 벌이는 것을 지켜보는 칼리프 역시 왕비의 말을 전혀 믿지 않고 있었습니다. 메스루르의 보고도 보고였거니와, 무엇보다 자신의 눈으로 직접 본 것이 있었기 때문입니다. 그래서 그는 조베이드가 메스루르에게 불같이 화를 내는 것을 보고 어이가 없다는 듯 웃음을 터뜨렸습니다.

「부인! 아까 한 소리지만 다시 한 번 말하겠소. 누군지는 모르겠지만, 여인네들이란 때로 정신이 나간다고 말한 사람이 있었소. 오늘 당신이 하는 모습을 보니 그 사람의 말이 틀림없는 진리라는 사실을 인정하지 않을 수 없구려. 메스루르는 방금 아부 하산의 집에 다녀왔소. 그리고 직접 본 대로, 누즈하툴 아와다트는 죽었으며 아부 하산은 고인의 머리맡에 앉아 있다고 말했소. 그런데 논리적으로 부인할 수 없는 이 명백한 증거를 내놓아도 당신은 여전히 믿으려 하지 않는구려! 허허허! 정말로 이해할 수 없는 태도요!」

조베이드는 칼리프의 말에도 아랑곳 않고 대꾸했습니다.

「신자들의 사령관이시여! 제가 폐하를 의심하는 걸 용서하세요! 하지만 지금 폐하께서는 메스루르와 짜고서 저를 약 올리시며 제 인내심을 한계로 몰아가고 있습니다. 메스루르의 보고는 폐하와 미리 꾸며 놓은 내용이 아닙니까? 그러니 제 쪽에서도 아부 하산의 집에 사람을 보내어 정말로 제가 틀린 것인지 확인할 수 있도록 허락하시옵소서!」

칼리프가 동의하자 왕비는 이 중요한 임무를 그녀의 유모에게 맡겼습니다. 이 유모는 아주 늙은 여인으로 조베이드의 어린 시절부터 그녀 곁에 있어 왔으며, 지금도 다른 시녀들 틈에 섞여 있었습니다. 조베이드는 그녀에게 말했습니다.

「유모! 내 말을 잘 들어요! 지금 아부 하산의 집, 아니지, 그가 죽었으니 누즈하툴 아와다트의 집으로 가요. 지금까지 내가 신자들의 사령관님과 메스루르와 언쟁하는 것을 보았을 테니 더 설명 안 해도 알 거예요. 가서 모든 진상을 알아오도록 해요. 만일 좋은 소식을 가져오면 선물이 있을 거예요. 자, 빨리 가요! 그리고 빨리 돌아오라고요!」

조베이드의 재촉을 받으며 허둥지둥 떠나는 유모의 모습을 보는 칼리프의 얼굴에는 의기양양한 미소가 떠올랐습니다. 조베이드가 이렇게 당황해하는 모습을 보니 자못 통쾌했던 것입니다. 한편 메스루르는 왕비가 자기에게 노발대발하자 극도로 불안한 심정이 되어, 어떻게 하면 칼리프의 심기를 거스르지 않으면서 그녀의 노여움을 풀 수 있을까 고민하고 있던 중이었습니다. 그런데 조베이드가 유모를 아부 하산의 집에 보내자 이젠 살았구나 하는 기분이었죠. 분명히 유모는 돌아와 자신과 다르지 않은 내용을 보고할 것이고, 그러면 자신의 죄 없음이 드러나 그녀의 신임을 되찾을 수 있을 것이기 때문이었습니다.

이때 아부 하산은 여전히 창문에 친 발 틈으로 망을 보고 있다가, 저 멀리 잰걸음으로 다가오는 유모의 모습을 발견했습니다. 조베이드의 명에 의한 것임을 직감한 그는 즉시 아내를 불렀습니다.

「자, 저기 유모가 오고 있소! 진실을 규명하기 위해 왕비가 보낸 거겠지. 이번에는 내가 죽은 사람 역을 할 차례요.」

누즈하툴 아와다트는 신속히 아부 하산의 몸을 염포로 싸고 그 위에 조베이드가 준 명주를 덮은 다음 얼굴 위에 터번을 올려놓았습니다. 이렇게 간신히 준비를 마쳤을 때 유모는 벌써 방문을 열고 있었습니다. 빨리 임무를 마치고 돌아가야 한다는 생각에 마음이 급해, 노령에도 불구하고 꽤나 빠른 걸음으로 달려왔던 것입니다. 방안에 들어온 그녀는 아부 하산의 머리맡에 앉아 있는 누즈하툴 아와다트의 모습을 발견했습니다. 온통 산발을 한 그녀는 자신의 뺨과 가슴을 두드리면서 큰 소리로 울부짖고 있었습니다.

가짜 미망인에게 다가간 노파는 아주 슬픈 음성으로 말했습니다.

「누즈하툴 아와다트 부인! 내가 여기 온 것은 슬픔에 잠긴 부인을 귀찮게 하려 함도 아니오, 부인이 뜨겁게 사랑했던 남편을 위해 눈물을 흘리는 걸 방해하려 함도 아닌……」

「아, 착한 우리 아주머니!」 가짜 미망인은 애절한 목소리로 노파의 말을 끊으며 말했습니다. 「내 팔자가 왜 이리 박복하단 말인가요! 조베이드 님과 신자들의 사령관님께서 제게 주신 사랑하는 낭군, 아부 하산이 오늘 세상을 떴답니다. 오, 아부 하산! 사랑하는 나의 신랑! 내가 대체 어떻게 했기에 이리도 빨리 날 버리고 떠난단 말인가요? 난 항상 내 뜻보다는 당신의 뜻을 따르지 않았던가요? 아아! 이제 불쌍한 누즈하툴 아와다트는 어찌 될거나!」

메스루르가 칼리프에게 보고한 사실과 정반대의 광경이 눈앞에 펼쳐져 있자 유모는 놀라지 않을 수 없었습니다. 그녀는 기가 막힌다는 듯 두 손을 공중으로 쳐들면서 외쳤습니다.

「이 얼굴 시커먼 메스루르 놈! 네놈의 엄청난 거짓말이 우리 착한 마님과 신자들의 사령관님 사이에 너무나도 심각한 불화를 초래했구나! 하느님, 이 흉악한 놈에게 천벌을 내리소서! 글쎄 말이오, 부인!」 그녀는 누즈하툴 아와다트에게 고개를 돌리며 말했습니다. 「그 못된 메스루르란 놈이 무슨 짓을 한 줄 아시오? 글쎄, 우리 착한 마님에게 믿을 수 없이 뻔뻔스러운 얼굴을 하고서 죽은 것은 부인이고 아부 하산은 살아 있다고 주장했다오!」

「아아! 차라리 그 말이 사실이었다면 얼마나 좋을까요! 그러면 이 고통도 없을 것이고, 이토록 소중한 남편을 잃어 우는 일도 없을 테니까요!」

이렇게 말한 그녀는 또다시 눈물을 쏟았고, 아까보다도 한층 거세게 통곡하며 비통한 심정을 한껏 드러냈습니다.

마음이 측은해진 유모는 누즈하툴 아와다트 곁에 앉아 함께 울어 주었습니다. 그러면서 슬그머니 아부 하산의 머리 쪽에 다가가 터번을 약간 들어 올려 얼굴을 한 번 살펴보고는 곧바로 다시 덮으며 말했지요.

「아, 불쌍한 아부 하산! 하느님께서 그대를 불쌍히 여기시기를!」 이어 다시 누즈하툴 아와다트에게 말했습니다. 「잘 있으시오, 부인! 할 수만 있다면 부인과 오래 같이 있고 싶지만, 더 이상 꾸물대고 있을 수 없다오. 그 흉악한 검둥이 놈이 우리 착한 마님께, 심지어는 맹세까지 해가며 부인이 죽었다고 말해서 마님께선 지금 몹시 걱정하고 계시오. 그렇기 때문에 나는 즉시 돌아가 마님께 사실을 알려 드려야 한다오.」

조베이드의 유모는 작별 인사를 하고 방을 나갔습니다. 누즈하툴 아와다트는 어서 빨리 돌아가 소식을 전하고 싶어 하는 유모가 되돌아올 리 없다고 판단하고는, 그녀가 문을 닫자마자 아부 하산의 몸을 싸고 있던 것들을 모두 풀어 주었습니다. 이어 두 부부는 다시 창가에 자리를 잡고, 발을 통해 밖을 내다보면서 이 사기극의 결말을 느긋한 마음으로 기다리기 시작했습니다. 앞으로 무슨 일이 벌어진다 해도 지금까지 그러했듯 교묘하게 빠져나갈 자신이 있었기 때문입니다.

한편 조베이드의 유모는 노령에도 불구하고 올 때보다도 훨씬 빠른 걸음으로 발을 옮겼습니다. 여주인에게 기쁜 소식을 전하고 싶은 마음에, 그리고 무엇보다도 두둑한 보상금을 받을 수 있다는 희망으로 그녀는 순식간에 내궁에 도착했습니다. 그렇게 숨이 턱에 차서 방에 들어온 그녀는 자신이 본 모든 것을 왕비에게 보고했습니다. 유모의 보고를 듣는 왕비의 얼굴에는 지극히 만족스러운 표정이 떠올랐습니다. 그녀는 다 듣고 난 다음, 내기에서 이겼다는 의기양양한 목소리로 말했습니다.

「지금 내게 말한 모든 것을 신자들의 사령관께 그대로 말씀드리시오! 지금 우리를 쳐다보고 계시는 폐하의 모습이 보이지 않소? 그분은 우리를 정신머리 없는 여편네들로 여기고 계시오. 그뿐인 줄 아시오? 우리 여자들은 신앙심도 없고 하느님을 두려워하지도 않는 존재들이라고 몰아가고 계시오. 자, 무엇보다도 저 못된 검둥이 종놈에게 사실을 알리시오! 저 건방진 놈이 터무니없는 사실을 주장했다오. 내가 저보다 훨씬 더 잘 알고 있는 사실에 대해서 말이오.」

메스루르는 유모가 직접 사실을 확인하고 와서 보고하면 자신에 대한 왕비의 노여움이 가라앉으리라 기대하고 있었습니다. 한데 이게 웬일입니까? 기대와는 정반대의 일이 일어나자 그는 크게 낙담하지 않을 수 없었습니다. 더욱이 자신으로서는 하늘이 두 쪽 나도 의심할 수 없는 사실을 가지고 조베이드가 욕설을 퍼붓는 걸 듣고 있자니, 자신도 모르게 슬그머니 부아가 치밀었습니다. 감히 왕비에게 따지고 들 수는 없는 노릇이어서 말할 수 없이 답답하던 차에, 마음껏 따지고 싸울 수 있는 유모의 출현은 반갑기 이를 데 없었지요. 그는 유모에게 고래고래 막말을 해대며 덤벼들었습니다.

「야, 이 이빨 빠진 할망구야, 이 거짓말쟁이야! 터무니없는 소리 지껄이지 마라! 누즈하툴 아와다트가 방 한가운데 누워 있는 걸 이 두 눈으로 똑똑히 봤단 말이다!」

「너야말로 거짓말쟁이다, 이놈아!」 유모도 지지 않고 욕설을 퍼부어 댔습니다. 「난 방금 아부 하산의 집에 다녀온 몸이야! 거기서 그가 죽어 누워 있고, 아내는 멀쩡하게 살아 있는 걸 분명히 보고 왔다고! 그런 내게 그토록 터무니없는 거짓말을 해? 이 흉악한 사기꾼아!」

「난 사기꾼이 아니야! 우리 모두를 속이려 드는 것은 바로 네년이야!」

「참으로 뻔뻔스럽기도 하구먼! 어떻게 여기 계신 폐하와 마마의 면전에서, 그리고 두 눈으로 진실을 똑똑히 보고 온 나를 빤히 쳐다보면서 그런 거짓말을 할 수 있을까!」

「유모, 이년아! 넌 차라리 입 닥치고 있는 게 좋겠다! 보아 하니 노망이 들어 헛소리를 하고 있구먼!」

조베이드는 자기 면전에서 유모를 모욕하는 메스루르의 안하무인격 태도에 더 이상 참을 수 없었습니다. 그녀는 유모가 이 끔찍한 욕설에 응할 시간을 주지 않고 칼리프를 향하여 말했습니다.

「신자들의 사령관이시여! 저놈의 이런 방약무인한 행동은 비단 저뿐 아니라 폐하에 대한 것이기도 합니다. 부디 엄중히 처벌해 주시옵소서!」

그녀는 가슴 가득 분이 차올라 더 이상 말조차 나오지 않았습니다. 다만 눈물만 줄줄 흘러나올 뿐이었습니다.

이 모든 언쟁을 듣고 있던 칼리프로서는 당황스럽기 이를 데 없었습니다. 아무리 생각해 보아도 모순으로 가득한 이 모든 사실들을 어떻게 설명해야 할지 알 수 없었던 것입니다. 그것은 왕비도 마찬가지였습니다. 아니 메스루르도, 유모도 그리고 다른 모든 시녀들도 이 괴상한 사건을 어떻게 생각해야 할지 몰라 다만 침묵만 지키고 있었습니다. 이윽고 칼리프가 입을 열었습니다.

「부인! 결국 우리 모두가 거짓말쟁이인 셈이구려. 우선은 내가 거짓말쟁이요, 메스루르도, 유모도 거짓말쟁이요. 한 가지 분명한 사실은, 이 둘 중 어느 쪽의 말도 다른 쪽의 그것보다 신빙성 있어 보이지 않는다는 점이오. 그러니 우리 모두 일어나서 직접 아부 하산의 집에 가봅시다! 과연 어느 쪽이 옳았는지 우리 모두가 직접 확인해 보잔 말이오. 진상을

밝히고, 우리의 정신을 정리할 수 있는 길은 이 방법 외에는 없는 것 같소.」

이렇게 말하면서 칼리프가 몸을 일으키자 왕비도 따라 일어났습니다. 메스루르는 문의 휘장을 열기 위해 급히 앞으로 달려 나가며 말했습니다.

「신자들의 사령관님! 폐하께서 이렇게 결정하시니 소신의 마음, 기쁘기 한량없습니다! 더욱이 잠시 후 유모에게 확실하게 증명해 줄 생각을 하니 더욱 기쁩니다. 그녀가 노망이나 헛소리를 했다는 것을……. 아니, 왕비마마가 노여워하실 테니 이런 표현을 쓰면 안 되겠죠! 그녀의 보고가 진실이 아니라는 것을 똑똑히 보여 줄 겁니다!」

물론 유모도 이런 말을 듣고 가만히 있을 사람이 아니었습니다.

「닥쳐라! 이 시커먼 화상아! 여기서 헛소리할 사람은 네놈 밖에 없다.」

안 그래도 메스루르에 대해 극도로 화가 나 있던 조베이드 역시 그가 또다시 유모를 공격해 오자 더 이상 참지 못하고 소리쳤습니다.

「이 못된 종놈아! 네놈이 무슨 말을 해도 난 우리 유모가 진실을 말했다는 걸 믿는다. 너 따위는 더러운 거짓말쟁이로 여길 뿐이야!」

「마마! 정말 유모가 누즈하툴 아와다트가 살아 있고 아부 하산이 죽었다고 믿는다면, 그녀로 하여금 무언가를 걸고 나와 내기하라고 해보시옵소서! 그녀는 감히 그러지 못할 것입니다.」

유모는 지체 없이 대꾸했습니다.

「아니, 내가 왜 못해? 좋다, 네 제안을 받아들인다! 네놈이야말로 딴말 않겠지?」

물론 메스루르는 제안을 철회할 생각이 추호도 없었습니다. 그와 유모는 칼리프와 조베이드가 보는 앞에서 내기에 걸 물건도 정했습니다. 그것은 은색 꽃무늬를 수놓은 금색 명주 한 필이었는데, 구체적인 문양은 이기는 사람이 선택하기로 했습니다.

조베이드의 내궁은 아부 하산의 거처와 거리상으로 꽤 떨어져 있긴 했지만 서로 마주보고 있는 위치에 있었습니다. 따라서 칼리프와 조베이드, 그리고 앞장선 메스루르와 뒤를 따르는 유모 및 시녀들이 우르르 몰려나오는 모습을 멀리서 먼저 발견할 수 있었던 아부 하산은 이 사실을 아내에게 알리며, 저 사람들이 분명 이곳을 방문할 것이라고 말했습니다. 이에 밖을 내다본 누즈하툴 아와다트는 그의 말이 틀리지 않았음을 확인할 수 있었습니다. 이런 일이 일어나게 되리라는 말을 이미 남편으로부터 듣고는 있었지만, 그래도 철렁 가라앉는 가슴은 어쩔 수 없었습니다.

「아이고, 이젠 어떡한대요?」 그녀는 비명을 질렀습니다. 「우린 이제 망했어요!」

「천만에! 조금도 걱정 마시오!」 아부 하산은 침착하기 이를 데 없었습니다. 「우리의 계획을 잊었소? 또다시 죽은 척하는 거요. 전에는 따로따로 했지만 이번에는 동시에 하는 거지. 자, 모든 게 잘 될 테니 걱정 마오! 저 양반들 걷는 속도를 보니, 문 앞에 오기 전까지 충분히 준비를 마칠 수 있겠군.」

아부 하산과 그의 아내는 즉시 염포로 몸을 두른 뒤, 방 한가운데 나란히 드러누웠습니다. 각자 수놓은 명주를 하나씩 뒤집어쓴 채 높으신 양반들의 방문을 느긋하게 기다렸죠.

마침내 이 고명하신 양반들이 도착했습니다. 메스루르가 문을 열자, 칼리프와 조베이드는 시녀들을 거느리고 방 안에 들어왔습니다. 하지만 눈앞에 펼쳐져 있는 광경에 모든 사람의 입은 딱 벌어졌고, 몸은 석상이 된 듯 움직이지 않았습니다. 도대체 이것을 어떻게 설명해야 할지 누구도 알 수 없었죠. 이 침묵을 깬 것은 조베이드였습니다.

「아이! 두 사람 다 죽어 버렸군요! 정말 당신들 잘하셨네요!」 그녀는 칼리프와 메스루르를 노려보며 계속 말했습니다. 「그래, 그렇게도 내 사랑하는 여종이 죽었다고 우겨 대더니만 결국 정말로 죽어 버렸군요······! 아마도 남편을 잃은 슬픔에 따라 죽은 거겠죠.」

「무슨 말이오?」 칼리프의 생각은 왕비와는 정반대였습니다. 「먼저 죽은 것은 누즈하툴 아와다트이고, 불쌍한 아부 하산은 그의 사랑하는 아내, 즉 당신이 아끼던 여종의 죽음에 상심하여 뒤따라 죽은 것이오. 자, 그러니 당신이 내기에 졌다는 사실을 인정해야 하오! 이제 당신의 〈그림 궁전〉은 내 것이오.」

「뭐라고요?」 칼리프의 반박에 발끈한 조베이드가 맞받았습니다. 「내기에 진 것은 바로 폐하이며, 폐하의 〈지극한 즐거움의 정원〉이 내 거라고요! 먼저 죽은 건 아부 하산이에요! 왜냐고요? 내 유모가 나와 폐하에게 말했잖아요! 아부 하산의 아내가 죽은 남편을 위해 호곡하는 걸 보고 왔다고요!」

칼리프와 조베이드 사이에 일어난 이 언쟁은 또 다른 싸움을 낳았습니다. 메스루르와 유모가 그 주인공들로, 서로가 내기에서 이겼다고 주장했던 것입니다. 두 사람의 언쟁은 점점 더 격렬해졌고, 마침내는 서로에게 욕설을 퍼붓기 직전의 상태로까지 발전했습니다.

결국 칼리프는 지금까지 일어난 일을 곰곰이 생각해 본 결과, 자신이 이겼다고 주장하는 조베이드의 말에도 일리가 있음을 인정하지 않을 수 없었습니다. 하지만 아무리 생각해도 이 일의 진상을 알아낼 수 없는지라 마음은 답답하기 그지없었지요. 이런 울적한 마음으로 두 시신에 다가간 그는, 혹시 조베이드의 코를 납작하게 할 만한 무슨 단서라도 찾아낼 수 있을까 하는 마음으로 두 사람의 머리맡에 쪼그려 앉았습니다. 하지만 아무리 들여다보아도 별 신통한 생각이 떠오르지 않자, 답답한 심정으로 소리쳤습니다.

「그래! 하느님의 거룩하신 이름으로 맹세한다! 이 둘 중에서 누가 먼저 죽었는지 알려 주는 사람에게 금화 천 냥을 주겠어!」

이 말이 떨어지기가 무섭게 아부 하산의 몸을 덮고 있던 명주 아래서 무슨 소리가 들려왔습니다. 그것은 사람의 목소리로, 급하게 소리치고 있었습니다.

「폐하! 폐하! 먼저 죽은 것은 저이옵니다! 하니 제게 금화

천 냥을 주시옵소서!」

 동시에 아부 하산이 천을 걷어 젖히고 벌떡 일어나 칼리프의 발밑에 넙죽 엎드렸습니다. 그의 아내 역시 모습을 드러내, 천을 몸에 두른 채 조베이드의 발밑에 엎드렸습니다. 이에 조베이드는 큰 비명을 질렀고, 그 찢어지는 듯한 비명 소리는 안 그래도 겁에 질려 있던 다른 사람들을 한층 얼어붙게 했습니다. 잠시 후, 겨우 정신을 차린 왕비는 완전히 죽은 줄로만 알았던 사랑하는 여종이 부활하여 나타나자 매우 기뻐하며 외쳤습니다.

「야, 못된 년아! 어떻게 그렇게 나를 괴롭힐 수가 있니? 그것도 가지가지 방법으로 말이야! 하지만 널 기꺼이 용서해 주겠다. 어쨌거나 죽은 건 네가 아니니 말이야.」

 칼리프도 이 일을 심각하게 받아들이지 않았습니다. 오히려 부부가 몸을 싸고 있던 것들을 풀어 헤치고 불쑥 튀어나오는 모습이나, 약속한 돈을 달라며 아주 진지한 태도로 요구하는 아부 하산의 모습에 숨이 막힐 정도로 웃어 댔습니다.

「이거 뭔가, 아부 하산?」그는 계속 웃어 대며 외쳤습니다. 「그래, 자네가 암살 음모를 꾸민 건가? 나를 웃겨 죽이려는 음모를? 우리가 이런 식으로 속으리라고는 정말이지 꿈에도 생각 못했다네! 그 기막힌 생각은 대체 어디서 나온 건가?」

「신자들의 사령관이시여!」아부 하산이 대답했습니다.「사실을 조금도 숨김없이 말씀드리겠습니다. 폐하께서도 아시다시피 저는 맛난 음식을 즐기는 사람이옵니다. 폐하께서 제 아내로 주신 사람조차 저의 이런 열정을 조금도 바꿔 놓지 못했지요. 오히려 그녀에게도 비슷한 성향이 있어, 저의 열정을 더욱 부추겼습니다. 하지만 폐하께서도 아실 것입니다. 이러한 성향을 갖고 있으면 재산이 바다 같다 할지라도, 아니 폐하의 보물을 모두 합쳐 놓은 것 같다 할지라도, 곧 이 재산을 바닥낼 방법을 찾아내고야 만다는 사실을 말입니다. 그게 바로 저희에게 일어난 일이었습니다. 저희 부부는 같이 살게 된 이후, 매일같이 신나게 먹고 마시는 생활을 영위하며 폐하께서 아낌없이 베풀어 주신 재산을 물 쓰듯 써댔습니다. 한데 오늘 아침, 저희에게 음식을 대는 요리사와 결산을 한 결과 저희의 돈이 바닥났다는 사실을 알게 되었습니다. 그제야 비로소 과거의 삶에 대한 반성과 앞으로는 보다 현명하게 살아야겠다는 결심 등 온갖 생각들이 머릿속에 떠올랐습니다. 그렇게 무수한 생각들을 했습니다만 모두가 부질없는 것들이었죠. 이렇게 부끄러운 상태에 떨어졌지만 그렇다고 하여 폐하께 감히 말씀드릴 면목도 없었던 저희는 하는 수 없이 이 작은 사기극을 꾸며 낸 것이옵니다. 이를 통해 폐하를 재미있게 해드림으로써 저희의 궁색한 살림을 조금이나마 일으켜 보려는 악의 없는 장난이었으니 부디 용서해 주시기 바라옵니다.」

칼리프는 아부 하산의 솔직한 태도에 아주 만족했고, 지난 일에 대해 조금도 화를 내지 않았습니다. 매사를 심각하게 받아들이는 성격을 가진 조베이드조차 아부 하산이 곤경에서 벗어나기 위해 벌인 이 모든 장난에 웃음을 터뜨리지 않을 수 없었습니다. 칼리프 역시 아까부터 계속 웃음을 멈추지 못하고 있었죠. 그만큼 아부 하산의 상상력이 발칙하고도 엉뚱했던 것입니다. 마침내 칼리프는 몸을 일으키며 아부 하산과 그의 아내에게 말했습니다.

「자, 두 사람 모두 나를 따라오게! 그대 부부에게 약속한 금화 천 냥을 주겠네. 이건 두 사람 모두 살아 있는 게 기뻐서 주는 것이네!」

「신자들의 사령관님!」 조베이드도 가만히 있지 않았습니다. 「그 금화는 아부 하산에게만 주십시오! 그의 아내 것은 제가 맡겠습니다.」 그러고는 즉시 그녀를 수행하고 있던 재무 담당 시녀에게 몸을 돌려, 누즈하툴 아와다트에게 금화 천 냥을 내주라고 분부했습니다. 이 역시 사랑하는 여종이 살아 있음에 대한 자신의 기쁨을 표현하는 선물이었습니다.

이렇게 하여 아부 하산과 그의 사랑하는 아내 누즈하툴 아와다트는 칼리프 하룬알라시드와 그의 아내 조베이드의 성총을 오래오래 누렸을 뿐 아니라, 그들에게서 하사받은 충분한 재산으로 남은 생 동안 그들의 모든 필요를 넉넉히 채울 수 있었다고 합니다.

〈제5권에 계속〉

열린책들 세계문학 139 **천일야화 4**

옮긴이 임호경 서울대학교 불어교육과를 졸업했다. 파리 제8대학에서 문학 박사학위를 취득했으며, 현재 전문 번역가로 활동하고 있다. 옮긴 책으로는 요나스 요나손의 『킬러 안데르스와 그의 친구 둘』, 『셈을 할 줄 아는 까막눈이 여자』, 『창문 넘어 도망친 100세 노인』, 피에르 르메트르의 『오르부아르』, 스티그 라르손의 〈밀레니엄 시리즈〉, 베르나르 베르베르의 『신』(공역), 『카산드라의 거울』, 아니 에르노의 『남자의 자리』, 조르주 심농의 『갈레 씨, 홀로 죽다』, 『누런 개』, 『센 강의 춤집에서』, 『리버티 바』, 로렌스 베누티의 『번역의 윤리』, 다니엘 살바토레 시페르의 『움베르토 에코 평전』, 파울로 코엘료의 『승자는 혼자다』, 기욤 뮈소의 『7년 후』 등이 있다.

엮은이 앙투안 갈랑 **옮긴이** 임호경 **발행인** 홍지웅·홍예빈
발행처 주식회사 열린책들 **주소** 경기도 파주시 문발로 253 파주출판도시
전화 031-955-4000 **팩스** 031-955-4004 **홈페이지** www.openbooks.co.kr
Copyright (C) 주식회사 열린책들, 2010, *Printed in Korea*.
ISBN 978-89-329-1012-3 04860 **ISBN** 978-89-329-1499-2 (세트)
발행일 2010년 1월 25일 초판 1쇄 2010년 7월 25일 세계문학판 1쇄 2020년 2월 15일 세계문학판 10쇄

이 도서의 국립중앙도서관 출판예정도서목록(CIP)은 서지정보유통지원시스템 홈페이지(http://seoji.nl.go.kr)와 국가자료공동목록시스템(http://www.nl.go.kr/kolisnet)에서 이용하실 수 있습니다.(CIP제어번호:CIP2009003645)